W0398469

LA SOLITUDE DES TEMPÊTES

ERIC NGUYEN

LA SOLITUDE DES TEMPÊTES

roman

Traduit de l'américain
par Clément Baude

TERRES D'AMÉRIQUE
ALBIN MICHEL

« Terres d'Amérique »

Collection dirigée par Francis Geffard

Retrouvez toute l'actualité de Terres d'Amérique et de ses auteurs sur Facebook (Terres.Amerique) et Instagram (terres_amerique).

© Éditions Albin Michel, 2023
pour la traduction française

Édition originale américaine parue sous le titre :
THINGS WE LOST TO THE WATER
© Eric Nguyen, 2021
Publiée par Alfred A. Knopf, New York, États-Unis.
Tous droits réservés.

Pour Mikey.

I

Août 1979

La Nouvelle-Orléans est en guerre. Ce long hurlement dans le ciel ; que peut-il signifier d'autre ?

Hương abandonne la vaisselle dans l'évier et soulève dans ses bras le bébé avant qu'il ne se mette à pleurer. Elle commence à courir vers la porte – mais soudain se souvient : elle a un autre fils, cette fois. Elle oublie son nom momentanément, tant le hurlement est puissant. L'important, c'est de le trouver.

Est-il sous le lit ? Non, il n'est pas sous le lit. Se cache-t-il dans le placard ? Non, il n'est pas dans le placard. Dans la salle de bain peut-être, derrière le rideau en plastique, assis au fond de la baignoire et apeuré ? Il n'est pas dans la salle de bain, derrière le rideau en plastique, assis au fond de la baignoire et apeuré. Au moment où elle se retourne, il est à la porte, agrippé au chambranle, les yeux humides, les joues rouges.

« Mẹ », gémit-il. *Maman*. Le mot rappelle à Hương tout ce qu'elle a besoin de savoir. L'instant d'après, elle le prend par la main et l'attire contre sa poitrine.

Avec sa précieuse cargaison, ces deux fils, elle fonce dans l'appartement, flèche décollant de l'arc, balle fusant du pistolet. Elle court vers la porte et dévale les marches – mais pas assez vite. L'air semble liquide, elle a l'impression de courir dans l'eau. Dans l'océan. Elle sent ses jambes mouillées et l'eau qui monte. Et le ciel, le ciel de ce début de soirée, déjà moucheté d'étoiles, se zèbre de traits rouges et orange tel un feu, telle une explosion suspendue en l'air dans l'instant qui précède l'éclatement, le fracas, la mort qu'elle a toujours imaginée, jusqu'à ce que quelqu'un crie *Arrêtez*, que quelqu'un lui dise d'*Arrêter*.

Et d'un coup, les sirènes se taisent et le silence est violent : il tranche, il coupe.

« Alerte ouragan », dit Bà Giang. La vieille dame lâche sa cigarette. « Simple alerte ouragan. Un test. Aucune crainte à avoir. » Elle tend la main pour la poser sur la joue de Hương.

« Comment ça ? demande celle-ci.

– Un test. Ils font un test. Au cas où il arriverait quelque chose, explique Bà Giang. Rentre chez toi, cưng ơi. Rentre. Repose-toi un peu. Il se fait tard. »

Chez toi.

Tard.

Se fait.

Là-bas.

« Tard. » Hương comprend, ou peut-être pas. Mille pensées sont encore en train d'affluer dans sa tête. Où sont passés les bruits d'avant ? Pas la sirène, non, mais le cri désagréable des quiscales merles dans les arbres, le vent qui siffle, une voiture qui passe en trombe – où sont-ils maintenant ?

Elle remarque Tuấn au portail. Ses yeux s'éclairent.

« Tuấn ơi », dit-elle.

Tuấn s'accroche aux barreaux du portail et regarde trois garçons qui passent à vélo. L'un d'eux se tient debout sur les pédales. Un autre roule sans les mains mais pendant une seconde seulement, avant de reprendre – d'un geste affolé – le guidon. Le dernier, plus jeune, essaie de les suivre sur son tricycle. Trois garçons. Trois frères.

« Tuấn ơi », répète Hương.

Tuấn salue de la main les garçons qui passent tranquillement. Il la rejoint lorsque ceux-ci disparaissent de son champ de vision, et Hương ressent alors un mélange de pur bonheur, de satisfaction et de soulagement.

Sur la route de terre. Une mère et ses fils. Main dans la main.

II

Hương

—

1978

Hương et ses fils n'étaient pas là depuis un mois que déjà ils avaient des problèmes.

L'homme qui les avait parrainés, un curé blanc, les colla avec le couple Minh. « Ils ont trente-deux ans tous les deux, expliqua-t-il en conduisant. Vous les apprécierez. »

Le prêtre – elle oubliait toujours son nom – était âgé, sérieux et réservé. Il marchait les mains dans le dos, à grandes enjambées, et avait l'habitude de pencher légèrement la tête en avant comme s'il écoutait quelque chose que les autres ne pouvaient pas entendre, d'où son air de supériorité arrogante. Il lui rappelait ces missionnaires qui, dans le village de son enfance, arrivaient les bras chargés de bonbons venus d'Europe et de cartons de bibles en espérant convertir les gens malgré leur mauvais vietnamien. Elle se souvenait de l'un d'entre eux en particulier, qui n'arrivait pas à prononcer le mot bạn et qui, à la place, disait bàn. Ils se moquaient de lui et le surnommaient secrètement le Père Table. N'empêche, Hương n'aimait pas beaucoup ce prêtre de La Nouvelle-Orléans. Elle avait de la chance, se répétait-elle. Elle était en vie. Elle avait réussi à rejoindre l'Amérique.

Le prêtre emprunta une bretelle de sortie pour rejoindre une autre autoroute. Sans mettre son clignotant.

Ils avaient roulé toute la matinée pour confier d'autres « réfugiés » – le mot lui paraissait toujours bizarre, dans sa bouche, dans sa tête – à des familles d'accueil provisoires. Le prêtre avait d'abord déposé un couple originaire de Vũng Tàu devant un grand immeuble. Puis une jeune fille de Saigon, célibataire, devant une maison basse et rose. Une autre famille, trois personnes, fut accueillie par un pêcheur américain et son épouse, qui les prirent dans leurs bras comme s'ils se connaissaient depuis toujours ; la femme offrit à leur petit garçon un éléphant rose en peluche. Hương et ses fils étaient les derniers.

Tandis que Bình dormait dans un siège bébé, Tuấn, agenouillé près de la vitre, regardait défiler le monde, montrant du doigt et nommant tout ce qu'il voyait : xe hơi, xe đạp, cây, nhà. Ce qui étonnait le plus Hương, c'était le béton – les bâtiments, les routes, les trottoirs, les fontaines, les statues. *Tellement de béton*, se dit-elle. Elle l'imaginait frotter contre sa peau, lui râper les genoux et les mains, laisser des bleus, des écorchures, des marques. Elle raisonnait comme ça, ces derniers temps : ce qui pouvait lui faire mal, ce qui pouvait laisser des cicatrices.

Le prêtre bifurqua sur une autre route, et d'un coup la dureté de la ville disparut, laissant place à des terrains d'herbe desséchée et à un feu tricolore. Plus loin, un immense panneau publicitaire vantait les mérites d'une saucisse rouge vif avec des grains de riz à l'intérieur.

Alors qu'ils étaient à l'arrêt, le prêtre jeta un coup d'œil dans le rétroviseur et sourit. « Gần tới rồi », dit-il – *On y est presque* –, avec un accent que Hương trouva curieusement charmant, semblable à celui des professeurs australiens qui enseignaient l'anglais au camp de réfugiés ; cela lui donna quelque chose à quoi se raccrocher, une forme de réconfort. Le van roula encore cinq minutes sur la longue route avant de ralentir dans un virage. Devant une maison, un gros Vietnamien attendait. « Monsieur Minh ! » gloussa le prêtre. En les voyant, l'homme agita la main.

« Bienvenue en Amérique ! » s'écria-t-il tandis que le prêtre se garait. Puis il s'approcha pour ouvrir la portière et fit une courbette exagérée, très fier de lui. Ses grandes mains se posèrent sur elle et saisirent ses poignets pour les secouer furieusement. « Chị vous plairez beaucoup ici ! dit-il. C'est l'Amérique ! On est tous amis ici ! » Son visage était rougeaud. Comme il était différent de son mari. Công était mince et plein de grâce, porté sur les livres, réservé et, surtout, soigné ; cet homme-là était replet et grossier, ivre et bruyant – surtout bruyant. Elle se figurait M. Minh passant son temps dans les bars, et sa pauvre femme venant le chercher à trois heures du matin. Elle se dit, non sans amertume, qu'ils n'auraient jamais pu être amis au Vietnam. Ils appartenaient à deux mondes différents ; une amitié était peu probable.

« On est tous amis ici ! » répéta M. Minh avec assurance en lui caressant le bras négligemment, bêtement. Hương se sentit toute petite, tel un insecte sur le point de se faire écraser. Elle s'agrippa à son bébé et fit signe à son autre fils de se rapprocher. Mme Minh – Hương venait de la remarquer – se tenait à l'écart, comme si c'était dans l'ordre des choses.

« Il était policier dans le temps, dit celle-ci de sa voix éraillée. Maintenant, il boit ! » Elle rit, et Hương ne savait pas si elle était censée rire par politesse ou hocher tristement la tête. Elle décida de ne faire ni l'un ni l'autre et resta silencieuse et raide.

« Très bien », reprit la femme. Puis, en anglais, elle dit quelque chose au prêtre, lui serra la main et s'empara de la valise de Hương. Le prêtre repartit.

« Par ici », dit-elle.

Hương monta les marches du perron et franchit le seuil. Elle sentit aussitôt l'odeur du bois pourri, désarmante de prime abord, mais seulement parce qu'elle était si soudaine. La maison n'était pas éclairée et, dans l'obscurité, la pièce semblait vaste et vide. Lorsque ses yeux s'habituèrent, elle vit que le salon était petit, en réalité. Au centre, il y avait un canapé en tissu fleuri, une chaise blanche en plastique et un petit téléviseur. Au plafond, un ventilateur tournoyait paresseusement.

La femme expliqua à Hương que ça s'appelait une *shotgun house*. Ngôi nhà súng, précisa-t-elle. « Voyez ? » dit-elle. Elle posa la valise et, d'une main, dessina dans l'air la forme d'un fusil. De l'autre, elle lui tenait le poignet. Elle ferma un œil et regarda à travers une lunette invisible. Son visage affichait une concentration intense. Pendant quelques secondes, elle resta comme ça, sans dire un mot, tellement fixée sur un point au loin que Hương regarda elle aussi dans cette direction. Puis, imitant le bruit d'un coup de fusil : « Pschhhh ! » C'était tellement inattendu, et en même temps tellement puéril, que Hương sursauta et s'en trouva bête. Telle une enfant à qui on a joué un mauvais tour dans la cour de récréation, elle détesta immédiatement les Minh, leur pauvreté, leur côté rustre, leur immaturité.

« Voyez ? répéta la femme. Une maison pour les fusils. »

Elle fit semblant d'épousseter la poudre sur ses mains. « Mais ici pas d'inquiétude. Pas de guerre, pas ici, jamais.

– Bien sûr, fit Hương, se ressaisissant.

– Tout ça c'est le passé, maintenant.

– Oui, le passé.

– Simplement, dit la femme, restez loin des portes pour être vraiment en sécurité. »

Elle éclata d'un rire gras, même si Hương ne trouvait pas ça drôle du tout. Rien n'était drôle en Amérique. Les blagues de Mme Minh n'étaient pas drôles, leur situation en tant que Vietnamiens n'était pas drôle, et Hương était outrée que des gens comme les Minh puissent ne serait-ce que songer à rire.

« Je vais vous faire visiter le reste », continua la femme. Elle mena Hương jusqu'à la cuisine puis, au fond, à la chambre du couple. « Vous dormirez dans la pièce de devant. Dans le phòng khách. »

Le lendemain matin, le prêtre vint la chercher pour la conduire dans le centre-ville. Il la déposa devant l'église. Avant l'Amérique, Hương n'avait jamais mis les pieds dans une église. Il n'y en avait pas à Mỹ Tho. Et seulement quelques-unes à Saigon. Or ici il y en avait à chaque coin de rue, et tous les autres Vietnamiens semblaient en être ravis. Les premières semaines, quand ils passaient leurs nuits là allongés sur un banc, ils semblaient rassurés. Hương, elle, avait du mal à dormir sous la protection du Christ en croix. Ses yeux tristes et suppliants lui donnaient envie de se signer comme tous les autres catholiques. Consciente que Công se serait moqué d'elle, elle s'était abstenue.

« Tenez », dit le prêtre avant de la laisser partir. Il déchira une page d'un calepin jaune qu'il trimballait partout. Cela faisait une semaine qu'ils lui cherchaient un travail. « Parce qu'il faut de l'argent pour survivre à La Nouvelle-Orléans », précisa-t-il, comme si dans les autres pays il en allait autrement. Ils étaient souvent partis en groupes, mais aujourd'hui c'était son premier jour toute seule. *Franklin's Seafood*, était-il écrit, suivi d'une adresse. *Poydras Street Dry Cleaners*, lut-elle à la ligne suivante.

« Au Franklin's, ils embauchent des caissières, expliqua-t-il. Et Poydras cherche quelqu'un pour plier les vêtements. Ah, et… » Il nota quelque chose et lui tendit une autre feuille de papier. « Ouvrez l'œil pour repérer les panneaux qui disent ON RECRUTE. » Elle prit la feuille et s'entraîna à prononcer ces mots.

« On reg'ut', murmura-t-elle.

– On re-cru-te, dit-il.

– On reg'ute.

– On re-cru-te. »

Hương répéta la phrase en silence et replia la feuille. Le prêtre lui indiqua le chemin et elle s'en alla, poussant d'une main Bình dans le landau prêté par la paroisse et tenant Tuấn de l'autre. Arrivée dans Magazine Street, elle leva les yeux et se demanda comment une ville pouvait être aussi déserte. Un peu plus bas, un chauffeur avait garé son bus scolaire et lisait le journal en mangeant un beignet. En face, deux femmes discutaient, vêtues d'élégants tailleurs.

Tout en marchant, Hương sortit de son sac à main un petit carnet, cadeau du prêtre. *Từ vựng căn bản*, avait-elle noté en haut de la première page, suivi des expressions qu'elle avait apprises pendant ses leçons d'anglais :

Bonjour.

Comment allez-vous ?

Je vais bien.

Merci.

Elle prononça ces mots à voix haute, murmurant et analysant la sonorité, l'accentuation. L'anglais était une langue tellement étrange. Alors qu'en vietnamien les mots vous disaient comment ils voulaient être prononcés, en anglais ils demeuraient nimbés de mystère.

Elle parcourut la liste du prêtre et se replongea dans son carnet. Tous ces mots, toutes ces idées, toutes ces significations. Si Công la voyait ! Elle s'imagina parler l'anglais comme lui le français, à la perfection. Elle s'imagina assise avec lui sur un perron, devant un jardin – peut-être identique à l'un de ceux qu'elle avait vus ici, à La Nouvelle-Orléans, avec des parterres de fleurs impeccables, des arroseurs automatiques et des abreuvoirs à oiseaux. Elle lui montrerait les mots, l'aiderait à les prononcer. Elle pensa à tout ce qu'elle lui dirait, une fois qu'ils seraient installés, prospères, américains, se remémorant tout ce que la vie leur avait fait subir jusque-là, l'improbabilité de leur survie, et pourtant, et pourtant…

Soudain, Tuấn la tira par le bras.

« Regarde ! Un chat !

– Tuấn ! »

Hương le rattrapa juste avant qu'il ne traverse la rue. Une voiture passa en les klaxonnant.

« Mais c'était un chat, dit son fils, et il ne ressemblait pas aux autres. Tu ne l'as pas vu ?

– Reste avec mẹ. »

Ils franchirent encore deux carrefours avant de trouver la première adresse de la liste. Sur l'enseigne en fer-blanc, un poisson de bande dessinée aux yeux énormes l'observait.

Le front plaqué contre la vitrine, elle regarda à l'intérieur et s'imagina porter un plateau de boissons et discuter avec les clients.

Derrière le comptoir, une jeune fille la salua pour attirer son attention. Comme Hương n'entrait pas, celle-ci s'approcha de la porte et lui posa une question qu'elle ne comprit pas. Hương voulut attraper le carnet dans son sac à main, mais il n'était plus là. Elle s'affola. Après avoir vidé le contenu du sac, elle comprit qu'elle avait dû le faire tomber au moment où Tuấn avait voulu traverser en courant. Mais elle retrouva le mot que lui avait laissé le prêtre – tout au fond du sac, pépite d'or étincelante – et le tendit à la jeune fille.

« *S'il vous plaît* », dit Hương en chuchotant presque, sans savoir vraiment si cela voulait dire làm ơn. Sans doute que ça voulait dire làm ơn ! Elle força ses lèvres à esquisser un sourire en espérant qu'il ne semblerait pas trop vorace. Puis elle reprit un air impassible pour éviter tout risque de paraître désespérée. Elle repensa aux femmes en tailleur. Comme elles étaient sûres d'elles. Comme elles semblaient épanouies.

La serveuse regarda la feuille de papier, puis Hương. Elle fit cela plusieurs fois, perplexe. « Non », répondit-elle enfin. « Non », répéta-t-elle, sur un ton plus autoritaire, comme si ce mot était une pierre qu'elle lançait vers ce qui ressemblait à une Vietnamienne un peu bizarre n'ayant rien à faire ici, une étrangère. « Vous voulez *manger* ? reprit-elle en parlant fort et lentement. On sert de la *nourriture*. Vous voulez *manger* ?

– *Manger ?* » demanda Hương. Elle ne savait pas ce que ça signifiait. *Manger ! Manger ! Manger !* De quoi parlait cette fille ?

Celle-ci commençait à s'impatienter, et même à s'énerver. Elle pointa le doigt en direction de la salle, où les gens savouraient leurs plats ridiculement énormes.

« *Je suis désolée* », dit Hương, renonçant grâce à l'une des rares expressions qu'elle connaissait par cœur : *Je suis désolée*. C'était une bonne phrase à connaître. Voilà ce que les professeurs australiens lui avaient appris au camp de réfugiés. *Je suis désolée de ce qui est arrivé.*

Avant que la serveuse puisse ajouter quoi que ce soit, Hương se détourna et s'éloigna d'un pas régulier. Elle ne comprenait pas ce qui venait de se produire, mais elle avait le sentiment, au fond d'elle, d'avoir commis une erreur. La dernière expression qu'elle vit sur le visage de la jeune fille fut une grimace. Manière de lui dire, elle en était certaine, qu'elle avait fait quelque chose d'inconvenant, de contraire aux lois du pays. On allait l'arrêter. On allait arrêter une femme et ses enfants pour méconnaissance des règles. L'autoriserait-on à rester sur le sol américain après s'être fait arrêter ? Que leur arriverait-il ensuite ? Ils traversèrent la rue et tournèrent au coin. Elle pressa le pas.

« Mẹ, qu'est-ce qui ne va pas ? » demanda Tuấn. Il regarda derrière lui.

« Regarde devant toi, dit Hương, poussant le landau tout en tirant son fils. C'est un ordre. »

Soudain, elle remarqua qu'autour d'elle les gens parlaient. Il y avait des couples qui parlaient, des groupes qui parlaient, des enfants qui parlaient, une femme avec un petit chien dans ses bras à qui elle parlait, elle aussi. Mais les mots qu'ils prononçaient étaient incompréhensibles. Elle répéta dans sa tête ceux qu'elle avait appris, un mantra confus de sons étrangers qui lui tordaient la bouche d'une manière comique, bizarre, comme si c'était une marionnette – *Oui, non, merci, s'il vous plaît, non, désolée, bonjour, au revoir, non, désolée.* L'important était d'avancer. Ça, elle le savait. Sur le trottoir d'en face, elle repéra un square désert, et sans même regarder elle courut dans cette direction. Mais avant qu'elle n'ait atteint le portail, un homme avec des perles autour du cou et d'énormes lunettes noires la bouscula. Il sentait l'alcool. Brusquement, toute la ville sentait l'alcool, et tout le monde, partout, était en train de boire, de sourire, de rire. Qu'est-ce qu'ils avaient tous ? Qu'est-ce que c'était que cet endroit ?

Elle fit volte-face. Poussant le landau à deux mains, elle avait déjà un pied sur la chaussée lorsqu'une voiture pila. Le conducteur klaxonna. La voiture s'arrêta juste avant de les percuter et Hương regarda ses mains tremblantes. Surprises par le véhicule et le coup de klaxon, si soudain et si puissant, elles avaient lâché. Au premier signe de danger, son réflexe avait été de lâcher et elle avait failli tuer son petit garçon, et l'homme klaxonna encore, et elle s'aperçut qu'elle était toujours au milieu de la rue et alors elle eut honte, comme jamais dans sa vie. Elle retint ses larmes, mais déjà Bình pleurait. Elle se cramponna au guidon du landau.

« Espèce de conne ! hurla le conducteur.

– Qu'est-ce qu'il a dit ? demanda Tuấn.

– Rentrons à la maison. Il a dit qu'on devrait rentrer à la maison. »

Ils traversèrent et tournèrent dans une autre rue.

« Mais la maison, c'est loin, objecta son fils. Je suis fatigué.

– Quoi ? »

Elle avait oublié ce qu'elle venait de lui dire. Elle chercha autour d'elle un repère familier.

« La maison, c'est loin, répéta Tuấn.

– Je sais, dit-elle, s'adressant surtout à elle-même. Je sais. »

Les Minh étaient chez eux lorsque Hương rentra. Après le dîner, Mme Minh, qui faisait des ménages à l'université, partit travailler. Les fils de Hương s'endormirent paisiblement. Elle garda un œil sur Bình. Avait-il conscience qu'il avait failli mourir aujourd'hui ? Qu'il avait une mère horrible et imprudente ? Elle allait devoir raconter à Công ce qui s'était passé, elle n'avait pas le choix. Elle lui avouerait tout ce qu'elle avait fait – mais encore fallait-il qu'on le lui permette, qu'on lui donne l'occasion de parler avec lui afin de le faire venir en Amérique et de réfléchir à la suite. Pour ça, elle avouerait tout.

Au camp, elle lui avait écrit une lettre, qu'elle avait postée à leur adresse de Mỹ Tho. Ne recevant aucune réponse, elle avait ensuite écrit à leur ancienne adresse, celle de Saigon. Puis elle avait continué à écrire chaque fois qu'elle en avait la possibilité. Elle avait dû lui envoyer une lettre par jour. Remarquant le nombre de courriers, une femme du camp l'avait réprimandée.

« Tu es bête ou quoi ?

– Comment ça ?

– Quand les communistes verront tes lettres, ils comprendront que tu t'es enfuie et ils sauront qui punir : ton mari ! »

Alors, Hương avait cessé d'écrire.

Au point du jour, Mme Minh rentra à la maison avec,

dans son sillage, une odeur de détergent et de gants en caoutchouc. Sans un mot, elle rejoignit Hương sur le canapé et regarda la télévision, que cette dernière avait allumée pour sa lumière douce. Toutes les deux ou trois minutes, Mme Minh jetait un coup d'œil vers son invitée temporaire, comme pour dire quelque chose d'important, mais elle finissait toujours par ne parler que des programmes télévisés. Sur une chaîne, une sorcière semait la zizanie par ses quiproquos, mais son mari l'aimait quand même. Sur une autre, il y avait un cheval magique qui parlait. Ailleurs, un groupe d'Américains faisait naufrage.

Elles se décidèrent pour les naufragés, ou plutôt, Mme Minh décida pour elles deux. En noir et blanc, cela paraissait lointain, un lieu différent, une époque différente. Malgré la barrière de la langue, c'était facile à comprendre, il était facile d'en rire.

Sauf que Hương ne riait pas. C'était même comme si elle n'y prêtait aucune attention. La lumière de l'écran semblait rebondir sur ses yeux.

Cela se produisait surtout le soir : Hương regardait l'écran sans le voir, tandis que Mme Minh, assise au bord du canapé, était fascinée. L'atmosphère en devenait pesante, elles en avaient bien conscience, mais ni l'une ni l'autre ne savaient comment y remédier.

Puis un jour, Mme Minh demanda : « Qu'est-ce que tu penses de l'Amérique ?

– Dạ thích, répondit Hương. Ce n'est pas le Vietnam, mais c'est pas mal quand même. »

Elle toussa pour s'éclaircir la gorge. De toute la journée, elle n'avait parlé à personne en vietnamien à l'exception de ses fils. Après un si long silence, elle trouva ça étrange, et les mots sortirent de sa bouche brouillés, pâteux.

« Le prêtre dit que vous êtes partis sur un bateau, poursuivit Mme Minh. C'est vrai ?

– Vâng. »

Hương voulut lui raconter la mer agitée, le fait qu'on ne s'y habitue jamais, les hommes sur le bateau et leurs bagarres permanentes, la sensation dérangeante de ne connaître que l'eau, de savoir qu'elle relie le monde entier – d'une rive à l'autre – tout en ignorant quand on reverra la terre ferme. Il y avait tant de choses à raconter. Finalement, elle décida de poser une question, la plus importante, la seule qui comptait : « Est-ce que tu sais comment envoyer un message au Vietnam ? J'ai un mari. Il est resté là-bas... » Mais elle fut interrompue par un bruit dans la chambre, le froissement des draps, le rebond des ressorts.

Elle se mordilla la lèvre et retint son souffle. Il allait se produire quelque chose, elle le sentait. Le regard de Mme Minh balaya la maison jusqu'au fond. Puis il y eut un cri, et du verre se brisant contre un mur, un impact suivi par le fracas des éclats qui retombaient comme de la pluie. Le bébé se réveilla en pleurant ; Hương se leva pour aller le calmer. Tuấn s'agita dans son coin du canapé et demanda ce qui se passait.

« Rien, lui dit-elle. Tu n'as rien à craindre. » Elle commença à bercer le bébé dans ses bras. Des bruits de pas se firent entendre sur le plancher, la porte de la salle de bain fut refermée et l'eau de la douche se mit à couler. Le bébé posa la tête sur sa poitrine et cessa de pleurer.

« Je vais aller le voir, dit Mme Minh en se mettant debout. Oui. Je vais faire ça. »

Le couple se disputa jusqu'au petit matin. D'autres objets furent cassés. À un moment donné, Hương crut reconnaître le bruit d'une gifle, mais elle n'en était pas sûre.

M. Minh avait filé un peu avant huit heures, claquant la porte si fort que Hương crut que la maison allait s'écrouler. Sa femme prépara le petit-déjeuner en grommelant. « Qu'il aille se faire voir. Minable… »

L'après-midi même, Hương quittait les Minh. Avec Bình dans les bras et Tuấn derrière elle, elle longea plusieurs pâtés de maisons jusqu'à croiser un motel. Le mot, elle s'en souvenait, signifiait *endroit où dormir*. Elle y resterait une semaine, trouverait un moyen de contacter Công et le ferait venir ici, à La Nouvelle-Orléans. Personne ne lui avait dit comment faire, mais elle décida de ne plus attendre. Il était temps d'agir. Elle régla en liquide. La chambre coûtait vingt-cinq dollars. Elle posa les trente dollars qu'elle avait en poche et garda la main au-dessus pour les protéger.

Le prêtre arriva le lendemain matin, après qu'elle l'eut appelé. Il patienta dans son van tandis que Hương pressait Tuấn de sortir. L'autoradio diffusait du gospel, mais il l'éteignit lorsqu'ils prirent la direction du centre-ville.

Une fois sur l'autoroute, il lui dit qu'il avait passé toute la matinée à la chercher. La vitre était baissée, et l'air plus chaud que frais. Mme Minh lui avait expliqué qu'elle était *« partie comme ça »*, sans préciser où elle allait. Elle n'avait même pas laissé un mot pour dire comment la contacter, ni quelles étaient ses intentions. Elle aurait aussi bien pu *« disparaître de la surface de la Terre »*. Hương n'avait pas la moindre idée de ce que cela pouvait signifier.

« J'ai failli avoir une crise cardiaque », ajouta le prêtre.

Est-ce qu'elle était au courant que La Nouvelle-Orléans pouvait être une ville dangereuse ? continua-t-il. Des gens s'y faisaient assassiner. Dépouiller. Rouer de coups. Elle était une immigrante arrivée de fraîche date, des gens auraient pu profiter d'elle. Pourquoi était-elle partie ?

Elle ne répondit pas tout de suite. C'était peut-être une question rhétorique. Mais le prêtre, lui, n'était pas obligé de cohabiter avec les Minh. Avec les terreurs nocturnes de monsieur et son alcoolisme. Ou avec les disputes du couple. Il n'avait pas à vivre comme dans un cauchemar où tout est étrange, anormal, incohérent. Voilà à quoi ressemblait son séjour jusqu'ici. Il ne pouvait pas comprendre. Sa vie à lui était simple. Il était prêtre, nom de Dieu ! Il ne connaissait rien à la souffrance.

Lorsqu'ils furent parvenus à l'église, elle le suivit dans son bureau. Le prêtre mit en marche l'air conditionné et farfouilla dans le désordre de sa table.

« Ils ne nous aiment pas », finit-elle par dire, sans savoir à quelle réaction, verbale ou gestuelle, elle s'attendait. Elle bouillait de colère. « Vous ne comprenez pas », réussit-elle à dire avant de s'asseoir.

Les murs du bureau étaient couverts de certificats rédigés dans une belle écriture et ornés de sceaux dorés ; il y avait aussi des croix, certaines en bois ordinaire et d'autres dorées ; enfin il y avait des photos, principalement de lui – ici avec des religieuses, là avec une équipe de base-ball junior, plus loin un portrait de groupe avec d'autres prêtres. Et au milieu de tout ça, une feuille ivoire encadrée avec au centre un emblème et, au-dessous, une devise : AU SERVICE D'UN, AU SERVICE DE TOUS.

Finalement, le prêtre dit : « Cela fait dix ans que je suis

entré dans les ordres. » Il ôta ses lunettes, les nettoya à l'aide d'un chiffon et les remit. « Et je crois que je n'ai jamais autant œuvré que cette année. » Il parla ensuite de Dieu, à grand renfort de récits bibliques sur les épreuves et les difficultés. Dieu le mettait à l'épreuve, lui expliqua-t-il.

Pour la première fois depuis leur rencontre, Hương s'aperçut qu'aux yeux de cet homme elle représentait moins une personne qu'une épreuve. Une énigme à élucider, un puzzle, un numéro parmi d'autres. Il vivait au service non pas de l'humanité, mais de ses idées et de sa carrière. En ce sens, pensa-t-elle, les catholiques ressemblaient fort aux communistes. Elle avait espéré que cet homme-là serait différent. Comme elle avait été bête de s'en remettre à lui.

« Vous ne comprenez donc pas ? » demanda-t-il avec emphase. Il sourit sans rien dire, comme s'il avait eu une révélation.

Elle prit une longue inspiration, puis souffla. Elle était épuisée. « Si », répondit-elle avant de partir.

Lorsqu'elle referma la porte, une voix de femme, quelque part, s'écria : « Trời ơi ! »

Hương leva les yeux. Elle scruta les bancs de la nef pour voir si quelqu'un était là et son regard s'arrêta sur la porte entrouverte d'un cagibi, d'où s'échappait un rai de lumière. Elle se posta devant. À l'intérieur, Thủy, une jeune fille dont elle avait fait la connaissance ici même, était penchée au-dessus d'une table.

« Chị Hương ! » Thủy ouvrit la porte, cria encore son nom, sautilla sur place et voulut lui prendre les mains. « Viens ! Il faut que tu écoutes ça ! » Hương ne savait pas comment réagir. Thủy s'écarta et lui montra le magnétophone sur la table. Lorsqu'elle appuya sur un bouton, il y eut un déclic. Et aussitôt, au milieu des parasites, un homme parla.

« Thủy ơi ! dit la voix pleine de grain. Comme tu me manques ! Il pleut encore ici, mon amour. Tu entends l'eau ? C'est le ciel qui pleure. » L'homme se taisait pour faire entendre l'eau qui martelait la boue.

C'était sans doute un garçon du même âge que Thủy. Hương voulut rire de leur amour juvénile et naïf. Au lieu de quoi elle se rapprocha et examina le magnétophone – le mouvement de la bande, le cliquetis, les boutons tout lisses et leurs symboles colorés. Elle se concentra sur la rotation des bobines. Pendant quelques instants, il n'y eut d'autre son que ce cliquetis qui résonnait dans le cagibi.

« Thủy ? » La voix de l'homme revint. Hương recula.

« Le voilà ! » couina Thủy en battant des mains, tout excitée. Elle prit Hương dans ses bras puis, gênée, s'écarta.

« Thủy, quand tu reviendras à la maison, on devrait se marier ! Je sais que tes parents y sont opposés, mais… »

La jeune fille baissa le volume et Hương la laissa seule avec son message.

En redescendant Camp Street, elle songea à la facilité qu'il y avait à enregistrer une cassette. Contrairement à une lettre, son contenu n'était pas visible, il était même caché, à moins que quelqu'un ne l'écoute. Or les gens ne le feraient que si la cassette paraissait suspecte. Si elle l'intitulait « Enseignements de l'Oncle Hồ », voire tout simplement « Communisme », ils ne prendraient même pas la peine de s'y attarder. Cependant, l'envoi coûterait cher. Et puis, l'expédierait-elle à leur adresse de Mỹ Tho ou à celle de Saigon ? Công était-il encore là-bas ? Était-il en sécurité ? Et si les communistes l'avaient arrêté ? Non, elle devait chasser de sa tête toutes ces questions sans réponse. Elle devait penser de façon positive, c'était la seule solution. Elle allait devoir interroger le prêtre à propos de ce magnétophone. Après s'être excusée pour son comportement ce matin-là, elle lui dirait poliment : « Cha, cho con mượn cái này. » Faussement timide, elle ajouterait : « Je vous le rendrai, promis. Juste une soirée. »

Elle entrerait en contact avec Công. Ils seraient réunis. La Nouvelle-Orléans lui sembla soudain plus joyeuse, plus belle. Elle sourit. Pour la première fois depuis des semaines. Peut-être même des mois.

De retour au motel, elle posa le magnétophone sur la table. Elle fit un test, et le son de sa propre voix la surprit. Elle semblait jeune et immature, un peu implorante. Avait-elle toujours cette voix-là ? Elle recommença en changeant sa voix et l'intonation des mots. Elle voulait faire bonne impression. Une fois satisfaite, elle lava et habilla les enfants, comme si le magnétophone avait des yeux.

« Je n'aime pas ça, se plaignit Tuấn en tirant sur sa chemise. Ça gratte.

– On n'en a pas pour longtemps, lui dit-elle. C'est important. On s'habille bien pour les grandes occasions. »

Elle se dit la même chose et enfila un áo dài, le seul bien de valeur qu'elle avait emporté. Lorsqu'ils furent prêts, elle appuya sur le bouton, et l'appareil commença à enregistrer.

« A lô, anh Công ? Hương đây. » Elle s'interrompit. Par où commencer ?

Parler à une machine était étrange. Elle avait beau s'être entraînée, désormais c'était pour de vrai. Elle devait choisir les mots justes pour bien se faire comprendre, décrire sa situation avec précision, exprimer ses émotions de telle sorte qu'il n'y ait aucun doute sur ses sentiments. Ses poumons devinrent lourds et ses joues s'empourprèrent. Elle éteignit l'appareil, puis le ralluma.

« On est arrivés en Amérique », commença-t-elle. Elle éteignit une nouvelle fois le magnétophone, prit une inspiration, le ralluma. « Mais avant ça on était à Singapour, dans un camp plein d'autres boat people. C'est comme ça qu'ils nous appellent : des *boat people.* »

Elle voulut arrêter, mais les mots sortaient tout seuls. Elle avait tellement de choses à dire, et Công n'y comprendrait rien.

Ils avaient passé une semaine à bord d'un bateau, Tuấn, elle et, quelque part dans son ventre, leur bébé. Pour toute nourriture, ils avaient un petit sac de riz cuit et un autre de bananes. (Ça, Công le savait déjà.) Au bout de quelques jours, ces maigres victuailles furent partagées entre la vingtaine de passagers sur le bateau. (Elle avait cessé de compter.) Elle se souvenait qu'à un moment donné, l'ensemble du bateau avait manqué d'eau et tous les bébés, y compris le sien, pleuraient et hurlaient de soif. Ensuite il avait plu, le ciel était devenu noir, et des gouttes étaient tombées. Pendant que les enfants ouvraient la bouche, les adultes brandissaient leurs bouteilles en plastique et leurs sacs. Avaient suivi les éclairs et les coups de tonnerre. Tout le monde s'était accroupi, blotti en une masse de peau et d'os, comme si s'accrocher les uns aux autres suffirait à les sauver en cas de naufrage.

Le lendemain, un navire les repéra, et les marins les accueillirent chaleureusement. On les conduisit jusqu'à un camp, à Singapour, où ils restèrent plusieurs mois, assez longtemps pour qu'elle y accouche. À sa grande surprise, l'enfant avait survécu malgré toutes les cruautés de la mer. Finalement, on leur avait dit de monter à bord d'un avion, et cet avion les avait emmenés tous les trois – une mère et ses deux fils – à La Nouvelle-Orléans, ville dont elle n'avait jamais entendu parler et qu'elle était encore incapable de placer sur une carte.

Elle prit Bình dans ses bras. Le bébé gazouilla près du magnétophone. Elle aurait dû commencer en parlant de lui. Pourquoi ne l'avait-elle pas fait ? « C'est notre fils, Công. Je l'ai appelé Bình. Il est đẹp trai, pas vrai ? Il est né au camp. Je pensais être trop mal en point, je me disais que, s'il tenait jusqu'au terme, il serait lui aussi en mauvaise santé. Mais non, il est bien là. Il est en bonne santé et il est fort ! C'est un miracle. » Elle souleva le bébé encore plus haut ; il rit comme si quelqu'un lui faisait des chatouilles. « C'est ton père », dit-elle en désignant le magnétophone. Elle agita sa petite menotte et le nourrisson rit de plus belle. Elle aurait préféré qu'il ne rie pas. L'instant était solennel. Ils devaient être solennels, tous.

« Công, est-ce que tu es en sécurité ? demanda-t-elle. Où es-tu maintenant ? Vas-tu nous rejoindre ? Dans quel état est notre maison ? Que font les communistes ? Est-ce que la ville est sûre ? Es-tu en sécurité ? » Il y avait tant de questions à poser. Elle ouvrit la bouche, mais rien d'autre n'en sortit qu'un petit gémissement. Elle se leva pour prendre un mouchoir.

Le dernier soir, à Mỹ Tho, ils remplirent une vieille valise. Ils s'en étaient servis des années plus tôt – avant Tuấn, avant qu'ils parlent de fonder une famille – pour un voyage à Đà Lạt. Hương se rappelait les collines ondulantes, noyées de brume le matin, aux airs de géants : grandes et robustes, mystérieuses et impénétrables. Elle dit à Công que c'était là qu'elle souhaitait passer le reste de sa vie. Công, lui, n'aimait pas Đà Lạt. Il n'aimait pas voyager. Il avait quitté le Nord avec sa famille quand il n'était encore qu'un enfant. Pour lui, le réfugié, partir était synonyme d'abandon. Depuis, il avait cherché un endroit où s'enraciner – pour de bon. Dans les jours qui précédèrent la chute de Saigon, alors que tout le monde tentait de fuir, Công, lui, tint absolument à rester. Ils venaient juste de quitter Mỹ Tho pour cette grande ville, où il avait décroché un poste à l'université. Il avait travaillé toute sa vie pour ça, disait-il, et désormais on le laissait enseigner la littérature – et parler non plus seulement des grands poètes vietnamiens, mais aussi des grands poètes français qu'il vénérait, Rimbaud, Verlaine, Gautier, Apollinaire, Hugo. À deux ans, Tuấn connaissait ces noms-là mieux que ceux de ses petits camarades, et il les chantait partout où il allait : Rim-baud, Ver-laine, Gau-tier. Công était fier de tout ce qu'il avait accompli, même si le métier d'enseignant était parfois ardu. Il lui arrivait souvent de rentrer le soir avec deux ou trois chemises remplies de copies à corriger. Sans compter les difficultés que lui posaient certains étudiants. Il bataillait avec les esprits obtus, ceux qui s'accrochaient à leur doctrine provinciale et rechignaient à être instruits. Les pires, racontait-il à sa femme (en regardant autour de lui comme s'il s'apprêtait à révéler un secret), c'étaient ceux qui avaient adhéré aux clubs communistes. Ils étaient tellement prisonniers de leur idéologie qu'on ne pouvait rien leur inculquer. (« Un cheval apprendrait plus vite à voler », disait-il.) Malgré tout, sa vie se déroulait exactement comme il l'avait envisagé. Ses yeux semblaient dire : « Hãy tin anh. » *Fais-moi confiance*. Et c'est ce que fit Hương.

Ils finirent par s'habituer à Saigon, au vacarme des vendeurs ambulants, aux rues jonchées d'ordures, à l'odeur entêtante des pots d'échappement. Ils s'étaient installés dans une routine confortable.

Le matin, Công et Hương se réveillaient de bonne heure. Leur journée commençait par des étirements dans le petit jardin, alors que le soleil se levait et qu'un café délicieusement chaud était en train de passer dans la cuisine. Ensuite, ils préparaient ensemble le petit-déjeuner, souvent du riz avec du nước tương et des œufs. Quand la ville s'éveillait – avec les gens qui partaient travailler et les motos qui envahissaient les rues –, Tuấn était déjà debout. Ils le préparaient pour l'école puis, tandis que Công prenait son vélo pour aller à l'université, Hương se chargeait d'accompagner leur fils à pied. Ils arrivaient toujours avant le début de la classe et elle le confiait donc à ses petits camarades – trois garçons plus âgés –, avec lesquels il jouait au football. Hương s'installait à l'ombre d'un arbre et les regardait jusqu'à ce que les maîtres viennent récupérer leurs élèves.

Dans la journée, elle faisait le ménage et les comptes. Certes, c'était Công qui ramenait les sous, mais ils s'en sortaient parce qu'elle était douée avec les chiffres. Công lui en était reconnaissant ; il lui disait souvent qu'elle aurait dû aller à l'école et étudier les mathématiques. Mais pour Hương, une telle perspective se résumait à des théories abstraites énoncées devant des tableaux noirs poussiéreux. Pourquoi s'infligerait-elle cela alors même qu'elle pouvait faire ses calculs devant la fenêtre ensoleillée, par où passait de temps à autre un petit courant d'air ? Non, elle n'était pas faite pour ça. Elle se connaissait et elle savait la vie qu'elle voulait. Et l'ayant obtenue, comme serrée entre ses mains, elle était heureuse.

En milieu d'après-midi, elle allait chercher Tuấn et ensemble ils se rendaient au marché pour y acheter de quoi préparer le dîner. C'était le moment idéal, car les vendeurs étaient fatigués et plus enclins à marchander. Même si, bien sûr, elle ne se retrouvait pas avec les meilleures viandes ni les plus beaux produits. Pour autant, ça leur permettait de faire des économies ; leur pays était en guerre, après tout (même si, dans l'esprit de Hương, la guerre était toujours lointaine – en un lieu dont elle avait seulement entendu parler). À leur retour, Công, s'il n'avait pas trop de travail, les attendait déjà à la maison.

Ils cuisinaient en famille, chacun racontant sa journée. Quand celle de Công avait été particulièrement bonne, ou quand il quittait son bureau de bonne heure, il rapportait une friandise pour son fils, lequel devait répondre à une devinette pour y avoir droit. Naturellement, Tuấn était si intelligent – lui le fils du professeur – qu'il avait réponse à tout et exigeait sa récompense avec un baiser et un sourire. Leur foyer débordait d'amour, Hương en était convaincue. C'était tout ce dont ils avaient besoin : de l'amour. Et avec de l'amour, ils survivraient. Elle y croyait dur comme fer.

Lorsque la ville tomba, Công pensa qu'il n'y aurait pas de changements majeurs. Les communistes avaient conquis tout le pays. Que voulaient-ils de plus ? La guerre était finie. La vie allait reprendre ; il avait un nouveau cours à préparer. La semaine de la chute de Saigon, il dit qu'il rêvait de son programme la nuit et se demandait s'il pourrait y intégrer Musset quelque part. La passation de pouvoirs pacifique et la facilité avec laquelle se faisait le retour à la normale – le planning des cours, l'animation du marché – semblèrent confirmer ses dires.

Tout cela se passait en mai 1975.

Très vite, cependant, il y eut les couvre-feux. Des chars et des soldats armés patrouillaient dans les rues tandis que les habitants vaquaient à leurs occupations. Hương fut frappée par la jeunesse de ces militaires. Elle s'était attendue à découvrir des hommes d'âge mûr, mais ils étaient tous plus jeunes qu'elle. Elle les voyait manger au restaurant, se courir après dans les parcs, draguer les filles. Ces communistes-là ne pouvaient pas être fondamentalement mauvais. Ces garçons aux doigts maigres, aux bras affamés et aux sourires optimistes n'avaient pas pu conquérir tout un pays. Ils distribuaient les tracts du nouveau gouvernement expliquant qu'il était là pour servir le peuple. Elle en vint à haïr cette formule – *servir le peuple* –, d'abord parce qu'elle était mise à toutes les sauces, et plus tard, beaucoup plus tard, parce qu'elle devint macabre, dangereuse.

Un an après, Công reçut une lettre lui demandant de rejoindre un camp d'entraînement militaire à Lăng Cô. En tant que membre de la faculté de Saigon, disait le courrier, l'avenir de la nation reposait sur lui. Il était temps que les enseignants apprennent. Công devait emporter des vêtements pour deux semaines de rééducation. Ils le gardèrent cinq mois.

Lorsqu'il rentra à Saigon, sans chemise ni chaussures, émacié, Hương ne le reconnut même pas. Jusqu'à ce qu'il l'appelle par son prénom : « Hương. Anh đây. » Elle courut vers lui et le prit tendrement dans ses bras. La sensation de ses os la hanterait des nuits durant.

Công mit un mois à s'en remettre. Une fois sur pied, il ne parla pas de ce qui s'était passé au camp de rééducation, mais il décida qu'ils devaient quitter Saigon. Sur-le-champ.

Ils firent leurs valises – Công rassembla ses livres préférés dans une besace – et retournèrent, en bus, à Mỹ Tho, la ville où Hương avait grandi et où ils s'étaient rencontrés. Elle y possédait un terrain et une petite cahute, dont elle avait hérité quelques années auparavant, à la mort de sa mère. Une heure avant d'arriver à destination, le bus fut arrêté par un groupe de soldats qui les interrogea. Pourquoi allaient-ils à Mỹ Tho ? En avaient-ils l'autorisation ? Savaient-ils qu'ils devaient en demander une ? Công répondit qu'ils rendaient visite à la mère de Hương, qui était très malade. Les militaires les regardèrent avec méfiance puis les autorisèrent à passer. Ils dirent à Công qu'il avait l'air honnête.

Arrivés à Mỹ Tho, ils restèrent quelques semaines chez un ami de la famille avant de s'aménager un logis modeste et discret. Si des villageois ou des soldats leur posaient des questions, ils répondaient que la mère de Hương était morte et qu'ils avaient décidé de s'installer dans son village natal, où ils cultiveraient un petit arpent.

Comme la vie était différente. À Saigon, Hương était la jeune épouse d'un professeur et ensemble ils formaient une belle famille. Dorénavant, Công et elle travaillaient à leur potager, la terre s'incrustant sous leurs ongles, l'odeur de l'humus et les insectes et le soleil pénétrant leur peau et leurs vêtements. Ils avaient prévu de planter toutes sortes de légumes – choux, concombres, laitues –, mais il n'y avait qu'une chose qui poussait : les margoses, ces concombres amers. Pourquoi cultiver la terre, demandait souvent Hương, alors que Mỹ Tho était un village de pêcheurs ? Plus fiable, plus rentable, lui répondait Công avec un regard inquiet. Mais peut-être y avait-il une autre explication. Hương ne posait pas de questions ; les derniers mois avaient été assez difficiles comme ça. Oui, bien sûr, raisonnait-elle. La fiabilité. Alors ils cultivaient la terre, et quand la récolte était prête, Công allait la vendre au marché.

Comme il n'y avait pas d'école, Tuấn restait à la maison. Il commençait à s'ennuyer, devint apathique. Il se plaignait de n'avoir ni livres ni jouets. Il posait des questions sur son école et ses copains. Il voulait y retourner, persuadé qu'ils n'en étaient pas éloignés. Il devenait bougon quand Hương expliquait qu'il devait rester chez eux.

Le changement ne réussissait pas à Công non plus. Bien que toujours aimant, il était plus distrait, plus distant. On aurait dit qu'il regardait toujours par-dessus son épaule, comme s'il s'attendait à voir débarquer quelqu'un. Tuấn dut le sentir car, dans la journée, il faisait des petits cadeaux à son père pour lui remonter le moral – une pierre particulièrement jolie ou une fleur intéressante. Công souriait et passait une main dans les cheveux de son fils. Mais rapidement son regard s'échappait de nouveau pour se porter au-dehors, vers le village silencieux qui bientôt devint inexplicablement plus silencieux et plus vide.

Des hommes commencèrent à disparaître. D'abord ici et là, puis de manière plus visible. Ensuite ce fut au tour des femmes. Enfin, des familles entières furent remplacées par d'autres, qui avaient la peau claire et l'horrible accent du Nord.

Un soir, dans l'obscurité de leur chambre, Công dit à Hương qu'ils feraient mieux de partir et de quitter le pays.

« Partir ? répondit-elle. Mais où ? Quand ? » La proposition paraissait folle, surtout venant de Công, cet homme rationnel qui ne souhaitait qu'une chose, avoir un chez-lui.

« On peut partir n'importe où. Tu te souviens de Cảnh ? »

Cảnh était un pêcheur. Un matin, le village avait découvert au réveil que sa hutte avait disparu – les murs en bois volatilisés, le lopin de terre désert, comme si cet homme n'avait jamais existé. Tout le monde était convaincu qu'il avait fait sa valise et qu'il était parti en bateau. Il devint une légende locale : on n'était pas condamné à subir l'oppression de la nouvelle république socialiste du Vietnam qui éliminait les traîtres, semait de nouvelles graines, faisait pousser une nouvelle société. On pouvait partir.

« Công, dit-elle, endors-toi. »

Mais il sortit du lit. Il prit son carnet, compulsa ses livres et gratta du papier jusqu'au lever du jour. Il finit par se recoucher et dormit deux petites heures avant de se relever, comme si de rien n'était.

Les nuits suivantes ressemblèrent à celle-là. Son comportement était de plus en plus étrange. Il écrivait des pages et des pages, dans un mélange de français et de vietnamien, auxquelles Hương ne comprenait pas un mot. Quand une phrase commençait en vietnamien, elle se terminait en français. Hương ne savait pas qu'il avait ça en lui, cette paranoïa. Parfois, son écriture ressemblait davantage à des dessins minuscules qu'à des mots. Et certaines lettres, mises bout à bout, ne pouvaient pas avoir le moindre sens, dans aucune langue.

Finalement, l'État lança un nouveau programme économique. Il achèterait directement aux travailleurs paysans – « le socle de notre nouvelle société » – et, afin de s'assurer que chacun dispose du nécessaire, revendrait les récoltes aux masses – « pour servir le peuple ».

Un beau jour, un fonctionnaire vint voir leurs margoses. Il rit pendant que ses collègues en chargeaient un camion entier. « Qui mange encore du mướp đắng, petite sœur ? » dit-il. Cela ne l'empêcha pas d'emporter une partie de leur récolte et de lui remettre en échange non pas de l'argent, mais un petit carnet de bons alimentaires. « Merci de servir le peuple. »

« Servir le peuple… », maugréa Hương après leur départ. Elle se sentait rabaissée, trahie. Tandis que l'homme allait de maison en maison, tantôt se moquant des villageois, tantôt leur hurlant dessus s'ils ne produisaient pas assez, elle commença à ressentir, plus que tout, de la colère.

« Les ingrats, disait-elle. Ils nous volent notre nourriture, ils nous refilent des bons qui ne nous permettent même pas d'acheter un kilo de riz, et ensuite ils nous disent qu'on est des héros nationaux, les piliers de la société. » L'état de son pays lui donnait envie de pleurer.

Công, lui, y vit une occasion à saisir. « C'est du communisme pur jus, appliqué à la lettre ! Tu n'es pas soulagée qu'on ait décidé de cultiver la terre ? » lui dit-il. Son plan fut mis en application. Ils cultivèrent davantage qu'ils ne vendraient à l'État. Le surplus, ils l'écoulèrent au marché noir, principalement auprès des herboristes traditionnels, et bien sûr des familles affamées. Au bout de plusieurs mois, ils eurent ainsi de quoi financer leur fuite – les trois places à bord du bateau, le carburant, la nourriture qu'ils devraient emporter. Enfin, l'argent qu'il leur restait, Hương le cousit dans leurs doublures, avec les quelques bijoux qu'ils pourraient troquer plus tard.

Lorsque sonna l'heure du départ, Hương n'y croyait pas. Ce soir-là, un vieil homme à la barbe crasseuse se présenta chez eux. Ils prirent leurs bagages, et Công paya l'homme. Ils le suivirent dans la jungle.

Le passeur, qui devait avoir au moins cinquante ans, courait comme un gamin, et ils suivirent la cadence comme ils purent dans l'air moite et lourd. Hương avait beaucoup de mal à respirer, à presser le pas et à porter Tuấn en même temps. Un orage approchait ; d'où l'humidité. Était-ce bien raisonnable de prendre le bateau maintenant ?

Tuấn se mit à pleurer. Hương dut lui couvrir la bouche.

« Tais-toi, je t'en supplie. S'il te plaît ! » supplia-t-elle.

Il pleura encore plus fort et elle sentit son souffle chaud sur sa paume. Entendant un bruit, elle faillit le lâcher. Ils se figèrent tous. Les insectes se turent et les oiseaux arrêtèrent de chanter. C'était la première fois qu'elle entendait un silence complet dans la jungle.

« On aurait dit un coup de feu, lâcha Công au bout d'un long moment. Ils nous poursuivent ? » Puis, sur un ton accusateur, il accabla le vieil homme. « Tu es de mèche avec eux, l'ancien ? Tu nous as tendu un piège, c'est ça ? »

Ses cris firent redoubler les pleurs de Tuấn, et le passeur répondit, en hurlant lui aussi, qu'il ne ferait jamais une chose pareille, qu'il était un homme de parole, qu'il avait servi des années dans l'armée du Sud-Vietnam. Tandis qu'ils se disputaient, Hương essayait de discerner leurs silhouettes. Elle se mit à marcher en direction d'une ombre qu'elle pensait être celle de Công, mais en s'approchant elle constata que c'était un arbre écimé, comme si celui-ci avait été frappé par la foudre. Ils entendirent encore une fois ce gros bruit soudain, et tout le monde fit de nouveau silence.

« Anh Công ? lança-t-elle, tâtonnant dans le noir. Anh Công ?

– Par ici », entendit-elle son mari répondre. Il la prit par la main et ils se remirent à courir, s'éraflant la peau contre les arbres, trébuchant sur des lianes. Hương dut s'arrêter à deux reprises car elle avait mal au ventre. Pendant un mois, elle s'était demandé si elle n'était pas enceinte, et les quatre dernières semaines de nausée le lui avaient confirmé. En annonçant la nouvelle à Công, elle avait expliqué qu'elle pourrait régler le problème avant le voyage, mais il était si heureux de cette grossesse qu'il s'y était opposé. « Pourquoi faire une chose pareille ? avait-il demandé en touchant son ventre. Laisse-moi simplement lui trouver son prénom. » Elle avait choisi celui de Tuấn ; le choix du deuxième pouvait bien lui revenir.

Enfin, la plage apparut. Plusieurs bateaux attendaient sur le sable. D'autres étaient au mouillage – Hương distingua au loin des lampes torches, cercles lumineux qui dansaient à la surface puis s'évanouissaient. Une femme criait depuis le rivage, le doigt pointé vers la mer.

« Mon bébé ! disait-elle. Mon bébé est sur le bateau ! Ramenez-le ! Mon petit garçon ! »

Cette femme lui rappelait quelqu'un, mais il faisait trop sombre pour bien distinguer ses traits. La femme courut dans la mer et disparut.

Hương serra la main de Công et fut soudain gagnée par un sursaut d'énergie. Après tout ce temps passé à échafauder des plans, l'heure était enfin venue.

« Allons-y, dit-elle. Il est temps de partir, Công. » Elle l'entraîna à sa suite, mais il s'arrêta pour regarder une dernière fois la jungle derrière lui. Il se figea. Les yeux rivés devant elle, Hương tira plus fort, et ils coururent en direction du bateau. Là, un homme leur fit signe d'avancer. Ils furent les derniers à embarquer avant que le bateau soit mis à l'eau.

« Vite, vite », dit quelqu'un tandis que le moteur démarrait en toussotant.

Ils passèrent dix jours en mer. La plupart du temps, Hương ne dormait pas. Elle tenait Tuấn dans ses bras, sa petite tête serrée contre sa poitrine, enfouie là, loin de l'eau. *Comment la main de Công a-t-elle pu glisser ?* se demandait-elle sans cesse. C'était la seule explication. La seule explication possible.

Une fois son message enregistré, elle écrivit « Les enseignements de l'Oncle Hồ » sur la cassette, puis leur adresse de Mỹ Tho sur une enveloppe. Le lendemain matin, elle demanderait au prêtre de la conduire au bureau de poste. Le courrier serait envoyé. Elle recevrait quelque chose en retour. Ils se retrouveraient. C'était ce qu'elle pouvait espérer de mieux. Elle pouvait espérer.

Après le dîner – des nouilles instantanées dans un gobelet en polystyrène que leur avait données la paroisse –, elle fit la toilette de ses deux fils et les coucha. N'arrivant pas à dormir, elle alluma la télévision et la regarda, le son coupé. Des images se succédaient à l'écran : des hommes en costume-cravate signant des documents et se serrant la main ; des journalistes riant derrière une table et remuant leurs papiers ; un homme souriant devant une carte de l'Amérique.

En pleine nuit, Bình se réveilla en larmes. Hương le berça en faisant le tour de la pièce, dont les stores baissés n'occultaient pas complètement la lumière des lampadaires. Le nourrisson avait l'air d'un ange, et elle s'en voulait de lui avoir déjà infligé tant de choses, lui qui était encore si petit. Depuis le tout premier jour, même. Sa naissance avait duré dix heures et mobilisé deux sages-femmes. Quand il avait fini par sortir, l'une d'elles avait froncé les sourcils. Quelque chose n'allait pas ; il ne pleurait pas, ne respirait pas. Sa collègue avait pris le nouveau-né et l'avait examiné. Depuis sa couche, Hương pouvait voir son bébé entre ses mains. Elle avait peur qu'il soit inerte, mais ses bras remuaient frénétiquement, comme s'il se noyait. « Je sais », avait dit la première sage-femme. Elle avait saisi l'enfant et lui avait donné une tape dans le dos, une fois, deux fois, trois fois, avant qu'il ne se mette enfin à tousser et ne fasse entendre son premier cri. Hương avait poussé un soupir de soulagement, de même que les deux femmes. Maintenant qu'elle y repensait, elle se demanda quelles épreuves frapperaient ses enfants. Quels malheurs ? Quelles peines de cœur ? Quelles guerres ?

« Tant que je serai là, murmura-t-elle en prenant ses petites mains entre les siennes, il ne t'arrivera rien. Je te le promets. Je vous protégerai. Tous les deux. Je te le promets. » Elle se sentait sûre d'elle en prononçant ces mots, sûre de sa capacité à tenir cette promesse. Elle n'avait jamais rien affirmé avec une telle certitude.

Elle installa Bình sur ses genoux et, ensemble, ils regardèrent les informations du soir.

D'une minute à l'autre, elle en était convaincue, il serait question de chez eux.

Tuấn

1979

Les appartements de Versailles Arms étaient flambant neufs, Tuấn le voyait bien. La peinture blanche était encore fraîche. Les pièces étaient toutes propres, sans poussière ni odeur de renfermé. Le jour où ils s'y installèrent – après avoir vécu à l'église, chez les Minh, au motel et dans la maison du cha xứ –, tous les autres résidents emménageaient aussi. Des rangées de voitures étaient garées dehors. Un autoradio diffusait ce qui s'apparentait à un match de quelque chose, mais Tuấn ne comprenait rien et ne voyait pas de quel sport il pouvait bien s'agir. Tout ça lui rappelait le motel, où les gens allaient et venaient et passaient de longs moments assis dans leur voiture, à attendre que quelqu'un vienne à leur rencontre, ou simplement la vitre baissée, à fumer et à manger des hamburgers. Sauf qu'ici tout le monde donnait l'impression de ne plus jamais vouloir partir. C'était la grande différence.

Les hommes transportaient les cartons, tandis que les femmes se chargeaient de les défaire. Tuấn et sa famille ne possédaient qu'une valise et quelques sacs en plastique remplis de ce qu'ils avaient accumulé depuis leur arrivée : une paire de chaussures neuves pour lui, un lot de nouilles instantanées, une couverture avec des motifs de bébés animaux pour Bình. Ils avaient si peu de choses. Sa mère dut voir qu'il s'en rendait compte, car elle posa une main sur son épaule.

« On ne restera pas longtemps ici, dit-elle.

– Vraiment ? »

Il leva les yeux. Le visage de sa mère était indéchiffrable. Ce qu'elle ressentait – car elle devait bien ressentir quelque chose – était imperceptible. Elle était comme ça depuis leur départ du Vietnam, une mère silencieuse. Il lui arrivait de pleurer, mais le plus souvent elle ne disait rien et son visage demeurait grave.

« Oui, dit-elle. Une fois que ton père sera là, on ira s'installer ailleurs. » Elle lui donna un petit coup de coude et il monta les marches.

« Où ça ?

– Dans le Garden District, peut-être. Avec une clôture et un jardin. »

En disant cela elle afficha un petit sourire en coin et il comprit que tout irait bien, après. C'était une évidence.

Le lotissement avait été construit dans la banlieue est de La Nouvelle-Orléans, au-delà de l'Industrial Canal, où les grands immeubles laissaient place aux marécages. Fermé par une clôture d'un côté et adossé à un bayou de l'autre, Versailles comptait dix bâtiments abritant chacun deux appartements, posés l'un sur l'autre. Ils bordaient de part et d'autre une route non goudronnée qui traversait le quartier pour se terminer juste devant le bayou.

Pendant des semaines, ils n'ouvrirent pas leur valise. Tuấn le vivait assez mal. Rien de tout cela ne leur appartenait.

Ils devaient prendre garde de ne rien casser, de ne pas salir la moquette, de ne pas abîmer les murs – ce n'était pas à eux. Sa mère continuait d'envoyer des cassettes à leur père. Ils s'asseyaient tous les trois par terre devant le magnétophone et s'enregistraient pendant que les têtes de lecture tournaient. Elle concluait chaque message par : « À bientôt », et Tuấn répétait : « À bientôt, cha ! » Ensuite elle les mettait au lit et, même s'il savait que c'était impossible, il entendait sa propre voix résonner sur les murs blancs et vides : « À… bientôt… cha ! »

Il fallut attendre l'été pour que sa mère commence à décorer l'appartement. Grâce à la paroisse, ils récupérèrent un canapé d'occasion, une vieille table à manger et un tableau figurant un arbre recouvert de mousse. Un jour, la mère de Tuấn se dit que des fleurs, ça ferait joli. Elle vida aussitôt dans un bol un bocal de cornichons et le rinça.

« Quelque chose de joli, répéta-t-elle.

– Imagine si cha rentre à la maison et qu'il n'y a rien de joli ! » ajouta Tuấn.

Elle sourit.

Ils allèrent tous les trois cueillir des fleurs sur les berges du bayou, soit juste devant leur appartement, puisqu'ils habitaient le dernier immeuble de Versailles. De loin, Tuấn trouva que sa mère, qui tenait Bình dans ses bras, paraissait plus jeune, plus radieuse, et que son frère ressemblait à un jouet parfait, davantage poupée que petit garçon. Persuadé qu'elle cueillait elle aussi des fleurs quand elle était enfant, il se dit qu'il devrait lui poser la question un jour. Il cueillit une brassée des fleurs les plus colorées qu'il put trouver et courut vers elle. En le voyant, elle laissa échapper un petit rire et secoua la tête. Elle n'aimait pas les jaunes. Mais elle aimait bien les bleues, ainsi que les violettes et les blanches. Lorsqu'ils en eurent réuni une belle quantité (même Bình réussit à en cueillir une minuscule), ils rentrèrent. Leur mère mit le bouquet dans le bocal et s'attela au dîner.

Au même moment, quelqu'un frappa à la porte. Ils cessèrent ce qu'ils étaient en train de faire et se tournèrent vers l'entrée. Depuis le début ils vivaient seuls, et Tuấn se fit même la réflexion que, jusqu'à présent, personne n'avait frappé à leur porte, personne ne leur avait rendu visite. Qui cela pouvait-il bien être ? Sa mère s'éclaircit la gorge, éteignit la cuisinière et s'essuya les mains sur un torchon. Tuấn lui emboîta le pas. Peut-être que quelqu'un les avait vus cueillir des fleurs et que c'était interdit ? Allaient-ils avoir des problèmes ? L'idée l'effleura. Il voulut demander à sa mère de ne pas répondre, mais elle actionna la poignée et la porte s'ouvrit.

Tuấn découvrit alors le visage buriné d'une vieille femme. Lorsqu'elle sourit, il entendit ses lèvres remuer en produisant un bruit mouillé. Elle entra, lentement, en traînant les pieds. D'une main elle tenait une canne, de l'autre une boîte emballée dans un papier rouge brillant. Tuấn la regarda, stupéfait. Qu'une femme aussi âgée puisse faire tout cela sans demander de l'aide le fascinait. Avec ses grandes narines écarquillées, sa moue, sa démarche lourde, elle lui fit penser à un vieux buffle.

« Vous devez être Hương, dit-elle.

– Oui, c'est moi. »

Sa mère aussi semblait hypnotisée. Elle essuya de nouveau ses mains sur le torchon, alors qu'elles étaient déjà propres et sèches. Elle voulut dire quelque chose, mais la vieille dame la coupa.

« Bùi Thị Minh Giang, reprit celle-ci. Ou, comme ils disent ici, Giang Bùi. De l'étage au-dessous. » Elle lui tendit la boîte. « Des biscuits aux amandes. Si vous nous faites du cà phê, on peut les goûter ensemble ! »

Tuấn s'assit à leur côté pendant que les deux femmes se racontaient leurs vies (elle avait épousé un homme d'affaires mort pendant la guerre), parlaient de La Nouvelle-Orléans (« Le café ici est bon, non ? ») et de Versailles (« Vous vous rendez compte qu'ils appellent cet endroit *Versailles* ? »). À un moment il cessa d'écouter puis la vieille dame partit.

Ils ne la réinvitèrent pas, mais elle revint quand même. Le lendemain, juste avant le dîner, puis le surlendemain et encore le jour d'après, jusqu'à ce que les visites de Bà Giang deviennent si prévisibles, comme un élément de leur vie quotidienne, que Tuấn ne pouvait plus concevoir une journée passée sans elle et ses taquineries enjouées.

Quand elle était là, elle aimait lui toucher le bras, ou le ventre, ce qui le faisait reculer brusquement. « Tu es tellement gros, maintenant ! disait-elle. Des mains potelées, des bras potelés, et ce petit bidon… Tu es aussi grassouillet qu'un Américain ! »

À ce mot d'*Américain,* Tuấn se dressait sur sa chaise.

« Je ne suis pas américain ! rétorquait-il en récitant de mémoire ce qu'il avait appris à l'école. Je suis vietnamien. Mon père enseigne la grande et respectable littérature de notre pays. Ma mère est une fille de notre magnifique campagne. »

À la fin de son petit discours, les deux femmes applaudissaient et il inclinait la tête.

« Bravo ! » s'exclamaient-elles.

« Mon petit », disait sa mère.

Il rougissait et sentait une onde de chaleur et d'amour lui parcourir le corps. Il se sentait presque chez lui ici, ou du moins dans un genre de chez-lui.

À cause de son grand âge, Bà Giang ne travaillait pas, ou n'arrivait pas à trouver de travail. Pour gagner un peu d'argent, elle s'occupait donc des gamins de Versailles qui avaient besoin d'être gardés en l'absence de leurs parents.

Outre Tuấn et Bình, il y avait trois autres enfants. Trúc, la plus grande, avait neuf ans. Elle n'aimait pas regarder la télévision – ce que Bà Giang leur disait de faire la plupart du temps – au motif que ça pourrissait le cerveau et que ça rendait bête ; mais elle la regardait quand même. Ngọc était le deuxième en âge, un maigrichon aux longues jambes et au rire de singe. Enfin, il y avait Đinh-Fredric, un garçon de sept ans – soit deux de plus que Tuấn – qui était lai, c'est-à-dire que son père n'était pas vietnamien, mais personne ne savait ce qu'il était précisément. D'où ses deux prénoms, l'un vietnamien et l'autre venu d'ailleurs. C'est du moins ce que Bà Giang raconta à la mère de Tuấn.

Đinh-Fredric ne s'asseyait jamais avec eux pour regarder *1, rue Sésame* ou les autres émissions pour enfants. Il préférait rester dans la chambre de Bà Giang, porte fermée. Personne ne savait ce qu'il y fabriquait.

Un jour, pendant une pause publicitaire, Trúc leur dit que Đinh-Fredric n'était pas du tout vietnamien : il était américain, à cent dix pour cent.

« Réfléchissez un peu à son nom, dit-elle. Ça ne fait même pas vietnamien. Fredric… Qu'est-ce que c'est que ce nom ? » Ngọc acquiesça : qu'est-ce que c'était que ce nom, Fredric ?

« Et pourquoi il reste toujours tout seul ? poursuivit Trúc. Il doit être en train de mijoter quelque chose dans son coin. Contre nous ! Mon père dit que les Américains sont des gens très, très méchants, et il a toujours raison. » Tuấn essaya alors de se rappeler si son père avait dit quoi que ce soit à propos des Américains ou de l'Amérique. Avant de partir, il avait parlé de l'Australie et de la France. « Les Australiens sont accueillants », avait-il dit à sa mère, Tuấn s'en souvenait, alors qu'ils le croyaient endormi. « Quant aux Français, au moins on parle un peu leur langue. » Ses parents ne lui avaient jamais annoncé leur projet de départ, mais il l'avait compris à partir de leurs conversations nocturnes. Le seul choc pour lui fut le jour où ils s'en allèrent pour de bon, et, après cela, le fait que son père ne soit pas avec eux.

« En quoi est-ce qu'ils sont si méchants ? » demanda Ngọc.

Trúc lâcha un soupir énervé. « En quoi est-ce qu'ils sont si méchants ? » Elle se pencha en avant. « Tu te souviens du bateau ? »

Ngọc fit signe que oui. Tuấn aussi s'en souvenait, même si ce n'était pas le même que celui de Ngọc ou de Trúc, car ils avaient tous embarqué sur des bateaux différents. Il se rappelait l'absence de son père, et les vagues, et la nausée, comme s'il y avait trop d'eau à l'intérieur de son ventre. Et sa mère qui lui répétait de dormir, tout le temps, même quand il venait de se réveiller. Dès qu'il demandait où ils allaient, elle se contentait de secouer la tête, comme si « non » était un lieu.

« Ce sont les Américains qui t'ont amené là, dit Trúc. Ils t'ont pris ta maison. Ils t'ont fait monter sur le bateau. Et maintenant c'est ta mère qui cuisine leurs repas, ton père qui nettoie leurs maisons alors qu'avant c'était le patron, et ils sentent mauvais tous les deux quand ils rentrent le soir. Les Américains sont la cause de tous les problèmes. Tu comprends ? »

Ngọc hocha la tête.

« Et toi ? dit-elle en regardant fixement Tuấn. Tu comprends ?

– Je ne sais pas », marmonna-t-il. Toute cette discussion le troublait. Il avait envie d'être seul et d'y réfléchir.

« Qu'est-ce que tu as dit ?

– Dạ… J'ai dit dạ. »

Pour le déjeuner, Bà Giang leur donnait des cupcakes de fabrication industrielle, ses préférés. Au chocolat et fourrés à la crème. Chaque paquet en plastique en contenait deux. Un jour, tandis que Trúc et Ngọc retournaient se planter devant la télévision, Tuấn s'arrêta dans le couloir qui menait à la chambre de Bà Giang. Qui était Đinh-Fredric ? Trúc disait-elle vrai ? Était-il méchant ? Était-il américain ? Ça paraissait peu probable. Après tout, il n'y avait pas d'Américains ici. C'était une règle : il fallait être vietnamien pour vivre à Versailles.

Tuấn enveloppa son deuxième gâteau dans une serviette en papier, puis s'engagea dans le couloir sur la pointe des pieds. Parvenu devant la chambre, il toqua à la porte. Personne ne répondit. Il frappa de nouveau et murmura par le trou de la serrure : « Đinh. Đinh-Free-rock. »

Pour Tuấn, Đinh-Fredric était un fantôme. Il n'avait fait que l'apercevoir, T-shirt de couleur vive courant dans les couloirs. Il n'avait ni cheveux, ni tête, ni corps. Il n'était qu'un T-shirt. Parfois, Tuấn doutait même de son existence.

Ce n'était pas un garçon mais une idée. « Đinh ! » murmura-t-il, plus fort cette fois.

La porte finit par s'entrouvrir, laissant s'échapper une odeur viciée mais florale, comme du vieux parfum. Entre le chambranle et l'encadrement, il vit deux yeux qui l'observaient.

« Bánh ! » Tuấn déplia la serviette en papier. Le cupcake s'émiettait, la crème blanche dégoulinait. Il s'essuya la main sur son T-shirt. « On ne dirait pas, mais il est encore bon. Prends-le, si tu veux. »

Le garçon le regardait fixement. Ses yeux se baissèrent vers les pieds de Tuấn, puis remontèrent jusqu'à son visage. La porte, en se déplaçant d'avant en arrière, grinçait.

« Qu'est-ce que tu fais ? » intervint Trúc. Tuấn ne l'avait pas entendue arriver. La fillette croisa les bras. Elle regarda Tuấn, puis Đinh-Fredric, puis de nouveau Tuấn, et ses yeux s'animèrent. « Toi aussi, Tuấn, tu es un Américain ? demanda-t-elle avec un petit sourire malicieux.

– Non ! Non ! Je suis vietnamien. Je suis vietnamien ! Mon père… Il… »

Tout à coup, il ne savait plus quoi dire. Les mots étaient dans sa tête, mais en désordre. Trúc le toisait et lui donnait envie de se cacher. Il laissa tomber son gâteau et se précipita vers la télévision, devant laquelle Ngọc était assis sans chercher à cacher son excitation. Le volume était bas.

« Tu l'as vu ? Tu as vu l'Américain ? » demanda-t-il.

Tuấn repensa à la petite silhouette frêle dans l'obscurité. Il avait vu que la peau de Đinh-Fredric était mate, plus mate que la sienne. Il avait les cheveux courts et, ce qui avait surpris Tuấn, bouclés et épais. Đinh-Fredric n'était pas un fantôme. Il n'était pas un monstre. Il n'était qu'un petit garçon.

La porte de la chambre s'ouvrit et se referma, avec un grincement suivi d'un claquement – bref et néanmoins audible. Tuấn tendit le cou pour voir si Đinh était sorti : le couloir était désert, mais le gâteau avait disparu. Il imagina le garçon dans la chambre, en train de lécher joyeusement le sucre sur la serviette en papier. Cela le fit sourire. Ils seraient copains. Bons copains.

« Rien, dit-il à Ngọc. J'ai rien vu. »

Ce soir-là, sa mère enregistra un nouveau message, assise par terre devant la porte vitrée et coulissante qui donnait sur le bayou. Leur appartement était au premier étage, avec un garde-corps métallique qui empêchait de sortir et de tomber. Tuấn se demandait toujours pourquoi on avait pris la peine de mettre une porte ici. Peut-être était-ce la coutume en Amérique.

« Je suis dans un autre pays, chuchotait-il souvent quand il était seul, pour sentir retomber le poids des mots. Là-bas, loin, très loin, poursuivait-il dans sa tête, il y a un grand pays qui s'appelle le Vietnam, avec des gens différents, des arbres différents, des maisons différentes, et c'est là que se trouve cha, et il ne peut pas en partir. Le Vietnam ne ressemble pas à une chambre, plutôt à une école, et on ne peut pas en partir parce que les règles sont différentes à l'école, et on ne peut pas s'en aller tant que le thầy giáo n'est pas d'accord, alors on attend que le thầy giáo l'autorise à partir ou que cha s'enfuie en cachette du thầy giáo. »

Tandis que sa mère rembobinait la cassette et notait

l'adresse sur l'enveloppe, Tuấn demanda : « Quand est-ce que cha va arriver ?

– Bientôt », répondit-elle tout en cachetant l'enveloppe, avant d'appuyer fortement dessus pour s'assurer qu'elle était bien fermée. Puis elle croisa les jambes et les tapota. Tuấn grimpa sur ses genoux.

« Ça lui plaira, ici ? demanda-t-il.

– Bien sûr », répondit-elle d'un ton assuré. Comment pouvait-il douter d'elle ?

« À ton avis, qu'est-ce qu'il aimera le plus ? » Dehors, la lune éclairait le bayou et s'y reflétait à la perfection.

« Nous. »

Le mardi suivant, Bà Giang les laissa s'amuser dehors. Ngọc voulait jouer à cache-cache, mais Trúc dit que c'était pour les bébés. Alors Ngọc ne voulut plus y jouer.

Trúc dit : « J'ai une idée ! Ça s'appelle "Je ne suis pas américain".

– Ce n'est pas un jeu, protesta Tuấn.

– On y jouait tout le temps, à Saigon, expliqua la fillette. Tu ne peux pas savoir, toi, tu es de Mỹ Tho. Tu viens d'une famille de bouseux.

– Eh ! cria Tuấn.

– Comment ça se joue ? » voulut savoir Ngọc.

Trúc sortit de sa poche un ruban rouge qu'elle maintint en l'air ; le soleil le fit briller. « Facile. Si tu portes ça, c'est toi l'Américain.

– C'est débile, fit Tuấn. Je ne joue pas.

– Si tu ne joues pas, alors tu es un ngu et on ne t'aime pas.

– Joue, Tuấn ! dit Ngọc. Il va jouer ! C'est quoi les règles ?

– Eh bien, commença Trúc, si tu es l'Américain, tu portes ce ruban. La seule manière de ne plus être l'Américain, c'est de l'attacher à quelqu'un d'autre. Alors tu nous cours après. Quand tu attrapes quelqu'un, tu le fais tomber et tu le noues autour de son poignet. »

Elle tira Tuấn par le bras et montra aux garçons comment procéder en faisant un double nœud. « Tadam !

– Et ensuite ? demanda Ngọc.

– Ensuite, tu t'enfuis, crétin. »

Elle donna une petite tape à Tuấn. « C'est toi l'Américain, crétin ! »

Ngọc éclata de rire, et Trúc se mit à courir en hurlant : « Les Américains tuent notre peuple ! Les Américains tuent nos récoltes !

– Pas les Américains ! cria Ngọc. Pas les Américains !

– Les Américains tuent notre peuple ! Les Américains tuent nos récoltes !

– Pas les Américains ! » répéta Ngọc avec davantage encore de terreur feinte.

Ils jouèrent ainsi de longues minutes, courant bêtement dans tous les sens pendant que Tuấn les suivait mollement. En passant devant l'appartement de Bà Giang, il aperçut Đinh à la fenêtre. Qui les observait depuis le début. Surpris, le garçon se cacha derrière les rideaux, mais Tuấn l'avait vu, et le voyait qui regardait encore derrière le voilage.

« Tu fais quoi, l'Américain ? demanda Trúc en lui tapant sur l'épaule. Tu veux jouer ou aller embrasser ton copain américain ? » Elle imita des bruits de baiser, l'index tendu vers la fenêtre. Elle toisait Tuấn, et son long corps jetait une ombre.

« Arrête de m'appeler l'Américain ! » Il tendit les bras pour la repousser, mais Trúc fit un pas de côté, si bien qu'il trébucha et se retrouva face au bayou.

C'est alors qu'il entendit Ngọc crier : « Arrêtez ! Arrêtez ! » Son cri aigu sembla transpercer l'air. « Vous deux, vous avez tout fichu en l'air ! C'est pas drôle ! » Il marcha d'un pas furieux pour rentrer à l'appartement. Tuấn et Trúc restèrent immobiles, jusqu'à ce qu'ils entendent la porte claquer.

« J'arrête de jouer », dit Tuấn en dénouant le ruban. Puis il se frotta la joue. Il n'y avait aucune égratignure, seulement de la terre. « Tu peux être l'Américain. » Il lui lança le ruban, mais celui-ci retomba lentement au sol, comme une plume. Il commença à s'éloigner. Il avait mal. Il se disait qu'il devait forcément avoir une plaie quelque part, il regarderait une fois chez lui. « Je suis vietnamien, commença-t-il à marmonner. Mon père enseigne la grande et honorable littérature de notre pays…

– Ton père est sûrement mort ! s'écria Trúc. Il a dû se faire tuer. Il a dû disparaître. »

Sans réfléchir, Tuấn fit volte-face et se rua vers elle. Il la poussa de toutes ses forces jusqu'à ce qu'ils atteignent le bayou et finissent dans l'eau.

« Il n'est pas mort ! cria-t-il. Il va venir. Il va nous rejoindre. Tu ne le connais pas. Il va nous rejoindre ! »

Tuấn tenta de calmer sa respiration haletante tandis que Trúc le regardait fixement, gravement. Ce qu'il venait de faire, il ignorait qu'il en était capable. Soudain il se sentait fort. Puis il entendit la fillette éclater de rire.

« Amoureux américain, amoureux américain, fredonna-t-elle comme si c'était la pire insulte imaginable. Amoureux américain.

– Tu n'es plus ma copine ! cria Tuấn en se relevant.

– Je n'ai jamais été ta copine, répliqua-t-elle entre deux rires. Qu'est-ce qui t'a fait croire ça ? »

C'était le premier anniversaire de Versailles. Ils y vivaient – pour la plupart – depuis une année entière et, pour marquer le coup, ils organisèrent une fête.

« Parce que notre communauté est pleine d'amour, déclara l'homme moustachu qui se tenait devant le micro. Parce que nous sommes tous des survivants. » Il était juché sur une caisse au milieu de la rue. « Aujourd'hui nous fêtons Versailles ! Aujourd'hui nous fêtons la vraie république du Vietnam ! » Tout le monde l'acclama. Un coup de feu fut tiré en l'air et on lança des confettis. Tuấn entendait tout de chez lui.

Cela faisait une semaine que les habitants de Versailles décoraient leurs appartements comme pour le Tết. Des banderoles de papier pendaient aux arbres, pareilles à de la mousse. Des bouquets de soucis (car personne ne vendait de mai vàng à La Nouvelle-Orléans) avaient été déposés devant les portes pour conjurer le mauvais œil. La brise légère faisait osciller les lanternes sur les cordes à linge. Tuấn ne comprenait pas bien cet anniversaire abstrait, mais il espérait qu'il y en aurait d'autres.

À midi, il enfila son maillot de bain et, avec sa mère et son frère, il marcha jusqu'à l'eau, où les festivités avaient déjà commencé. Quelqu'un passa un disque de musique vietnamienne. Des adolescents jouaient au đá cầu, formant un grand cercle et plaisantant pendant que la balle à grains rebondissait sur leurs chaussures. Les plus jeunes s'ébrouaient dans le bayou. Trúc et Ngọc y pataugeaient, seuls, au milieu d'une nuée de moustiques et de moucherons.

Tuấn venait d'arriver à leur niveau lorsque Trúc se baissa pour lui asperger le visage d'eau. « Eh, l'Américain ! dit-elle. Qu'est-ce que tu fais là ? » Elle l'éclaboussa encore.

Tuấn recracha l'eau sale et toussa jusqu'à ce qu'il chasse de sa bouche le goût de la boue. « Je ne suis pas américain, répondit-il. De toute façon, je ne te parle plus. Laisse-moi tranquille. » En se tournant vers la forêt sur la rive opposée, il aperçut un garçon assis tout seul sur un rondin. Đinh, évidemment.

Trúc lui saisit le bras. « Mais on te pardonnera, dit-elle. Prouve-nous simplement que tu n'es pas américain. Prouve-nous que tu n'es pas comme lui. » Elle pointa un doigt en direction de Đinh, qui leur tournait le dos.

« C'est ngu », répondit Tuấn. Il voulut s'en aller, mais Trúc le rattrapa. Il jeta un coup d'œil vers les adultes en train de discuter et d'écouter la musique. Sa mère était assise sur une chaise de jardin en plastique à côté de Bà Giang, qui s'éventait à l'aide d'un journal. Même s'il les appelait à l'aide, elles ne l'entendraient pas.

« Écoute », dit Trúc en lui tapotant la joue. Ils se regardèrent dans le blanc des yeux. « Tu vois Fredric, là-bas ? Tu le vois, là, tout seul ? » Elle lâcha son bras et plongea les mains dans l'eau. « Glisse ça dans son T-shirt. » Un sourire narquois éclaira sa figure. Un guppy se tortillait dans le creux de ses paumes.

« Donne-moi tes mains, ajouta Trúc. Non, fais-en un bol. »

Tuấn regarda ses mains. Curieusement, il ne sentit pas grand-chose. Le poisson bougeait mais ne le chatouillait pas. « J'ai pas envie de faire ça, dit-il. Pas envie du tout. » Il essaya d'adopter un ton ferme et autoritaire, comme le faisait toujours Trúc.

« Đi, ordonna-t-elle. On te regarde. »

Il traversa le bayou jusqu'à l'autre rive et fut surpris de constater que l'eau n'était pas si profonde que ça. Elle ne lui arrivait pas plus haut que le nombril. Devant l'arbre solitaire qui avait poussé en plein milieu, il leva les yeux et s'attendit à y voir un oiseau. Mais il n'y avait rien. Il repensa soudain au bateau qu'ils avaient pris pour quitter le Vietnam et à l'océan sur lequel ils avaient navigué. À La Nouvelle-Orléans, l'eau n'était pas la même. Sur les rivages vietnamiens et au-delà, elle était violente, elle secouait tout ce qui flottait à sa surface. Ici au contraire, elle ne bougeait pas ; elle restait immobile, paresseuse. Au loin, des canards avançaient, insouciants, comme s'ils étaient en vacances.

Parvenu juste derrière Đinh, il relâcha le poisson, qui disparut au milieu des flots. Tuấn sourit. À l'école, au Vietnam, les instituteurs lui disaient toujours de relâcher les animaux capturés, pour le karma. C'était comme aider une petite créature afin qu'un jour, peut-être, dans une prochaine vie, l'univers vous retourne cette marque de générosité. *Peut-être que si je laisse celui-là partir...*, pensa-t-il, mais il ne termina pas sa phrase.

Il fit encore quelques pas avant que Đinh se retourne et le voie.

Leurs regards se croisèrent. Ils n'échangèrent pas un mot.

« Tout va bien, finit par dire Tuấn. Je suis ton ami ! » Il retira un peu de terre sur un côté du rondin et l'enfourcha pour s'asseoir. Puis il se rapprocha du garçon, mais pas trop. Đinh lui faisait penser à un petit animal, un papillon peut-être, qui s'envole au premier danger. Il essuya ses mains sur son short. « Je m'appelle Tuấn, murmura-t-il. Je connais ton nom. Tu t'appelles Đinh. Đinh-Fredric. »

Le soleil était à son zénith. Le soir venu, il entamerait sa descente derrière les arbres, les découperait en silhouettes avant de les transformer en ombres. Pour l'instant, il trônait tout en haut du ciel, de même qu'ils trônaient tous deux sur leur rondin en évitant de fixer trop longtemps leur regard sur quelque chose.

Tuấn entendit quelqu'un l'appeler au loin par son nom. Il regarda derrière lui : sa mère s'était levée. Elle tenait Bình d'un bras et, avec son autre main en visière, scrutait l'eau. « Tuấn ! »

« Ça ne me plaît pas, ici », lâcha Đinh.

Tuấn fut surpris. La voix du garçon était presque inaudible. « Ma mère est venue ici pour retrouver cha. Il s'est installé ici, elle disait. Soi-disant qu'elle avait reçu une lettre de lui. Mais elle mentait. Il n'est pas là. »

C'est drôle, pensa Tuấn, lui non plus n'avait pas son père. Quelle coïncidence ! Ils étaient pareils ! Ils étaient exactement les mêmes !

« Tuấn ! » appela de nouveau sa mère.

Đinh prit une petite branche, la plia et la cassa en deux.

Tuấn voulut lui parler de son propre père, de cet homme

qui avait manqué le bateau et devait les rejoindre. Il voulut lui parler des messages sur cassette – comme autant de lettres – qu'envoyait sa mère. Et lui dire qu'eux aussi étaient dans l'attente. Il s'imagina qu'ils pourraient attendre ensemble.

« Mon cha… », commença Tuấn.

Mais Đinh jeta sa branche cassée et se mit debout.

« Je ne sais pas ce qui est arrivé à ton cha, mais ça n'arrivera jamais au mien, lança-t-il, accusateur. Mày không biết ! dit-il, presque en hurlant, presque en pleurant. Tu ne sais rien. » Puis il entreprit de retraverser le bayou pour rentrer à Versailles.

Tuấn le suivit du regard et le vit croiser sa mère dans l'eau. Le garçon lui montra la forêt et continua de marcher. Tandis qu'elle avançait vers lui (il entendit le clapotis), Tuấn se laissa glisser du rondin jusqu'à se retrouver assis par terre.

« Ah, te voilà ! s'écria-t-elle une fois arrivée à sa hauteur. Je m'inquiétais. » Dans ses bras, Bình rigolait. Elle s'assit sur le rondin, près de Tuấn. Le bébé attrapa les cheveux de son grand frère et s'amusa à les caresser. « Qu'est-ce que tu fabriques ici ? »

Il leva les yeux vers elle. Avec le soleil, elle était rayonnante. Il s'essuya le nez. Il ne s'était pas rendu compte qu'il pleurait.

« Rien, répondit-il, gêné.

– Ne mens pas à ta mère. Les gens ne vont jamais dans un endroit sans raison. »

Elle sonda la forêt. Pendant une poignée de secondes, quelque chose attira son attention, et ils restèrent tous trois assis sans rien dire. Tuấn, suivant le regard de sa mère, vit ce qu'elle voyait : des fleurs blanches au sommet d'un arbre. Il n'y en avait nulle part ailleurs, mais il y avait ce bouquet, là, au bout d'une branche. Tuấn sourit.

« Tu cueillais des fleurs, au Vietnam ? demanda-t-il. Quand tu étais petite ? »

Elle baissa les yeux vers lui, comme si elle se rappelait soudain sa présence.

« Oui, dit-elle avec un sourire. Mẹ possédait un herbier dans lequel je faisais sécher des fleurs. Plus tard, j'ai voulu savoir ce que c'était et je suis donc allée à la bibliothèque, la petite qu'il y avait à Mỹ Tho. C'est là que j'ai rencontré ton père. Il était bibliothécaire et il m'a aidée à trouver un livre sur les fleurs, pas seulement du Vietnam mais du monde entier.

– Et il est où, cet herbier, aujourd'hui ? »

Sa mère se leva et poussa un petit soupir. Lorsque Tuấn la regarda, elle tourna la tête pour cacher son froncement de sourcils. « Rentrons à la maison, Tuấn. »

Il se leva d'un bond et sourit, du sourire le plus large, le plus éclatant dont il était capable pour la voir de nouveau s'illuminer. « Rentrons à la maison ! » s'écria-t-il.

Et ils traversèrent le bayou pour regagner l'autre rive.

Hương

1980

Hương fut arrachée à ses pensées par un bruit d'éclaboussure. Elle regarda par la fenêtre et distingua une lumière à la surface du bayou, un petit cercle jaune qui devait être une lampe torche. La lumière disparut, comme si elle avait repéré l'intruse, puis revint au bout de quelques secondes.

Il était près de minuit. Personne n'était censé se trouver près du bayou. Hương posa la lettre qu'elle était en train de lire, prit ses clés et sortit.

« A lô ? » s'écria-t-elle, et la lumière se mit à bouger. Hương marcha en direction de l'eau et tenta de voir de qui il s'agissait. Elle se demanda si c'était un des adolescents. La lumière se déplaça de droite à gauche, comme si celui ou celle qui tenait la lampe cherchait à se cacher. Elle s'en agaça. Elle devait aller travailler le lendemain matin, et voilà que quelqu'un voulait faire du grabuge. Elle ne dormait pas encore, mais si ça avait été le cas elle aurait à coup sûr été réveillée.

« Oui ? cria-t-elle, cette fois en anglais. Il y a quelqu'un ? Oui ? »

Comme personne ne répondait, elle cria plus fort. Lorsqu'elle arriva au bord de l'eau, la lumière faiblit. Le bayou clapotait contre la rive à un rythme régulier.

Elle avança encore d'un pas et c'est à ce moment-là qu'elle découvrit le petit garçon – le fils de Thanh. Malgré l'obscurité, qui le faisait paraître plus petit que dans son souvenir, elle le reconnut, cet enfant à moitié vietnamien, à moitié noir, qui avait à peu près le même âge que Tuấn. Il la regardait fixement, comme si, en restant immobile, il pensait ne pas être vu. Il lui évoquait un oiseau, un petit moineau orphelin, peut-être, tombé du nid, et son agacement laissa place à autre chose, un mélange de soulagement et de pitié.

« Sors de là », dit-elle. Elle avait oublié son prénom et fit de grands signes pour qu'il la suive. « Allez. Ta mère doit certainement être morte d'inquiétude.

– Non. »

Qu'il lui réponde si sèchement la surprit.

« Elle n'en a rien à faire de moi, ajouta-t-il.

– Bien sûr que si. Viens, tối rồi. »

Non sans hésitation, le garçon sortit de l'eau une boîte en carton, plus grosse que lui, et regagna la rive.

« C'est un bateau », lui dit-il.

Ne sachant quoi répondre, Hương acquiesça, puis répéta : « Viens », en le laissant lui indiquer le chemin.

Ils marchèrent jusqu'à l'appartement du petit garçon, près de la route principale. D'un bout à l'autre, il traîna son carton derrière lui. Le voyant à la peine, Hương voulut l'aider mais l'enfant, d'un geste protecteur, rapprocha le carton de lui. Hương le laissa tranquille et continua de marcher, se retournant chaque fois qu'il trébuchait sur la route de terre qui traversait Versailles.

Lorsqu'elle frappa à la porte, une lumière s'alluma et la mère du garçon leur ouvrit en secouant la tête. « Ce n'est pas comme si je ne t'avais pas déjà fait la leçon », dit-elle avant de le faire entrer. Elle laissa échapper un long soupir las.

Hương voulut dire quelque chose, mais elle ne savait pas quoi. Et avant qu'elle réagisse, la porte fut refermée à double tour.

Il était minuit passé lorsqu'elle regagna enfin sa chambre. Malgré la fatigue, elle ressortit la lettre.

Le lendemain matin, Kim-Anh fut intarissable. Elles étaient les deux seules Vietnamiennes à travailler à l'usine Coca-Cola de Gert Town. Pour cette raison, elles s'attiraient comme deux aimants, rendues inséparables par les circonstances.

Kim-Anh était une jeune femme alerte de vingt et un ans, à la peau claire et au rire tonitruant, qui n'avait rien à faire en Amérique et encore moins à La Nouvelle-Orléans. Elle avait quitté le Vietnam à bord – contre toute attente – d'un bateau de croisière.

« On m'a dit qu'on allait à Úc, raconta-t-elle à Hương. En fait, c'était Hong Kong. Et mes parents avaient raison. Saigon allait tomber d'un jour à l'autre, et je suis partie juste à temps. J'avais seize ans ! Imagine un peu, une fille aussi jeune sur un bateau de croisière sans même un grand frère pour la protéger ! »

Au Vietnam, depuis le temps, Kim-Anh aurait eu un mari et un enfant. Ici, elle n'avait ni l'un ni l'autre. Elle partageait une maison à Metairie avec un Américain beaucoup plus vieux qu'elle.

« Il a tellement d'argent ! disait-elle toujours. Je n'ai pas besoin de travailler, c'est la vérité. Je fais ça uniquement parce que je m'ennuie à mourir à la maison. »

C'était absurde. Les autres ouvrières de l'usine la surnommaient Princesse.

On était le deuxième vendredi du mois. Elles faisaient la queue et attendaient leur paie lorsque Kim-Anh s'interrompit dans ses élucubrations – Hương ne l'écoutait plus – et s'écria : « Tu es déjà allée chez Madame Beaumont ? »

Hương répondit que non.

« Avec l'Américain, on y va ce soir. Le vendredi, les hommes m'offrent toujours des verres là-bas. » Elle gloussa. « *Gratuit pour les dames*, ajouta-t-elle en anglais.

– J'ai des enfants. »

Hương faillit dire *responsabilités*, mais se ravisa avant d'expliquer à Kim-Anh qu'elle devait passer les prendre chez la baby-sitter. « Ce n'est pas que je n'aie pas envie, mais il faudrait que je paie Bà Giang plus cher, et mon salaire part déjà presque intégralement dans le loyer.

– Ce qu'il te faut, chị Hương, c'est un Américain. Quand je suis arrivée ici, j'étais perdue, complètement paumée. Et tu sais ce qui s'est passé ? »

Elle afficha un sourire fébrile, comme pour supplier Hương en silence de lui demander ce qui s'était passé. « J'ai rencontré l'Américain ! Les Américains sont tellement merveilleux ! Ils sont moches, mais ils ont de l'argent, et parfois c'est la seule chose qui compte, même si à d'autres moments pas du tout. »

Lorsqu'elles sortirent, Hương fut éblouie par le soleil. Elle regarda le portail de l'usine en plissant les yeux. On n'entendait que les moteurs des voitures à l'arrêt et les autoradios. Un nuage solitaire flottait dans le ciel, d'un blanc parfait contre le fond bleu.

Kim-Anh ouvrit son sac à main et en sortit un porte-monnaie orné de fleurs de lys. « Tiens, chị Hương, je te paie le supplément pour la baby-sitter. Ça fait tellement longtemps que tu es ici et tu ne t'amuses jamais ! » Elle lui tendit deux billets. De vingt dollars. Quelqu'un avait expliqué à Hương que l'homme qu'on voyait dessus s'appelait Andrew Jackson. Il avait un visage fort, déterminé. Sur sa tête, des cheveux blancs et ondulés poussaient aussi dru que de l'herbe.

« Je ne peux pas. Je ne devrais pas. » Hương voulut lui rendre l'argent, mais Kim-Anh était en train de chercher une cigarette. Elle l'alluma et lui fit comprendre qu'elle n'en démordrait pas.

« Tu es jeune, toi aussi, chị Hương, dit-elle en laissant un nuage de fumée s'échapper de ses lèvres délicates. Prends un peu de bon temps, tu le mérites. Tu as travaillé dur. Je le sais. Tout le monde le sait. Regarde les poches que tu as sous les yeux. J'ai une crème pour ça, si ça t'intéresse, que j'ai achetée chez D.H. Holmes. »

Hương passa un doigt sous ses yeux.

Après quelques bouffées, Kim-Anh forma un O avec ses lèvres. Ses yeux pétillaient. Incapable de faire des ronds de fumée, elle joignit les deux mains et rit de sa tentative ratée.

Hương baissa les yeux vers le visage d'Andrew Jackson entre ses doigts.

« Ông già Mỹ et je passerai te prendre dans la soirée. On partira vers vingt heures. » Elle parlait avec beaucoup d'assurance, une qualité que Hương avait toujours enviée.

« Mais… », dit-elle.

Kim-Anh gloussa et agita la main en direction d'une voiture. L'Américain l'attendait. « Impossible de refuser, ma sœur, dit-elle. *Je ne suis pas ce genre de femme* », ajouta-t-elle en anglais.

Dans le bus qui la ramenait chez elle, Hương se rappela qu'elle était encore jeune. Vingt-sept ans, ce n'était pas vieux. Elle avait presque le même âge que Kim-Anh. Et elle était passée à côté de tellement de choses. Dans sa jeunesse elle avait entendu parler des salons de tango de Saigon mais n'y était jamais allée. Elle s'était mariée. Puis elle avait eu des enfants. Quand les Américains étaient arrivés à Saigon, c'était une ville où aucune femme respectable n'allait seule, de jour comme de nuit. Et quand ils étaient repartis... ça, c'était une autre histoire.

La guerre lui avait fait rater sa jeunesse. Elle se devait bien ça.

Chez Bà Giang, les enfants étaient assis devant la télé à regarder des marionnettes. Sauf le fils de Thanh. Deux êtres étranges et tristes que ce garçon et sa mère. Personne ne savait qui était le père, mais tout le monde racontait – ou plutôt Bà Giang racontait – que Thanh était venue à La Nouvelle-Orléans pour le retrouver. Celle-ci arriva juste après Hương, qui n'eut même pas besoin de tourner la tête ; l'odeur de friture du fast-food où elle travaillait était reconnaissable entre mille. Pendant que Hương discutait avec Bà Giang, la jeune femme se dirigea vers la chambre et toqua à la porte. Bien sûr, son fils se cachait ! Il faisait toujours ça.

« Ce soir, je sors, dit Hương.

– Donc tu as rencontré un homme ! s'écria Bà Giang.

– Non, non ! fit Hương en riant. Il n'y a pas d'autre homme pour moi, Bà Giang. Kim-Anh m'emmène seulement dans un bar. Chez Madame je ne sais plus quoi. Il n'y en aura pas pour longtemps. Je ne me vois pas y rester toute la nuit. »

Elle lui tendit un des deux billets de vingt dollars et alla voir ses fils. Bình était assis avec les autres devant la télévision. Tuấn, lui, était installé sur le petit canapé, seul, avec un jeu de cartes. Les cartes étaient face cachée. Au bout de quelques secondes, il en retourna une première, puis une seconde. Mécontent, il les remit à l'envers.

« Tuấn. » Hương s'assit derrière lui et le regarda jouer un moment. « Et celle-ci ? Il me semble avoir vu une dame, là.

– Non. Impossible. »

Il la retourna quand même. Un quatre de carreau. « Je te l'avais dit. »

Elle lui caressa les cheveux et se baissa pour l'embrasser. « Mẹ va sortir, ce soir. »

À l'autre bout de la pièce, Bình la vit et courut vers elle. Il trébucha et resta au sol, ayant décidé qu'il était plus facile de rester là que de se relever. Hương le souleva et lui caressa la tête. « Be vâng lời pour Bà Giang, d'accord ?

– Dạ », répondit-il en hochant le menton.

Lorsqu'elle le reposa, il la suivit jusqu'à la porte. Elle le prit de nouveau dans ses bras et le réinstalla sur le canapé. Cette fois, lorsqu'elle s'éloigna, il éclata en sanglots. Elle revint près de lui et le berça quelques instants.

« Sois gentil avec maman, dit-elle. Et aussi avec Bà Giang. Pourquoi est-ce que tu pleures tout le temps ? »

La vieille dame accourut pour le prendre le relais. « Maman va revenir, le rassura-t-elle. C'est ça qui te fait peur ? Ne pleure pas. Maman va revenir. » Puis, à Hương : « Amusez-vous bien. Prenez un verre. Vous l'avez bien mérité ! »

Les pleurs de Bình redoublèrent. Hương s'apprêtait à retourner près de lui, mais se ravisa. Oui, se dit-elle, elle l'avait bien mérité.

« À tout à l'heure », lança-t-elle en partant. Thanh et son fils la suivirent jusqu'à la porte.

Elle jeta son dévolu sur une robe sobre, bleu sarcelle, avec une ceinture en tissu. Avant La Nouvelle-Orléans, elle portait surtout des vêtements de polyester noirs et blancs – des tenues simples qui avaient l'avantage d'être légères, parce que le Vietnam était un pays au climat torride, qu'il y avait la guerre et qu'il fallait s'habiller pratique. À La Nouvelle-Orléans, il faisait moins chaud et tout était très coloré. Elle pensait aux maisons du Faubourg Marigny, aux voitures qu'elle voyait défiler par la vitre du bus, aux fleurs dans les parcs, aux étiquettes des bouteilles de soda. Elle en parlait à Công, de ces couleurs, qui la réveillaient et lui donnaient le sentiment d'être vivante, et grâce auxquelles elle s'était attachée à cette ville.

« Tu te plairas ici, se surprenait-elle souvent à dire, quand tu viendras. »

En tout, elle envoya des dizaines de cassettes à son mari, ainsi que plusieurs lettres brèves. Elle ne reçut jamais aucune réponse. Certains courriers lui furent même renvoyés frappés d'un tampon brutal – RETOUR À L'EXPÉDITEUR – à côté du cachet de la poste. D'autres lui revinrent abîmés, le paquet tout déchiré, comme s'ils avaient été inspectés. (*Par qui ?* se demandait-elle.) Elle conserva tout. Elle espérait pourtant que quelques-uns de ses messages lui parviendraient. Elle avait de l'espoir.

Elle avait de l'espoir pour cent ans, pour mille ans. Elle imaginait son corps fait d'espoir, fait pour l'espoir. Jusqu'au jour où elle reçut sa première lettre.

Celle-ci lui parvint sous la forme d'un aérogramme coincé entre un prospectus Kmart et un magazine de bons d'achats. Le courrier indiquait « Trần Văn Công », ainsi que l'adresse de leur maison à Saigon. Son cœur s'arrêta. Puis repartit en trombe. La lettre lui tomba des mains ; elle alla chercher un verre d'eau. L'image de son ancienne maison lui revint. *Elle a été sauvée* : telle fut sa première réaction. Peut-être que tout allait bien, maintenant. Peut-être même qu'ils s'y réinstalleraient. (Elle convint aussitôt que c'était une idée absurde.)

Elle attendit la fin du dîner pour ouvrir l'enveloppe. Dans la pénombre de sa chambre – il n'y avait qu'une lampe à pied avec une faible ampoule –, elle décacheta le rabat, soigneusement, de peur qu'un geste maladroit ne déchire le papier fin et ne rende le message inintelligible.

Elle vit la lettre dans son tiroir alors qu'elle cherchait ses boucles d'oreilles. Kim-Anh sonna à la porte au même moment.

« Tu es prête, chị Hương ? » demanda la jeune femme en entrant. Elle regarda autour d'elle. Puis ses yeux se posèrent sur Hương et elle prit le tissu de la robe entre ses doigts avec une étonnante brusquerie. « Tu ne vas pas porter ça, si ?

– Comment ça ? »

Kim-Anh portait un chemisier en dentelle rose et une jupe assortie. « On va dans le Vieux Carré. Tu ne peux pas mettre ça. Impossible. » Pour appuyer ses propos, elle souleva le tissu et l'agita. « Peut-être quelque chose de plus court ? Avec ce truc, tu ressembles à une mère de famille.

– Et à quoi veux-tu que je ressemble ?

– Ça fait combien de temps que tu vis dans ce pays ?

– Suffisamment longtemps.

– Ici, c'est différent.

– Je sais. »

Un klaxon se fit entendre. Kim-Anh jeta un coup d'œil à sa montre. « Pas le temps, dit-elle. Ça fera l'affaire. » Elle descendit l'escalier en trombe et Hương la suivit.

L'Américain de Kim-Anh n'était pas laid. Il ressemblait un peu à Andrew Jackson – un visage fort, des rides de sagesse, et une épaisse chevelure qui, vue de la banquette arrière, faisait comme des flammes blanches.

« Tu es aussi jolie que Kim, dit-il pendant le trajet jusqu'au centre-ville.

– Kim-Anh, corrigea l'intéressée.

– Kimmie. Ma Kimmie. »

Il lui caressa la main.

« Kiim-On, dit-elle, plus lentement cette fois, tout en dégageant son bras.

– Kim-Anh, répéta-t-il.

– Je lui ai dit de se changer, mais on n'avait plus le temps, expliqua la jeune femme.

– Non, elle est très bien comme ça. Comment tu t'appelles, déjà ? »

Il regarda Hương dans le rétroviseur. Il y avait de la douceur dans ses yeux gris clair.

« M'appelle Hương », répondit-elle.

À un moment, ils empruntèrent un pont qui surplombait

la ville. Comme tout était différent la nuit, comme tout semblait – depuis la voiture en tout cas – moins chaotique. Elle s'imagina ranger la ville dans des boîtes soigneusement étiquetées. Ici il y aurait le quartier des affaires. Là, le centre. Le Vieux Carré entrerait dans une toute petite boîte, alors que Gentilly en exigerait une plus grande.

À cause de la circulation, ils devaient rouler au pas. Kim-Anh s'éventait avec les mains.

« Chaud », dit-elle.

Elle avait déjà dû oublier la chaleur du Vietnam et ces journées étouffantes où l'on ne pouvait même pas marcher pieds nus. À l'époque, Hương et Công n'avaient pas de voiture, seulement des vélos. Les jours les plus chauds, Công ne voulait pas qu'elle se fatigue trop, alors il lui disait de grimper avec lui ; il se mettait debout et pédalait pour deux. Tout le monde le faisait, mais en descendant l'avenue elle se sentait rougir. Ensemble, ils rejoignaient leur petite boulangerie préférée, où l'on servait du bánh cam et, d'après Công, la meilleure limonade salée de tout le Sud-Vietnam. Ses souvenirs les plus chers étaient ceux qu'elle gardait de Công et elle là-bas, mangeant et riant, et le monde qui s'effaçait autour d'eux, le seul qui importât étant celui qu'ils inventaient.

Ces souvenirs avaient désormais quelque chose de tourmenté. Ils lui apparaissaient nébuleux et provoquaient en elle une sorte de malaise, comme si elle était une intruse – ce n'étaient pas ses souvenirs mais ceux d'une autre femme, venue d'une époque et d'un endroit différents.

Dans le Vieux Carré, l'Américain tourna longtemps à la recherche d'une place. Il finit par en trouver une, mais elle était trop petite. « C'est l'inconvénient quand on a une grosse voiture comme la mienne les soirs de week-end, dit-il. Tu comprends ?

– Je prends bus tous les jours, répondit Hương.

– Une beauté comme toi n'a rien à faire dans un bus. » Puis, comme s'il se rappelait soudain : « Kim m'a dit que tu étais mariée.

– Kim-Anh, insista son amie.

– Kimmie.

– Mon mari, dit Hương. Il vient bientôt. Vraiment bientôt. »

Elle expliquait la même chose au travail quand ses collègues voyaient son alliance en or toute simple. Que pouvait-elle dire d'autre ? La vérité ? Elle serait gênée. Toutes savaient qu'elle attendait depuis longtemps. Que leur raconter, maintenant ? La lettre envoyée par Công disait ceci : il ne pourrait pas la rejoindre. Elle allait devoir continuer sans lui. Ne plus chercher à le contacter. Bien vouloir lui pardonner.

Cette lettre ne ressemblait pas à Công. Même l'écriture était plus brouillonne. Presque chaque soir, Hương la relisait avant d'aller au lit, se persuadant parfois que c'était une blague – une plaisanterie cruelle faite par quelqu'un au Vietnam, voire à Versailles. Elle observait les gens, dehors. Comment pouvaient-ils être aussi méchants ? Elle se sentait redevenir une petite fille dont les camarades de classe se moquaient en la montrant du doigt et en rigolant. En retour, elle lui avait simplement écrit : « Qu'est-ce que tu veux dire par là ? »

Finalement, ils trouvèrent une place près de Lafayette Square, à sept rues de chez Madame Beaumont. Kim-Anh ôta ses chaussures pour marcher pieds nus. Deux carrefours plus loin, elle s'arrêta. Hương l'imita, mais l'Américain, qui n'avait rien vu, continua.

« Je ne peux pas marcher aussi longtemps ! » cria Kim-Anh dans sa direction.

Il revint sur ses pas. « Tu es une fille forte. » Il fit rouler sa langue contre l'intérieur de sa joue et plissa les lèvres, comme s'il voulait ajouter quelque chose mais se reprit. « Vous êtes toutes les deux des filles fortes. Tout ce que vous avez enduré, le bateau, la mer…

– *Bateau de croisière*, dit Kim-Anh.

– Oui, c'est ça. Un bateau de croisière. Bien sûr. Un bateau de croisière. »

Kim-Anh se frotta le pied droit et se remit en route.

« Kimmie, lui lança l'Américain avant de repartir. Kim-Anh. »

Madame Beaumont se trouvait au croisement de Conti et Chartres Street. Des enceintes extérieures jaillissait une musique assourdissante, et la porte d'entrée était ornée de décorations d'Halloween clinquantes : un squelette en plastique assis dans un fauteuil à bascule, tenant à la main une bouteille de bière ; une table qui supportait des lumignons éteints ; une planche de bois tachée, avec dessus des lettres calligraphiées à l'ancienne. Kim-Anh serra la main vide du squelette.

« Tous les jours c'est Halloween ! » chanta-t-elle en tentant de s'emparer de la bouteille de bière. N'y arrivant pas, elle s'avança en gloussant vers les néons à l'intérieur.

Hors de son lieu de travail, cette fille se métamorphosait. Hương voulut en faire la réflexion, mais l'Américain essaya de rattraper Kim-Anh et celle-ci le suivit jusqu'au bar, où elle prit place sur un tabouret. La piste de danse était déserte et les lumières virevoltantes éclairaient des graffitis çà et là, sur les murs, au sol. L'Américain lui massa l'épaule et désigna une banquette dans un coin. Kim-Anh repoussa sa main et fit un signe au barman. Ce dernier posa son torchon ; elle lui glissa quelques mots à l'oreille, comme si elle le connaissait.

« Par là-bas, dit l'Américain en entraînant Hương vers la banquette. Qu'est-ce que tu prends ? Ça te dirait un rhum-Coca ? C'est moi qui régale.

– J'aime plus trop Coca, dit-elle. Ils ont quoi ?

– Ils ont tout. C'est l'Amérique.

– Quelque chose sucré, dit Hương. Pas bière.

– Je sais exactement ce qu'il te faut. Ne bouge pas. »

Une boule à facettes était suspendue au-dessus de la piste de danse, où à présent Kim-Anh se déhanchait, seule, une bière à la main. La chanson laissa bientôt place à un morceau plus rapide, mais les lumières continuèrent à tourner au même rythme. La jeune femme agita les bras et ferma les yeux.

C'était donc à côté de ça que Công et elle étaient passés à cause de la guerre ? Dans ce cas, Hương ne fut guère impressionnée. Au bout de quelques minutes, elle se dit qu'elle ferait mieux de rentrer chez elle. Elle pensa à la lessive qu'elle allait devoir faire le lendemain – marcher jusqu'au Lavomatic, et s'asseoir, et attendre. Elle pensa à ce qu'elle allait devoir acheter à la supérette. Le sac de riz qu'elle avait tiendrait-il encore une semaine ? Elle pensa à ses fils. À Bình en train de pleurer. Elle s'en était terriblement voulu quand Bà Giang avait accouru pour le calmer. Elle était sa mère, après tout, elle aurait dû le rassurer, peut-être même rester à la maison. Dans ces moments-là, l'absence de Công lui pesait. Élever des enfants était déjà assez difficile comme ça, mais s'en charger seule, et dans un pays étranger, c'était une tout autre affaire.

L'Américain revint et lui tendit un grand verre de ce qui ressemblait à du lait.

« C'est quoi ça ? demanda-t-elle.

– Une piña colada. Exotique. Je me suis dit que ça te rappellerait le Vietnam. »

Il s'assit à côté d'elle. « Figure-toi qu'il y a là-dedans sept portions entières de fruits. » Il prit le verre pour le lui montrer. « Il y a de l'ananas. De la noix de coco. Et puis il y a du rhum, qui est du sucre, qui vient d'une plante et qui devrait donc être compté. »

Hương rit. « Vous êtes drôle, monsieur…

– Appelle-moi Frank.

– Monsieur Frank, vous êtes tellement drôle !

– Non, *Frank*, tout simplement.

– Monsieur Frank.

– Bref, tu vas aimer. Goûte. »

Ils trinquèrent. Hương sirota son cocktail avec une paille. Frank but sa bière au goulot.

« Elle est belle, pas vrai ? dit-il en regardant Kim-Anh qui se déhanchait sur la piste.

– Très. »

Des hommes s'étaient approchés d'elle. La jeune femme dansa avec plusieurs d'entre eux sans jamais rester avec un seul. Il y eut un homme avec un bouc, puis un type plus petit qui portait des lunettes. C'est alors que Hương s'aperçut que le bar était rempli d'hommes blancs et que les rares femmes présentes étaient comme elles, sinon vietnamiennes, du moins asiatiques. Les hommes étaient différents de ceux avec lesquels Công se serait lié, et les femmes différentes de celles que Hương connaissait. C'était comme si elle découvrait une nouvelle espèce d'êtres humains menant des existences qu'elle ne pouvait pas imaginer.

Elle se demanda à quoi ressemblait Kim-Anh avant son départ du Vietnam. La jeune femme avait l'accent relâché de Saigon. Et elle était bouddhiste, car elle portait un bracelet de graines de rudraksha, qu'elle refusait d'ôter même à la chaîne de montage, cachant ses mains dans ses poches chaque fois qu'elle entrait ou quittait l'usine. Une fois, elle crut l'avoir perdu dans la machine et se débrouilla (par son charme ou son esprit, car Hương lui reconnaissait cela : Kim-Anh était charmante) pour que l'opérateur arrête tout. Elle chercha frénétiquement sur le tapis roulant et passa la tête dans un compartiment où les rouages étaient dissimulés, tout en bas de l'énorme appareil. Elle finit par le retrouver – il était tombé par terre –, mais Hương n'oublia jamais cette image de Kim-Anh accroupie, les jambes écartées et le dos voûté pour pouvoir tendre le cou à l'intérieur. On aurait dit une grenouille, tellement à l'opposé de son port de tête toujours plein d'assurance et néanmoins délicat. Dans quelle mesure avait-elle changé depuis le Vietnam et que lui en coûtait-il ? Qui était vraiment Kim-Anh ?

« C'est moi qui l'ai sauvée, tu sais », continua l'Américain. Il approcha la bouteille de bière de sa bouche. Lorsqu'il la reposa, ses mains errèrent un moment sur la table puis revinrent à la bouteille. « Elle n'était rien, avant moi. Rien qu'une pauvre fille de la ville. Pas de père, pas de mère. »

Il marqua une pause, comme s'il avait terminé, et un silence pesant s'installa.

« Elle doit vous aimer. Elle vous aime beaucoup beaucoup », répondit Hương, histoire de dire quelque chose, n'importe quoi, afin que l'air entre eux s'allège un peu.

Il reprit : « À Saigon, elle travaillait dans un bar où elle devait danser avec des hommes plus âgés. Elle était si jeune… Comment pouvaient-ils faire ça ? C'était ignoble. Ils la touchaient, lui faisaient des bleus. Je ne suis pas comme eux. Je l'ai sauvée, répéta-t-il. Je leur ai expliqué qu'elle était ma petite amie, qu'on allait se marier. Mais après j'ai dû quitter le pays, alors je lui ai donné de l'argent. Elle est partie toute seule, tu comprends ? Ce n'était pas un bateau de croisière, mais un simple bateau de pêche. Quand elle est arrivée à Hong Kong, elle m'a écrit pour me dire qu'elle allait bien. Que jamais elle n'avait rencontré un homme comme moi. J'étais différent, d'après elle, et elle avait hâte de me retrouver. J'ai alors demandé à ma paroisse de la parrainer. C'est comme ça qu'elle est arrivée ici. Je ne suis pas un sale type, tu sais. Je vais à l'église. Je suis un homme bien. Je l'ai sauvée.

– Quelle église ? » demanda Hương. À Versailles, tout le monde passait par St. Expeditus. Dans la région, elle n'en connaissait aucune autre qui fasse la même chose.

« Quoi ? » Il sembla perplexe. But une autre gorgée de bière.

« Quelle église ? » répéta-t-elle.

Il fit tourner sa bouteille sur elle-même. « L'église ? St. Mary's. À Metairie. Tu ne connais pas. Je ne suis pas comme les autres types, Hương. Tu dois me croire. » Il attrapa sa serviette pour éponger la sueur sur son front, qui luisait même sous la lumière tamisée, puis la replia jusqu'à ce qu'elle ne soit plus qu'un minuscule carré de papier.

La chanson changea encore. Kim-Anh se montra plus hardie. Elle s'agrippa à un homme et se dandina pendant qu'il posait les mains sur ses hanches. Il était plus beau que Frank, et mieux habillé. Il avait une montre qui reflétait les lumières du stroboscope. Frank, lui, n'avait pas de montre. En comparaison, Hương le trouvait pitoyable et nerveux. Il transpirait toujours plus, malgré la climatisation.

Il s'essuya les mains sur son pantalon puis se leva. « Et voilà comment elle me traite », dit-il, à lui-même davantage qu'à Hương.

Lorsque l'homme avec qui dansait Kim-Anh éloigna sa main de ses hanches pour lui caresser les fesses, la jeune femme sourit et hocha la tête. Elle avait l'air à l'aise, rompue à l'exercice. Hương était persuadée que la jeune femme connaissait cette chanson, les paroles, et qu'elle savait à quel moment précis elle s'arrêterait. Elle l'imagina venant ici tous les soirs après le travail – elle appelait le barman par son prénom, connaissait par cœur la liste des cocktails de l'*happy hour*. Elle avait un regard calculateur, Hương s'en rendit soudain compte.

Frank attrapa Kim-Anh par le poignet, et Hương l'entendit dire à l'autre homme : « Non », tout en lui poussant l'épaule.

« Mais qu'est-ce que tu fais ? hurla Kim-Anh. Pourquoi t'es comme ça ? » Elle se dégagea. « Pourquoi tu rentres pas chez toi ?

– ON rentre, Kimmie. Viens. »

Il essayait de garder un ton calme mais n'y parvenait pas. Ses doigts s'agitaient.

Hương resta à sa place. Et vit alors Kim-Anh lever la main et gifler Frank. Des gens s'approchèrent. Même si la foule faisait obstacle, Hương se leva pour voir ce qui se passait.

Malgré le volume de la musique, elle put tout entendre. Kim-Anh était en train de crier : « Rentre chez toi, Frank ! » Et comme il ne répondait pas, elle cria de plus belle : « Pauvre type, rentre chez toi ! Rentre chez toi ! »

Hương les laissa tous les deux au bar, quitta à pied le Vieux Carré et trouva un arrêt de bus dans Canal Street. Après avoir été déposée à La Nouvelle-Orléans Est, Hương traversa les quatre carrefours qui la séparaient de Versailles et passa à l'appartement de Bà Giang avant de monter chez elle. Elle prit Tuấn dans ses bras et Bà Giang la suivit avec Bình. Elles couchèrent les garçons et burent un thé pour clore la soirée.

Au moment de partir, la vieille dame demanda : « Tu as trouvé un người đàn ông mỹ ? Ces enfants ont besoin d'un père. N'importe quel homme vaudra mieux que pas de père du tout. »

Hương rit, sans trop savoir pourquoi. « Mais ils *ont* un père.

– Le destin l'aurait amené ici s'il en avait décidé ainsi. »

Elle se tut jusqu'à ce qu'elles se retrouvent devant la porte. « Tu pries ? demanda Bà Giang.

– Non.

– C'est ça, le problème. Tu ne pries pas. Tu devrais le faire.

– Je n'y crois pas, vous le savez bien. Nous n'avons pas les mêmes croyances.

– Ça vaut le coup d'essayer. Pourquoi tu n'essaies pas ? Tu as oublié Công ? »

Hương aurait aimé répondre mais se trouva à court de mots. L'espace d'un instant, elle eut envie de se confier à Bà Giang, de tout lui raconter. Que Công l'avait abandonnée. Qu'il resterait au Vietnam. Qu'il habitait leur maison de Saigon. Qu'elle était seule au monde. Seule avec ses deux fils.

Mais rien de tout cela ne sortit de sa bouche. Dans le silence qui suivit, Bà Giang comprit son erreur et serra les mains de Hương.

« Je suis désolée, dit-elle. Je n'aurais pas dû. Je ne voulais pas dire ça. »

Elles se souhaitèrent bonne nuit et la vieille dame s'en alla.

Dehors, Hương s'assit sur les marches et contempla la lune. Comment s'était-elle fourrée dans ce pétrin – se retrouver ici, maintenant ? Elle remonta le temps et se demanda s'il n'y avait pas eu certains signes avant-coureurs. Mais une part d'elle-même, comme extérieure à son corps, l'observait et la traitait d'imbécile. Elle avait cru à l'amour – un amour pur et simple – et s'était fait embobiner, rouler. Comme si la vie jouait au bonneteau, et que ce qu'elle pensait découvrir sous chaque gobelet n'y était pas en réalité. Elle se trouva pitoyable et secoua la tête. Ce n'est pas comme ça que les choses auraient dû se passer, se dit-elle.

Comment un homme pouvait-il abandonner les siens ? Telle était la question à laquelle elle cherchait désespérément une réponse. Non seulement les abandonner, mais leur faire prendre la mer. Avait-elle vraiment connu Công ? L'avait-elle cru capable d'une telle froideur, d'une telle dureté ? À quoi pensait-il pendant tout ce temps ?

Qu'il puisse la trahir était moins terrible que le fait qu'il ait pu nuire à leurs enfants – à ses enfants à *elle*. Et s'ils apprenaient un jour que leur père les avait abandonnés, qu'en fin de compte il ne les avait pas aimés ? Comment le prendraient-ils ? Quel effet cela aurait-il sur leur esprit ? À quelle vitesse leur cœur serait-il brisé ?

Et si tout le monde l'apprenait ? N'étaient-ce pas les enfants sans père dont on disait toujours qu'il fallait se méfier ? Que pouvaient ressentir ces garçons sans père en entendant cela ? Elle tressaillit. Regarda autour d'elle. Tout devenait inquiétant, menaçant. Le monde était dur et sauvage. Un pays pouvait s'effondrer, et un père pouvait disparaître. Elle allait devoir protéger ses fils, se dit-elle, les protéger contre toutes les cruautés du monde.

Elle prit alors une décision et remonta dans sa chambre à la hâte. Toutes les cassettes qui lui avaient été réexpédiées, elle les avait rangées dans une boîte à chaussures. Elle attrapa la boîte, et les lettres de Công, et la dernière carte postale qu'il avait envoyée en réponse à son message confus. Au recto, une vieille photo en noir et blanc du Quartier latin, à Paris, où il avait fait ses études. Elle se rappela qu'elle se trouvait jadis dans un tiroir de leur bureau à Saigon, un petit souvenir du passé, conservé mais jamais utilisé, jusqu'à ce qu'il ait dû lui écrire : *S'il te plaît, ne cherche plus à me joindre. Ça vaut mieux pour toi comme pour moi. Comprends-moi, s'il te plaît. Baisers, Công.* Elle la jeta dans la boîte à chaussures et cacha celle-ci dans son placard. Personne ne la verrait jamais, se promit-elle.

Si ses fils l'interrogeaient sur leur père, elle leur raconterait seulement une partie de la vérité : il ne les rejoindrait pas à La Nouvelle-Orléans. Personne n'y pouvait rien, dirait-elle, et ils devraient faire de leur mieux pour aller de l'avant. Elle les laisserait à l'écart de ce père resté là-bas, de la famille qu'ils auraient pu former, de l'injustice quant à ce qu'ils avaient perdu. Elle pourrait les protéger, à condition qu'ils oublient. Elle les protégerait, à condition qu'elle-même oublie. Oublier, elle en avait la certitude, serait facile. La chose la plus facile du monde. On n'arrête pas d'oublier – les noms et les adresses, la couleur d'une robe d'enfance, le titre d'une chanson adorée. On pouvait oublier tout et n'importe quoi à condition d'essayer, à condition de s'en donner la peine.

Tuấn

1984

L'année des onze ans de Tuấn, il se produisit deux choses : il dut redoubler sa sixième, et sa mère lui annonça que son père était mort.

Elle le fit à la fin de l'été, le dernier week-end avant la rentrée des classes. Elle emprunta la voiture de Bà Giang et emmena ses deux fils à Grand Isle Beach pour la journée. Levé de bonne heure, Bình s'était déjà rendormi lorsqu'ils quittèrent la ville, et Tuấn était assis à l'avant, une carte routière dépliée sur les genoux.

« Ça fait longtemps qu'on n'est pas allés à la plage », dit sa mère au moment de rejoindre l'autoroute, et elle hocha la tête comme si c'était leur petit secret.

Une heure plus tard, à mi-chemin, elle s'arrêta à une station Gulf pour faire le plein et acheter à manger. Elle lui prit un esquimau, alors qu'il n'était pas encore neuf heures. *C'est pour moi ?* demanda-t-il. *Bien sûr,* répondit-elle, *pour qui veux-tu que ce soit ?* Il retira l'emballage avant de croquer joyeusement dans sa glace. Et une fois de retour sur l'autoroute, elle dit qu'elle voulait lui parler d'une chose, d'une chose importante.

Il pensait encore à l'école. Il ne voulait pas recommencer

les mêmes cours, surtout celui d'anglais, avec M. Landowski. Il notait sévèrement, et la seule raison pour laquelle Tuấn redoublait sa sixième était que, selon son professeur, il ne parlait pas anglais, ce qui était faux puisque Tuấn le parlait ; c'était la langue qu'il entendait tous les jours, partout. Depuis quelque temps, il ne pensait plus uniquement en vietnamien – ses pensées étaient à moitié en anglais, à moitié en vietnamien. Encore récemment, il avait oublié le mot vietnamien pour dire « orange » ; il avait eu beau essayer, seul le terme anglais lui était venu. Il se demanda si sa mère savait tout ça, qu'il allait redoubler non pas par sa propre faute, mais parce que M. Landowski était un très mauvais professeur. Il repensait souvent à son père, lui-même enseignant mais gentil avec ses élèves, et doux, et patient – toutes les qualités d'un bon professeur –, alors que M. Landowski avait le sang chaud, s'énervait facilement et donnait des mauvaises notes que personne ne méritait.

« Ton père », reprit sa mère après un bref silence. Tuấn tendit l'oreille. Il cessa de penser à M. Landowski et aux oranges. Son père ! Peut-être qu'il allait enfin arriver, après toutes ces années. Peut-être qu'ils étaient en ce moment même en train de le rejoindre en voiture. Cha, se dit-il, était le mot pour « père ». Enfin ! Ils auraient tant de choses à rattraper. Et peut-être, songea-t-il une seconde, que son père pourrait avoir une discussion sérieuse avec M. Landowski, de prof à prof, pour lui expliquer à quel point il avait tort de faire redoubler Tuấn.

« Ton père…, finit-elle par dire, ton père est mort. » Elle lâcha un soupir et ajouta : « Il est mort il y a quelque temps, et je pense que tu es assez grand maintenant pour connaître la vérité.

– Comment ? » Ce fut la seule chose qu'il put dire. « Pourquoi ? Comment ça ? »

Tuấn se mordit la lèvre et regarda par la vitre les cyprès qui défilaient, de plus en plus brouillés, sans comprendre pourquoi, jusqu'à ce qu'il s'aperçoive qu'il avait les larmes aux yeux. Sa mère parla alors de *communistes*, de *punition*, de *tentative d'évasion*. Puis *c'est pour ça qu'on est partis*, et *sache qu'il t'aimait, qu'il t'aimait beaucoup... qu'il a fait ce qui était le mieux... pour toi... pour nous...* qu'il était mort *en héros*.

« Pourquoi ? répéta-t-il.

– Ce sont des choses qui arrivent. »

Elle prononça encore d'autres phrases, mais il se boucha les oreilles car il ne voulait plus rien entendre. Lorsqu'elle tendit le bras pour le toucher, le réconforter, il recula sur son siège.

Le reste de la journée fut confus. Tandis que Bình jouait dans l'eau, Tuấn se rendit compte que c'était vrai : cela faisait longtemps qu'ils n'avaient pas été à la plage. Il avait oublié l'existence des plages, et des océans aussi, oublié à quel point l'eau était violente. Comment avait-il pu oublier ça ? Toute la journée, il eut soif à force de regarder la mer et de goûter l'air salé.

Son père ne les rejoindrait jamais, comprit-il avec une inexorabilité soudaine, écrasante. Son père n'était plus de ce monde – ni ici en Louisiane, ni là-bas au Vietnam. Nulle part.

Une fois, à Saigon, ils avaient joué à cache-cache tous les trois. C'était lui qui devait chercher ses parents. Il compta jusqu'à trente (il ne pouvait pas aller plus loin à l'époque) et trouva sa mère facilement, cachée dans son dressing. En revanche, son père était introuvable. Tuấn était persuadé qu'il se cachait dans la bibliothèque. Mais, une fois arrivé là-bas, il trouva la pièce vide. *C'est sûr*, pensa-t-il, *il doit être dans le jardin*. C'était le dernier endroit où il avait pu se cacher. Or il n'y avait personne. Il regarda tout en haut de l'arbre, étudia les branches pendant quelques secondes. Rien. Il retourna vers la maison. Ce n'était pas de la tristesse qu'il éprouvait, mais un sentiment tout à fait différent, plus pesant et plus sombre. Il avait l'impression d'avoir perdu quelque chose qu'il ne pourrait jamais récupérer. Puis soudain son père franchit le portail en courant et en fredonnant : « Tu ne m'as pas trouvé, tu ne m'as pas trouvé ! » Tuấn courut vers lui et recouvra aussitôt sa joie de vivre. Mais cette sensation – cette sensation de perte, pesante et sombre –, il ne l'oublierait jamais.

Elle était revenue lors du départ en bateau. Elle était revenue au campement, sur l'île, en pleine nuit, alors qu'ils étaient parqués avec tous ces inconnus. Et elle revint encore ce jour-là. Il en eut des frissons dans le dos, ses mains tremblaient, elles étaient moites. Ensuite il eut la migraine, jusqu'à ce que sa tête cogne et qu'il soit obligé de fermer les yeux de toutes ses forces. Allongé sur le sable, il était furieux – contre la plage parce qu'elle lui rappelait le Vietnam, contre sa mère parce qu'elle l'avait amené ici pour lui annoncer l'horrible nouvelle, contre son frère parce qu'il était heureux malgré tout. *Le lui a-t-elle même annoncé ?* se demanda Tuấn, ce qui ne fit que redoubler sa colère à l'encontre de sa mère. Il serra les poings et frappa le sable. Il se mit à hurler, et sa mère lui ordonna d'aller dans la voiture. Il s'arrêta pour la regarder droit dans les yeux. Au milieu du silence, il tapa encore des poings sur le sable et cria plus fort. Sa mère se rua vers lui, le saisit par le bras et le traîna jusqu'au véhicule tandis qu'il hurlait : *À l'aide, à l'aide ! Ce n'est pas ma mère, ce n'est pas ma mère, ce n'est pas ma mère !* Elle claqua la portière et repartit d'un pas martial. Elle avait laissé la climatisation et l'autoradio allumés.

À travers le pare-brise, il regarda sa mère et son frère ramasser des coquillages. La dernière fois qu'il était allé à la plage, c'était au Vietnam, après qu'ils eurent quitté la ville pour la campagne. À l'époque, son père était rongé d'inquiétude et sa mère avait pensé que ce serait une bonne idée de prendre l'air une petite journée. Ils n'étaient qu'à une demi-heure de route de la mer ; ils pourraient peut-être y faire un tour. Son père répondit qu'il ne voulait pas y aller et que, de toute façon, il n'aimait pas la plage. Pourtant, un dimanche, ils prirent tous les trois le bus jusqu'à la côte. Malgré la foule des baigneurs, ils trouvèrent un emplacement libre et tranquille. Tuấn se rappelait que son père – lui qui, depuis des mois, avait l'air sombre – avait enfin souri, et ri, pendant qu'ils faisaient des châteaux de sable. Il n'avait pas souri comme ça depuis Saigon, et Tuấn fut heureux de retrouver son père d'avant. Ils avaient fait un concours, et même si les châteaux de ses parents étaient de toute évidence plus beaux, ils l'avaient laissé gagner.

En observant sa mère et son frère – ce frère que le père de Tuấn ne connaissait même pas –, il se sentit abandonné. Son père n'était pas là pour profiter de tout ça. Son père ne serait plus jamais là pour profiter de quoi que ce soit. *Qui sont-ils, eux,* pensa-t-il, *pour s'amuser comme ça ?* Il cria, le plus fort possible, en chassant de ses poumons le maximum d'air, jusqu'à en avoir mal à la poitrine et à la gorge, jusqu'à ce qu'il les sente en feu et que ses yeux pleurent. Mais personne ne l'entendit.

Lorsque l'heure fut venue de rentrer, Tuấn resta sur la banquette arrière. Son petit frère était assis à côté de lui. « Pourquoi tu n'as pas joué avec nous ? n'arrêtait-il pas de demander. Regarde ! Les beaux coquillages ! » Entre eux était posée une serviette qui en était pleine. Bình les prit un par un pour les montrer à Tuấn.

« Tu ne regardes pas ! » s'écria le petit garçon avant de lui lancer un coquillage qui lui fit mal au bras. À cet instant, quelque chose en lui lâcha net, comme l'élastique d'un lance-pierre logé au fond de son cerveau. Il saisit la serviette et la jeta par la vitre ouverte. Les coquillages se déployèrent telles des ailes avant d'atterrir sur la route déserte. Le carré de tissu bleu délavé resta en suspens dans l'air, suivit quelques secondes la voiture puis finit, lui aussi, par retomber.

La voiture s'arrêta et Tuấn croisa le regard de sa mère dans le rétroviseur. Elle n'était pas fâchée ; elle était triste. Elle ouvrit sa portière et marcha jusqu'à l'endroit où serviette et coquillages avaient atterri. Tuấn se pencha par la vitre baissée et la vit trottiner. Une voiture approcha derrière eux, ralentit, puis les contourna. Tandis que sa mère revenait sur ses pas après avoir tout ramassé, Tuấn reprit sa place.

« Pourquoi tu as fait ça ? demanda Bình. Qu'est-ce qui se passe ?

– Papa est mort. Voilà ce qui se passe. »

Son frère le regarda longuement, sans rien dire. Puis : « Mort. Qu'est-ce que ça veut dire ? »

La portière fut violemment refermée. Leur mère posa les coquillages et la serviette sur le siège avant. Tout le reste du trajet se fit en silence.

Lorsque l'école reprit, ses rêves le ramenèrent au Vietnam, à leur ancienne maison de Saigon, à son père vêtu non pas du short et du T-shirt élimés qu'il portait le jour de leur départ, mais de sa tenue d'enseignant, une chemise blanche amidonnée et propre, un pantalon noir et une sacoche marron à la main. La rumeur de la ville – les cyclomoteurs, les sonnettes de vélo, quelquefois une voiture – parvenait à ses oreilles. Tuấn était sur le balcon, en train de manger une banane, et voyait son père arriver au coin de la rue, puis l'entendait qui l'appelait par son prénom. *Tuấn… Tuấn…*

Un soir d'automne, dans leur appartement, il entendit prononcer son nom. Son père l'appelait, encore et encore, comme il le faisait jadis quand il avait une surprise pour lui, un jouet ou un bonbon. L'espace d'une seconde, il se demanda même si ça n'allait pas être ces bonbons au durian, mous et élastiques, et il saliva. Cela faisait une éternité qu'il n'avait pas mangé de durian. *Est-ce que les durians peuvent pousser ici ?* se demanda-t-il. Il ouvrit un œil et songea à poser la question à son père, qui devait sûrement être dans la cuisine. Son père était un homme intelligent, il saurait répondre à cette question : Est-ce que les durians poussent à La Nouvelle-Orléans ? Mais en ouvrant l'autre œil, Tuấn s'aperçut que ce n'était pas du tout son prénom qu'il entendait ; c'était un chien, un chien qui aboyait au loin. Comment avait-il pu être si bête ? Rêver de durians dans un pays où personne ne sait ce que c'est !

Il n'arriva pas à se rendormir. Le chien continuait d'aboyer. Tuấn, la tête inclinée et l'oreille tendue, écouta jusqu'à ce que l'aboiement se transforme en jappement.

Sans un bruit, car Bình dormait de l'autre côté de la chambre, il prit son oreiller et sortit. Dans la cuisine, il ouvrit le frigo et but du jus d'orange à même la brique, ce que sa mère ne lui permettait jamais de faire. Sur la table étaient posés une boîte à chaussures Payless et un vieux magnétophone dont les boutons étaient devenus illisibles. Il s'assit et ouvrit la boîte. Elle contenait des cassettes et une liasse de papiers. Il s'endormit avant même d'avoir pu faire quoi que ce soit. Au petit matin, il se réveilla au même endroit, la tête sur la table, la bave aux lèvres, l'oreiller à ses pieds. La brique de jus d'orange avait disparu. De même que la boîte à chaussures et le magnétophone.

Sa mère le secoua en bâillant. « Tu as encore pourchassé les fantômes ? » La bouilloire sifflait.

« Je ne crois pas aux fantômes, répondit Tuấn. Ça n'existe pas, les fantômes. »

De la tasse de sa mère, la vapeur montait vers son visage. « C'est une façon de parler. Il n'y a pas de fantômes, on le sait bien. » Elle regarda autour d'elle comme pour confirmer l'évidence. Pas de fantômes ici.

Elle cligna des yeux et les frotta. Ses ongles vernis juraient avec l'obscurité du matin. C'était son nouveau travail au Vieux Carré : elle faisait les ongles. Pour montrer aux clientes ce que donneraient les couleurs, elle jouait les mannequins mais ensuite oubliait toujours de se nettoyer les ongles. Devant cet arc-en-ciel de rouges, de bleus et de violets, Tuấn pensa aux femmes qui fréquentaient son salon de beauté : comment pouvaient-elles choisir des couleurs aussi criardes ?

Dans la salle de bain, il se débarbouilla, se brossa les dents et jeta un regard sévère sur ses cheveux. Il les détestait. Ils étaient trop nombreux, et il ne pouvait pas les hérisser comme le faisaient les autres garçons de l'école. Il passa ses mains sous l'eau et se peigna avec les doigts. Cela ne changea rien.

« Le bus ! » cria sa mère depuis la cuisine. Tuấn sortit en courant ; sa mère était devant le plan de travail. « Mau ! Lẹ đi ! » Elle ouvrit la porte. La lumière du jour s'engouffra, et l'ombre de la rambarde extérieure dessina comme des barreaux de prison sur le sol. « Et n'oublie pas ton déjeuner. » Elle fourra une boîte dans le sac à dos de son fils, remonta la fermeture Éclair et le poussa en avant.

Au loin, un gros véhicule s'arrêta en couinant. Juste avant que Tuấn dévale les marches, sa mère le retint. « Tu oublies quelque chose. » Elle lui tendit la clé de l'appartement, nouée à un lacet transformé en collier. Depuis qu'elle avait commencé son nouveau travail, elle lui confiait cette responsabilité. « Ton frère est trop petit pour avoir une clé, avait-elle dit. Rentre vite de l'école pour lui ouvrir. Fais-le pour moi. S'il te plaît. » Il était son grand garçon, l'homme de la famille, le gardien de la clé.

« Oui », répondit Tuấn. Il prit la clé et courut jusqu'à l'arrêt de bus en la serrant dans sa main. Les dents métalliques creusaient sa peau. Le lacet dansait en l'air.

« C'est du chien ? » demanda Donald, ce qui fit ricaner ses copains. Le déjeuner avait à peine commencé qu'ils cernaient déjà la table de Tuấn.

Donald Richard vivait au coin de la rue qui menait à Versailles, dans une maison tellement vieille qu'on se demandait comment elle pouvait encore tenir debout, à l'ombre des appartements. À côté de l'immense portail, elle paraissait petite et solitaire, même si Tuấn n'aurait jamais pu imaginer Donald petit ou solitaire. Avec ses gros bras, sa bedaine et le groin qui lui tenait lieu de nez, le garçon lui faisait penser à un énorme cochon.

Ses copains et lui tripotèrent le thịt nướng. « *Ja-uan* », l'appelait Donald. Ils l'appelaient toujours comme ça – *Juan* ou *Ja-uan*. Tuấn ne comprenait pas d'où ça leur venait. Juan était un prénom mexicain. Or il venait du Vietnam. « Qui n'est même pas près du Mexique », avait signalé un professeur. Pourtant, le nom était resté. Il s'appelait Juan.

Les enfants de son école étaient aussi idiots que ça. Ce qui expliquait sa présence ici, il en était convaincu. On mettait tous les enfants idiots dans une même école, et il devait suivre avec Donald des cours d'anglais renforcé (pour les super-idiots comme lui) où ils se farcissaient des cartes de support visuel et lisaient encore des livres avec des images.

« *Jim le paysan a deux vaches*. Répétez après moi. » Mme Trahan, la prof d'anglais renforcé, disait : « *Jim le pay-san*. Répétez après moi, *deux va-ches*. » Pendant son cours, Tuấn avait l'impression d'être un bébé.

Il donna une tape sur les mains de Donald. « Pas pour gros porc, dit-il. *Gruik, gruik !* cria-t-il. *Gruik, gruik !* »

Tout le monde rigola. Donald l'attrapa par le col de sa

chemise, mais le bruit des talons de Mlle Swanson l'obligea à lâcher prise.

« Ce mec en vaut pas la peine, dit un des copains de Donald.

– Laisse-le.

– On s'occupera de lui plus tard. »

Alors que les autres s'en allaient, Donald se pencha et lui glissa à l'oreille : « Bouffeur de chien. » Il répéta sa phrase en marquant un silence entre chaque mot. « Bouffeur. De. Chien. » Puis il rejoignit ses amis.

« Tu restes assis tout seul parce qu'ils t'y ont obligé ? » demanda Mlle Swanson après l'avoir trouvé là. C'était une grande femme, plus grande que tous les autres adultes. Une ride sillonnait son front, lui donnant un air constamment agacé, ou en colère. Elle portait des vestes et des jupes, mais ses vêtements paraissaient toujours trop petits pour son corps massif et inégal, de sorte que le haut était boudiné dans le tissu et que le bas semblait chétif. Tuấn se dit que si elle avait déjà ce physique quand elle était jeune, elle pouvait comprendre ce qu'il vivait. Il l'imaginait très bien en train de faire la queue en attendant d'être choisie pour la balle au prisonnier, ou assise toute seule à l'heure du déjeuner. Comme il ne répondait pas, elle posa une main sur sa hanche et fronça les sourcils. « Ou c'est parce que tu aimes rester seul ?

– Oui, madame.

– Oui, quoi ?

– J'aime rester seul. »

Il enfourna une cuillerée de riz et Mlle Swanson s'en alla.

Lorsque la cloche sonna une première fois, tout le monde se précipita pour rejoindre sa salle de classe. Tuấn, lui, attendit. Il avait compris que c'était la méthode la plus simple pour éviter les couloirs bondés. Une fois tous les élèves partis, il s'avança vers la porte. Au moment où il tourna au coin pour retrouver la classe de Mme Trahan, Donald bondit, les mains en l'air à la manière d'un monstre.

« Tu fais quoi, Ja-uan ? Tu vas avoir des problèmes si tu arrives en retard, Ja-uan. Tu ne peux pas être en retard, Ja-uan. »

Tuấn regarda au fond du couloir, derrière Donald. Il n'y avait plus personne. Il fit un pas en avant. La cloche retentit.

« Et voilà », dit Donald avant de le faire tomber par terre. Sa tête heurta un casier.

« Retourne en Chine, sale Chinetoque ! » entendit-il le garçon ajouter.

Il eut envie de rétorquer : « Je viens du *Vietnam*. Je suis *vietnamien*. » Mais il n'en fit rien.

En arrivant chez lui, Tuấn vit son frère qui attendait dehors. Bình faisait tourner une batte de base-ball en plastique dans une main et serrait de l'autre une canette écrabouillée. La batte, ils l'avaient achetée chez Dollar General. La canette, il avait dû la trouver près du bayou, où les gens jetaient toutes sortes de choses.

Bình la lança en l'air et fit tournoyer la batte. Il manqua son coup.

« Il faut que tu gardes les yeux fixés dessus », dit Tuấn.

Bình leva la tête. « Je sais. »

Ils appelaient ça la balle-canette.

« Alors je dois m'empêcher de les cligner ? demanda son petit frère.

– Bien sûr que non, mais tu dois quand même la suivre des yeux.

– Impossible. »

Tuấn éclata de rire. Ils montèrent ensemble l'escalier en courant, et Tuấn le laissa passer devant.

Il était en train de préparer leur goûter – du riz avec de la sauce Maggi et des tranches de salami – lorsque Bình vint le voir avec son cahier.

« Ils te donnent déjà des devoirs à faire ? »

Son frère ouvrit le cahier et lui montra deux mots. À gauche, son prénom, *Bình*. À droite, *Ben*.

« C'est comme ça que je veux qu'on m'appelle, maintenant, dit-il en désignant celui de droite.

– Pourquoi ? »

Tuấn montra *Bình*. Il ne pouvait pas concevoir que son frère porte un autre prénom. Il y avait un nom pour tout.

Son frère haussa les épaules, manifestement déçu. « Je ne sais pas. C'est plus facile, non ? » Puis : « Pour tout le monde.

– Mais Bình est ton prénom.

– Je peux choisir celui que je veux. C'est pas interdit.

– Mẹ va être furieuse. »

Il imaginait déjà leur mère, les mains en l'air, comme elle le faisait si souvent, disant : *Vous me donnez mal à la tête, les garçons. Pourquoi vous n'êtes pas gentils ?* « Et papa..., reprit Tuấn, sans pouvoir finir sa phrase, car il ne savait pas où elle les mènerait.

– Je me fous de ce que pense maman. » Son frère reprit le cahier. « Et papa est mort. » Sur ce, il s'en alla.

Il n'avait même pas une tête à s'appeler Ben.

Cette nuit-là, Tuấn ne trouva pas le sommeil. Le chien, quelque part, aboyait encore. Il était presque trois heures du matin. Il s'approcha de la fenêtre et essaya de l'apercevoir. À Versailles, personne n'avait le droit d'avoir un animal de compagnie. Il plissa les yeux et scruta l'obscurité au-delà de la clôture. Ce chien était forcément dans les parages. Quelque chose bougea, et Tuấn eut un mouvement de recul.

Un gecko. Un simple gecko. Il y en avait partout. Ça et les blattes.

Pendant quelques secondes, il songea à poser le lézard sur le lit de son frère, qu'il imagina se débattre en hurlant. Bình (jamais il ne l'appellerait Ben) n'aimait rien de ce que lui aimait. Tuấn trouvait les geckos fascinants. Il avait entendu dire que si un oiseau en attrapait un, la queue se détachait, tout simplement. En un éclair, le lézard s'échappait, puis sa queue repoussait. Bình, lui, détestait ça. Un peu comme leur père, pensait Tuấn. De fait, il n'aimait pas que son fils aille jouer dehors et se salisse. Tuấn se souvenait d'une fois où, pendant qu'il jouait, la pluie s'était mise à tomber, si bien qu'il était rentré tout crotté. Son père, détachant les yeux de son livre, avait failli pousser un cri avec une grimace dégoûtée. Tuấn imaginait bien Bình faire pareil. Il afficherait exactement la même expression.

Il tendit un bras vers le gecko. « Je ne vais pas te faire de mal, petit. » Le lézard évita d'abord sa main, puis finit par s'en approcher. Tuấn le réceptionna dans ses deux paumes jointes – « Qu'est-ce que je te disais ? » – et sortit de la chambre. Au loin, le chien se mit à hurler, un long cri plaintif qui se muait presque en lamentation.

« Pourquoi est-ce qu'il pleure ? demanda Tuấn en regardant le gecko. Allons voir ça de plus près. »

Il ouvrit la porte d'entrée. Ne sachant pas quoi faire, il s'assit et écouta les hurlements du chien se mêler au ronronnement des climatiseurs et aux chants des grenouilles et des criquets, quelque part dans les arbres qui entouraient le bayou de Versailles. Quand il était plus jeune, ce qu'il aimait le plus, c'était aller là-bas. Pour lui, c'était le paradis, car personne ne venait l'embêter. Enfin seul, il pouvait faire ce qu'il voulait.

Un jour, alors qu'il se prenait pour un pirate, Cô Lam, la dame qui habitait l'appartement en face du leur, l'interpella par la fenêtre : « Aucun respect !

– Désolé ! répondit-il. Je vais faire moins de bruit.

– Je dois travailler cette nuit, moi ! »

Puis elle lui lança un journal enroulé qui le manqua de peu et coula.

Les gens jetaient toujours des tas de trucs dans le bayou. Les canettes de Heineken et les mégots de cigarettes en jonchaient la surface, ainsi que mille autres objets mis au rebut – des chaises de jardin cassées, des ustensiles de cuisine brûlés et rayés, des cartons. Tous les déchets de Versailles échouaient dans ces eaux marron. Ils s'y amassaient, restaient là et flottaient jusqu'à ce que leur poids les entraîne vers le fond.

Rien ne pouvait survivre, ici. Mais il y avait aussi les grenouilles, les criquets, et ce chien. Tuấn ferma les yeux et écouta.

Le lendemain matin, il fut réveillé par un cri perçant.

« Qu'est-ce que c'est que ça ? » hurla sa mère.

Il sentit quelque chose dans ses mains et se souvint du gecko. À sa grande surprise, la bestiole n'avait pas bougé d'un millimètre. Tuấn sentait même ses petites griffes. Sa mère hurla de nouveau et il rapprocha sa main de son corps. Le gecko se tortilla.

« Dégoûtant ! Dégoûtant ! Dégoûtant ! Lâche-le et rentre ! Qu'est-ce que tu fais dehors ? Tu sais quelle heure il est ? »

Tuấn regarda le gecko, puis sa mère. Non sans hésitation, il le libéra et rentra. Sur le seuil de l'entrée, sa mère, d'un ample geste, envoya le lézard valdinguer, et Tuấn aurait pu jurer l'avoir entendu rebondir.

Après qu'elle l'eut poussé vers le chemin de l'école, il quitta Versailles à pied. En passant devant la maison de Donald, il pressa le pas, mais la porte d'entrée claqua et le garçon sortit précisément à cet instant. Un chien brun et noir aux oreilles pointues était attaché à un vieux chêne. Il se mit à courir après Donald et seule la corde le força à s'arrêter. Déçu, il poussa le même hurlement qui avait empêché Tuấn de dormir. Celui-ci comprit que ce devait être ce chien qu'il avait entendu.

Donald s'arrêta au bout de l'allée et fut surpris de le voir là.

« Tu as toujours eu chien ? demanda Tuấn.

– C'est pas tes oignons. »

Une femme qui avait la même silhouette massive et arrondie que Donald émergea de la maison d'un pas lourd. Elle tenait une cigarette allumée dans une main et une bouteille dans l'autre.

Tuấn siffla le chien et tendit le bras.

« Arrête, dit Donald. Il ne t'aime pas. »

L'animal gémit.

« Il aime », dit Tuấn.

L'animal ne portait ni collier ni médaille. Tuấn examina son pelage. Il avait des plaques sans poil, comme si quelqu'un le lui avait arraché.

Changeant de sujet, Donald dit : « On fait la course jusqu'à l'arrêt de bus, Ja-uan. » Puis il le poussa sur le côté.

Alors que Donald s'était déjà élancé, la femme s'approcha sur le trottoir.

« Il a oublié sa boisson », dit-elle d'un air consterné. Elle laissa tomber sa cigarette et l'écrasa sous sa sandale. Ses ongles de pied étaient vernis, couleur vert citron. « Tu veux un soda ? » demanda-t-elle.

Juste avant le déjeuner, Donald retrouva Tuấn devant son casier.

« Écoute, Ja-uan. Je voulais te dire que je suis désolé. » Tuấn ne répondit pas, et Donald répéta qu'il était désolé tout en s'essuyant la figure du revers de la main. « Viens t'asseoir avec nous, cette fois. » Il ferma la porte du casier en la claquant. « On repart à zéro. Toi, moi, Tommy et Pete. On sera copains. »

Il l'accompagna ensuite jusqu'à sa table, où Tommy et Pete, deux autres garçons blancs, étaient déjà assis. En le tenant par l'épaule, Donald le guida vers le banc.

« Vous ne trouvez pas que Mme Trahan a une tête de cheval ? demanda-t-il en s'installant. Elle est forcément à moitié jument, non ? »

Les garçons éclatèrent de rire, alors même qu'ils n'étaient pas dans la classe de Mme Trahan. L'un d'eux imita un hennissement, et l'autre tapa des mains sur la table pour faire un bruit de galop. Donald regarda Tuấn.

« Peut-être ? répondit ce dernier.

– Peut-être ! répondirent les autres en chœur avant de sortir leurs repas.

– Oh, purée ! s'exclama Donald. Margaret a oublié mon soda. Elle est vraiment débile. Et mon père est encore plus débile de s'être remarié avec elle. »

Il ouvrit son sac et mordit dans son sandwich. « Eh, Ja-uan. Mon vieux pote, mon vieux copain. Rends-moi un service, tu veux ? Tiens, voilà deux dollars. Va me chercher un Coca, d'accord ? Et prends-toi quelque chose aussi. Du lait, peut-être, parce que tu es petit. »

Tuấn se tourna vers la file d'attente, puis de nouveau vers Donald, qui exultait.

« C'est Tu-hang, dit Tuấn. Je m'appelle Tu-hang. » Il le dit lentement, en détachant les syllabes comme Mme Trahan le faisait en cours.

« OK, OK, dit Donald. J'ai compris. Bon alors, ce soda ? »

Lorsque Tuấn revint, Donald était en pleines messes basses avec un de ses copains. « Merci, mon pote ! » dit-il en remarquant la présence de Tuấn. Il prit la canette et l'essuya.

Tuấn ouvrit son Tupperware et remua le reste de nouilles avec ses baguettes. Sa mère était furieuse que ni Bình ni lui n'aient fini le plat qu'elle leur avait préparé l'avant-veille. « Je ne fais pas la cuisine pour que ça termine à la poubelle », avait-elle dit. Tout en expliquant que leur budget était serré, elle avait ajouté des lamelles de bœuf et empaqueté le tout pour son déjeuner. Tuấn approcha les baguettes de sa bouche. Donald cria : « Bouffeur d'insectes ! »

Dans le Tupperware, une forme noire bougea. Par réflexe, Tuấn jeta le récipient en l'air. Tommy et Pete lâchèrent un cri, puis partirent d'un rire incontrôlable. Les nouilles atterrirent sur la table. Au milieu d'elles, un cafard s'agitait, et bientôt d'autres sortirent de leur cachette. Tous les enfants se levèrent de table sans savoir s'ils devaient s'approcher du spectacle ou s'en éloigner. Mlle Swanson déboula.

« Qui a fait ça ? Le responsable va devoir nettoyer. Donald, c'est toi ?

– Non ! Je vous jure ! Je déteste ces trucs-là ! Beurk ! »

Il grimaça et fit mine d'être sur le point de vomir. « C'est Ja-uan qui les a amenés dans son repas. Je vous jure. »

Tuấn se leva et commença à rassembler les cafards dans le Tupperware. Ce n'était pas juste de traiter les animaux ainsi. C'étaient des êtres vivants. Que dirait Donald s'il se faisait traiter de la sorte ?

« Regardez, il les sauve ! Il veut les manger ! » s'écria celui-ci.

Tuấn remit le couvercle sur le récipient et s'éloigna, laissant les insectes trottiner à l'intérieur du plastique. « Mẹ mầy, marmonna-t-il.

– Vous avez entendu ? lança Donald à l'ensemble de la cantine. Il a dit qu'il les boufferait de toute façon. Il l'a dit en ching-chang-chong ! »

Les gamins éclatèrent de rire et leurs rires résonnèrent.

« Vous deux. Une heure de colle ! Après les cours ! »

Dans la classe de Mlle Swanson, Tuấn et Donald s'assirent le plus loin possible l'un de l'autre, jusqu'à ce qu'elle leur demande de se rapprocher au centre de la salle.

« Je vous ai à l'œil. »

Tuấn regarda la pendule. Ils avaient une heure à tuer. Donald dessina sur son cahier avec un sourire mauvais. L'enseignante s'approcha et le lui arracha des mains.

« On regarde devant, Donald, dit-elle. Droit devant.

– Lui, il ne regarde pas devant ! s'écria le garçon.

– Menteur ! dit Tuấn. Ta faute ! Tout, ta faute !

– Calmez-vous, intima Mlle Swanson. Ce qu'il vous faut, c'est de la discipline. Vos parents ne vous ont jamais donné de fessée ?

– Je n'ai rien à faire ici. Tout est de sa faute ! »

Donald voulut pousser Tuấn, mais celui-ci lui attrapa le doigt et le tordit. Le garçon gémit de douleur.

« Ça suffit, vous deux. Vous voulez que j'appelle vos mères ?

– Je n'ai pas de mère ! cria Donald.

– Ta mère grosse, aussi ! ajouta Tuấn.

– Ça suffit ! » hurla Mlle Swanson en tapant des deux poings sur la table.

À quinze heures trente, elle laissa les deux garçons téléphoner à leurs parents pour qu'ils viennent les chercher.

La dernière fois qu'il s'était battu (c'était la semaine de la rentrée, quand Donald l'avait traité de bridé et que Tuấn l'avait giflé), sa mère avait été convoquée. Il se souvenait qu'elle lui avait paru toute petite face à son professeur. « Oui, monsieur », n'arrêtait-elle pas de dire. L'enseignant lui avait demandé de signer un papier et ils étaient repartis. Sur le trajet du retour, dans le bus, elle n'avait pas décoléré. Elle avait honte de son comportement. Tuấn avait répondu que c'était Donald qui avait commencé : il l'avait insulté et s'était moqué de lui.

« Dans ce cas, ne réagis pas, dit sa mère. Tu gagneras en étant meilleur élève que lui. Tu ne frappes pas. Personne. Jamais.

– C'est débile. Il n'arrêtera pas tant que je ne le tabasserai pas.

– *Tant que tu ne le tabasseras pas ?* répéta sa mère, incrédule. Que dirait ton père ? *Tant que tu ne le tabasseras pas ?* C'est ridicule ! »

Elle continua : se rendait-il compte qu'il la faisait passer pour une mauvaise mère ? Qu'allaient raconter les gens au sujet de leur famille ? Qu'elle élevait un sauvage ? Un ingrat ? Qu'elle soit seule – toute seule – ne facilitait pas les choses. Ce furent ces paroles-là qui le blessèrent le plus : « Tu n'as pas de père et ta mère est toute seule. » Si elle était seule, lui comptait pour quoi ? Il avait été piqué au vif et ne voulait plus jamais ressentir ça.

Tuấn fit semblant de composer un numéro de téléphone et parla en vietnamien. Puis il sortit. Il se rappela qu'il y avait un arrêt de bus à côté d'une supérette. À six ou sept rues de l'école. Pas trop loin.

Alors qu'il commençait à marcher dans cette direction, une voiture s'approcha avec la belle-mère de Donald au volant.

« Tu habites à Versailles, n'est-ce pas ? dit-elle avant de se retourner vers Donald. Pourquoi on ne ramènerait pas ton copain chez lui ? » Le garçon fronça les sourcils ; sa belle-mère tendit le bras en arrière pour ouvrir la portière. « Monte.

– Oui, madame », dit Tuấn.

L'intérieur de la voiture était étonnamment propre. La belle-mère de Donald alluma l'autoradio, et la musique qui en jaillit ressemblait au bruit de bouteilles en plastique qui s'entrechoquent. Une voix de femme chantait Dieu sait quoi. Le rythme accélérait de seconde en seconde, ce qui rappela à Tuấn les scènes de course-poursuite à la télévision.

La belle-mère de Donald lui jeta un regard dans le rétroviseur. « C'est Donna Summer ! dit-elle. J'aimerais bien que ce crétin ici présent sache apprécier la bonne musique, mais il n'écoute que du bruit. »

Le garçon laissa échapper un soupir furieux et baissa sa vitre. Sa belle-mère tourna à droite, puis à gauche, jusqu'à Versailles.

« Donald, pourquoi tu n'inviterais pas ton copain à la maison de temps en temps ? demanda-t-elle en ralentissant. Je peux préparer des tacos, ou autre chose ! Il n'invite jamais de copains à la maison. Il est toujours tout seul à s'amuser avec ses jouets. Il y a deux semaines, on lui a offert un chien, pour qu'au moins il sorte un peu de la maison. C'est son seul ami.

– Il s'appelle Walter !

– Son père dit que son problème, c'est qu'il est comme sa mère… Il ne sait pas se faire d'amis.

– Margaret ! »

Donald donna un coup de pied dans le tableau de bord. « Tu vas la fermer, oui ? Oh là là ! La honte… »

La voiture s'arrêta enfin. Tuấn descendit d'un bond et la regarda s'éloigner. Puis la porte de chez lui s'ouvrit et sa mère l'appela. « Pourquoi est-ce que tu rentres si tard ? Et qui était-ce ? » Elle attendait sur le palier, mains sur les hanches.

« Personne, mẹ », répondit-il.

Elle le prit par l'épaule et se baissa pour être à sa hauteur. « Regarde ta mère droit dans les yeux et répète un peu.

– Personne. »

Il courut dans sa chambre et claqua la porte.

« Tu ne me facilites vraiment pas la vie », l'entendit-il dire.

Walter aboyait dans la nuit. Tuấn savait désormais où se trouvait le chien. Il s'approcha de la fenêtre, et le ciel étoilé lui rappela les nuits de Mỹ Tho. À l'époque, quand il n'arrivait pas à dormir, son père lui disait de compter les étoiles. Một, hai, ba... Impossible d'arriver à cent sans s'endormir avant. Il s'en souvenait bien. Il gardait ce souvenir dans sa tête comme un souffle.

Au collège aussi, on le faisait compter, mais en anglais. Il n'arrivait pas à prononcer les mots. « Un », ça allait, « deux », c'était facile, mais après ça se compliquait. « T'ois. » « Kat'. » « Cin'. » Comme Donald se moquait de lui, Tuấn comptait le plus vite possible en vietnamien – một-hai-ba-bốn-năm-sáu-bảy-tám-chín-mười ! *Tu ne sais pas compter*, lui lançait-il. *Tu ne sais rien.* Donald appelait Mme Trahan pour dire que Tuấn l'insultait, et à chaque fois elle tombait dans le panneau. Elle l'obligeait à rester au coin jusqu'à la fin du cours, comme à la maternelle.

Tuấn regarda sous son lit : le Tupperware du déjeuner s'y trouvait encore. Les cafards constellaient le plastique, tous immobiles sauf un, sur le couvercle, près du trou qu'il avait percé pour les laisser respirer. Il secoua doucement le récipient ; les insectes se remirent à bouger. Il les compta, un par un, jusqu'à six.

Il quitta l'appartement pieds nus et marcha dans la rue en tenant fermement le récipient. La terre lui salissait les pieds, les cailloux lui écorchaient la peau. Il songea à rentrer mettre des chaussures, mais il était déjà trop loin. Il faisait plus frais que les nuits précédentes. Un front froid arrivait, et le monsieur de la météo avait expliqué que c'était un « temps d'arrière-saison » idéal.

Sous les étoiles, les immeubles devenaient des silhouettes. Tuấn entendit les oiseaux, ce qui l'étonna et le ravit. Il ne savait pas qu'ils chantaient à cette heure-là.

Il franchit le portail de Versailles, se dirigea vers l'arrêt de bus et continua jusqu'à la maison de Donald, où il fit une halte. Tout était éteint à l'intérieur. En le voyant, le chien cessa d'aboyer pour se mettre à geindre et trottina d'un coin de la pelouse à l'autre, ne s'arrêtant que quand sa corde ne lui permettait pas d'aller plus loin.

« Walter ? » murmura Tuấn. Il avait l'impression d'être épié, comme si Donald était au courant de sa visite et qu'il l'attendait là, dehors, alors que l'idée lui en était venue pendant qu'il se brossait les dents. On alluma une lampe à l'intérieur. Tuấn se figea.

Ne voyant personne sortir, il posa le Tupperware et s'approcha du chien. Celui-ci aboya doucement, puis gémit encore. Sa voix faiblissait, renonçait à son interminable mélopée. Tuấn lui caressa la tête. On aurait dit un fantôme de chien davantage qu'un vrai chien – par sa taille, par son état. Il avait besoin d'un bon bain. Il avait besoin de manger et lui lécha la main.

Tuấn s'approcha de l'arbre pour examiner la corde attachée autour. Lorsque le chien se remit à aboyer, il lui susurra : « Chhut… », jusqu'à ce qu'il se taise.

De toutes ses forces, Tuấn glissa les doigts dans le nœud pour tenter de le défaire. Ses paumes devinrent moites, la corde était plus serrée qu'il ne le pensait. Au bout de quelques minutes, il finit par y arriver et le chien recommença à s'agiter. Il remuait la queue, la langue pendante. Tuấn laissa tomber la corde à terre.

« Va-t'en, dit-il, trop excité pour ne pas parler fort. Va-t'en ! »

Comme s'il avait compris, le chien courut en direction de la rue. Tuấn le regarda disparaître et attendit de voir s'il revenait.

« Anh », lança une voix. *Frère.* Bình était sur le trottoir, pieds nus, sous un lampadaire. « Il fait froid, dit-il en se rapprochant sur la pointe des pieds. Tu t'es levé, je t'ai suivi. » Il s'essuya le nez.

« C'est vrai qu'il fait froid », convint Tuấn.

Les deux frères restèrent sous l'arbre de Donald, en silence.

Puis Bình demanda : « Le chien va revenir ?

– Non.

– Tu crois qu'il est parti où ?

– Quelque part. Mais il n'est plus attaché. Il est libre. »

Il aimait la sonorité de ces mots en anglais – *Il est libre.* Ils étaient légers, ils glissaient sur la langue : *Il est libre.*

Tuấn reprit le Tupperware pour le déposer sous l'arbre, à côté de la corde. « Tu n'en parles à personne, dit-il.

– À personne.

– Et ce soir il ne s'est rien passé.

– Rien du tout.

– Alors, viens, on rentre. »

Ils regagnèrent l'appartement en courant. Pour la première fois depuis longtemps, Tuấn se sentit heureux, comme s'il était là où il devait être, sous la nuit étoilée, avec la pleine lune. Il aurait pu jurer avoir senti dans ses cheveux une brise légère alors que l'air était parfaitement immobile.

Ben

1987

La plupart des habitants de Versailles étaient catholiques. Il y avait bien eu une fois une famille bouddhiste, mais elle était partie depuis belle lurette. *Où est notre place ?* demandait la mère de Ben. La question revenait après chaque Mardi gras. Une fois les rues de La Nouvelle-Orléans débarrassées des serpentins, la galette des rois mangée, la fève jetée à la poubelle (même si Ben voulait systématiquement la garder) et les colliers de perles remisés en attendant l'année suivante, Versailles retrouvait son calme, son silence, sa sévérité.

Le dimanche, les voisins – les Phạm, les Ngô, les Nguyễn – se faisaient beaux pour la messe, les femmes avec un áo dài sobre et les hommes une chemise rentrée dans le pantalon. *Vous assisterez à la célébration du mercredi des Cendres ?* demandaient-ils à la mère de Ben. *Et à celle du dimanche des Rameaux ? Vous avez de nouvelles recettes pour le poisson ? Le poisson du vendredi ?* Sa mère était outrée.

Laissez-nous tranquilles, moi et mes enfants, semblait-elle répondre avec les yeux, car il aurait été inconvenant de le dire à voix haute. Par une cliente de l'onglerie, elle apprit une nouvelle expression : « Pauvre de vous », ce qui signifiait, en secret, que l'interlocuteur était soit bête, soit mentalement limité, ou diminué d'une autre façon sans qu'on puisse rien y faire. Comme ces gens faisaient pitié. Elle ressortait cette phrase à tout bout de champ : *Pauvres de vous ! Pauvres de vous ! Pauvres-de-vous !*

De février à avril, elle essayait, autant que possible, de ne parler à aucun des habitants de Versailles. Après le travail, elle rentrait en retenant son souffle, raide comme un piquet, les yeux baissés. Une année sans parler de Pâques ou du Carême est une année réussie, leur disait-elle à l'un comme à l'autre, Ben et son frère. Leur famille n'avait jamais été portée sur l'idéologie, expliquait-elle, et leur père aurait détesté tout ça : catholicisme ou communisme, pour lui ça aurait été du pareil au même.

Ben n'avait jamais connu son père. À en croire sa mère, il avait été tué après la guerre. Cette guerre, telle qu'il l'avait comprise grâce aux livres et à la télévision, avait opposé les communistes aux non communistes. Les Américains étaient venus pour aider à combattre les communistes. Son père n'en était pas un. C'était un professeur et un libre penseur qui détestait les communistes, et pour cela ils l'avaient tué. Il était mort en héros. C'était le terme qu'employait sa mère, *héros*, chaque fois que Ben l'interrogeait à son sujet. Pour le reste, le peu qu'il savait de lui se résumait à des échos de suppositions, d'hypothèses. *Il aurait jugé ça... Il aurait pu faire ça, ton père...* Pas un père en vrai mais un fantôme de père, une image rémanente de père.

« C'est pour ça qu'on n'habite pas au Vietnam, poursuivait-elle. On vit en Amérique, où on a le droit de penser ce qu'on veut sans se faire arrêter. » L'année précédente, ils avaient été naturalisés – jusqu'à présent, une seule autre famille du quartier l'avait été – et elle en était fière. Ben ignorait ce que cela signifiait, en quoi ça allait changer leur vie, mais il comprit que c'était un événement important, voire capital : ce soir-là, ils avaient mangé des gâteaux chez Gambino.

Pendant les vacances d'été entre le CE2 et le CM1, un soir, au coucher du soleil, un prêtre arriva à Versailles à bord d'une voiture bleu nuit avec des éléments en bois. Personne ne connaissait ce modèle. Les habitants passèrent la tête par la fenêtre pour voir ça. Lorsque le prêtre descendit, il tenait une grosse pile d'affichettes. Il commença sa tournée. Ben l'entendit frapper à une nouvelle porte toutes les trois minutes, d'abord avec force et alacrité, puis, au fil de la soirée, de plus en plus doucement, discrètement. Si bien que lorsqu'il arriva au dernier appartement – le leur –, ils ne l'entendirent même pas. Ils surent qu'il était là uniquement parce qu'ils l'attendaient.

Il se présenta comme venant de Houston, via Saigon, pour bâtir une toute nouvelle église à La Nouvelle-Orléans. Une église très spéciale. Une église vietnamienne. Ce lieu était aussi censé être un centre communautaire et un refuge ouvert à tous. Imaginez des tables de ping-pong, dit-il, et des terrains de basket. Et des salles de classe pour enseigner le catéchisme, et l'anglais pour les adultes, et le vietnamien pour les enfants. Il regarda Ben, qui se tenait derrière sa mère sur le seuil. Ben souriait et gardait les mains dans le dos. Sa mère ne semblait pas intéressée.

« En tout cas c'est le projet, expliqua le prêtre, si Dieu le veut. En attendant, on loue un espace sur Chef Menteur Highway. Près du supermarché Winn-Dixie.

– Ah, Winn-Dixie », dit sa mère, comme si, dans tout

ce qu'il lui avait raconté, c'était la seule chose qu'elle ait comprise. Elle lut l'affichette et la retourna mais, dans son geste, se coupa avec la tranche – aussi épaisse que du carton. Elle lui échappa des mains et atterrit sur le palier.

« Trời ơi », murmura-t-elle, comme si elle ne voulait surtout pas être entendue. Elle se retourna et se dirigea vers la cuisine. Elle semblait tellement déterminée que Ben s'écarta de son chemin pour la laisser passer.

Le prêtre lui emboîta aussitôt le pas. « Je suis navré, cô. Vraiment navré. »

Ben referma la porte car il voulait se rendre utile.

Le prêtre était plus jeune qu'il ne l'aurait pensé. À la télé, quand on en voyait un, c'était toujours un gros bonhomme vieux et pâlichon qui parlait en marmonnant. Or celui-là était maigre, avec la peau mate et d'épais cheveux noirs. Et surtout, il était vietnamien. On ne voyait jamais de prêtres vietnamiens à la télé. On ne voyait jamais rien de vietnamien tout court. Alors un curé vietnamien en chair et en os, c'était incroyable !

Pendant que sa mère se passait le doigt sous l'eau du robinet, le prêtre resta debout. Il se confondait en excuses, si bien qu'elle fut obligée de lui répéter, agacée, que ce n'était la faute de personne. Elle fouilla dans les tiroirs, à la recherche de pansements. Alors que leur trousse de secours était rangée dans le dernier tiroir, elle chercha partout ailleurs, tant elle était énervée.

« Je vais vous aider, dit le prêtre.

– Pas la peine, merci. »

Elle venait de retrouver la boîte de pansements, qu'elle vida sur le plan de travail. Comme ils étaient tous de tailles différentes, elle dut les trier avant de trouver le bon.

Le prêtre finit par s'en aller, non sans lui dire qu'elle devrait songer à rejoindre sa paroisse : Notre-Dame de Saigon. Ils pourraient assister à la messe dès le lendemain ou le dimanche d'après. « Ou n'importe quand, vraiment, insista-t-il. Notre porte est toujours ouverte. Nous sommes au service de la communauté. »

La mère de Ben ne répondit pas.

« Nous espérons vous voir », répéta le prêtre. Et sur ces mots, elle referma la porte.

« Ces catholiques, dit-elle après avoir regardé s'éloigner la voiture. Ils peuvent croire ce qu'ils veulent, mais ce n'est pas pour ça qu'ils ont le droit de nous dire ce qu'on doit faire ou penser ! » Elle ouvrit de grands yeux, comme si elle s'apprêtait à prononcer une phrase importante, une leçon que Ben allait devoir apprendre et retenir. « C'est pour ça qu'on a quitté le Vietnam, tu comprends ?

– Mais vous êtes partis du Vietnam à cause des communistes.

– On est partis parce que les gens comme ça sont dangereux », répliqua-t-elle, l'air d'estimer qu'il aurait dû s'en souvenir. Puis elle écarta les lattes du store pour jeter un coup d'œil dehors. Ben lui demanda ce qu'elle entendait par « dangereux ». « Je n'en reviens pas que tout le monde tombe dans le panneau. Pauvres d'eux. Tous autant qu'ils sont ! » Soudain, elle laissa échapper un petit hoquet et s'éloigna de la fenêtre pour regagner sa chambre.

« On est américains, dit-elle. C'est ridicule ! »

Le lendemain, il ne parla que de ça avec Addy : le prêtre, sa belle voiture, l'affichette qui avait entaillé le doigt de sa mère. Il la lui montra.

Addy vivait sur Bullard Avenue, où toutes les familles étaient haïtiennes, de même que toutes celles de Versailles étaient vietnamiennes, à la différence près qu'elles n'habitaient pas des appartements mais de petites maisons de plain-pied en bois blanchi, ce qui leur donnait un air vieillot, fragile. Ben avait l'impression qu'elles étaient en papier.

En CE2, Addy avait été la petite nouvelle de l'école. La meilleure amie de Ben, Shirley Daigle, avait déménagé l'été précédent (ils s'étaient promis de garder le contact et de s'écrire, conscients malgré tout que ça ne durerait pas, Shirley écrivant comme un cochon et Ben ne sachant pas quoi raconter dans ses lettres), et ses oreilles s'étaient dressées le jour où Mme Brownworth avait annoncé l'arrivée d'une nouvelle élève.

Une conseillère d'orientation fit entrer une petite fille noire avec une coupe afro. Elle portait un jean, un T-shirt rose à l'effigie de Minnie et un sac à dos couleur cerise. Les montants de ses lunettes aussi étaient rouges, tout comme – Ben le remarqua un peu plus tard – la bague en plastique qu'elle portait à l'auriculaire. La maîtresse fit les présentations : Adelaide Toussaint débarquait tout juste de Miami.

La fillette la corrigea – interrompant la corpulente Mme Brownworth et sa voix éraillée – pour expliquer que tout le monde l'appelait en réalité Addy et que, si sa famille avait séjourné un temps à Miami, son père et elle venaient en fait de Port-au-Prince, en Haïti – Mme Brownworth savait-elle où ça se trouvait ? –, qui était très loin de La Nouvelle-Orléans, et où il faisait plus beau, même si elle ne pouvait pas trop se plaindre car son père disait toujours que c'était pas bien de se plaindre.

Mme Brownworth ne sut pas quoi répondre à cette longue tirade. D'ailleurs, personne ne dit rien. Addy resta debout devant la classe, à côté de l'institutrice, dans un silence qui ne fut rompu que lorsque les deux petites blondes assises au fond, Shannon et Ashley, se mirent à glousser, bientôt imitées par toute la classe, sauf Ben, qui ne voyait là rien de drôle. Addy les regarda fixement et secoua la tête. « Timoun dyab », dit-elle, telle une adulte réprimandant des enfants. Personne ne comprit, et la classe rit de plus belle. Ben sut tout de suite, pour des raisons qui lui échappaient, qu'il voulait être son ami.

Pendant la récréation, alors qu'elle était assise seule sous un arbre, fascinée par les filles qui jouaient à la marelle, Ben s'approcha et s'installa à côté d'elle. Ils regardèrent ensemble les gamines sautiller sur les carrés dessinés à la craie. Elles étaient cinq, dont Shannon et Ashley. Elles avaient toutes fait un passage et reprenaient du début lorsque Ben dit : « J'ai des billes. »

Addy resta silencieuse, au point que Ben se demanda si elle l'avait entendu. Il répéta : « J'ai des billes. » En effet, pour le récompenser de ses bonnes notes, Bà Giang lui en avait offert, et Tuấn avait piqué une colère en disant (dans son mauvais anglais qui faisait toujours tressaillir son petit frère, même s'il ne le lui disait jamais) que le CP était pour les bébés, et trop facile, et que c'était injuste. (Il avait filé dans leur chambre, et leur mère s'était écriée : « Oui, eh bien, la vie est injuste ! ») Les billes étaient vendues dans un filet, lequel n'avait pas tenu bien longtemps, de sorte qu'il les rangeait maintenant dans un sachet en plastique.

Elles étaient toutes différentes, et Ben se disait souvent qu'il y en avait autant de sortes que d'êtres humains. La première qu'il montra à Addy était blanche, avec des points de diverses couleurs, et avait la taille d'un grain de raisin, plus grosse que les autres. Il la serra dans sa main et lui en montra une autre, transparente celle-ci, mais avec à l'intérieur une spirale marron qui lui rappelait les céréales à la cannelle qu'on leur servait ici pour le petit-déjeuner. Il replongea la main dans le sachet et en sortit d'autres en les agitant bruyamment. (*Un bruit de dents qui claquent*, pensait-il toujours.)

À la marelle, ce fut au tour de Shannon. Elle s'attacha les cheveux avec un chouchou et dit à ses amies : « Je peux le faire à reculons. » Celles-ci répondirent : « Jamais de la vie. Jamais de la vie, Shan. Tu ne peux pas y arriver !

– Je vous parie que si, insista-t-elle, et même avec les yeux fermés. »

Elle leva les mains en l'air, déjà triomphante. « C'est parti ! » s'exclama-t-elle en sautant vers la première case sur une jambe. Elle retomba parfaitement. Elle sauta une deuxième fois et atterrit sans difficulté.

« Regarde », murmura Ben après que Shannon eut exécuté le saut suivant, deux cases côte à côte. Il lâcha sa poignée de billes sur le bitume, en visant les cases tracées à la craie. Addy plissa les yeux. À cette distance, les billes étaient si petites que même Ben ne les voyait pas. La fillette sourit.

Shannon marcha sur une bille et perdit aussitôt l'équilibre. Elle poussa un gémissement tout en battant des mains en l'air – tels deux oiseaux essayant de s'accrocher à quelque chose (une miette d'air, peut-être) – pour ne pas tomber, mais c'était trop tard. Elle fit un vol plané et atterrit au bord du bitume, sur le dos, à moitié dans la terre. Les garçons interrompirent leur match de basket pour regarder. Certains rigolèrent. Shannon laissa échapper un long cri plaintif, non pas de douleur mais, Ben en était certain, de honte. Les autres filles décampèrent.

À l'ombre du vieux chêne, Ben et Addy se retinrent de rire, la main collée sur la bouche.

« C'était vraiment chouette ! » dit la fillette.

À compter de ce jour, ils devinrent amis.

Addy étudia l'affichette.

« Sai-gon », lut-elle.

Ben lui parla du prêtre, de la nouvelle église, et du fait que sa mère lui avait claqué la porte au nez. (Il inventa ce dernier détail pour donner un peu de piquant à son histoire.) Il expliqua que sa mère n'aimait pas les catholiques parce qu'ils étaient comme les communistes.

Addy ne s'offusqua pas, car elle ignorait tout des communistes. Elle-même était catholique, et son père aussi. Ce que ça signifiait, elle ne le savait pas vraiment, mais elle lui expliqua ceci : « C'est comme un club. Un club secret. On doit se réveiller tôt le dimanche et on va dans un petit bâtiment à Little Woods. On chante, on se met debout et on se rassoit. Parfois, on se met à genoux. »

Cela évoqua aussitôt à Ben les émissions d'aérobic qui passaient à la télévision, où des femmes et des hommes en justaucorps rose et vert fluo sautillaient au rythme de la musique. « Et les adultes mangent du pain et boivent du vin, ajouta Addy. Pendant que les enfants jouent derrière, où il y a du jus de fruit, des biscuits et de la musique qui passe sur un magnétophone. » Elle réfléchit quelques instants. Son père, dans la cuisine, était en train de préparer de la soupe joumou, et les effluves du bœuf en train de mijoter imprégnaient l'air chaud de l'été. Ben avait faim. « C'est comme une fête, reprit Addy. Toutes les semaines, on fait la fête.

– Comme Mardi gras ?

– Pareil. »

Le prêtre revint à Versailles une semaine plus tard. Le samedi matin, Ben entendit d'abord des rires du côté du bayou. Puis ce fut le bruit sourd d'une balle en caoutchouc qui rebondissait. Il s'habilla et sortit à toute vitesse. Ils étaient là : le prêtre et les jeunes du lotissement. Ben courut pieds nus.

Deux mâts en métal réunis par un filet étaient plantés dans la terre. Cinq adolescents se tenaient d'un côté du filet, quatre de l'autre. Un ballon de volley passait des uns aux autres, et tout ce petit monde sautait pour le renvoyer à deux mains. Le prêtre, lui, se tenait à l'écart et observait. Il portait la même tenue que lors de sa visite mais cette fois un sifflet, le même que celui des professeurs de sport, pendait à son cou. Son front luisant de sueur brillait au soleil. Toutes les cinq secondes, il s'épongeait avec une serviette en papier. Parfois, sa tête basculait d'avant en arrière, et inversement, pour suivre la trajectoire du ballon. Ben faisait de même. Enfin, un garçon, l'un des fils Nguyễn (Ben savait qu'il s'appelait Huy, mais tout le monde l'appelait Joseph), sauta juste devant le filet et fit un smash. Le ballon rebondit violemment et termina sa course dans le bayou. Tous les joueurs furent éclaboussés, sauf Ben et le prêtre.

« Oh, la vache ! » s'écria quelqu'un.

« Pourquoi tu as fait ça ? » demanda un autre.

Le prêtre donna un coup de sifflet et leva les deux mains pour réclamer un temps mort.

« On devrait peut-être arrêter, dit-il. Joe, va récupérer le ballon, tu veux bien ? » Joseph secoua la tête avec un grand sourire. Les jeunes s'égaillèrent. Certains s'approchèrent d'une glacière bleue posée à l'écart et prirent des canettes de Coca.

« C'est ça que font les catholiques ? » dit Ben.

Le prêtre parut surpris, comme s'il venait seulement de remarquer sa présence. Il lui passa la main dans les cheveux.

« Le fils de Hương, dit-il. Tu as fait peur à cha Hiệu. »

Cha signifie *père*, Ben le savait. Aussi demanda-t-il : « Qui est le père Hiệu ? »

Le prêtre rit, d'un beau rire franc. « Mais c'est moi, le père Hiệu !

– Ah », répondit Ben, désarçonné. Puis il reprit, en regardant les adolescents un par un : « Vous êtes le père de qui ?

– Je ne suis le père de personne. On m'appelle comme ça, c'est tout. C'est... Nous nous occupons de tout le monde. Comme de nos propres enfants. »

Ben, remarquant qu'il disait « nous », s'imagina un océan entier de prêtres, tous vêtus du même jean noir et de la même chemise noire avec un carré blanc sur le col, marchant en cadence tels des soldats en train de défiler.

« Mon père à moi est mort », dit-il. L'information lui paraissait pertinente, puisqu'ils parlaient de pères.

« Tu m'en vois désolé. » Le prêtre prit un air soucieux.

« Non. C'était il y a longtemps. Avant ma naissance. D'après ma mère, il est mort en héros au Vietnam.

– Quand même. Aucun enfant ne devrait endurer ça. Tous autant que nous sommes, nous avons beaucoup souffert. Mais ça ! Aucun enfant ne devrait grandir sans père. »

On aurait cru que c'était lui qui allait éclater en sanglots, et Ben s'en voulut d'avoir abordé le sujet.

« Ne vous en faites pas, dit-il. Vous êtes là, maintenant.

– Ah ! s'écria le prêtre, comme si soudain tout faisait sens. Oui, bien entendu. »

Là-dessus, Joseph s'approcha de lui avec un Polaroid. Il avait retiré son T-shirt et ne portait rien d'autre qu'un short. Son corps était mouillé. Ben s'obligea à regarder ailleurs.

« Faites une photo avec nous ! lança Joseph.

– Mais qui va la prendre ? répondit le père Hiệu. Il faut bien que quelqu'un soit derrière l'appareil.

– Eh, toi, petit ! Oh ! »

Ben comprit que Joseph lui parlait. « Tu sais te servir de ça ? »

La mère de Ben trouva la photo le soir même.

« Qu'est-ce que c'est que ça ? » demanda-t-elle en la brandissant.

Ils étaient à table en train de finir de dîner. Tuấn, dans le salon, regardait un film de kung-fu. Depuis la cuisine, Ben pouvait voir Bruce Lee faire des bonds.

« Tu l'as trouvée où ?

– Dehors, à côté de l'escalier.

– Ah, c'est donc là qu'elle était. »

Il avait complètement oublié. Après que Ben eut pris la

photo, Joseph avait échangé les rôles avec lui. Sur la photo, il se tenait aux côtés du père Hiệu et arborait un grand sourire radieux. Puis ils l'avaient laissé jouer au volley, quand bien même sa contribution se révéla limitée (trop petit !), gênant les joueurs plus qu'autre chose. Mais ça n'avait pas eu l'air de les déranger. Il tendit la main vers sa mère.

« Je ne t'avais pas dit de ne jamais jouer avec ces garçons ? Avec ông cha Hiệu ?

– Mais ils jouaient au volley. C'était la première fois pour moi. Et ils m'ont laissé rejoindre l'une de leurs équipes. Je n'ai même pas eu à demander. C'est eux qui m'ont proposé. Qu'est-ce que tu voulais que je fasse ? »

Il tendit encore la main. Et se dit qu'il devrait ranger la photo dans son journal. L'année dernière à l'école, on leur avait en effet demandé d'en tenir un, avec pour consigne d'écrire une fois par semaine. Ben avait tellement aimé l'exercice qu'il avait continué tout l'été. Il noterait la date et collerait la photo à l'intérieur.

Mais sa mère ne le regardait pas. Elle s'approcha du tiroir et en sortit une grande paire de ciseaux, ceux qu'elle utilisait pour la viande. Elle se dirigea ensuite vers la poubelle et commença à découper le Polaroid. « Au Vietnam…, marmonna-t-elle. Ton père… Au Vietnam… La honte… Ta pauvre mère… »

« Tuấn ! s'écria-t-elle lorsqu'il n'y eut plus rien à découper.

– Quoi ? Qu'est-ce que j'ai à voir avec tout ça ?

– Tu es censé t'occuper de ton frère.

– C'est ce que je fais. Qui a dit le contraire ? »

Il les avait rejoints dans la cuisine.

« Fais en sorte qu'il ne traîne pas avec cha Hiệu et ces garçons, lâcha sa mère. Si seulement ton père était là… Il aurait honte de nous.

– Ce n'est pas comme si son avis comptait encore !

– Comment peux-tu dire ça ? On a tout sacrifié… pour que vous ayez un toit dans un pays libre. Un peu de respect, s'il te plaît ! »

Elle tremblait. Elle sembla sur le point d'ajouter quelque chose, mais se ravisa. « Et mange ton dîner », dit-elle avant d'aller dans sa chambre.

Les semaines suivantes, Ben resta à l'appartement avec son frère. Ils regardaient la télévision le matin et, à l'heure du déjeuner, Ben partait lire dans sa chambre. Allongé près de la fenêtre, il entendait les jeunes et le père Hiệu. Parfois, ils organisaient un match de volley. D'autres fois, ils se baignaient dans le bayou.

Un jour, Tuấn lui proposa de jouer à la balle-canette. Les étés précédents, quand ils y jouaient, il lui parlait de leur père. Il avait les cheveux noirs, comme eux, et le même nez long. Il avait de grosses mains – du moins aux yeux d'un enfant de cinq ans, l'âge de Tuấn quand il l'avait vu pour la dernière fois – et de la corne sur son pouce gauche, à force d'écrire. Oui, il était gaucher – comme toi, Bình. De temps en temps, il sortait des lunettes pour lire. Il était ce qu'on pourrait appeler un « intello », ou un homme cultivé. Il était gentil, aussi. Souvent, il rentrait avec des bonbons, mais tu en avais seulement si tu répondais correctement à une question. En général, c'était facile : Quelle est la capitale du Vietnam-Sud ? (Sài Gòn.) Comment s'appelle le fleuve qui traverse la ville ? (Sông Sài Gòn.) D'autres fois, en revanche, il fallait faire travailler sa cervelle : Si un arbre tombe dans la forêt mais que personne n'est là pour l'entendre, fait-il du bruit ? Ce verre est-il à moitié vide ou à moitié plein ? Notre père était un homme qui réfléchissait beaucoup, concluait Tuấn. Et le jour où il eut épuisé tous les moyens pour le décrire – ou peut-être avait-il oublié le reste –, leurs séances de balle-canette avaient cessé.

Devant la porte d'entrée, Tuấn tenait une batte et le sac en plastique dont ils se servaient pour le recyclage. Désormais, ils disposaient non seulement de canettes de soda, mais aussi de conserves de soupe. Pour les repas sur le pouce, leur mère diluait de la soupe de champignons Campbell's et y ajoutait du riz et des pois. Aucun des deux frères n'aimait ça, mais ils mangeaient quand même.

Ben s'installa au fond du petit jardin, devant leur appartement (là où les adultes garaient leurs voitures), et Tuấn à l'autre extrémité. Ben fut le premier à batter. Ils auraient droit chacun à cinq coups. Comme au base-ball, il y avait neuf manches. Celui qui, à la fin, avait frappé le plus de canettes l'emportait. Tuấn arma son bras. Une canette de Coca fut la première en lice.

« Ça fait très longtemps que je n'ai pas joué, cria-t-il, mais je ne vais pas te faire de cadeaux, compris ?

– Donne le meilleur de toi-même », répliqua Ben. Il balaya la terre devant lui avec ses chaussures, comme les joueurs de base-ball à la télé, et cracha.

« C'est parti, dit Tuấn en faisant tourner son bras. Attention, ça arrive ! » Il lança la canette, Ben fouetta l'air avec sa batte et rata son coup. La canette vola à côté de lui.

« Qu'est-ce que je t'avais dit ? s'écria Tuấn.

– C'était juste un échauffement. Envoies-en une autre. »

Tuấn chercha dans le sac. Un ballon passa entre eux, roula en direction de Ben et s'arrêta à quelques centimètres de lui. Au même moment, l'un des adolescents accourut pour le récupérer.

« Désolé », dit-il. Il souleva le ballon avec le pied, comme au football, et le rattrapa à deux mains. « Si vous voulez, vous pouvez venir jouer avec nous. On fait un match là-bas. » Il montra ses amis qui l'attendaient, les mains sur les genoux.

Ben regarda son frère, qui hésita une seconde avant de décliner. Le garçon repartit en courant.

Tuấn, entre-temps, avait sorti du sac une boîte de soupe Campbell's. « De toute façon, ils ne s'amusent même pas, dit-il en la faisant sauter dans sa main. Et ils ne sont pas meilleurs que nous. Ça, je te le garantis. » D'un geste vif, il se retourna et lança la boîte de conserve aussi fort que possible vers les adolescents et le filet de volley. Les deux frères la regardèrent fendre l'air et retomber sans un bruit. Personne ne semblait l'avoir remarquée.

La mère de Ben se fichait pas mal qu'Addy et son père soient catholiques, exactement comme elle se fichait pas mal que Bà Giang le soit aussi. Elle les avait rencontrés à l'occasion d'une réunion parents-profs. Ben les avait présentés : « ma copine » et « le père de ma copine ». Assis dans le couloir, ils attendaient de voir Mme Brownworth. Pendant que les deux amis parlaient du dernier épisode de leur série préférée, la mère de Ben et le père d'Addy évoquèrent leur statut d'immigrés – et la difficulté à trouver les plats de leur enfance, et le fait que leurs gosses ne sauraient jamais ce que c'est que de mener une vie pénible, eux pour qui tout était si facile.

Pourtant, ajouta le père d'Addy, c'était un vrai bonheur de pouvoir offrir à son enfant les possibilités qu'on n'avait jamais eues soi-même, et une vie dont on n'aurait même pas pu rêver.

« Mais ils ne mesurent pas leur chance ! » répliqua la mère de Ben.

Cela fit rire le père d'Addy. « Oui, c'est bien vrai, ça ! »

Dans le bus qui les ramena à la maison, la mère de Ben déclara qu'à son avis, Addy et son père étaient des gens bien. Et lui donna l'autorisation d'aller chez son amie le week-end. Alors, tous les samedis, Ben prenait son vélo et roulait jusqu'à Bullard Avenue. La plupart du temps, ils jouaient dans la cabane qu'elle avait construite. Pour le déjeuner, ils mangeaient des sandwichs au jambon avec de la mayonnaise. (Comme on n'en mangeait pas chez lui, Ben en profitait dès qu'il était chez Addy.)

Certaines fois il restait pour la nuit. Elle se levait le lendemain de bonne heure et lui disait de se rendormir ; son père et elle reviendraient d'ici une heure. Ben, allongé sur le canapé, ouvrait les yeux et découvrait Addy vêtue d'une robe noire simple et impeccable. Elle portait des collants blancs et une paire de souliers noirs à boucles. Toute fière, elle faisait la révérence et tournait sur elle-même. Derrière elle, son père portait pantalon beige, chemise blanche, cravate et veste. Voir cet homme, qui gagnait sa vie en repeignant des maisons, bien habillé pour l'église surprenait toujours Ben. La première fois, il se demanda si son propre père s'était lui aussi apprêté un jour. Il essaya de se le représenter – n'ayant aucune idée de ce à quoi il ressemblait, puisqu'ils ne possédaient aucune photo de lui – avec un costume et les cheveux plaqués en arrière. Mais seule l'image du père Hiệu lui vint à l'esprit.

Addy et son père partaient pour l'église à sept heures précises. À leur retour, ils prenaient le petit-déjeuner tous ensemble, et Ben ne rentrait chez lui qu'en milieu de journée.

La chose se reproduisit assez souvent pour qu'il lui vienne une idée. Un samedi, avant d'aller chez son amie, il prit un très grand sac, celui dont Tuấn se servait pour ses cours de sport. Il y rangea ses affaires habituelles : vêtements de rechange, pyjama, brosse à dents et dentifrice, un livre d'histoires de fantômes (car ils lisaient la nuit, avec une lampe torche) et, à l'insu de tous, sa tenue spéciale – le pantalon noir, la chemise blanche et la veste noire qu'il avait portés le jour de leur naturalisation. Ne possédant pas, comme Addy, de jolis souliers à boucles, il se contenta de nettoyer ses baskets avec du liquide vaisselle. Il n'avait jamais franchi la porte d'une église, mais il savait que c'était un endroit solennel. Il ne pouvait pas y aller avec des godillots crottées. Il imaginait des gens assis sur des rangées entières de bancs en bois, baissant la tête pour prier, tous chaussés de souliers propres.

Lorsque sa mère lui demanda pourquoi il emportait un grand sac, il répondit qu'ils comptaient jouer au Monopoly. Il l'ouvrit pour le lui prouver : la boîte de jeu était posée au-dessus de ses vêtements. Elle l'inspecta un long moment avant de lui dire de faire attention. Il enfourcha son vélo et rejoignit Bullard Avenue avec le sourire aux lèvres.

Lorsque le père d'Addy lui ouvrit, Tuấn lui demanda s'ils pouvaient aller à Notre-Dame de Saigon. « C'est une paroisse catholique », précisa-t-il. Puis il lui tendit l'affichette et la retourna. Si le père d'Addy remarqua la petite tache de sang, devenue marron entre-temps, il n'en parla pas. Il répondit : « Je ne suis encore jamais allé dans cette église » et sortit son plan pour étudier l'itinéraire.

« C'est près du Winn-Dixie », expliqua Ben.

Addy ne comprenait pas ce qui se passait, ni pourquoi Ben demandait cela, mais son père sourit. « On se lève à six heures trente pétantes », annonça-t-il. Ils iraient donc tous ensemble à la messe à Notre-Dame de Saigon. Pour faire plaisir à Ben, ajouta-t-il.

Ce soir-là, même si les deux enfants ne s'attardèrent pas à lire des histoires qui font peur, Ben mit beaucoup de temps à s'endormir. Il rêva qu'il entrait dans une église et que le père Hiệu se tenait devant un lutrin – comme les prêtres à la télévision. L'église était un grand bâtiment avec des vitraux et des bancs marron foncé. Aux premiers rangs, des bonnes sœurs gardaient les mains jointes, et le père Hiệu, le voyant entrer, hochait la tête. Une fois la célébration terminée, ils s'en retournaient tous à Versailles, organisaient un pique-nique et jouaient au volley.

À six heures trente, Ben était déjà debout. Tous trois s'habillèrent et, une demi-heure plus tard, ils étaient dehors.

« Maintenant, tu sais ce qu'on fait tous les dimanches, dit Addy.

– Mais autrement, précisa son père.

– Mais autrement », répéta-t-elle.

Pendant le trajet, son père n'arrêta pas de consulter le plan déplié sur le siège passager. Il se perdit deux fois avant de trouver, enfin, l'église.

Comme l'avait dit le père Hiệu, ce n'était qu'un petit

espace commercial de plain-pied. Ben fut tout de même déçu : ça ne ressemblait pas à l'église de son rêve, et encore moins à la seule autre qu'il ait jamais vue, la cathédrale Saint-Louis, sur Jackson Square. Ils étaient toujours passés devant sans y prêter attention, mais cette fois Ben essaya de se rappeler à quoi elle ressemblait et de comprendre pourquoi cette pauvre devanture, avec ses caddies abandonnés sur le trottoir, le décevait. Le père d'Addy se gara et les fit descendre en vitesse.

« On est en retard, dit-il. Très en retard. Allez, allez ! »

Ils coururent vers l'église, le père d'Addy en tête. Il ouvrit la porte, qui grinça, mais personne ne sembla entendre. Ils s'engouffrèrent à l'intérieur et se précipitèrent vers une rangée de chaises métalliques vides au fond de la salle.

Un radiocassette portable diffusait une musique d'orgue. Tout le monde était debout. De là où il était placé, en bout de rangée, Ben ne voyait rien, sinon que l'assistance était exclusivement vietnamienne. Il regarda de l'autre côté de l'allée et aperçut Joseph, que le soleil illuminait à la manière d'un projecteur. Il portait une chemise bleu clair et un pantalon foncé. Une cravate rouge. Des chaussures marron. Il basculait sur ses talons en priant muettement. Ben ne pouvait pas l'imaginer prononcer les mots ; il ne l'avait jamais entendu parler vietnamien.

Tendant le cou, il aperçut le père Hiệu debout, tout devant, à côté d'un vieux monsieur aux cheveux blancs habillé d'une belle tunique verte cousue de motifs en fil d'or, un peu comme une robe, mais plus volumineuse. Le père Hiệu portait une robe lui aussi, mais elle était toute blanche. Il n'y avait pas de lutrin, seulement une petite table qui lui rappela les pupitres de son école. Au même moment, une femme s'avança vers l'estrade en brandissant un livre. Elle alla se placer derrière la table, et tout le monde se rassit. Elle ouvrit le livre et commença à lire. C'était en vietnamien, bien sûr. Addy se tourna vers Ben avec un air intrigué. Il haussa les épaules. En revanche, le père d'Addy regardait droit devant lui, comme s'il comprenait les phrases, et lorsque la femme eut terminé, il acquiesça. La femme quitta l'estrade, la musique d'orgue reprit, l'assistance se leva. Une autre prière. Les fidèles inclinèrent tous la tête et levèrent les mains en psalmodiant. Ben les imita, sans chanter.

Soudain, quelque chose le tira en arrière et tout devint flou. Il sentit des ongles se planter dans la chair de son épaule. Il se retourna : face à lui se trouvait le visage furieux de sa mère.

« Pas mon fils », dit-elle en le traînant hors de sa rangée. Ben remarqua que les prières s'étaient interrompues. Les gens les regardaient. Sentant tous ces yeux braqués sur lui, il devint rouge comme une pivoine. Joseph l'observait, de même que le père Hiệu, juché sur la pointe des pieds au fond de la salle pour mieux voir.

Comment a-t-elle su ? se demandait Ben. *Comment a-t-elle bien pu savoir ?* Il ferma les yeux. *Peut-être qu'ils ne peuvent pas me voir si je ne les vois pas,* se dit-il dans un coin de sa tête. Tout était si calme – silencieux, presque, à l'exception du frottement de ses baskets sur le sol en lino – qu'il ne pouvait croire ce qui se passait. Jusqu'à ce que sa mère reprenne la parole.

« Tu me fais honte, dit-elle. Tu fais honte à ta pauvre mère. Et à ton père. Ton père n'approuverait pas. »

Il ferma les yeux encore plus fort. Il aurait aimé connaître ce père. Ce père qui n'approuverait rien de ce qu'il faisait. Il aurait aimé le rencontrer et lui dire ses quatre vérités.

Comme le temps d'arriver à la porte lui semblait atrocement long, il rouvrit les yeux. Une longue trace noire le suivait sur le sol. Une traînée de honte. Il entendait leurs murmures, à présent. Tous les habitants de Versailles. Sans exception. Il leva les yeux vers sa mère, qui portait un jean et un T-shirt. Un *jean* et un *T-shirt* ! Dans une *église* ! Et des chaussures sales !

Il referma les yeux et se pinça en espérant que ce n'était qu'un rêve, qu'il se réveillerait d'un instant à l'autre et qu'il se retrouverait dans un endroit qu'il ne connaissait pas, avec une mère différente, un frère différent, et même, qui sait, un père. Il serait en nage dans son lit, au bord des larmes, et tous l'entoureraient avec amour et lui demanderaient, inquiets : « Qu'est-ce qui se passe ? Qu'est-ce qui ne va pas ? », répétant ces mots jusqu'à ce qu'ils comprennent qu'il n'avait fait qu'un simple cauchemar. « Tout va bien, maintenant, diraient-ils. C'était un mauvais rêve. Tout va bien, Ben. Tout va bien ! »

Il ne rouvrit les yeux qu'une fois dehors. Il songea à s'enfuir en courant, mais sur le visage de sa mère il lut de la gravité, et aussi de la lassitude. Elle ne daigna ni lui parler, ni le regarder. Elle prit ses sacs Winn-Dixie et il la suivit jusqu'à l'arrêt de bus.

Hương

—

1990

La voiture ronronnait comme un tigre. Un vague tigre métallique bleu. Le vendeur, un Vietnamien – bien que Hương ne lui ait pas demandé d'où il venait – prénommé Vinh, expliqua qu'il s'agissait d'une Oldsmobile Omega 1975 avec un moteur V8 de 4,3 litres, une boîte automatique à trois vitesses et cent soixante-dix chevaux – elle est vieille, mais elle roule à la perfection. Un classique !

Ce que cela signifiait, Hương n'aurait su le dire. Ce dont elle avait besoin, précisa-t-elle à Vinh, c'était un véhicule qui l'aiderait à circuler au quotidien. Elle habitait loin, à La Nouvelle-Orléans Est. Tout se trouvait après le pont : les supermarchés, les bons restaurants, le travail. Elle ne pouvait pas continuer à emprunter sans cesse la voiture de Bà Giang.

Lorsque Vinh lui demanda où se situait La Nouvelle-Orléans Est, elle répondit que c'était à l'écart de la ville – à la fois rattachée à elle et séparée.

« C'est un endroit intéressant, dit-elle. Je vis à Versailles. On est tous vietnamiens, là-bas ; on est tous arrivés après la guerre. » Elle se dit que Vinh venait juste de débarquer. Elle voyait en effet de nouveaux Vietnamiens débarquer et remplacer ceux qui étaient partis à Houston ou en Californie.

« Je ne veux rien de luxueux, ajouta-t-elle. Je veux juste ce qu'il faut.

– Chị, il vous faut quelque chose de beau et qui dure longtemps. Qui vous permette de sortir de la ville, et de la Louisiane, mais aussi d'aller au travail. Tout ça avec du style. »

Il donna une tape sur la voiture, puis essuya la trace de sa main.

« Bà Giang m'a conseillé de venir ici en me disant qu'au moins je ne me ferais pas embobiner, répondit Hương, mais il vaudrait sans doute mieux que j'aille voir ailleurs.

– Ne dites pas ça, chị… »

Vinh avança d'un pas, la faisant reculer d'autant.

« Hương. Tên tôi là Hương.

– Vous pouvez me faire confiance, chị Hương. Cette voiture roule à la perfection. Est-ce qu'un Vietnamien pourrait vous embobiner ? »

Oui, pensa-t-elle, *un Vietnamien pourrait m'embobiner.*

« Laissez-moi vous emmener faire un tour, ajouta le vendeur.

– Elle est trop luxueuse, répondit-elle. C'est quoi, un moteur V8 ? Qu'est-ce que c'est ? Quel est l'intérêt ? J'ai simplement besoin d'une voiture. Vous n'en avez pas d'autres ? »

Elle ne comprenait pas pourquoi le choix d'une voiture mettait autant de temps, pourquoi on ne pouvait pas en acheter une comme on achèterait une pomme ou un sac de riz. Tout ce bavardage. « Vous avez quoi d'autre ? »

Elle sortit un mouchoir de son sac à main et s'épongea

le front. À force de travailler dans un lieu climatisé, elle avait perdu l'habitude de la chaleur de juillet.

« Cette voiture est parfaite pour vous, chị Hương. Pourquoi vous ne feriez pas un tour avec ? Juste le pâté de maisons ?

– Elle est climatisée ?

– Bien sûr. Le meilleur air frais d'Amérique. »

Vinh agita les clés. Un sourire malicieux éclaira son visage.

Hương roula d'abord dans les petites rues du quartier, puis elle emprunta Claiborne Expressway.

Vinh alluma l'autoradio. « Voyez, chị, ça, c'est la radio. »

Il mit la climatisation en marche. « Voyez, chị, ça, c'est l'air conditionné. » Il appuya sur le klaxon pour lui montrer toute la vitalité du véhicule, sa puissance et sa force. « Quand vous serez coincée dans les bouchons », dit-il.

À un moment donné, alors qu'il lui montrait la boîte à gants et feuilletait la notice du constructeur, elle suivit une bretelle d'autoroute et la circulation devint soudain fluide. Elle vit un panneau de limitation de vitesse : cent kilomètres-heure.

Tandis que Vinh énumérait d'autres caractéristiques du véhicule, la ville s'éloigna dans les rétroviseurs. Fini les gratte-ciel, les buildings vitrés, le béton. Dix minutes plus tard, tout cela avait disparu.

Hương ressentit une forme de bonheur en constatant que c'était la première fois depuis bien longtemps qu'elle quittait la ville. Elle se rappela qu'il n'y avait pas que La Nouvelle-Orléans. Elle éprouva le besoin de fêter ça, le fait d'en avoir franchi les limites. Elle s'imagina partir. Ses garçons rentreraient de l'école, et elle ne serait pas là ! Le lendemain, ils n'iraient pas en classe. Ils resteraient chez eux toute la semaine. Ils sécheraient les cours. Les responsables de leurs écoles respectives passeraient la voir à la maison. Ne l'y trouvant pas, ils téléphoneraient. *Madame Trần*, diraient-ils dans leur message, *comment avez-vous pu abandonner vos fils ?* Oui, *abandonner*, et tout à coup elle se sentit coupable ne serait-ce que d'y avoir pensé. Comment pouvait-elle abandonner ses enfants ? Comment pouvait-elle envisager un instant de leur infliger une chose pareille ? Ils étaient seuls au monde. Elle était tout simplement lasse. Oui, c'était ça : fatiguée, vieille, et lasse.

« Anh Vinh, dit-elle, comment je fais pour rentrer ?

– Vous vous débrouillez à merveille. Vous aimez cette voiture ? Le bruit que vous entendez, là, ça veut dire que le moteur tourne bien. Très bien !

– Anh Vinh, insista-t-elle, comment je fais pour rentrer ? »

Le vendeur se pencha par-dessus la console centrale, regarda Hương et lut dans ses yeux la peur de rouler trop loin, trop vite.

« Chị Hương, dit-il. Vous voulez des longanes ? Ici, en Amérique, on n'en trouve pas souvent de frais, mais je connais une femme... » Il s'interrompit pour regarder par la vitre les panneaux qui défilaient. « Il y a une femme à Buras. Elle possède tout un verger. Un verger entier de longaniers. »

Hương se rappela alors les arbres de son enfance, les feuilles agitées par le vent léger, l'odeur reconnaissable entre toutes, le bruit sourd des fruits qui tombent. Ça faisait des années qu'elle n'avait pas repensé aux longanes.

« Oui, finit-elle par répondre. Emmenez-moi voir les longaniers. »

Le trajet dura plus d'une heure. Au volant, elle était raide comme un piquet et craignait de se faire doubler à tout instant. Mais plus ils s'éloignèrent, plus elle se détendit, conduisant d'une seule main. Au bout d'une demi-heure, la radio devint saturée de friture et ils se mirent à discuter.

Hương raconta à Vinh qu'elle était la femme d'un professeur. Un jour, les communistes avaient convoqué son mari et il avait disparu. Après son séjour en camp de rééducation, ils étaient partis à la campagne. Puis ils avaient quitté le pays, ou du moins tel avait été leur projet.

Les choses s'étaient compliquées. Il avait dû rester sur place pendant qu'elle prenait le bateau. Elle avait cherché à le contacter, en vain. Un jour, sans prévenir, il lui avait envoyé une lettre pour lui demander de renoncer. D'abord, elle avait été dévastée. Mais Bà Giang voyait les choses d'un autre œil. Elle disait que les communistes surveillaient le courrier. Certes, Hương pouvait en convenir – mais ensuite ? Vraisemblablement, disait la vieille dame, ils avaient confisqué les lettres et son mari ne les avait jamais lues, hormis celles auxquelles il avait répondu. Peut-être, poursuivait-elle, qu'il avait cessé d'écrire parce qu'il voulait se protéger. Comment savoir ce qui se passait là-bas, par-delà l'océan ? Et ce qui s'était passé depuis qu'il avait envoyé sa dernière et lapidaire carte postale ? Le destin voulait peut-être qu'ils ne se revoient plus. Néanmoins, cela n'expliquait pas le long silence de Công. S'il avait vraiment voulu la joindre, *les* joindre, il aurait écrit plus tôt, non ? Et puis il y avait eu le soir de leur départ. Il s'était arrêté en chemin, se rappelait-elle. Mais Bà Giang avait peut-être raison : le destin – ou quelle que soit la force qui régissait l'univers – avait dû avoir autre chose en tête pour eux. Cela n'allégeait en rien sa douleur. Pire, ça l'aggravait : tout bien considéré, ils n'avaient jamais eu la moindre chance.

N'empêche, elle lui écrivait parfois à la façon d'une écolière dans son journal intime ; ça la calmait de s'imaginer lui parlant, lui confiant ses pensées les plus intimes. *Cher Công, encore une journée à La Nouvelle-Orléans. Tes fils grandissent tellement vite… Tu ne les reconnaîtrais pas, car moi-même je les reconnais à peine. Ils ne sont pas comme toi, et je ne sais pas quoi faire.*

À Vinh, elle ne raconta pas tout cela (c'était un inconnu), mais dit simplement que les choses s'étaient compliquées. La vie est déjà suffisamment compliquée, ajouta-t-elle, et quand en plus il y a la guerre, on n'obtient jamais ce qu'on veut.

Vinh était bien d'accord. Il lui confia avoir appartenu à l'armée sud-vietnamienne.

« C'était la meilleure armée qui ait jamais existé », dit-il. Après la guerre, lui aussi avait été envoyé en camp de rééducation. « Quand j'ai quitté le Vietnam pour de bon, je suis d'abord allé en Malaisie, puis en Alaska, après dans l'Oregon, ensuite au Texas. Et aujourd'hui, je me retrouve ici ! » Il sembla vouloir en dire davantage, mais Hương n'insista pas. D'ailleurs, il lui annonça qu'ils étaient presque arrivés. « Prenez la prochaine sortie et la Route 11. »

Les arbres laissèrent place aux marécages, dénués de tout sauf d'eau et de boue. Hương éprouva le besoin de ralentir – le paysage était désolé, impressionnant, même –, mais Vinh lui dit de conserver la même vitesse.

Lorsqu'ils arrivèrent devant un vieux mobile home, celui-ci lui fit signe de s'arrêter. Hương se gara et ils descendirent.

Vinh longea tranquillement la maison avec elle et entra dans le jardin à l'arrière. Il connaissait les lieux. Il marchait d'un pas assuré et savait où il allait. Hương essayait de ne pas glisser tandis que Vinh lui expliquait que la propriétaire était originaire des Philippines. Elle se demanda comment ces deux-là s'étaient rencontrés.

Dans le verger, elle fut surprise de voir des rangées infinies d'arbres. Elle en resta bouche bée. Ils devaient se compter par centaines, et au milieu de leur feuillage pendaient des longanes, par grappes entières. Elle eut aussitôt envie de tous les cueillir, de les tenir dans ses bras et de les rapporter chez elle.

Vinh l'amena jusqu'à un étal dressé sur le côté. À cause du bleu de la tente, elle avait l'impression d'être une créature aquatique. Une petite vieille à la peau mate était assise là, seule, et épluchait des longanes. Un poste diffusait du jazz. À leur arrivée, la femme leva les yeux.

« Longanes ! dit-elle. On a longanes ! Plein ! » Une peau brune, des rides, de petits yeux souriants : ça aurait pu être une grand-mère, voire une arrière-grand-mère.

« Vous revenu ! » lança-t-elle à Vinh. Elle frappa dans ses mains et rit. « Je vous ai dit, longanes très bons ! Bons pour la santé ! Longévité ! » Elle regarda Hương et hocha la tête. « Vous goûter longanes ? demanda-t-elle. Bons pour la santé ! Longévité ! Beauté ! Ici, ici, ici ! » Elle ramassa un fruit et y planta un ongle. Lorsque la surface rugueuse céda, elle se mit à retirer la peau.

« Voyez ? » fit-elle. Il ne restait plus qu'une boule blanche. Elle la brandit et la fit tourner sur elle-même, comme un lot dans un jeu télévisé – *Quel fruit merveilleux ! Un fruit sublime ! Ce fruit pourrait être à vous !* On aurait dit Vinh sur le parking de son magasin.

« On appelle ça "yeux de dragon" parce que graines grosses, noires, brillantes, qui ressemblent à yeux de dragon. » Elle tendit le longane à Hương.

Rien que dans sa main, celle-ci sentit l'odeur fruitée. Elle se rappela le léger craquement quand on croquait dedans, la sensation du noyau en bouche, qui roulait comme une bille sur la langue une fois la chair avalée. Elle prit délicatement le longane et le mangea lentement, en priant pour que le goût se prolonge, qu'elle se retrouve dans un verger, en tous points similaire à celui-là, aux abords de Mỹ Tho, avec le soleil brûlant qui lui chauffait la nuque, les sucs du fruit qui la rafraîchissaient et la soulageaient de la chaleur, quand tout était plus simple, avant la guerre, avant le mariage, avant la chute du pays…

Vinh lui en tendit une grappe encore accrochée à sa branche. Hương sentit la rugosité du longane, puis la peau chaude de Vinh lorsqu'il la toucha. Elle voulut en rapporter un sac entier, pour Tuấn, qui n'avait pas mangé de longanes depuis une éternité, et pour Bình, qui n'en avait jamais goûté.

« Merci, dit-elle. Merci, anh Vinh. »

Hương n'acheta pas la voiture de Vinh. Elle jeta son dévolu sur un autre modèle, moins cher, que vendait le concessionnaire d'à côté. Mais ce ne fut pas la dernière fois qu'elle le vit.

Un samedi, elle passa en voiture en espérant qu'il serait là. Quelle coïncidence, lui dit-il, c'était sa pause-déjeuner. Elle répondit qu'elle connaissait un endroit sur Magazine Street, si ce n'était pas trop loin pour lui. Ils pourraient y aller dans sa nouvelle voiture.

Chez Casamento, ils commandèrent l'un et l'autre à emporter des *oyster loafs* et des sodas.

« C'est le premier endroit où j'ai mangé des sandwichs américains, lui expliqua-t-elle. On était sorties déjeuner en groupe et je ne savais pas du tout ce que j'avais commandé. Alors imaginez un peu ma surprise en voyant arriver ce monstre. » Elle montra son sandwich, deux épaisses tranches de pain de mie qui renfermaient tant bien que mal une montagne d'huîtres cuites. « Ce n'est pas le meilleur sandwich de la terre, mais il me rappelle des souvenirs. »

Vinh répondit qu'il n'avait jamais connu une ville qui prenait la nourriture plus au sérieux que La Nouvelle-Orléans. Un jour, il avait fait l'erreur de dire *sandwich* au lieu de *muffuletta* et la vendeuse – une femme toute menue à la voix éraillée – avait refusé de le servir.

Hương éclata de rire. « Oui, ce n'est pas faux.

– Pourquoi La Nouvelle-Orléans ? Pourquoi rester ici ?

– Je pourrais vous retourner la question, anh Vinh... On s'est retrouvés là et finalement on n'est jamais repartis. Mais vous, vous êtes un voyageur. Pourquoi La Nouvelle-Orléans ?

– Je vais là où il y a du travail. C'est aussi simple que ça. »

Mais ce n'était pas tout. D'ailleurs, Hương le vit dans ses yeux, comme s'il attendait qu'elle le questionne un peu plus. Pourtant elle n'insista pas. Elle savait que chacun a un passé qu'il préfère laisser derrière lui. Non pas des secrets à proprement parler, mais des choses à protéger, et certains les protégeaient plus jalousement que d'autres. Cela lui donna la vague impression qu'ils étaient faits de la même étoffe.

Après le déjeuner, elle le raccompagna en voiture.

À compter de ce jour, elle se débrouillait pour se retrouver tous les week-ends dans cette partie de la ville, et lui pour travailler à ce moment-là. Elle lui faisait découvrir ses endroits préférés – « Considérez ça comme un cadeau de bienvenue », disait-elle – et ils payaient à tour de rôle.

C'est un jour qu'ils flânaient le long du fleuve en mangeant une glace qu'elle se rendit compte que cette ville était devenue la sienne, le lieu où elle vivait mais aussi un lieu qui vivait en elle. Elle s'en était approprié le vocabulaire, avait pris goût à sa cuisine, s'était habituée à son climat – la chaleur, l'humidité, et même de petits ouragans ici et là. Elle se rappelait comme elle avait eu peur, au début, comme elle s'était cramponnée à ses affaires (et à ses fils), redoutant toujours le pire. Dorénavant, elle marchait librement, sans crainte.

Vinh désigna la cathédrale St. Louis, imposante sur le trottoir d'en face. « Ça fait une éternité que je ne suis pas entré dans une église.

– J'ai grandi sans religion, répondit simplement Hương. Même si à Versailles tout le monde a l'air plutôt croyant. Ils ont même construit leur propre église, où tout est en vietnamien : la messe, les missels, les cantiques. Mais je ne comprends pas. »

Si la guerre lui avait appris une chose, c'est que l'idéologie

– l'idée que l'on se fait du monde tel qu'il devrait être, ce pour quoi on est prêt à mourir – est toujours imparfaite et que, aussi innocente soit-elle dans son essence, elle peut mener à la tragédie.

« Pour moi, la religion a toujours été une affaire privée, reprit Vinh, comme s'il percevait sa gêne.

– C'est tout ce que je demande, moi aussi. »

Ils laissèrent passer un long silence. Elle finit par lâcher : « Ils proposent des visites guidées de la cathédrale. On pourrait en faire une.

– Non, ça ira, répondit Vinh.

– Si ça vous fait plaisir ?

– Non, vraiment », dit-il en lui prenant la main.

Ils regagnèrent ensemble la voiture.

Quel genre d'homme êtes-vous, anh Vinh ? se demanda Hương pendant tout le trajet. Mais elle se garda de lui poser la question.

Ben

—

1990

Ben commença à avoir des soupçons le jour où sa mère lui dit d'appeler cet homme Oncle Vinh et expliqua qu'il habiterait chez eux pendant une semaine. Il traversait une période difficile, ajouta-t-elle, parce qu'il avait perdu son travail. Oncle Vinh n'était pas de la famille, mais ils devaient le traiter comme s'il en faisait partie.

Ce dernier arriva lors de la première vague de chaleur importante depuis des années. Les températures dépassaient les trente-sept degrés. Un ventilateur tournait dans le salon, car la climatisation était en panne. À Ben et à Tuấn, Vinh expliqua qu'il venait de Galveston, et aussi de Coos Bay et d'Homer – Texas, Oregon, Alaska.

Ben douta de son histoire comme il doutait de tout le reste. « Comment est-ce que tu peux *venir* de tous ces endroits à la fois ? demanda-t-il. On ne peut pas venir de deux endroits différents, et encore moins de trois. » Vinh le regarda avec l'air de ne pas comprendre. Ben ajouta : « Tu mens.

– Je ne mens jamais », répondit Vinh. Pour le prouver, il lui montra ses tatouages, ses souvenirs de voyage : sur un bras, la tête d'un taureau *longhorn* avec de la fumée sortant par ses naseaux ; sur l'autre, un majestueux saumon jaillissant hors de l'eau ; sur son torse, un grizzli menaçant, les yeux rouges et montrant les crocs comme s'il était affamé. En regardant Vinh, Ben constata à quel point ils étaient différents. Lui avait des muscles et non le torse plat et les côtes en xylophone, et pour l'essentiel sa peau, exposée au soleil, avait bronzé jusqu'à devenir mate. En revanche, sous la chemise, il avait la même couleur que lui, caramel clair, comme s'ils étaient tous deux faits de la même glaise. Ben voulut se rapprocher, mais Tuấn s'avança et désigna l'ours.

« C'est le truc le plus marrant que j'aie jamais vu, dit-il. Qu'est-ce que tu vas te faire tatouer, maintenant ? La cigogne de Louisiane ?

– Le pélican, crétin, l'interrompit Ben. L'emblème de la Louisiane, c'est le pélican. »

Tuấn poursuivit : « Ce n'est pas un tatouage, ça, c'est un nounours. » Il s'arrêta de rire lorsque Vinh le saisit par l'épaule. Ben vit ses doigts creuser la peau de son frère.

« Respecte les grandes personnes, gamin », dit Vinh.

L'espace d'une seconde, Tuấn sembla avoir mal. Puis il s'énerva. Vinh, d'un geste brusque, le relâcha et rentra sa chemise dans son pantalon.

« Qu'est-ce que vous en savez, de toute façon ? » grommela-t-il.

Leur mère arriva alors de la cuisine, baguettes à la main. C'était l'un de ses jours de congé. Elle pointa les baguettes vers eux.

« Je ne veux aucune dispute chez moi », dit-elle. De la cuisine leur parvenait l'odeur du poisson et des piments en train de frire. « Faites comme si Oncle Vinh était de la famille. Pour votre pauvre vieille mère. Tuấn, ne le pousse pas !

– Je ne l'ai pas poussé. C'est lui qui m'a poussé.

– Fais ça pour ta mère. Làm ơn ! »

Ben emporta la valise de Vinh dans le couloir et lui montra la chambre qu'il partageait avec son frère. Il écarta avec son pied une pile de livres de la bibliothèque. Contrairement à l'école primaire, le collège l'autorisait à emprunter autant de livres qu'il le souhaitait. Alors il bourrait son sac à dos de romans policiers, de science-fiction et de « Livres dont vous êtes le héros » jusqu'à ce qu'il n'y ait plus de place.

Il posa la valise. Elle n'était pas lourde, en tout cas moins qu'il ne l'aurait pensé pour un homme qui y avait mis toute sa vie après avoir sillonné le pays. Soit il était parti précipitamment, soit il ne possédait pas grand-chose. Ben lâcha la poignée brutalement en espérant que la valise se renverse, que ses loquets dérisoires cèdent et en laissent voir le contenu. Mais il n'en fut rien.

« Voilà notre chambre », dit-il à Vinh. Il désigna un lit, contre le mur. « Celui-là, c'est le mien, mais c'est là que tu dormiras. » Il montra ensuite celui de Tuấn. « Moi, je dormirai avec mon frère. » C'étaient des lits jumeaux. Ils avaient d'abord partagé le même, mais Tuấn affirmait que Ben prenait trop de place, et en pleine nuit il lui faisait une cravate, ou lui serrait la gorge avec ses genoux, ou le poussait contre le mur. Un soir, énervé, Ben lui mordit le bras et y laissa une marque qui mit plusieurs mois à disparaître. Ce n'est que lorsque Ben eut cinq ans qu'ils achetèrent le second lit.

« Jolie vue », dit Vinh en ouvrant la fenêtre. Il s'appuya contre les barreaux, qui lui arrivaient à la poitrine.

« Tu te moques de moi, c'est ça ? fit Ben. C'est horrible, ici. Je ne comprends pas comment quelqu'un pourrait avoir envie d'habiter là. » Il rejoignit Vinh et regarda l'herbe jaune, la boue et, au-delà, le bayou, où une poubelle en plastique flottait en tournoyant sans fin. Il fallait que quelqu'un aille la repêcher, mais ici personne ne faisait jamais rien. « Volontairement, je veux dire », précisa-t-il.

Vinh tapota les barreaux et rit. « Je ne resterai pas longtemps. Je suis un simple invité. » Il s'approcha de sa valise et l'ouvrit. Ben fut déçu de n'y voir que des vêtements, et pas nombreux, en plus. Vinh ôta sa chemise pour en enfiler une autre. Une fois encore, la même peau apparut fugacement à Ben, avant d'être remplacée par deux grands yeux de chouette et le mot HOOTERS.

« Appelle-moi Vinh, pas "Oncle Vinh" », dit-il.

Cette nuit-là, Ben ne trouva pas le sommeil. Il avait beau avoir le visage tourné vers le mur, il se sentait observé. Le dos moite de Tuấn, qui sentait la transpiration, était collé contre lui. Il tenta un moment de le repousser, mais son frère ne bougeait pas d'un centimètre.

Il avait dû rester éveillé plusieurs heures lorsqu'il entendit remuer les ressorts de l'autre lit. Une fois les bruits de pas évanouis, Ben grimpa par-dessus son frère, posa les pieds sur le parquet et scruta l'obscurité. Vinh n'était plus là. Les draps étaient froissés et la porte avait été laissée ouverte.

Dans le couloir, Ben vit de la lumière sous la porte de la chambre de sa mère. Il hésita. Mais en entendant celle-ci discuter avec Vinh, il s'approcha pour tenter de comprendre ce qu'ils disaient. Arrivé devant la porte, il s'accroupit et regarda par le trou de la serrure.

Rien – il ne vit rien.

« Vinh », entendit-il sa mère dire. Ils rirent tous deux. Sa mère était heureuse. Telle que Ben la connaissait, elle n'était jamais heureuse. Elle allait au travail, rentrait à la maison, préparait le dîner et partait dans sa chambre, où elle regardait parfois *Paris by Night* et écoutait des cassettes de musique traditionnelle vietnamienne. Contrairement aux autres parents, dont le père d'Addy, elle n'allait pas, ou plus, aux réunions avec les professeurs. Sans même parler des fêtes comme le Versailles Day ou Mardi gras. Elle n'achetait même plus de galettes des rois. (Trop chères, disait-elle quand on lui posait la question.)

Son bonheur présent rendait l'atmosphère électrique, vibrante. Ben comprit alors que pendant tout ce temps-là elle s'était peut-être sentie seule. Elle avait besoin d'un ami. Il faillit sourire, mais le bruit de pieds nus foulant le sol l'obligea à regagner sa chambre à toute vitesse. La porte s'ouvrit et Vinh s'engagea dans le couloir. Espérant ne pas être repéré, Ben fit un détour par la salle de bain et claqua la porte. Il laissa l'eau couler une bonne minute avant d'en ressortir.

À l'école, Ben parla de Vinh à Addy. Les tatouages, l'Alaska, les chuchotements dans la nuit.

« Il a l'air intéressant », dit-elle.

Les cours étaient terminés pour la journée et ils attendaient Thảo, la petite amie de Tuấn. Elle avait un an de plus et passait tous les jours le prendre en voiture car lui n'en avait pas encore. L'école de Ben se trouvant sur le chemin, ils le récupéraient au passage.

« Il est gentil ou il est méchant ? demanda Addy.

– Je ne sais pas. Il est censé partir à la fin de la semaine.

– Et ensuite ? »

Un monospace blanc arriva sur le parking.

« Il est tout seul. Il a dit qu'il venait d'arriver à La Nouvelle-Orléans. Il n'a pas encore fait son tatouage local.

– Il va rester ? demanda Addy. Ici, je veux dire.

– Je ne sais pas.

– Peut-être qu'il sera ton nouveau père ?

– Beurk ! Dis pas ça, Addy ! »

Il tira la langue. Il ne pouvait pas imaginer sa mère tomber amoureuse. Elle n'était pas femme à croire en l'amour. L'amour ne permettait pas de payer les factures. Il ne préparait pas le dîner et ne nourrissait pas une famille. À tous points de vue, l'amour était trop encombrant.

Le monospace s'approcha. La vitre côté passager se baissa.

« Monte », dit Thảo. Elle tripota le rétroviseur central et rajusta le bandana qui tenait ses cheveux. Les enceintes crachaient une chanson tout en guitares flamenco, maracas puissants et congas, avec des paroles en chinois. « Monte, j'ai dit, répéta Thảo, cette fois en vietnamien.

– Qu'est-ce qui est arrivé à ton autre voiture ? demanda Ben.

– Elle a pris feu.

– Sérieusement ? »

Depuis le début, il avait l'impression que Thảo était une menteuse. Elle répondait très vite et avait toujours des explications à tout, plus improbables les unes que les autres. « Quel genre de feu ? »

Thảo leva les yeux au ciel. « Un grand feu. Allez, maintenant montez, tous les deux. »

Ben ouvrit la portière et trouva Tuấn affalé sur la banquette du milieu. « Bouge, dit-il.

– Assieds-toi derrière », répondit son frère. Il leva la tête, puis la laissa retomber avant de cacher son visage sous une casquette des Saints qu'il avait trouvée en se baladant dans le Vieux Carré lors du dernier Mardi gras. La casquette était tombée d'un balcon directement sur sa tête, du moins à en croire Thảo.

« Comment va ton père, Adelaide ? demanda Tuấn d'une voix étouffée.

– Bien.

– Et son boulot de peintre, ça se passe comment ?

– Il va bien, tout va bien.

– C'est quoi, cette réaction ? Un frère n'a pas le droit de poser des questions ? Je prends des nouvelles parce que ça fait un moment que je ne l'ai pas vu. C'est tout.

– Il va bien, répéta Addy.

– Détour par Walgreens ! » s'écria Thảo en braquant soudain à gauche. Un automobiliste klaxonna ; elle l'insulta en vietnamien. Elle se gara sur une place pour handicapés et déverrouilla les portières. « Bình, dit-elle (elle n'appelait Ben que par son prénom vietnamien), pourquoi tu n'irais pas t'acheter un truc qui te fait plaisir ? C'est moi qui paie, pour toi et Addy.

– Pourquoi vous ne venez pas avec nous ? » répondit Ben.

Thảo fouilla dans son sac à main et en sortit un billet

de dix dollars tout froissé. « Garde la monnaie. Achète-moi un Coca. Tuấn, tu veux quoi ? » Elle lui donna une tape sur le genou. « Rien pour lui. »

À l'intérieur du magasin, un Blanc se tenait près de la caisse et lisait une revue. En les voyant arriver, il interrompit sa lecture.

« C'est pas un endroit pour traîner, ici, dit-il.

– On vient juste acheter un truc à boire, répondit Ben en parlant fort. Avance », murmura-t-il à Addy.

Le vendeur haussa le ton. « C'est pas un endroit pour traîner, je vous dis. Si vous entrez, vous devez acheter quelque chose. Vous achetez quelque chose ?

– Oui, monsieur. On achète, monsieur. »

Ben secoua la tête.

Quelqu'un d'autre entra et le vendeur se replongea dans sa lecture.

Par la porte vitrée, Ben ne voyait plus le monospace de Thảo. Il n'aimait décidément pas cette fille. Il l'avait rencontrée un jour où elle était passée chercher son frère à Versailles. Leur mère n'était pas à la maison, et Tuấn l'avait invitée à entrer. Pendant qu'il leur préparait un café, Thảo expliqua que la chicorée était conseillée contre la gueule de bois. Ils parlèrent ensuite de la soirée à laquelle tous deux étaient allés la veille, du fait qu'elle était rentrée tard et que Tuấn avait raté plein de choses en partant si tôt. Ben fut frappé par sa beauté – ses mèches, ses ongles roses et son sens du style : elle portait une jupe plissée, un chemisier blanc et des bottes de cow-boy qui montaient jusqu'aux genoux. Malgré ça, elle avait quelque chose d'étonnamment rugueux. Elle parlait fort et son sourire narquois avait un côté suspect. Pire, elle incitait Tuấn à se comporter bizarrement. En sa présence, il devenait plus méchant avec tout le monde, comme s'il voulait rivaliser. Leur mère, qui avait fini par rencontrer Thảo, ne l'aimait pas non plus. « Si un jour tu ramènes une fille comme ça à la maison, je te coupe les mains », disait-elle à Ben, qui ne comprenait pas bien ce que les mains venaient faire là-dedans.

Après que Ben eut payé les sodas, ils ressortirent. Le monospace avait disparu.

« Ils se sont peut-être garés ailleurs », le rassura Addy.

Il y avait sur le parking deux voitures, un car de ramassage scolaire, un vélo attaché à un lampadaire, mais pas de monospace.

Ils firent le tour du magasin jusqu'à l'arrière, où se trouvait la benne à ordures. Ils retrouvèrent le monospace garé à côté d'une voiture de sport jaune. Tuấn et Thảo étaient en pleine discussion avec un groupe de garçons asiatiques plus âgés. En voyant Ben et Addy, les inconnus se turent et regardèrent Tuấn.

L'un dit quelque chose en vietnamien et donna une tape sur le torse de Tuấn. « Em bé mày » – ton petit frère – fut la seule chose que comprit Ben. Les autres ricanèrent. Ils portaient tous le même débardeur noir. La plupart avaient les bras tatoués. En s'avançant un peu plus, Ben remarqua que l'un d'eux avait un revolver accroché à la ceinture. De la poche arrière du pantalon d'un autre dépassait aussi un revolver. Un autre encore en tenait un sur le côté. Tous, sauf Tuấn et Thảo, étaient armés.

« Tuấn, attention ! » dit Ben. Mais son frère se précipita pour lui attraper le bras. « Qu'est-ce qui se passe ? continua-t-il. C'est qui, ces mecs ? »

Tuấn l'entraîna en tirant fort sur son bras. Une fois hors de vue des autres, il le relâcha.

« Ne fais plus jamais ça !

– Quoi ? Qu'est-ce que tu veux dire ? Qu'est-ce que j'ai fait ? »

Ben laissa tomber le sac ; les bouteilles de soda se mirent à rouler. Il voulut les rattraper, mais Tuấn le plaqua au sol.

« Ne fais plus jamais ça ! » hurla-t-il, tellement fort qu'il cracha des postillons.

Vinh resta chez eux bien après que la première semaine se fut écoulée. Il resta une semaine de plus. Puis une autre encore. Quand ils rentraient après les cours, il était toujours là, assis dans la cuisine en train de boire un café, à la vietnamienne, ou roupillant dans leur chambre. Au réveil, il avait l'air ahuri. Puis un sourire se dessinait sur son visage et il leur demandait s'ils avaient faim ou voulaient boire quelque chose. Il jouait au maître des lieux dans leur propre maison.

Il leur préparait quelque chose – des nouilles ou du riz, du thé de chrysanthème ou du Tang –, parlait de tout et de rien, puis repartait se coucher. Son torse nu se gonflait puis se dégonflait, faisant grossir et rétrécir l'ours tatoué sur sa peau. Ben était fasciné. Il apprit que Vinh avait été tour à tour pêcheur, ouvrier agricole et revendeur de voitures d'occasion. À chaque fois, dit-il, il s'était fait virer. Il aimait regarder la boxe à la télé et détestait les plats épicés. Néanmoins, ce qui surprenait le plus Ben, c'était le fait qu'il soit catholique. Bien que sa mère n'ait pas l'air d'apprécier les catholiques en général, elle faisait quelques exceptions. Elle tolérait donc la prière de Vinh chaque soir avant le coucher, qu'il psalmodiait d'une voix à la fois triste et mélodieuse. Il allait à la messe le dimanche, aussi. En fin de matinée, il se rendait à pied jusqu'à Notre-Dame de Saigon, au lieu d'emprunter la voiture de la mère de Ben ou de prendre le bus, car, disait-il, la marche lui permettait de s'aérer et lui donnait le temps de réfléchir.

Pour son cours d'anglais, Ben écrivit l'histoire d'un homme qui allait de ville en ville, épousant des veuves qu'il délestait de leurs objets les plus précieux : l'urne en métal contenant les cendres d'un mari, une alliance qui n'était plus portée mais toujours chérie, la photo de mariage d'un jeune couple souriant. Ben ajouta un élément : l'homme était incompris. Il volait ces choses du passé parce qu'il avait perdu le sien. Amnésique, il voulait recommencer sa vie de zéro.

Un après-midi, pendant que Vinh dormait, Ben fouilla sa valise. Le seul objet digne d'intérêt qu'il dénicha fut son portefeuille. Vinh possédait encore un permis de conduire délivré en Alaska. Il y avait également une carte de crédit, un chewing-gum à la cannelle, dix billets de un dollar et enfin une carte montrant d'un côté ce que Ben comprit être la Vierge Marie, et de l'autre une prière en vietnamien. Déçu, il remit le portefeuille là où il l'avait trouvé.

Comment un homme détaché des contingences de la vie et des responsabilités pouvait-il être aussi ennuyeux ? Si Ben devait s'en aller, il rassemblerait tout ce qu'il pourrait, les souvenirs d'une vie vécue, et bien vécue. Il en conclut que Vinh était un vieux fou. Ben ne serait jamais comme lui, il ne voulait rien avoir à faire avec lui. Il était triste pour sa mère.

Son propre père ressemblait-il à Vinh ? Est-ce que sa mère s'était démenée pour lui acheter sa bière préférée ? Pour lui préparer son dessert favori les jours où elle ne travaillait pas ? Son père la faisait-il sourire de la même manière ? Et faisaient-ils de longues promenades le soir, deux silhouettes main dans la main face au soleil couchant ? Il ne le saurait jamais.

Pendant un temps, il crut que Vinh était peut-être son vrai père – loin d'être mort, mais miraculeusement en vie – et que sa mère attendait le moment opportun pour leur annoncer la vérité : elle s'était trompée et il n'avait pas été tué. Après tout, ils avaient la même couleur de peau. En un sens, Ben attendait cette révélation. Il s'imaginait jouant les étonnés, puis rougissant de gêne, car il avouerait être au courant depuis le début. *Comme il est intelligent*, diraient-ils, après quoi ils iraient tous fêter ça ensemble chez Gambino.

Sauf que rien ne collait : son nez était épais au lieu d'être fin et long ; il ne portait pas de lunettes ; il avait de grandes mains, certes, mais où était le fameux cal dû à l'écriture sur la main gauche ? Cette théorie ne tenait pas la route. Il la jeta aux oubliettes.

Le lendemain après-midi, Tuấn et Thảo étaient en retard. Les bus scolaires avaient déjà effectué leur tournée et, très vite, le parking de l'école fut désert. Mme Easton, la professeure de musique, demanda s'ils avaient besoin qu'on les ramène chez eux. Addy répondit que oui, mais Ben expliqua qu'ils attendaient sa mère. Mme Easton dit : « Parfait », et s'en alla.

Thảo arrivait toujours à l'heure – elle avait cette qualité, au moins. Maintenant que le soleil déclinait et que les ombres des oiseaux s'éloignaient, Ben commença à s'inquiéter. Addy ne faisait rien pour le rassurer.

« Tu crois qu'ils ont eu un problème avec la voiture ? Ton frère a peut-être fait une bêtise ? Ou peut-être que c'est *elle* qui a fait une bêtise ?

– Quoi, par exemple ?

– Je sais pas, moi. Braquer une banque ? Elle est bien du genre à braquer une banque.

– Oui, dit Ben. Elle est bien du genre. »

Il sourit en imaginant Thảo et son frère en train de commettre un braquage, elle avec son intonation traînante du Sud, lui avec son accent bizarre, pareil à celui de leur mère. « Il y a peut-être eu un accident et ils sont coincés dans les bouchons, dit-il.

– Cette fille *est* un accident », répondit Addy. Ben rit et ils se tapèrent dans la main.

Plus les minutes passaient, plus Ben pensait que Tuấn avait plaqué Thảo – d'où son retard. N'ayant plus de voiture, il lui faudrait des heures pour arriver. « Viens, on rentre à pied », dirait-il. Et ils marcheraient, et ils discuteraient. Cela faisait longtemps qu'ils n'avaient pas parlé tous les deux. Il avait l'impression de ne plus connaître son frère. *Oh là là*, pensa-t-il, *Thảo est horrible. Les filles sont horribles !*

Une heure plus tard, le monospace apparut. Thảo déverrouilla la portière et attendit que Ben et Addy grimpent à bord. À l'intérieur, Tuấn était affalé sur son siège, le visage recouvert d'un T-shirt. Il ne disait rien.

« Comment tu te sens ? » lui demanda Thảo une fois

qu'ils eurent redémarré. Il poussa un gémissement et la jeune femme ricana. Elle monta le volume de la musique.

Après que Thảo les eut déposés, Ben découvrit l'œil poché de son frère, le droit, cerclé de violet et de noir.

Il étouffa un cri. « Qu'est-ce qui s'est passé ?

– Ta gueule, OK ?

– Mais tu t'es battu ou quoi ?

– Ouvre la porte.

– C'est Thảo ? C'est elle qui t'a fait ça ? »

Ben comprit aussitôt la bêtise de sa question – une fille qui frappait un garçon ! « Thảo a fait quelque chose, reprit-il après un silence. C'est de sa faute. Tout est de sa faute, n'est-ce...

– Ouvre la porte, tu veux ? Arrête de faire ta chochotte! »

Ben obtempéra. Vinh était en train de faire des pompes dans le salon. Il interrompit ses exercices en les voyant et s'approcha.

« Trời ổi. Ta mère ne va pas être contente. » Il effleura l'œil au beurre noir de Tuấn, qui tourna la tête.

« J'y suis pour rien, dit-il. Je le jure.

– Tu ne devrais pas te battre. Surtout si tu n'en es pas capable.

– Ta gueule, fit Tuấn. Tu n'es pas mon père ! »

Pas mon père, répéta Ben dans sa tête. *Pas mon père*, comme si c'était une phrase utile.

Vinh réfléchit à ce qu'il venait d'entendre et, manifestement amusé, ouvrit le congélateur pour remplir de glaçons un sac en plastique. Il revint, accompagna Tuấn jusqu'au canapé et posa le sac sur son œil.

« Repose-toi, dit Vinh. Mais que ça ne se reproduise pas. »

Plus tard ce soir-là, Ben entendit sa mère expliquer à Vinh que Tuấn n'aurait jamais dû se battre. Elle le lui avait déjà dit : ne réponds pas, regarde ailleurs, continue de marcher.

« J'essaie vraiment de bien les éduquer, dit-elle. Tu n'as pas idée. Si quelque chose devait arriver… Je ne sais pas. C'est à moi de leur éviter les ennuis, de faire en sorte qu'ils deviennent des hommes bien. » Un silence. « Leur père… » Elle ne termina pas sa phrase. Elle se leva et sa voix s'assourdit lorsqu'elle alla à l'autre bout de la chambre. « Ces lettres… Ils seraient dévastés s'ils les découvraient. C'est pour ça que… »

Ben tendit l'oreille, patienta quelques secondes, puis renonça et retourna dans sa chambre. Il s'installa à côté de Tuấn, qui était allongé sur le dos avec un gant humide sur son œil. Cette nuit-là, Ben n'arriva pas à dormir, et Vinh ne vint pas se coucher dans son lit.

Tuấn

—

1991

D'après les Southern Boyz, Tuấn était une bonne recrue. Il faisait ce qu'on lui demandait de faire. Il savait où il fallait être, et quand. C'était un type bien, en qui ils avaient confiance. Et Quang, cigarette à la main, ajouta que son nouveau surnom devrait être « Handy », parce qu'il se rendait utile.

« Eh, *Handy* ! » s'écria Sáng, étrennant le nom avec son fort accent. Il agita sa bouteille de Heineken pour voir la quantité de bière qu'il lui restait. « *Hon-di*, viens par là. *Hon-di*, va donner ça à Quang. » Tout le monde éclata de rire.

Tuấn porta sa propre bouteille à ses lèvres. Déjà il sentait ses joues s'échauffer. Afin de dissimuler son rougissement, il passa une main sur son duvet – qu'il laissait pousser pour paraître plus âgé –, tout en étant persuadé que la bière le trahissait.

Tout cela se passait derrière la maison de Quang, dans la remise qui servait de buanderie. Les trois garçons étaient réunis autour d'une table basse cabossée et couverte de cercles laissés par les bouteilles, canettes et verres. Thảo était partie chercher d'autres bières. Ils avaient tous moins de vingt et un ans, mais la jeune femme était capable d'embobiner n'importe qui. Elle obtenait toujours ce qu'elle voulait. La machine à laver était en marche, tremblant sur le sol en béton. Tuấn se leva et lui asséna quelques coups de pied, avec succès. Lorsqu'il se rassit, Quang, le roi des Southern Boyz, posa sa bouteille vide sur la table et se cala au fond de sa chaise.

« Par contre, Tuấn, dit-il sur un ton grave, il faut encore que tu fasses tes preuves. Tu dois faire quelque chose pour le groupe. » Dans sa bouche, ce « quelque chose » devint pesant, comme étranger. Quang tira sur sa cigarette. Il la tenait à la vietnamienne, du moins à l'en croire, avec trois doigts au lieu de deux, même si aucun de ces garçons n'était retourné au pays depuis bien longtemps. « Après ça, reprit-il, tu pourras faire partie de la *gia đinh.* »

Ce mot, Tuấn le relevait à chaque fois. Quang ne disait jamais « bande », alors qu'ils en formaient bel et bien une, et tristement connue, qui plus est. (Ils avaient même fait la une du *Times-Picayune* à deux reprises, d'abord pour un incendie volontaire, ensuite pour un cambriolage dans les beaux quartiers, le tout avant que Tuấn n'apparaisse dans le paysage.) Quang ne parlait pas de bande, mais toujours de *famille.* Et très vite, Tuấn comprit que c'était la vérité. Ils s'entraidaient. Ils étaient là les uns pour les autres. Si quelqu'un vous cherchait des noises, il suffisait d'en parler aux Boyz ; ils hochaient la tête, ils souriaient, et vous saviez que le dossier serait traité. Certes, il leur arrivait de se disputer, mais quelle famille y échappait ? Il se sentait davantage chez lui dans la remise de Quang que dans son propre appartement, où sa mère était invariablement fatiguée, agacée ou mécontente (il y avait toujours quelque chose qui n'allait pas : le comportement de Tuấn ; les touristes insupportables qu'elle qualifiait d'envahisseurs ; les autres habitants de Versailles – y compris ceux qui déménageaient, abandonnant leurs appartements, laissant la vigne vierge pousser sur les murs, faisant de cet endroit un refuge où les voyous de toute La Nouvelle-Orléans Est venaient se défoncer), et où son frère traînassait, absorbé par ses bouquins, avachi sur le lit avec un air las – comme si la vie en tant que telle ne lui suffisait pas. Enfin il y avait Vinh, le petit ami de sa mère. Tuấn ne savait pas trop quoi penser de lui. Il était censé rester chez eux une semaine, mais avait fini par rester tout court. Il était comme un organe supplémentaire, une sorte de troisième bras, ou une jambe en plus. Cet homme – ses habitudes, ses idées, sa personnalité – ne correspondait pas à leur famille. De surcroît, Vinh était à la maison du matin au soir, et cette présence constante rendait ce lieu de plus en plus étranger.

Pour Tuấn, tout ça, c'était fini. Les Southern Boyz lui offraient l'exact opposé, à savoir la camaraderie, une vraie famille.

« Fais quelque chose », répéta Quang. Il prit une capsule de bouteille sur la table et se mit à la lancer en l'air. Au bout de trois fois, il la laissa retomber ; la capsule rebondit sur le ciment et décrivit plusieurs cercles avant de s'immobiliser.

« Quoi ? » Tuấn se redressa sur sa chaise. Son cœur battait fort. Pour appartenir à cette famille, pour avoir ce tatouage – le contour du Vietnam en forme de croissant de lune, avec SBZ écrit à la verticale –, il savait qu'il ferait n'importe quoi. « N'importe quoi, répondit-il. Nói đi.

– Wei Huang Market, dit Quang. Sur Bourbon Street. »

Là-dessus, la porte s'ouvrit.

« Trời ối, dit Thảo. Hôi quá. Allez fumer dehors, tous. Combien de fois je vous l'ai dit ?

– Ici, c'est chez moi, répliqua Quang. Je fais ce que je veux. »

Thảo toussa. Avec son carton de Heineken sous le bras, elle s'avança vers lui et lui piqua sa cigarette. Elle prit une rapide bouffée avant de la jeter par terre et de l'écraser sous sa botte de cow-boy. Le cuir en était si épais qu'il aurait pu être fraîchement découpé, se dit Tuấn ; sa teinte marron foncé rappelait le sang séché. « Bon, vous m'aidez ? lança-t-elle en tapotant le carton.

– Bien joué, dit Sáng en tendant le bras.

– On m'a fait un prix. »

D'après Quang, les Southern Boyz, sous leur forme actuelle, étaient nés en 1975. À l'époque, il s'agissait de protéger les premiers réfugiés vietnamiens venus s'installer aux États-Unis contre les profiteurs en tout genre. Mais pour vraiment comprendre les Southern Boyz, ajouta-t-il, il fallait connaître toute l'histoire, et celle-ci commençait pendant la guerre américaine. « C'est comme ça qu'on appelle la guerre là-bas », précisa-t-il. Il aimait raconter ça autour d'un feu, les soirs d'été, quand toute la famille était réunie.

« Les Américains étaient en train de quitter notre mère patrie. Et les communistes étaient en train d'arriver, d'accord ? Alors des hommes ont créé leur propre milice pour protéger les femmes et les enfants, car il s'agit toujours des femmes et des enfants. Ces hommes se sont donné le nom de Lực Lượng Miền Nam. La Force du Sud. Ils surveillaient Saigon et toutes les autres villes de la région en se faisant passer pour des gens comme les autres. Pas d'uniformes particuliers, rien. Comme ça, les communistes ne pouvaient pas les identifier, et ils attaquaient au moment où les autres s'y attendaient le moins.

« Mais évidemment ils ont dû partir, comme nous. Malgré tout, ils ont promis que personne ne ferait de mal aux leurs. Ça, je l'ai entendu de la bouche d'un homme sur le bateau, Chú Long. Il a débarqué à La Nouvelle-Orléans, lui aussi, où il a repris la Force du Sud mais sous un autre nom.

« Vous vous souvenez, il y a deux ans environ, quand le local d'Ông Nguyễn le pêcheur et ses hommes a été vandalisé avec ces mots : DEHORS LES CHINETOQUES ? Vous vous souvenez de ce qui est arrivé ensuite aux trois pêcheurs blancs ? »

Tout le monde hocha la tête. Tout le monde savait. Un soir, au retour d'une belle journée en mer, les trois hommes étaient allés dans un bar de Bayou St. John. À deux heures du matin, ils en ressortirent complètement ivres. Après avoir tourné dans une rue sans lumière, ils s'étaient fait agresser. On les avait retrouvés le lendemain matin gisant sur North Lopez Street, en sang et couverts de bleus.

« C'était un avertissement, dit Quang. Faut pas nous emmerder ! Vous imaginez un peu à quoi ressemblerait la vie si on n'était pas là ? Si des hommes comme Chú Long n'étaient jamais arrivés à La Nouvelle-Orléans avec nous ? Quel genre de monde ce serait ? Le genre dans lequel je n'ai pas envie de vivre. »

Tuấn acquiesça. Oui, il fallait y croire. Oui.

Lorsque Vinh lui expliqua que les Southern Boyz n'auguraient rien de bon, Tuấn lui répéta cette histoire avec fierté, comme si c'était la sienne. Vinh lui rit au nez et le traita de naïf. « Ces garçons ne connaissent rien à rien, dit-il. Ce n'est qu'une bande de gamins qui jouent. Il faut que tu saches ce qui s'est vraiment passé au Vietnam.

– Je connais l'histoire.

– Absolument pas », répondit Vinh.

Wei Huang Market était l'un des derniers magasins d'alimentation asiatique encore en activité dans le centre historique. C'est là que la mère de Tuấn se rendait pour acheter les rares produits qu'elle ne trouvait nulle part ailleurs : sauce au poisson, citronnelle, riz gluant. Dans ce local exigu, il semblait tout y avoir.

Mme Wei, une femme d'environ soixante-dix ans qui portait ses cheveux gris en chignon, tenait la boutique seule alors que tous les commerces chinois de Bourbon Street avaient baissé rideau. C'était son propre père qui avait ouvert le magasin. Son frère en avait hérité, mais il était parti, lui aussi. Comme les autres. Tous, sauf Mme Wei. Un jour, quand sa mère avait commencé à y faire ses courses, Tuấn l'avait entendue dire que sans l'arrivée des Vietnamiens elle aurait déjà mis la clé sous la porte.

Mais selon Quang, Wei Huang Market faisait du tort aux commerçants vietnamiens de La Nouvelle-Orléans. Même si le magasin se trouvait dans le Vieux Carré, donc assez loin de leur quartier, les clients continuaient d'aller là au lieu de fréquenter les épiceries vietnamiennes plus proches. Voilà pourquoi Tuấn y fut dépêché. Pour transmettre à Mme Wei un message si effrayant qu'elle prendrait aussitôt ses cliques et ses claques. *Sayonara, la Chinoise* – ou quelque chose dans ce goût-là.

« De toute façon, les Người Trung Quốc ne nous aiment pas, ajouta Quang. Tu dois connaître notre histoire. *Ton* histoire. » Les Chinois, apprit alors Tuấn, avaient occupé le Vietnam pendant mille ans. Et ensuite les Français avaient débarqué.

Un après-midi de la semaine suivante, Tuấn remonta Bourbon Street. Wei Huang était coincé entre un magasin d'alcools et une boutique de souvenirs. Il ralentit le pas en approchant puis, tête baissée, regarda la vitrine. Il n'y avait personne à l'intérieur, à l'exception de Mme Wei, occupée à lire derrière le comptoir. Le magasin paraissait encore plus vide à cause des adolescents qui faisaient du raffut dans la boutique voisine. Tuấn entra dans cette dernière – la Fleur de Lis Gift Shoppe, ça s'appelait, comme au moins trois autres commerces du Vieux Carré – et fit mine de s'intéresser au tourniquet de plaques d'immatriculation pour vélo qui portaient toutes des prénoms différents du sien : Ted, Tom, Tommy, Tony. Les adolescents gloussèrent encore plus.

Quang lui avait dit de repérer d'abord les lieux en plein jour puis, le soir venu, au moment où Mme Wei s'apprêterait à fermer, de faire irruption avec une arme. De menacer la vieille. De faire tomber quelques articles par terre. De fracasser sa vitrine. De lui extorquer de l'argent. « Et quand tu auras terminé, dis-lui qui tu es, d'où tu viens et ce que tu veux. Pour qu'elle sache, la Chinoise, que c'est pas son territoire, ici. C'est fini. » Tuấn se voyait déjà en train de hurler sur Mme Wei, qui était plus petite que lui et portait des lunettes métalliques.

« C'est fini, crierait-il. C'est plus chez vous, ici. Dehors ! Dehors ! »

Facile, non ? Il avait déjà affronté des types autrement

plus costauds. Des grands Noirs baraqués. Des Mexicains qui se prenaient pour des caïds et repeignaient à la bombe les graffitis des SBZ dans toute la ville. Alors une vieille dame ? Il n'aurait qu'à hausser le ton et elle décamperait.

À cet instant précis, un Blanc à la coiffure impeccable s'approcha de lui.

« Tu as du mal à trouver ton prénom ? » demanda-t-il. Il portait un badge. Tuấn ne vit pas son nom, mais il lut DIRECTEUR ADJOINT. « Comment t'appelles-tu ? poursuivit l'homme. On peut vérifier si on l'a. » Il se pencha pour inspecter les plaques d'immatriculation. « C'est Tommy ? Tu pourrais t'appeler Tommy. Tu sais, on en a d'autres dans la réserve. Je vais aller voir. Tu ne peux pas repartir de La Nouvelle-Orléans sans un petit souvenir ! » Il sourit.

« Non, fit Tuấn en secouant la tête. Laissez tomber. »

Il ressortit et repassa devant Wei Huang. L'enseigne n'était plus éclairée et il y avait des traces graisseuses sur la vitrine. À l'intérieur, Mme Wei était en train de manger son déjeuner à côté de la caisse. Au même moment, une silhouette familière surgit d'un coin de la boutique et s'avança vers le comptoir avec une bouteille de deux litres de Coco Rico, qu'utilisait sa mère pour cuisiner. Vinh. Il s'arrêta devant un cageot et prit un sachet de germes de soja. Il dit quelque chose qui fit rire Mme Wei. Pendant qu'elle l'encaissait, Vinh dégaina un stylo et un petit calepin et gribouilla – ou barra – quelque chose. Il promena son regard autour du magasin et s'arrêta à la vitrine.

Tuấn détala au moment où il ouvrit la porte.

« Tuấn ! »

Il se retourna vers Vinh, debout sur le trottoir. Dans sa course, il heurta une touriste et tous deux tombèrent.

« Désolé, bafouilla Tuấn. Désolé, désolé. » Il aida la femme à se relever. Il s'apprêtait à repartir en courant lorsqu'une main lui saisit l'épaule. Il voulut se dégager, mais Vinh serrait trop fort.

« Tuấn, dit ce dernier. Qu'est-ce que tu fais ici ? Tu ne devrais pas être en cours ?

– Lâche-moi ! »

Il essaya de se libérer.

« Qu'est-ce que tu fais ici ? insista Vinh.

– Je pourrais te retourner la question. Qu'est-ce que tu fais ici ?

– Je suis un homme libre, répondit Vinh avant d'éclater de rire.

– Et moi j'ai dix-huit ans. Je suis majeur. Lâche-moi ! »

De supplier ainsi qu'on le lâche, il se sentit redevenir un enfant. Il tira plus fort, mais Vinh resserra sa prise. « Lâche-moi, je te dis !

– Dix-huit ans, mais tu es encore un petit garçon. Un gamin.

– Tu ne peux pas me dire ce que je dois faire. Tu n'es pas mon père ! »

Hurlait-il ? Est-ce que tout le monde le regardait ? Où était passée la touriste qu'il avait bousculée ? Il avait honte et ferma les yeux. « Tu n'es personne, Vinh. Vraiment, tu n'es rien. »

Vinh le relâcha. Soudain libre, Tuấn tomba lourdement au sol.

« Gamin. » Ce fut tout ce que dit Vinh, d'une voix tremblante, comme si un point sensible avait été touché. Puis il s'éloigna.

Deux soirs plus tard, tout était planifié.

Quang donna à Tuấn une batte en acier. Wei Huang Market fermait à vingt-deux heures. Cinq minutes avant, Tuấn s'y présenterait et trouverait Mme Wei debout derrière le comptoir, peut-être occupée à lire ou à compter la recette. Il pousserait la porte, ce qui ferait tinter la sonnette. *Ting-ding !* La vieille dame lèverait les yeux. « Oh, hello, dirait-elle. Bientôt fermer. Je peux aider ? » Tuấn dirait : « Non. Je rentre de mon entraînement de base-ball et j'ai faim. Je peux acheter un truc ? » À quoi Mme Wei répondrait : « Oui », parce qu'elle ne disait jamais non et qu'elle était polie. Et puis ça ferait toujours un dollar de gagné, et comme les Chinois sont des gens cupides, elle patienterait. Si elle comptait son argent, peut-être qu'elle essaierait de le cacher. En attendant, Tuấn jetterait un coup d'œil. Le magasin n'était pas grand. Quatre murs, un long rayonnage au milieu. Après avoir fait un tour complet, Tuấn reviendrait vers le comptoir en ne tenant dans ses mains que la batte, qu'il manierait à présent avec un air menaçant. « Vous, chercher quelque chose ? » demanderait la vieille dame en remontant ses lunettes, elles-mêmes graisseuses, car les Chinois sont des gens sales. « Oh, moi ? » dirait Tuấn. Sur ce, il lèverait sa batte et l'abattrait sur le comptoir en verre. *Crac !* Ensuite, il l'abattrait sur le présentoir, brisant la vitre d'un mouvement preste. *Bam !* Pour finir, il fracasserait l'énervant petit chat qui agite la patte sur le comptoir. Mme Wei se mettrait à hurler avant de te demander ce que tu veux. De l'argent ? Alors c'est là que tu lui expliques. Tu lui expliques tout : tu lui dis qui tu es, et d'où tu viens, et ce que tu veux. Et elle comprendra. Elle s'enfuira du magasin en agitant les bras en l'air. Wei Huang Market serait fermé le lendemain. Et le resterait définitivement. Le mois suivant, il serait remplacé par une énième boutique pleine de bibelots immondes. Tuấn, alors, ferait désormais partie de cette famille étrange et violente au passé étrange et violent. Il allait fonder une nouvelle Nouvelle-Orléans.

Lorsqu'il rentra chez lui, sa mère, son frère et Vinh étaient tous là. Sa mère allait et venait dans la cuisine, entre la table et la gazinière. Depuis quelques mois, elle faisait la comptabilité de l'onglerie. Elle vérifiait les chiffres dans le grand livre posé devant elle et retournait périodiquement surveiller sa poêle sur le feu.

Tuấn se dirigea vers sa chambre mais s'arrêta net lorsqu'elle l'appela.

« Tu restes dîner ? demanda-t-elle.

– Je ne suis pas puni. »

Il regarda son frère, qui était en train de lire un vieux livre de poche.

« Ce n'était pas la question, répondit sa mère. Tu restes dîner ? Tu devrais. Je travaille toute la journée pour que tu aies de quoi te nourrir, et la plupart du temps tu ne manges même pas à la maison.

– Je suis occupé, mẹ.

– Tu traînes encore avec cette fille ? Thảo ?

– Je te le confirme, intervint Bình.

– On t'a pas sonné, débile.

– Pas d'insultes, dit Vinh. Dans cette maison, on se respecte les uns les autres. »

Bình leva les yeux au ciel.

« Non, mẹ, dit Tuấn à sa mère.

– Arrête de nói láo.

– Je ne mens pas, mẹ.

– Cette fille, c'est gros problèmes, dit-elle en anglais. Ces garçons avec qui elle traîne. Si ton père était là, tu sais qu'il désapprouverait. »

Elle secoua la tête. Puis, comme se rappelant soudain la première question qu'elle avait posée, elle répéta : « Tu restes dîner ?

– Non, mẹ.

– J'essaie simplement de prendre soin de toi.

– Je sais, mẹ. »

Elle le prit par l'épaule et le regarda droit dans les yeux pendant un long moment. Il se demanda ce qu'elle pouvait bien y chercher. « OK », dit-elle.

Bà Giang débarqua à cet instant et la mère de Tuấn commença à mettre le couvert.

Il partit dans sa chambre et emballa la batte et les vêtements noirs dont il avait besoin. Lorsqu'il quitta l'appartement, Vinh était assis sur les marches et lisait la Bible en buvant un Coca.

« On n'est pas près de dîner, dit Vinh. Tu connais Bà Giang, une vraie pipelette. »

Tuấn, malgré lui, décida de s'arrêter un instant. Leur rencontre fortuite dans Bourbon Street planait encore au-dessus de leurs têtes. Ils n'en avaient pas reparlé, et Vinh, apparemment, n'en avait rien dit à sa mère. « Oui, répondit Tuấn.

– Tu vas où ?

– Chez un ami.

– Les Southern Kids ?

– Les Southern Boyz, rectifia Tuấn en essayant de ne pas élever la voix.

– Tu veux savoir ce qui s'est vraiment passé au Vietnam, gamin ?

– Je n'ai pas le temps, là. Je dois y aller.

– Alors laisse-moi te dire une seule chose. Regarde-moi. »

Tuấn soupira et leva les yeux sur lui.

« C'était le chaos partout, commença Vinh. La guerre transforme tout en chaos. Et tout le monde se rend coupable de mauvaises choses. Personne n'en est ressorti sans avoir rien fait de mal, même les gens bien. C'est pour ça que je suis devenu catholique. » Il montra le petit crucifix en or qu'il portait toujours autour du cou. « Il y avait une bonne sœur, au camp de réfugiés. Elle disait que notre passé… on peut le racheter. Il faut simplement *choisir* de le faire.

– Qu'est-ce que ça veut dire ? Pourquoi tu me racontes tout ça ?

– Je suis en train de t'expliquer qu'on peut toujours choisir de faire le bien, même si on a mal agi par le passé. C'est pour ça que je m'occupe de vous tous. C'est peut-être la seule bonne action au monde que je puisse faire. Je vais rester, gamin. Je suis là pour prendre soin de toi, de ton frère et de ta mère. C'est comme ça que ça marche, les familles, tu comprends ?

– Mais quel rapport avec moi ? Je dois y aller, je vais être en retard.

– Tu as le choix, insista Vinh tandis que Tuấn s'éloignait. Tu as toujours le choix.

– Je n'ai pas besoin d'un ange gardien », lâcha Tuấn en bas des marches, avant de partir en courant.

Arrivé chez Quang, il trouva Thảo assise sur le canapé, en train de feuilleter un magazine. La radio diffusait « Motownphilly ». Dehors, le soleil couchant piquetait le ciel de taches violettes, bleues et orange.

Thảo baissa le store et ils s'installèrent côte à côte. Tuấn se coucha de tout son long et Thảo l'enfourcha. Elle posa la tête sur son torse et prit ses mains dans les siennes, qui curieusement étaient toujours froides.

« Ce que tu fais, dit-elle. C'est très courageux.

– Vraiment ?

– Oui. Vraiment. C'est pour ça que je t'aime bien, Tuấn, parce que tu agis. Tu fais des choses. Les autres n'aiment que parler. Des beaux parleurs. On dirait des... Je ne sais pas, des petits chefs ! »

Elle rit, serrant toujours ses mains entre les siennes. Il porta son regard vers la porte, puis vers le store. Thảo l'attrapa par le menton et l'embrassa. Lorsqu'elle le lâcha, elle lui massa le torse et descendit plus bas.

De la première fois où ils avaient fait l'amour, Tuấn se souvenait uniquement des mains. Les mains de Thảo étaient partout. Glacées. Il s'imagina que c'était à ça que devait ressembler la neige. Ne sachant pas quoi faire, il avait déplacé à son tour les siennes, mais elles tremblaient, elles tâtonnaient, tellement il était nerveux. Thảo, elle, ne l'était pas. Elle avait de l'expérience, et elle n'approuva ni sa lenteur ni sa maladresse. Après qu'il eut joui, elle se détacha de lui et il ferma les yeux. Lorsqu'il les rouvrit, elle n'était plus là. Il téléphona chez elle un peu plus tard, et elle lui expliqua qu'il avait eu l'air si paisible qu'elle n'avait pas voulu le déranger. Alors elle était partie. Il ne le lui dit pas, mais il s'était senti exploité. Malgré son plaisir, et la sensation du corps de Thảo contre le sien, et la rapidité de la chose, il ne pouvait se départir de cette impression-là. Il voulait autre chose d'elle.

Quand il l'avait rencontrée, il n'avait jamais vu une fille si fière d'être vietnamienne. Toutes les autres se comportaient comme des Américaines. Malgré leurs prénoms d'origine – magnifiques, pensait-il –, elles demandaient à être appelées à l'américaine : Samantha, Becky ou Dieu sait quel autre truc insipide. Thảo, elle, restait Thảo. Elle parlait couramment le vietnamien et, même si Tuấn en avait presque tout oublié, cette langue lui paraissait toujours belle à entendre. Ça lui donnait des frissons quand elle disait người yêu ou cưng ơi, non pas tant parce que c'étaient des mots d'amour, mais parce qu'ils étaient dits dans cette langue. Il n'y avait rien d'étonnant à ce qu'elle traîne avec les Southern Boyz.

« Avec leurs noms de Blanches et leurs bonnes notes, lui avait-elle dit un jour, les Vietnamiennes d'ici pensent que si elles font tout comme il faut, elles s'en sortiront et auront la belle vie. Mais elles oublient qui elles sont. Pour les gens du coin, on ne sera jamais assez américains. Ils nous regardent bizarrement et nous regarderont toujours bizarrement. »

Ce n'est pas faux, pensait Tuấn. Bien qu'ayant vécu l'essentiel de sa vie à La Nouvelle-Orléans, il avait toujours eu le sentiment de ne pas être à sa place.

« C'est pour ça que j'aime bien les SBZ, continua-t-elle. Ils sont fiers de leurs racines. »

Cette fois, lorsqu'ils eurent terminé, il ne s'endormit pas. Il regarda sa montre : presque dix-neuf heures. Il avait du temps devant lui.

« Tu veux qu'on aille s'acheter un burger ? » demanda-t-il en se rhabillant. Thảo leva les yeux vers lui, comme étonnée de sa présence.

« J'ai pas faim, dit-elle après un long silence.

– D'accord.

– À plus tard, Tuấn.

– Quand ça ?

– Plus tard.

– OK. »

Elle attrapa son sac à main et partit.

À vingt et une heures cinquante, Tuấn s'assit à côté d'une poubelle au coin de Bourbon et de St. Louis Street. Le trottoir était humide car il avait plu par intermittence dans la journée. Sous le clair de lune, des nuages s'accrochaient au ciel. Tuấn prit une longue inspiration et retint son souffle jusqu'à ce que, n'en pouvant plus, il le relâche furieusement. Ses mains tremblaient, et sa batte aussi, produisant sur le ciment un petit rythme métallique irrégulier.

Plus tôt dans la remise, Quang lui avait dit qu'il était fier de lui. Il lui avait donné des tapes dans le dos, et ça l'avait fait sourire. En descendant Bourbon Street, devant tous les bars à touristes, il s'était senti confiant. À présent, il n'arrivait même plus à marcher. Il s'adossa à la poubelle. Là-dessus, il se fit la réflexion suivante : ne voulant pas s'en prendre eux-mêmes à une vieille dame, les Southern Boyz lui avaient refilé la patate chaude.

« Fils de pute », dit Tuấn. Il regarda sa montre. 21 h 54. Il prit encore une grande bouffée d'air et expira. Ses poumons étaient en feu.

Il faisait froid. On était en octobre, et la nuit la température tombait sous la barre des dix degrés. Tuấn se dit qu'il devait faire bon au Wei Huang Market. Il se mit en chemin, c'était le troisième magasin du pâté d'immeubles. Il s'arrêta devant la porte.

À l'intérieur, Mme Wei était en train de compter la caisse et de faire ses calculs sur un bout de papier. Tuấn saisit la poignée et tira. Comme prévu, une sonnette tinta. La vieille femme leva la tête.

« Oh, hello ! Bientôt fermer. Je peux aider ? » Elle sourit, posa son stylo et croisa les mains devant elle.

Tuấn passa la langue sur ses lèvres et tapota sa batte par terre. L'acier rendait un son creux.

« Je reviens de mon entraînement de base-ball, dit-il en montrant la batte. J'ai marché et j'ai faim. » Il se caressa le ventre pour lui faire comprendre. « Je peux jeter un œil ? » Il parlait lentement et fort, comme le faisaient parfois les gens quand ils pensaient qu'elle ne comprenait pas l'anglais, et soudain il eut honte.

« Bien sûr ! s'exclama-t-elle. Prends tout le temps ! »

Il s'avança dans l'allée. En inspectant les rayonnages, il fut pris de nostalgie devant les aliments de son enfance : les galettes d'aubépine dans des tubes rouges, les prunes séchées et salées dans leurs petites boîtes en plastique, les bonbons White Rabbit. Une fois hors de portée des regards de Mme Wei, près du réfrigérateur tout au fond, il attrapa un sachet de bonbons et le fourra dans sa poche. Il ralentit le pas.

Il savait comment ça allait se terminer. Il se mordilla les lèvres. Le magasin semblait plus petit, comme s'il s'affaissait sur lui-même – les murs, les étagères, les produits estampillés d'idéogrammes.

Il rejoignit rapidement le comptoir, mais Mme Wei n'était plus là.

Pendant une seconde, Tuấn fut soulagé. Il imagina ce qu'il raconterait. « Elle s'est volatilisée », dirait-il à Quang, et tout se passerait comme prévu. Le magasin disparaîtrait à jamais et lui intégrerait les Southern Boyz. *Facile !* se dit Tuấn. *Les doigts dans le nez !*

Le bruit d'un micro-ondes se fit entendre. Un bip régulier.

Mme Wei émergea de l'arrière-boutique avec dans les mains un Tupperware tout embué. Tandis qu'elle s'avançait vers le comptoir, il s'aperçut qu'elle avait laissé son argent juste à côté de la caisse, bien en vue. Lorsque la vieille dame retira le couvercle du récipient, un nuage de vapeur s'éleva. « Pour toi, dit-elle. Tiens, tiens. »

D'abord, Tuấn ne comprit pas. « Non, répondit-il.

– Mais toi faim. Tiens. »

Elle poussa le Tupperware vers lui, jusqu'à ce qu'il soit bien obligé de le prendre. Il regarda le contenu : des nouilles, des légumes et d'épaisses tranches de viande, le tout baignant dans un bouillon marron. « Tiens, tiens, répéta Mme Wei en lui tendant une fourchette en plastique. Mange.

– Mais… », dit Tuấn. Il huma le bouillon. Du bœuf. Comme du phở, mais pas du phở.

« Mange, mange. »

Finalement, il planta la fourchette et la porta à sa bouche. Le plat n'avait rien de spécial, il n'était pas assez salé et manquait de poivre mais il avait le mérite d'être chaud, et Tuấn but tout le bouillon avant d'engloutir le reste des nouilles. Pendant ce temps-là, Mme Wei souriait.

Lorsque Tuấn eut fini, il ne savait pas quoi faire. Il lui donna un billet de cinq dollars et partit, traînant sa batte derrière lui. Dehors, il sentit la morsure du froid. La température avait dû chuter de plusieurs degrés en quelques minutes. Il rabattit sa capuche sur sa tête, cala la batte sous son bras et fourra les mains dans ses poches. Comme il n'avait pas envie de rentrer chez lui, il alla s'asseoir sur un banc de Jackson Square.

Il se réveilla vers minuit. En ouvrant les yeux, il vit une femme et son enfant au loin. Il ne distinguait que leurs silhouettes, mais ils avaient la même taille que sa mère et son frère. L'espace d'une seconde, son cœur se figea. Il crut que c'étaient eux, qu'ils l'avaient démasqué. Sa mère l'attraperait par le col et le traînerait jusqu'à la maison en hurlant, en lui mettant la honte. (Elle avait déjà fait le coup à son petit frère, une fois, à l'église. Pendant un mois, tous les habitants de Versailles leur avaient jeté des regards mauvais, et elle avait dit à ses fils que l'opinion de ces gens n'avait aucune importance, puisqu'ils ne faisaient pas partie de la famille.) Il se leva, prêt à déguerpir, mais à mesure qu'ils approchaient il comprit qu'il s'était trompé. Il décampa tout de même, et la mère serra son fils encore plus fort, pour l'éloigner du danger. En courant dans les rues du Vieux Carré, Tuấn s'aperçut qu'il était presque déçu que ce ne soit pas eux. Il rentra chez lui en bus.

Il évita Quang et les autres ce soir-là, et le soir d'après, ainsi que toute la semaine qui suivit. Plus tard, il irait tout leur avouer. C'était une vieille dame fragile, dirait-il. Il ne pouvait pas faire ça, et il ne le ferait pas. Et puis il avait fait le calcul, ajouterait-il. Elle allait bientôt mourir et n'avait pas de famille. Donc son commerce disparaîtrait.

Il n'y aurait bientôt plus de Chinois dans le Vieux Carré, voire dans toute La Nouvelle-Orléans. Le Vieux Carré pourrait alors devenir un territoire vietnamien.

Mais Quang aurait déjà été mis au courant. Et il s'en serait chargé lui-même. Devant le feu de camp, avec un petit sourire narquois et une bière à la main, il raconterait son aventure : comment il avait fait pleurer la vieille, comment il l'avait traînée hors de son propre magasin, et comment, pour s'assurer qu'elle ne reviendrait jamais, il avait tout cassé – le présentoir, les rayonnages, l'enseigne au néon, la vitrine. Il avait pris l'argent et il s'était tiré.

« La vieille l'avait laissé sur le comptoir. Quelle conne, dirait-il. Tenez… » Sur ce, apercevant Tuấn du coin de l'œil, il secouerait la tête et s'arrêterait de parler. Tous les autres se tairaient aussi. Il ne partageait ses secrets qu'avec la famille, dirait alors Quang. Or Tuấn n'en faisait pas partie.

Ben

1992

Cet été-là, Addy voulut intégrer l'équipe de natation. Dans son jardin, elle s'étirait comme une nageuse, raidissant ses jambes et touchant ses orteils avant de s'élancer sur la pelouse, le tout sous le regard de Ben.

« Imagine que je suis dans l'eau », lui disait-elle.

En juillet, elle était prête pour la piscine, qui se trouvait loin, à Gentilly. Ben l'y accompagna alors même qu'il ne savait pas nager. Assis avec un livre sur une chaise longue en vinyle rouge au bord de l'eau, il regardait les garçons qui sautaient du plongeoir en hurlant joyeusement.

« Rien qu'à les regarder, j'ai le mal de mer, dit-il à Addy.

– Ne les regarde pas, alors.

– C'est plus fort que moi. »

Un autre garçon plongea, et Ben s'imagina faire la même chose, sauf que lui, au lieu de ressortir à l'autre extrémité du bassin, il se noierait et mourrait. Il reprit sa lecture. Il avait toute une liste de titres à lire pendant l'été, et il était en avance – il avait déjà fini deux des trois textes conseillés. Il termina un chapitre avant de décréter que le moment était venu de marquer une pause. Il posa son livre ouvert sur la chaise et rejoignit le snack-bar.

À son retour, il vit que leurs chaises longues étaient occupées par un garçon blanc, maigre et plus âgé qu'eux, et un homme qui devait être son père, dont le bronzage médiocre et irrégulier donnait l'impression qu'il portait un T-shirt clair. Le garçon, lui, était pâle de la tête aux pieds. Le livre de Ben, refermé, traînait sur le sol en ciment.

Il se mit à courir. « Eh, eh, eh ! » cria-t-il. Il agita les bras pour attirer leur attention. « Vous n'avez pas vu nos affaires ?

– Quelles affaires ? » dit le garçon d'un ton sec. On aurait cru qu'il mâchonnait un chewing-gum ou qu'il avait quelque chose dans la bouche.

« Nos affaires », répéta Ben. Puis, pour clarifier, il ajouta : « Nos sacs, nos serviettes, mon bouquin !

– Où ça ? »

Le garçon leva les bras en l'air et haussa les épaules, aussi froid – Ben s'en souviendrait plus tard – qu'un glaçon. « Où ça ? Où ça ? Où ça ? » Il se moquait de lui. Et son père, ayant posé ses lunettes, s'éloigna.

« Là », dit Ben.

Le garçon regarda sous la chaise longue et ramassa le livre. La couverture en avait été éclaboussée ; une tache sombre la recouvrait. « Ah, fit-il. Ça ?

– Mais oui, ça ! »

Ben tendit le bras et reprit ses affaires avec une telle force qu'elles lui tombèrent des mains et s'éparpillèrent au sol. Il les ramassa et s'éloigna à la hâte.

« Eh, attends ! Eh, petit ! » lui lança le garçon. Sa voix était forte, ramassée, maîtrisée. « Tu as oublié quelque chose. »

Ben regarda derrière lui et le vit agiter le T-shirt et le

short d'Addy, tous deux rose vif. Il tourna la tête vers la piscine. Son amie faisait encore des longueurs, indifférente à ce qui était en train de se passer. Il imagina ce qu'il lui raconterait. « Un garçon blanc... », commencerait-il, en claquant les lèvres comme ils le faisaient toujours quand ils se racontaient des histoires à propos des Blancs fous qu'ils rencontraient : *Un Blanc a cru que j'avais volé quelque chose dans son magasin ; une Blanche m'a pris pour quelqu'un d'autre, car apparemment on se ressemble tous...*

Ben revint sur ses pas pour récupérer les vêtements.

Un garçon blanc..., se dit-il. L'histoire allait plaire à Addy.

Celle-ci arriva peu après et, sans même se sécher, s'assit à côté de Ben. Son corps fit couiner le vinyle.

« Qu'est-ce qui s'est passé ? demanda-t-elle. Pourquoi tu as changé de place ? Il m'a fallu une bonne minute pour te retrouver.

– C'est un garçon blanc qui nous a piqué nos chaises longues, commença Ben en reposant son livre. Quand je suis parti me chercher à manger.

– Tu ne devrais pas laisser nos affaires sans surveillance, Ben. Tu sais comment sont les gens, dans le coin.

– Mais j'étais juste à côté.

– Mais rien du tout. Tu sais comment sont les gens. »

Addy haussait le ton ; il haussait le sien. Il imagina que les gens les regardaient en pensant qu'ils étaient en couple. Gêné, il fixa ses mains.

Addy fit claquer ses lèvres. « Fais attention, c'est tout ce que je dis. Rien de plus. »

Elle se sécha et Ben se replongea dans sa lecture, mais il n'arrivait pas à se concentrer. Il lut et relut la même phrase une bonne dizaine de fois avant qu'Addy reprenne la parole.

« Tu peux m'aider ? » Il se tourna : elle tenait un tube de crème solaire Hawaiian Tropic waterproof. « Je suis censée en mettre toutes les heures. C'est écrit là, sur le tube. »

Il s'en saisit et Addy se retourna. Il étala l'écran total, d'abord avec un seul doigt, puis, non sans hésitation, avec les deux mains, jusqu'à ce que tout le dos de son amie devienne blanc et laiteux. Avec le soleil, l'odeur chimique de la crème redoubla d'intensité, lui rappelant celle des produits détergents ; d'un coup, il se mit à suffoquer. Il essaya de penser à autre chose, à tout sauf la peau d'Addy, l'odeur et la texture de cette crème, jusqu'à ce qu'il repère le garçon, allongé à leur ancienne place, torse nu, avec ses lunettes noires qui reflétaient le soleil. Même de loin, Ben pouvait voir sa poitrine se soulever au rythme de sa respiration.

« Vérifie que tu en as bien mis partout, dit Addy. Je n'ai pas envie d'avoir un cancer.

– Tu n'auras pas de cancer. Fini. Je vais me laver les mains aux toilettes.

– Va plutôt dans la piscine. »

Il regarda l'eau, puis de nouveau Addy, acquiesça, s'approcha du bassin, plia les genoux et s'accroupit. Au moment où sa main toucha l'eau fraîche, Addy plongea. L'impact projeta des gouttelettes dans l'air et, pendant une fraction de seconde, Ben vit un arc-en-ciel. Il laissa sa main dans l'eau tandis qu'Addy, s'éloignant à la nage, devenait de plus en plus petite. Bientôt, son bonnet rose disparut. Ben se retourna vers le garçon, mais il n'était plus là. Il poussa un soupir – de soulagement ou de déception, il ne savait pas trop – et, une fois débarrassé de la crème solaire, regagna sa chaise. À sa grande surprise, le garçon s'y était installé.

Ben ne put s'empêcher de sourire. « Encore toi », lança-t-il. Il essayait d'avoir l'air sérieux et fâché alors qu'il n'avait qu'une seule envie, éclater de rire. « Tu piques les chaises de tout le monde, c'est ça ? C'est ton occupation ?

– Tu es nouveau ici ? demanda le garçon.

– Quoi ?

– Moi, je viens tous les étés, et c'est juste que… je ne t'ai jamais vu avant. »

Il retira ses lunettes noires, laissant voir deux yeux bleus pleins de gravité.

« C'est parce que j'habite à La Nouvelle-Orléans Est, répondit Ben, les joues en feu.

– Vous n'avez pas de piscine, là-bas ? »

En entendant cela, il se sentit insulté. Il regarda autour de lui : Addy et lui étaient les seuls non-Blancs. Il se redressa. Son torse se comprima et ses poils se hérissèrent.

« On est dans un pays libre, tu sais. N'importe qui peut aller où il veut s'il en a envie. C'est dans la Constitution. C'est, c'est…

– Détends-toi. Je viens de Metairie. Là-bas, il n'y a pas de piscine. En tout cas pas de sympa. C'est pareil à La Nouvelle-Orléans Est ? »

Quand il parlait, le garçon remuait à peine les lèvres. Ce qui expliquait sans doute son intonation – moitié marmonnement, moitié mélopée confuse.

« Oui, répondit Ben, calmé. Il n'y a rien à La Nouvelle-Orléans Est. Juste un bout d'autoroute, des centres commerciaux, et puis les appartements et les maisons. Pas l'endroit le plus marrant du monde.

– Metairie, c'est pas la joie non plus. »

Ils convinrent que ni La Nouvelle-Orléans Est ni Metairie n'avaient de charme. Le garçon s'étira sur la chaise longue d'Addy et Ben se surprit à l'observer, à l'étudier. Il s'assit à son tour et ses muscles se détendirent.

« Je m'appelle Howie, dit le garçon.

– Ben. »

Il porta son regard vers le bassin pour tenter de repérer le bonnet rose.

« Qu'est-ce qui t'amène ici ? demanda Howie.

– Ici ?

– Cet été, je veux dire. Aujourd'hui. Maintenant.

– Ah, fit Ben. J'accompagne une amie. Elle va passer un test pour rejoindre l'équipe de natation du collège. Il y en a une à Wesley.

– Tu es à Wesley ?

– On y est tous les deux. En troisième.

– Ce qui veut dire qu'on est censés se détester.

– Comment ça ?

– Je suis sorti diplômé de Caddo le mois dernier », dit Howie avec un sourire espiègle. Deux fossettes se dessinèrent près de ses lèvres, qui étaient pleines et rouges, charnues de la plus jolie des manières. Ben se força à détourner les yeux. « On est rivaux, poursuivit Howie. Il faut que tu le saches. Les Cow-Boys et les Warriors ? Ils ne s'entendent pas. Ils ne se sont jamais entendus et ils ne s'entendront jamais.

– Quoi ?

– Vous, à Wesley, votre mascotte, c'est un cow-boy. Et à Caddo, c'est le chef indien Red Corn. Tu ne savais pas ?

– On n'a pas encore fait notre rentrée, dit Ben. On n'a même pas eu la réunion de bienvenue.

– Eh bien, les cow-boys et les Indiens se détestent.

– Évidemment. Les cow-boys ont volé les terres des Indiens. J'ai appris ça dans un livre.

– J'ai bien peur que tu sois un cow-boy, maintenant, visage pâle. » Howie prit un accent rustique outré, ridicule. « Il va falloir faire avec.

– Eh ! »

Ben voulut lui donner une tape amicale mais, en tendant le bras, il trébucha. Howie le rattrapa miraculeusement. Il était fort, avec ses muscles qui bombaient et ne tremblaient pas malgré l'effort.

« Tout doux, cow-boy, dit Howie. Fais attention à toi. »

Grâce à Addy, ils allaient à la piscine tous les jours. Et tous les jours, Ben était surpris d'y retrouver Howie. Ils s'asseyaient au bord du bassin et discutaient pendant qu'Addy travaillait sa brasse et son papillon, son dos crawlé et sa nage libre.

Ben fit part à Howie de son amour des livres et de l'écriture. Ses auteurs préférés étaient Charles Dickens, John Steinbeck, et le type qui avait écrit *Sa Majesté des mouches*. Il se trouva intelligent d'avoir dit tout ça et se demanda si Howie était impressionné. Ce dernier lui confia qu'il ne lisait jamais. À la question de savoir ce qu'il aimait, il répondit le sport. Équipe de football américain en troisième, équipe de base-ball à partir de la première, et lutte en terminale.

Ben dit qu'il n'imaginait pas en avoir fini un jour avec l'école et que Howie avait bien de la chance, lui, d'avoir terminé le lycée. Pourtant, il aimait apprendre. Il aimait les livres, et le sentiment de mieux connaître le monde qui l'entourait. Il allait à la bibliothèque toutes les semaines et il était capable de dévorer un roman de taille standard en trois ou quatre jours. N'empêche, les cours passaient lentement et il s'ennuyait. Les professeurs y voyaient, à tort, de la bêtise ou de la paresse, et un été, en cinquième, il avait même dû repiquer son cours de maths. Sa mère avait été déçue. « Un fils de professeur qui doit aller au rattrapage », avait-elle dit, l'air consterné.

Et son enseignant, un vieux monsieur courtaud affublé d'un chapeau de cow-boy et d'une moustache en guidon de vélo, lui avait expliqué que s'il avait du mal avec ses devoirs, « tu n'as qu'à demander de l'aide à ton père, je parie que c'est un homme intelligent ». Ben ne l'avait pas repris. « Les Asiatiques sont très forts en mathématiques. Demande-lui de te donner un coup de main. Il n'y a pas de honte. » Tout ça ne valait vraiment pas la peine de s'embêter.

Si ça ne tenait qu'à lui, il laisserait tomber cette mascarade et s'en irait de par le monde pour apprendre par lui-même, peut-être même écrire un livre.

« Comme Jack Kerouac, dit Howie.

– Qui ça ?

– C'est un écrivain. Enfin, c'était. Il est mort.

– Connais pas. »

Ben sortit son carnet et nota : « Jack Carrot. »

« Tu le liras en seconde, dit Howie. *Sur la route*, ou *Partir sur la route*, un truc comme ça. Je ne me rappelle plus. Je n'ai jamais réussi à finir le bouquin… Tu vois, je ne suis pas très futé en réalité ! » Il rit. « En tout cas, il a voyagé un peu partout et il a écrit sur tous les endroits où il est allé. »

Ben referma son carnet en y laissant son stylo en guise de marque-page.

« Il a traversé les États-Unis en voiture depuis Boston jusqu'en Californie, je crois. C'était dans les années 1950, les voitures n'étaient pas ce qu'elles sont aujourd'hui, donc ça a dû être une sacrée aventure. Tout ça pour dire qu'on a encore tout un pays à découvrir.

– À qui le dis-tu.

– Un univers entier.

– C'est sûr. »

Lorsque Ben lui demanda quels étaient ses projets après l'été, Howie répondit qu'il irait sans doute à l'université de Lake Charles. « Mais c'est encore officieux. Le temps que je décide ce que je veux faire de ma vie.

– Tu penses le savoir un jour ?

– Peut-être. »

Howie dit cela d'un ton assuré en baissant ses lunettes noires sur son nez. Ben attrapa les siennes, qu'il avait achetées dans une boutique de souvenirs après avoir fait sa connaissance. Ils se regardèrent comme deux complices d'un mauvais coup.

Au début du mois d'août, Howie lui annonça qu'il voulait lui apprendre à nager. « Tu passes ton temps ici, dit-il, et tu ne mets jamais un pied dans l'eau ! »

Après l'avoir accompagné dans le bassin, il lui demanda de s'allonger.

« Non, protesta Ben. Les corps ne flottent pas. Sauf s'ils sont morts.

– Arrête de dire n'importe quoi. »

Howie le tenait par le poignet. « Détends-toi. *Détends-toi*, bon sang.

– Comment est-ce que tu peux être de La Nouvelle-Orléans et ne pas savoir nager ? » demanda alors Addy, dont Ben avait presque oublié la présence. Pour montrer l'exemple, elle fit la planche. Howie l'imita, et ils flottèrent sans difficulté, bras en croix, jambes tendues. Ben se demanda si, vus d'en haut, ils ressemblaient à deux fleurs aquatiques. Ils agitèrent les bras et, lentement, leurs corps commencèrent à bouger de façon plus coordonnée. Ben regardait l'un, puis l'autre. Ses yeux finirent par se fixer sur Howie.

Être avec lui le rendait nerveux. Bien des fois, il s'était surpris à trembler quand il lui parlait ou se trouvait à ses côtés. Toutefois, la sensation n'était pas désagréable. Il aimait bien. Il voulait que ça dure.

Il tourna la tête en direction d'Addy, mais elle n'était plus là.

« Addy ? lança-t-il. Addy ? Elle est passée où ? »

Tout à coup, quelque chose s'agrippa à sa jambe. Par réflexe, il poussa un cri. C'était quoi, ça ? Il remua la jambe, mais le mouvement fut laborieux, difficile. Il ne savait pas nager, il allait mourir. Il vacilla, il coula, et soudain tout devint bleu. Il n'y avait plus d'oxygène. Il se mit à agiter les bras, comme pour faire du karaté dans l'eau. Mais il n'allait nulle part.

L'instant d'après, il était de nouveau à l'air libre et prit la plus grande inspiration possible. Addy lui tenait un bras, Howie l'autre. Lorsqu'il eut compris qu'il était sain et sauf, il se rappela ce qui venait de se passer.

Addy a disparu. Addy m'a entraîné vers le fond.

Il lui jeta un regard furieux. « Pourquoi tu as fait ça ?

– C'était pour rigoler.

– Ça n'avait rien de drôle.

– Je plaisantais, c'est tout. »

Elle le lâcha et recula d'un pas.

« Eh bien ce n'était pas drôle, *Adelaide Toussaint.* » Il dégagea son bras, que tenait toujours Howie, et quitta le bassin.

Un soir, Ben et lui retournèrent seuls à la piscine. Il l'annonça à sa mère et précisa qu'il rentrerait tard. Lorsqu'elle lui demanda avec qui il y allait, il répondit : « Un ami. »

Il apprendrait à nager, c'était décidé. Son choix répondait à tout un tas de bonnes raisons : Addy ne pourrait plus se moquer de lui ; c'était un atout au cas où la ville se retrouverait inondée – car elle était située sous le niveau de la mer, avait-il lu quelque part, et l'eau pouvait s'y déverser comme dans une baignoire ; il était vietnamien, et les Vietnamiens sont censés savoir nager. Enfin, Howie avait proposé de lui apprendre.

La piscine était éclairée. Devant l'entrée, celui-ci désigna d'un signe de tête la clôture. « Grimpe, dit-il.

– Je ne sais pas grimper, répondit Ben.

– Mais tu peux essayer. »

Tout pour Howie. Tout.

Il s'accrocha au grillage et commença tant bien que mal

à escalader. Il glissa et laissa échapper un cri mais, à son grand étonnement, Howie le rattrapa et le poussa vers le haut. Au prix de quelques efforts, il se retrouva à cheval sur la clôture et sauta de l'autre côté, où il atterrit sur ses pieds. Howie le suivit peu après.

Ils marchèrent ensemble jusqu'au bassin. Au bord du petit bain, Ben ôta une chaussure, puis une chaussette, et goûta l'eau du bout du pied. Elle était tellement glacée qu'il eut un mouvement de recul. Howie commença à retirer son jean et son T-shirt.

Ben fut surpris de constater que, bien qu'ayant déjà vu Howie torse nu – presque entièrement nu – un nombre incalculable de fois, il ressentait toujours quelque chose comme... Quel était le mot ? De l'admiration ? De la joie ? De l'émerveillement ? Quand il voyait la peau de Howie, son cœur s'arrêtait et l'instant d'après battait trop vite, prenait feu, le consumait vivant. Une sensation étrange, mais il n'avait pas envie de ressentir autre chose. Il ne lui avait pas fallu bien longtemps pour comprendre : la façon dont les garçons étaient censés désirer les filles, c'était celle dont Ben désirait Howie. *Le désir* – quel curieux sentiment, quelle chose bizarre à éprouver à l'égard d'une autre personne ! On pouvait désirer le calme, désirer la sécurité, et – il s'en rendait compte – on pouvait aussi désirer une personne.

Il avait été terrifié. Qu'était-il devenu ? Que penserait sa mère ? (« Le fils d'un professeur... », ricanerait-elle avec suffisamment de honte dans la voix pour parler au nom de toute la famille, y compris son défunt père, le professeur d'université ! le héros ! le martyr !) Ou son frère, le petit dur à cuire – non, un homme, maintenant – qui traînait avec les Southern Boyz ? Effaré par cette prise de conscience, il avait été incapable de se regarder dans la glace jusqu'au jour où Addy l'entraîna vers le fond et où il faillit se noyer. Sorti furieux du bassin, il avait foncé vers le vestiaire pour se changer. Là, en passant devant un miroir, il n'avait pu éviter son propre reflet. Il l'avait étudié et avait eu l'impression de se voir – de se voir *vraiment* – pour la première fois. Il devait forcément y avoir un mot pour ça aussi.

« Commence par barboter, dit Howie une fois qu'ils furent dans l'eau jusqu'aux hanches. Pour t'imprégner. » Comme Ben ne réagissait pas, Howie ajouta : « Ce n'est que de l'eau. Du bon vieux H_2O. Ne l'oublie pas.

– Ce n'est que de l'eau, répéta Ben.

– La planète entière en est recouverte.

– Oui.

– Je crois que notre corps en est constitué, aussi.

– En effet.

– Je compte jusqu'à trois. D'accord ?

– D'accord.

– Un, deux, trois. »

Allez.

Ben s'attendait à subir un mauvais tour, à sentir la main de Howie sur sa tête le poussant vers le fond. Mais il plia les genoux et ouvrit les yeux et il était sous l'eau, toujours vivant. Tout était bleu et clair, mais ça ne lui faisait plus peur. Il régnait même une étrange sérénité. Un silence curieux et néanmoins paisible. Il remonta.

« Bien, dit Howie. Très bien. »

Maintenant, ils allaient tenter de faire la planche. Lorsque

Ben dit qu'il n'en était pas trop sûr, Howie s'allongea lui-même à la surface et il le regarda flotter.

Howie avait un corps magnifique. Ben voulut le lui dire tout haut. *Magnifique.* Au lieu de ça, il articula les mots en silence. Comme un secret. À son tour, il s'allongea. Il se prépara à couler, mais il n'en fut rien. À sa grande surprise, il flotta. Mieux que ça, il eut l'impression d'être en apesanteur, dans l'air et non pas sur l'eau.

Contemplant le ciel, Ben découvrit son propre reflet dans l'espace.

La réponse se trouvait là : il s'était trompé. Vus d'en haut, ils ne ressemblaient pas à des fleurs. Pas le moins du monde. Ils étaient des étoiles, l'un et l'autre. Ensemble dans l'eau. En train de flotter. Libres.

Un baiser. Un baiser en sortant de la piscine, en marchant vers le rebord. En marchant et toujours avec de l'eau jusqu'aux hanches. Un baiser dans la piscine avec de l'eau jusqu'aux hanches. Un baiser dans la piscine la nuit avec de l'eau jusqu'aux hanches et des mains mouillées sur ses hanches, alors qu'ils sont debout dans le bassin, debout pour s'embrasser, pour essayer – parce que je ne l'ai encore jamais fait –, mais vraiment ce n'est rien – mais as-tu déjà embrassé un *garçon* ? – mais j'en ai déjà embrassé plein – mais plein de garçons, plein de garçons dans des piscines ? plein de garçons dans des piscines ? – bien sûr plein de garçons, mais jamais plein de garçons dans des piscines – donc je suis ton premier garçon, ton premier garçon dans une piscine – oui, tu es mon premier garçon dans une piscine, ha ha – OK – ha ha, tu es drôle – un baiser :

un baiser dans la piscine. Deux garçons dans une piscine : deux garçons qui s'embrassent dans une piscine.

Après la leçon de natation, Ben et Howie allèrent s'offrir une glace dans un établissement du Vieux Carré où il y avait une vache en vitrine et dont les portes restaient toujours entrouvertes à cause de la climatisation en panne. D'après Howie, c'était le seul endroit qui vaille pour manger des glaces à La Nouvelle-Orléans, parce qu'on y proposait plus de choix qu'ailleurs et qu'on ne lésinait pas sur la quantité.

Ils emportèrent leurs coupes dans un endroit isolé au fond de la salle. Une ampoule-vitrail, suspendue au-dessus de la table, verdissait les ombres. Après que chacun eut mangé une cuillerée de son sundae et goûté celui de l'autre, Ben demanda à Howie depuis combien de temps il ressentait *ça*.

Howie hocha la tête. « Depuis que je t'ai vu la première fois, sincèrement », répondit-il, et les deux garçons rougirent. Lorsque Ben lui demanda depuis combien de temps il ressentait ce genre de chose tout court, Howie lui raconta un certain hiver, quand il était en première à Caddo.

Le garçon s'appelait Anderson. Anderson était en terminale et ils faisaient tous les deux partie de l'équipe de lutte. Un jour, après l'entraînement, ils étaient restés plus tard que les autres afin de travailler une mise au tapis. Pour y arriver, Howie devait empoigner Anderson par l'arrière des genoux, le soulever, puis le faire tomber. Le problème, dit-il, était qu'Anderson était plus massif et donc difficile à manœuvrer.

« Anderson », raconta Howie en plantant sa cuillère dans la glace. Avant de continuer, il la glissa délicatement dans sa bouche et avala. Ben regarda sa pomme d'Adam remuer. « Anderson était tout en muscles. Des pectoraux gros comme des pamplemousses, je te jure. Des mollets durs comme des balles de base-ball. Un mec costaud, baraqué. Magnifique. » Howie parlait avec nervosité et ses yeux n'arrêtaient pas de papilloter, comme s'il guettait quelque chose. Puis il se tut lorsqu'une employée se mit à nettoyer la banquette voisine. Elle prit tout son temps pour astiquer la table à l'aide d'un chiffon blanc, en décrivant de grands cercles lents. Ben et Howie restèrent silencieux, faisant tourner leurs cuillères dans leurs coupes sans manger.

Une fois la jeune femme repartie, Howie reprit son récit. « À Caddo, il n'y avait pas de cabines dans les douches. C'était une grande salle carrée, avec des pommeaux de douche le long des murs. D'habitude, seuls les terminales vraiment mastocs comme Anderson s'en servaient. Moi, je ne m'y aventurais pas. » Il continua à jouer avec sa cuillère et Ben se pencha un peu plus près. Il se sentait glisser sur le siège en vinyle. « Bref, dit Howie, ce soir-là, on a terminé notre entraînement et on est allés vers nos casiers. J'allais me changer et rentrer chez moi en voiture quand Anderson a commencé à me taquiner. “À cause de toi, toute la route va schlinguer”, il me dit. “Eh, donc c'est toi qui répands cette odeur sur la Route 10. J'ai toujours cru que c'était une bête écrasée ou un truc comme ça.” Tout ça en rigolant. Là, il m'attrape par l'épaule, fait semblant de me pousser, puis part vers les douches. J'entends l'eau qui coule, le bruit des pieds mouillés sur le carrelage.

« Je ne voulais pas me l'avouer, mais déjà à ce moment-là je savais qu'Anderson était… Il m'a fait ressentir un drôle de truc, tu comprends ? Alors c'était peut-être ça, ou peut-être que je puais vraiment, j'en sais rien… En tout cas j'y vais, je me déshabille, et j'essaie de regarder par terre tout en dirigeant vers un pommeau de douche, loin, très loin de lui. Et je suis en train de me savonner quand je commence à sentir une main qui me masse la nuque. »

Ben remplit sa cuillère de glace fondue, la leva de quelques centimètres et la reposa dans sa coupe. Il ne savait pas comment réagir. Il devinait la suite. Il répéta son geste quatre ou cinq fois avant que Howie reprenne la parole.

« On a fait des trucs là-bas, tous les deux. Et on a continué jusqu'à la fin de la saison. Jusqu'à la fin de l'année. Pour moi, on était ensemble, mais lui avait autre chose en tête. Je ne sais pas. Il est parti à l'université, dans le Nord, je crois. On ne s'est plus jamais reparlé.

– Je suis désolé », dit Ben, qui le pensait sincèrement. Il voyait bien que Howie était toujours blessé, même s'il essayait de le cacher.

« Il n'y a pas de quoi être désolé, fit celui-ci. Vraiment pas.

– Tes parents sont au courant ?

– Non. Et les tiens ? »

Une fois, sa mère avait mis la main sur son journal, dans lequel il consignait ses fantasmes les plus intimes : des histoires de garçons se tenant par la main sous des chênes couverts de mousse, d'hommes s'embrassant à la faveur d'un camping en forêt ou se caressant dans un bayou reculé en pleine nuit. Elle le lui avait montré et lui avait demandé de quoi il s'agissait. Elle semblait furieuse comme jamais. Il lui avait répondu que c'était totalement inventé, que c'était pour l'école, qu'elle avait mal compris parce qu'elle ne parlait pas anglais. Le soir même, il avait jeté son journal à la poubelle.

« Ma mère ? Non, répondit-il à Howie.

– Et ton père ?

– Mon père ? Il est parti. »

Il ne voulut pas dire « mort », car ça lui donnait toujours un air pitoyable. Or il en avait marre, de la pitié. De même, il ne disait jamais haut et fort qu'il aurait voulu en savoir davantage sur son père au-delà des vagues descriptions fournies par sa mère, qu'il aurait aimé avoir de lui ne serait-ce qu'un aperçu – par pure curiosité, bien sûr. Mais là aussi les gens auraient eu pitié de lui et leur pitié lui aurait fait honte, il n'aurait pas su quoi en faire.

« En revanche, le petit ami de ma mère habite chez nous, ajouta Ben.

– Et lui, il en penserait quoi ?

– Je ne sais pas, répondit-il en essayant d'imaginer la réaction de Vinh. Ce qu'il pense n'a aucune importance de toute façon. Ce n'est pas mon père.

– Moi, mes parents me massacreraient. Surtout mon père. »

Après leur glace, ils se promenèrent dans le Vieux Carré, qui était plus calme que Ben ne l'aurait imaginé. Howie lui montra une librairie d'occasion (« Tu m'as dit que tu aimais les bouquins »), une confiserie spécialisée dans les pralines (« Parce que tu es à croquer ! ») et le Club Paradise, un bar gay (« J'y suis allé une ou deux fois, peut-être plus », dit-il, avant de partir d'un rire enfantin). Alors qu'ils approchaient de Toulouse Street, Ben leur fit faire demi-tour parce qu'il ne voulait pas passer devant le lieu de travail de sa mère, même s'il savait qu'à cette heure de la nuit il n'y aurait personne. Ils finirent par regarder les ferries sur le Mississippi, et Howie le ramena en voiture à Versailles.

Lorsqu'il arriva chez lui, sa mère était assise dans la cuisine, en pyjama, en train d'écrire ce qui ressemblait à une lettre. Elle l'arrêta sur le chemin de sa chambre pour, comme elle disait, l'inspecter. Son frère n'était plus que rarement à la maison et elle l'inspectait plus souvent que par le passé. Elle lui demanda comment s'était passée la piscine. Il répondit : Très bien.

« Maintenant que tu sais nager, tu vas essayer d'intégrer l'équipe de natation ?

– L'équipe de natation ? »

Il avait totalement oublié. Ses pensées étaient ailleurs. « Oui. Oui, sans doute. Peut-être. Je ne sais pas.

– Ton père était bon nageur, lui aussi, dit-elle en repliant la lettre. Pas quand je l'ai rencontré, mais il a fini par apprendre. Il apprenait vite, ton père. Comme toi. »

Il ne comprenait pas pourquoi elle évoquait sans cesse son père. Il en avait marre de cet homme qu'il n'avait jamais connu, et pourtant elle en parlait comme si elle souhaitait que Ben ne l'oublie pas. Sauf qu'il n'avait jamais été là. Qu'y avait-il donc à oublier ? Cet homme ne jouait aucun rôle dans sa vie, et Ben détestait qu'on le compare toujours à lui. Peut-être que s'il l'avait connu, s'il avait gardé des souvenirs de lui, il en serait autrement. Peut-être se dirait-il : « Cet homme est celui que je veux être. » Mais ce n'était pas le cas. Vouloir plus, vouloir autre chose, paraissait vain.

Il lui demanda quel était le rapport et elle répondit

qu'elle ne savait pas. Il claqua la porte de sa chambre plus fort qu'il ne l'aurait souhaité.

Ben éprouva le besoin de passer chez Addy pour tout lui raconter, tout lui avouer.

Il était gay. Gay. Le mot tournait en boucle dans sa tête. Il était gay, lui dirait-il, et il avait besoin de le lui annoncer en face. Il fallait que ce soit personnel. Dès la lumière éteinte dans la chambre de sa mère, il prit donc son vélo.

À son arrivée, la maison était plongée dans le noir. Seule une ampoule nue attirait les papillons de nuit sur la terrasse. Même depuis le trottoir il pouvait les voir. Quelque part, un hibou hululait.

Il s'arrêta au bord de la pelouse d'Addy et pensa à plein de choses. À ce qu'il lirait après avoir terminé ses lectures de l'été. Au fait qu'il n'avait plus peur de l'eau, du moins pas comme avant. Et que c'était en grande partie grâce à Howie. Il voulut penser à mille autres choses, mais il leva les yeux et constata qu'il se trouvait toujours au même endroit. Il mit pied à terre et s'avança sur l'herbe sèche avant d'ouvrir la barrière qui donnait sur l'arrière. M. Toussaint avait dû huiler les gonds, car encore une semaine plus tôt ils grinçaient. La silhouette de la balançoire paraissait gigantesque, tout comme la clôture du fond. Dans la nuit, on aurait cru un autre pays, un pays inconnu.

Pour attirer l'attention d'Addy, il lança un petit caillou en direction de sa fenêtre. N'obtenant aucune réponse, il recommença, plusieurs fois, ses projectiles finissant par créer un rythme régulier en heurtant la vitre. Au bout d'un moment, Addy ouvrit et, les yeux plissés, regarda en bas.

« Ben ? demanda-t-elle dans l'obscurité. C'est toi ? » Elle laissa la fenêtre ouverte, disparut et revint avec une lampe torche qui semblait énorme dans ses petites mains. « Ben ? »

Je t'ai réveillée ? voulut-il dire. *Je te dérange ?* Tout, sauf ce qu'il était venu lui annoncer.

« Il faut que je te parle de quelque chose », répondit-il en un mélange de murmure et de cri. Pourtant, dans sa tête, sa voix lui parut forte, tonitruante. Il posa son vélo contre le lilas des Indes et il y eut un léger bruissement lorsque le métal toucha l'écorce. « C'est important. Tu peux descendre ? » Il se gratta la tête, puis la main. Il était nerveux. « Pour qu'on discute ?

– Il est tard, Ben. »

Elle fit semblant de bâiller, mais Ben voyait bien qu'elle était parfaitement réveillée. Il l'imagina couchée dans son lit pendant des heures, à attendre. Ils se fixaient, elle en haut et lui en bas. Ils entendirent un oiseau s'envoler.

« D'accord », dit-elle.

Une minute plus tard, Addy sortait. Elle portait sa robe de nuit rose à motif cachemire qui, dans l'obscurité, sous le ciel nocturne, semblait blanche. Tous ses pyjamas étaient roses. Ben se rappela l'époque où, enfants, ils allaient dormir l'un chez l'autre. Ça paraissait remonter à si longtemps – une éternité s'était écoulée depuis. Elle se frottait les bras comme si elle avait froid, alors que l'air était moite. Le climatiseur ronronnait.

« Addy. » Il s'avança.

« Qu'est-ce qu'il y a ? demanda-t-elle d'un ton impatient. Il s'est passé quelque chose ?

– Addy. »

Son prénom resta en suspens dans l'air, et Ben entendit ses propres dents claquer. Il faisait peut-être froid, finalement. Il serra la mâchoire pour arrêter le claquement et repensa alors à celle de Howie, toujours crispée, carrée, puissante. Il évacua l'image de sa tête.

« Qu'est-ce qu'il y a ? » insista Addy. Elle se mit à tourner autour de lui, les yeux rivés au sol, comme si elle cherchait un objet égaré et qu'elle était sortie exprès pour ça. Cela ne fit qu'accentuer sa nervosité.

« Arrête de bouger, tu veux ? J'essaie de te dire quelque chose. »

Elle s'immobilisa et pressa son dos contre le sien. Ben faisait face à la maison, Addy à la clôture du fond. Il la sentait respirer et, par réflexe, accorda son propre souffle au sien, comme s'ils ne faisaient qu'un.

« La lune est immense ce soir, dit-elle. Tu devrais regarder. »

Ben fit non de la tête. « J'ai un truc important à te dire.

– C'est magnifique, poursuivit Addy. La façon dont la lune découpe les autres maisons. Regarde ! Il faut que tu voies ça.

– Ce que je veux te dire, c'est… »

Il joignit ses mains pour les empêcher de trembler.

Il y avait des mots dans sa tête ; il les répéta plusieurs fois, jusqu'à ne plus entendre qu'une sorte de bourdonnement d'abeilles dans un espace exigu.

Chhhut, se dit-il, *calme-toi.*

« Qu'est-ce qu'il y a, Ben ? Tu sais que je serai toujours là pour toi. Quoi qu'il arrive, je serai toujours là. »

Ben dit : « On est allés à la piscine, cette nuit. Howie et moi. »

Addy retint son souffle, et Ben fit de même.

« Uniquement Howie et moi, à la piscine. Et c'est là que j'ai compris quelque chose. Quelque chose à propos de moi. »

Addy resta silencieuse.

« Addy… Je l'ai embrassé. On s'est embrassés. Et ça m'a plu. Ça m'a plu de l'embrasser. Tu imagines un peu… Ça m'a plu de l'embrasser. Ça m'a plu d'embrasser Howie. Addy. » Il prit une inspiration. Addy, elle, était comme en apnée. « Howie me plaît comme les filles sont censées me plaire. Les garçons me plaisent comme les filles devraient me plaire. »

Il entendit Addy faire un pas, puis un autre. Il se retourna. Elle se dirigeait vers la maison.

« Addy ? » Elle n'avait pas l'air de l'écouter. Juste avant qu'elle passe devant lui, il la prit par le coude et serra de toutes ses forces. Lorsqu'elle voulut se libérer, il la relâcha et elle faillit tomber, comme si elle s'attendait à ce qu'il la retienne. Après avoir retrouvé l'équilibre, elle continua à s'éloigner.

« Je crois que tu devrais rentrer chez toi, dit-elle.

– Addy, tout va bien ? On est toujours amis ?

– Bien sûr, Ben. Bien sûr. »

Sa voix tremblait.

« Tu es sûre, Addy ? »

Elle le regarda, l'air de vouloir tendre le bras pour le toucher, mais n'en fit rien. « Et les gens de l'école, Ben ?

– Et bien quoi ?

– Tu comprends… Ils vont te détester.

– Mais toi tu m'apprécies, non ?
– Bien sûr que oui. Mais imagine un peu… »
Elle s'interrompit comme pour réfléchir un instant. « Imagine qu'on soit en train de marcher dans le couloir et que tout le monde soit au courant pour toi. Et là, ils me voient. À ton avis, qu'est-ce qu'ils vont raconter ensuite ?
– Tu as honte de moi, c'est ça ? »
Il n'en revenait pas. « C'est ça qui te pose un problème ? » Il sentait sa colère monter.
« Non, dit-elle en s'éloignant.
– Addy !
– J'ai entraînement demain matin. Ils ne me laisseront pas intégrer l'équipe. Si je ne m'entraîne pas.
– Addy… »
Il voulut la rattraper, mais la porte se referma et il se retrouva de nouveau seul, sous le ciel étoilé et la lune et les branches de l'arbre, et même le hibou n'était plus là, pas même les papillons de nuit.

Son cerveau était partout à la fois, se repassant les événements de la journée à la vitesse de la lumière. Il pédala de toutes ses forces, jusqu'à en avoir mal aux jambes, jusqu'à ce que, épuisé, il renonce et lâche son vélo, le laissant tomber sur le trottoir. Les roues tournaient encore lorsqu'il s'allongea sur une pelouse. Il s'écouta haleter et admira les étoiles. Leur scintillement adoucit les images qui défilaient dans sa tête. Les mots s'assourdirent.

Quelque temps auparavant, un de ses professeurs avait affiché au mur de la classe une carte des constellations, dont les noms évoquaient les mythes grecs qu'il avait étudiés en cours d'histoire. Autrefois, avait-il lu quelque part, les marins, pour trouver le chemin du retour ou voguer Dieu sait où, se repéraient grâce aux étoiles. C'était une carte dessinée dans le ciel. Quand il avait levé la main pour dire ça, le prof lui avait répondu qu'il s'agissait de science et qu'il était hors sujet. Ses camarades avaient ri, mais lui n'avait pas trouvé ça drôle. Il avait passé le reste de l'heure à dessiner des étoiles et n'avait pu répondre à l'interrogation écrite, trop en colère pour penser.

Quelques semaines plus tard, alors que Howie était parti à l'université, que la piscine avait fermé et que la canicule d'août avait laissé place à la fraîcheur de septembre, Ben se fit la réflexion que jadis on se servait des étoiles, aussi, pour prédire l'avenir, elles étaient comme les mots d'une histoire écrite en pointillés, maîtresses du destin de chacun. Il aurait tant aimé passer les doigts sur ces étoiles et les déchiffrer, chaque mot, chaque rayon de lumière.

III

Août 1994

À la télévision, la dame de la météo annonce qu'il va faire une chaleur étouffante aujourd'hui, et même le petit soleil sur la carte transpire. La canicule, dit-elle, durera toute la semaine, peut-être jusqu'à la suivante. Restez à l'intérieur, baissez les stores et mettez en marche la climatisation, car il va faire extrêmement chaud. Les températures ne cessent de grimper.

« Aujourd'hui, la température ressentie sera de quarante-cinq degrés, poursuit la présentatrice, tout sourire. En vertu de la vigilance rouge, l'agence des transports publics de Louisiane proposera des trajets en bus gratuits. »

Hương passe ses mains sous le robinet d'eau froide de la cuisine et s'asperge le visage. Le climatiseur est cassé. Une fois de plus. Elle regrette que Tuấn ne soit plus à la maison ; il réparait toujours tout. Désormais, il habite Tremé (qui l'eût cru ?) avec sa petite amie, celle qu'elle ne porte pas dans son cœur. Elle essaie de leur rendre visite tous les week-ends, mais elle n'aime pas voir cette fille. Elle est d'ailleurs à deux doigts de demander à son fils de choisir – sa propre mère, ou une fille médiocre en quête de sensations fortes. Voilà bien une chose qu'elle n'aurait jamais imaginé se produire un jour.

Hương remplit un verre d'eau et le boit d'un trait. Vinh dit en avoir marre d'entendre parler de la chaleur et change de chaîne. Apparaît un talk-show. « Et vous n'êtes pas le père ! » dit l'animateur. Vinh zappe encore.

Hương a envie de nager, d'immerger son corps, mais le bayou est trop sale et semble, elle pourrait le jurer, disparaître peu à peu. Elle a planté un bâton près de la rive en guise de repère pour pouvoir suivre l'évolution du niveau de l'eau. Hier matin, l'eau avait encore baissé.

C'est sans doute la même chose dans toute la Louisiane, dit-elle. Elle pense aux pêcheurs, qui doivent souffrir avec cette canicule.

« On est en train de disparaître, dit-elle. C'est l'eau qui fait vivre cet endroit : les écrevisses, les crabes...

– Et les crevettes, ajoute Vinh.

– Et les crevettes. Bientôt, il n'y aura plus rien de tout ça. »

Ses mots ont quelque chose de mélodramatique, comme ceux prononcés par une épouse dans un *soap opera*. Une publicité surgit à l'écran, pour des gilets de sauvetage. « Bref, on va devoir déménager. On ne peut pas vivre dans un endroit où il n'y a pas d'eau.

– On ne peut pas non plus vivre dans un endroit où il y en a trop », répond Vinh.

Il est assis à la table de la cuisine. Aujourd'hui comme tous les jours, pour le petit-déjeuner c'est nouilles de riz et sauce au poisson avec des tranches de lạp xưởng, et Hương est au travail. Vinh aimerait qu'elle y passe moins de temps. Le travail est une chose surfaite. N'importe qui peut travailler. En revanche, il faut être fort pour y renoncer.

« C'est le rêve américain, lui a-t-elle dit un jour. Gagner sa vie, subvenir à ses besoins.

– Et le rêve vietnamien, alors ?

– On n'est pas au Vietnam », a-t-elle répondu. Elle n'avait pas tort.

C'est vendredi, et son travail à lui, c'est d'en trouver un. Quand il est arrivé à La Nouvelle-Orléans, on l'a laissé vendre des voitures, mais il a été « remercié » au motif qu'il était « trop gentil ». Il a embrayé avec une usine, où il gérait et réparait des machines, jusqu'à se faire licencier parce qu'il ne savait pas ce qu'il faisait. (Il avait cru que ce serait plus évident.) Pendant un temps, il a déchargé des cartons de boîtes de conserve chez Langenstein, mais il a fini par être congédié en même temps qu'une poignée d'autres. Il joue vraiment de malchance. Stylo à la main, il parcourt les pages des petites annonces, dont certaines ont déjà été barrées en rouge par Hương.

~~*Chef d'équipe*~~ Quán lý *au cimetière : Diriger le personnel du cimetière afin d'atteindre les objectifs tout en travaillant dans le cadre des règles fixées par l'entreprise…*

~~*Transformateur*~~ Nguròi sận xủất : *La mission exige de l'employé qu'il fabrique des tuyaux à partir de dessins. Le candidat idéal doit savoir opérer avec tous les équipements destinés au département transformation.*

Permis poids lourd ~~*Chauffeur*~~ Người lái xe : ~~*Le candidat doit avoir de l'expérience dans le…*~~ Tu conduiras un camion, Vinh.

Tout à la fin du journal, il y a une publicité en couleur avec des masques, des perles et des verres de bière débordant de mousse. Un festival, apparemment. Baptisé Southern Decadence.

Il y a bien longtemps qu'il n'a pas fait de sortie avec Hương. Une *vraie* sortie, s'entend. Pas le restaurant chinois où ils vont chaque semaine et commandent toujours la même chose, sans terminer leur assiette, gardant les restes pour le petit-déjeuner. La semaine dernière, le *fortune cookie* disait : *Choisis ta voie avec le cœur.*

C'est décidé : il choisira sa voie avec le cœur. Ce soir, le festival. Demain, un boulot.

La chaleur est trop forte ; où est passé ce foutu ventilateur ?

Ben regarde la télévision allongé sur son lit : *Paris Is Burning*, une VHS trouvée à la bibliothèque. C'est la deuxième fois qu'il l'emprunte et il a deux jours de retard. Il ne s'en lasse pas.

C'est Georges qui lui a conseillé ce film. Derrière le comptoir du Club Paradise, le barman a énuméré la liste de tout ce qu'un jeune gay doit connaître – quels films regarder (*Paris Is Burning*, *Les Garçons de la bande*, *My Beautiful Laundrette*), quels livres lire (*Les Chroniques de San Francisco*, *The Boys on the Rock*, *La Chambre de Giovanni*). Ben a passé beaucoup de temps au Paradise le mois dernier, troquant les cours d'été (algèbre en rattrapage) contre ce qui lui semble constituer une autre forme d'éducation.

Pendant un an, chaque fois qu'il se retrouvait dans Bourbon Street, il faisait en sorte de se rapprocher de l'établissement pour l'observer à distance. Il pensait que les *homosexuels* (ce mot le faisait toujours tiquer) se sentiraient honteux d'aller là-bas en plein jour, sans se cacher. Du coup, sa propre culpabilité a un peu disparu. Ce n'est que deux mois plus tôt qu'il a trouvé le courage d'y entrer.

La première fois, un samedi après-midi, il y avait une sorte de concours de culturisme. Des hommes en slip de bain défilaient sur scène et contractaient leurs muscles devant un public en délire. Tout le monde souriait. Ben s'est hasardé à l'intérieur, et il est resté assis un bon moment avant que sa présence soit remarquée. Compte tenu de son âge, la direction était censée le mettre dehors, mais Georges – chauve, tatoué, paternel – a dit, avec son cheveu sur la langue : « Il faut bien que les jeunes apprennent, Veronica (Veronica étant la patronne lesbienne de l'établissement). Comment veux-tu qu'ils sachent, sinon ? »

Georges enseigne à Ben tout ce qu'il faut savoir sur ce que c'est que d'être gay : non à la drogue, oui aux rapports protégés (bien que Ben n'ait encore jamais fait l'expérience d'aucun des deux). Si ta famille te chasse, fonde la tienne – personne n'a besoin d'avoir une *familia* prise de tête, Bambino. (Il appelle Ben « Bambino ».) Tous les autres, au Paradise, l'appellent le poussin, le petit nouveau, le presque-majeur. Ils sont sympas. Contrairement à ses camarades de l'école.

Dès le début du lycée, les gens ont semble-t-il cessé d'être gentils entre eux et se sont mis à traîner avec ceux qui leur ressemblaient le plus. Il y avait les sportifs, qui lui adressaient toujours des grimaces méchantes et le traitaient de tapette. Il y avait aussi les geeks, avec qui personne n'avait envie de traîner sauf les autres geeks, et Ben savait qu'on ne pouvait pas être à la fois geek et homo, car c'était une forme de suicide social. Enfin il y avait les pseudo-artistes, qui se défonçaient en permanence et ne s'intéressaient pas aux autres.

Parce qu'elle nageait, Addy, sa meilleure copine à l'école primaire et au collège, frayait avec les sportifs. Elle n'était pas particulièrement douée en natation, mais visiblement ce n'était pas le sujet. Elle faisait partie de l'équipe du lycée et déjeunait chaque jour avec des joueurs de football américain baraqués ou des pom-pom girls filiformes. Ben la voyait parfois entre deux cours ou à la sortie, mais ils n'avaient plus grand-chose à se dire. Et dès que l'un ou l'autre se lançait – ne serait-ce qu'un simple « salut » –, un des nouveaux copains d'Addy débarquait pour l'emmener quelque part, laissant Ben en plan. *Raison de plus pour sécher les cours*, pensait-il.

À l'écran, Venus Xtravaganza lance : « Tu n'es qu'un orang-outan attardé ! »

« Tu n'es qu'un orang-outan attardé », répète Ben en rigolant.

Ce soir, c'est le début de Southern Decadence, et il est bien décidé à y aller. Il a envie d'être *fabuleux*. Il a envie de *se déchaîner*. Ces mots-là sont dans toutes les bouches, au Paradise. Il a commencé à les intégrer à son vocabulaire et s'entraîne à les dire devant la glace.

De leur côté, sa mère et Vinh se préparent à passer une soirée en ville. (Ce sont les mots de Vinh, pas les siens : « Une soirée en ville. ») Même avec la porte fermée, il entend sa mère farfouiller dans son placard pendant que Vinh fait les cent pas dans le couloir.

« J'ai réservé ! lance celui-ci.

– Je suis presque prête », répond sa mère. Encore du remue-ménage.

Enfin, elle sort de la chambre. Vinh dit : « Attends une seconde, laisse-moi voir. » Ben imagine sa mère tourner sur elle-même, les bras levés. « Étiquette », dit Vinh, suivi par un bruit de pas, l'ouverture d'un tiroir dans la cuisine. *Ciseaux*, pense Ben. *Clac, clac.*

La porte s'ouvre. Ben baisse le volume de la télé. Personne ne frappe jamais à la porte dans cette baraque.

« On rentrera vers dix heures, dit sa mère. Peut-être un peu avant.

– Non, dix heures. »

Vinh passe une tête tandis que sa mère balaie la chambre du regard. Elle grimace, comme si elle voulait dire quelque chose sans savoir quoi.

Hier soir, Ben est rentré tard. Il a essayé d'être discret, mais sa mère l'a arrêté dans son élan. Elle était restée toute la soirée dans la cuisine. La table était jonchée de papiers. Le déluge de questions : *Tu étais où ? Pourquoi tu étais dehors ? Tu sais l'heure qu'il est ?*

Elle a reniflé et senti l'odeur de cigarette, d'alcool, l'odeur du Paradise, du Vieux Carré et de La Nouvelle-Orléans tout entière. Elle s'est approchée et a touché sa chemise. Sale.

« Et ton père... S'il te voyait dans cet état, il se retournerait dans sa tombe. Quand c'est comme ça, je me demande bien pourquoi on est venus ici. Ça ne serait jamais arrivé au Vietnam. On aurait mieux fait de rester là-bas. » Il est parti en vrille et s'est soudain mis à hurler : « On n'est pas au Vietnam ! J'emmerde papa et je t'emmerde ! » Depuis toujours, il a l'impression que sa mère essaie de le façonner, de le modeler comme de l'argile pour faire de lui l'homme qu'il n'a jamais connu. Ne comprenait-elle donc pas qu'il existait par lui-même ? Qu'il avait sa propre chair, son propre sang, son propre cerveau ? Qu'il était unique, qu'il n'y en avait pas deux comme lui ? Pourquoi ne le voyait-elle pas ? Il est parti s'enfermer dans sa chambre en claquant la porte. Quelque chose, quelque part – un cadre, un bol de fruits en plastique décoratif, un vase –, est tombé. Après quoi il a entendu sa mère passer le balai. Il a respiré un grand coup et s'est baissé pour regarder par le trou de la serrure. C'était une photo encadrée sur la table du couloir. Sa mère était pliée en deux et ramassait les morceaux. Elle s'est arrêtée une petite seconde, accroupie.

À présent, son visage s'adoucit. « Sois gentil », dit-elle en partant. Quand elle referme la porte, Ben jure l'entendre soupirer.

Thảo se trouve quelque part, dans la masse des fêtards, et le rap fait trembler le sol. Elle a dit dix-neuf heures mais il ne la voit pas.

Un homme le saisit par l'épaule. « Papiers d'identité », fait-il.

Tuấn cherche dans sa poche et s'aperçoit que c'est Thảo qui a son portefeuille. Elle avait besoin de dix dollars ce matin (pour Dieu sait quoi) et il lui a dit de le prendre. Ils vivent ensemble dans une maison jumelle, à Tremé. Dix dollars, qu'est-ce que c'est ? Tuấn fait semblant de ne pas comprendre ce que dit le videur. Il penche la tête de côté. *Je pas comprend'.*

« Tes papiers ou tu dégages, minus. »

Minus ? Qu'est-ce que c'est que ces conneries ?

« Il est avec moi.

– Thảo !
– Par ici.
– Tu étais où ? »

Elle ne répond pas, se contentant de le tirer par le bras. N'importe quel autre garçon aurait exigé une explication de sa copine, mais Tuấn et elle ne fonctionnent pas comme ça.

Le videur s'éloigne lui aussi et essaie de disparaître dans la cohue, mais n'y parvient pas. Il est trop massif, trop costaud. Qui a besoin d'avoir un corps pareil, de toute façon ? Pas Tuấn !

Ensemble, ondulant tels des serpents, Thảo et lui montent au deuxième étage, jusqu'à un balcon qui surplombe la piste de danse. Toute la petite bande est déjà là. Ils attendent depuis un bon moment.

Même s'il est déjà dix-neuf heures, il fait encore très chaud. La robe de Hương lui colle aux jambes. Elle n'avait pas envie de sortir (son dos la met au supplice), mais elle veut faire plaisir à Vinh. Elle a envie de manger des rouleaux de printemps, ce soir.

Vinh, au volant, quitte Versailles et passe devant leur restaurant chinois favori.

« Où est-ce qu'on va ? demande-t-elle.
– Au Vieux Carré.
– Non, non, non ! »

Elle agite la main pour lui demander de s'arrêter.

« Quoi ? Mais qu'est-ce qu'il y a, *t'ésor* ? »

Il ne l'a jamais appelée « trésor » jusqu'à présent, mais il a vu ça à la télévision, un mari qui appelait sa femme « trésor ».

Autant s'y mettre dès maintenant, même s'ils ne sont pas mariés. Pas encore.

« J'étais là-bas tout à l'heure, dit Hương. Pourquoi y retourner ? »

Vinh s'arrête à un feu rouge. « Mais la nuit, c'est différent. Il y a des fêtes, de la musique…

– Tu es au courant que La Nouvelle-Orléans fait partie des villes les plus dangereuses du pays ? J'ai lu ça dans le *Thành Phố*. Le magasin d'en face s'est fait braquer le mois dernier. Et tout ce qu'il vend, c'est des masques de Mardi gras ! *Des masques de Mardi gras !* On n'est plus en sécurité nulle part ! »

Sans parler des touristes. Bruyants, ivres, odieux. Elle en voyait plein tous les jours. Le matin même, elle en a trouvé un endormi devant le salon de beauté, la tête encerclée par une flaque de vomi fluorescent, et a dû emprunter à un employé municipal son tuyau d'arrosage.

Le feu passe au vert. Vinh accélère.

« Fais demi-tour, insiste-t-elle.

– On va bien s'amuser, je te le promets.

– Dis-moi juste une chose : qu'est-ce qu'on va faire précisément là-bas ? »

Alors qu'ils passent sous un petit pont routier, une boule verte collante atterrit sur le pare-brise.

« Arrête-toi ! » crie Hương.

Vinh freine. Il y avait sans doute quelque chose sur la route, mais il voit soudain Hương descendre, la tête levée vers le pont.

« Sales gosses ! » hurle-t-elle. Elle peut avoir une voix criarde quand elle veut.

Un des gamins porte un maillot de football américain

– pas celui des Saints (c'est le détail important, remarque Vinh). Un autre jette dans sa direction un gobelet en polystyrène. De la glace bleue fondue gicle sur la robe de Hương. L'odeur est astringente. Un hurricane daiquiri, à n'en pas douter.

« Rentrez chez vous ! s'exclame-t-elle. On veut pas vous ici ! »

Ils éclatent de rire.

« Vous trouvez drôle, ça ? »

Vinh a beau parler très mal anglais, il sait qu'elle a un accent prononcé.

« Partez, continue Hương. Rentrez chez vous. Ici pas votre ville !

– Hương ! Hương ! »

Vinh accourt et la fait remonter en voiture. « Tu es en train de gâcher une bonne soirée, *chérie*. » Encore un mot qu'il a appris à la télévision. Depuis qu'il s'est installé à La Nouvelle-Orléans, il a beaucoup de temps à tuer. Il sort de la boîte à gants des serviettes en papier et les applique sur la robe tachée de Hương.

« Ces gamins ! dit celle-ci. Ils ne viennent que pour salir la ville. Ils n'ont rien à faire ici. »

Tuấn est assis à l'arrière de la voiture de Sáng (volée, il en est convaincu). Ils dévalent Royal Street, alors qu'il vaut mieux ne pas rouler trop vite dans le Vieux Carré, même avec une meute d'alligators aux fesses. Ces rues sont faites pour les chevaux, pas pour les voitures.

Tuấn se mordille les lèvres, et Thảo lui donne une petite tape sur le genou. « Allez, souris », dit-elle.

Devant eux sont assis Quang et Sáng, qui conduit d'une

seule main. Il appuie sur le klaxon. Une femme, à un coin de rue, leur crie de ralentir.

« Mẹ mày ! » lui répond-il par la vitre baissée. Puis, à ses amis : « Au Vietnam, ils fonçaient comme ça avec leurs Citroën et leurs motos. Vous avez déjà vu des photos de Saigon ? Nous, les Vietnamiens, on s'en fout des limites de vitesse. »

Tuấn en doute. Il commence à douter de tout ce que disent Quang et Sáng, et parfois même Thảo. Ils sont arrivés en Amérique quand ils étaient petits et ont passé plus de temps à La Nouvelle-Orléans qu'à Saigon. De quoi peuvent-ils bien se souvenir ? Il a dû y avoir une bascule, un moment de transition au cours duquel ils sont devenus plus américains que vietnamiens, sans possibilité de retour en arrière. *Peut-être qu'ils se battent contre ça*, s'est-il dit, avant de se demander quel était l'intérêt de se battre.

Quang fait passer un sachet de Cheetos. Son bras est glabre, pareil à celui d'un petit garçon, mais il a un tatouage SBZ un peu délavé, comme sur un vieux T-shirt, moins coloré et impressionnant qu'avant.

« Où est-ce que tu nous emmènes, au fait ? » demande Thảo. Elle rit. Elle rit parce qu'elle trouve qu'aller vite est amusant, ou excitant.

« Vous verrez ! répond Quang.

– Anh Quang sạo quá ! » s'exclame Thảo.

Les Cheetos sont épicés et ont un goût de mégot.

Quand Ben entend la voiture démarrer, il court à la fenêtre et la voit reculer puis s'éloigner. Il attend une bonne minute avant d'être certain qu'elle soit partie. Il est dix-neuf heures. S'il ne perd pas trop de temps à se préparer, il peut décoller dans trente minutes et être au Paradise une heure plus tard. Il a promis à Georges qu'il serait là à vingt heures pour aider à tout mettre en place. Il sera peut-être un peu en retard, mais il pense que Georges ne lui en voudra pas. Celui-ci veut que Ben fasse l'expérience de la vie homosexuelle, il tient à exercer une influence positive sur les jeunes. Après tout, comme il le dit toujours, les enfants représentent l'avenir.

« Southern Decadence, lui a expliqué Georges, c'est comme un Mardi gras gay.

– Qu'est-ce qu'il y a de plus gay que Mardi gras ? a demandé Ben.

– Southern Decadence ! » ont répondu en chœur toutes les personnes présentes, agitant leurs bières et leurs cocktails tandis que résonnait « Vogue » de Madonna. Tous les verres ont fini renversés au sol. Un type en rollers est passé devant lui en cadrant son visage avec les deux mains. Un drag-queen rondouillet s'est mis à poursuivre une femme musclée jusque dans la backroom. Un homme est entré pour demander si quelqu'un avait vu son chien – un caniche teint en violet, portant gilet en cuir et faux diamants, qui répondait au nom de Martha. Et il n'était que midi.

Ils s'installent dans le patio d'un restaurant qui porte le nom d'un capitaine de navire. Au-dessus de l'enseigne, il y a un gros poisson avec un bandeau sur l'œil. Tout est de mauvais goût dans le Vieux Carré, se dit Hương. Même l'onglerie a un autocollant fleur de lys sur sa vitrine. Elle a voulu le retirer, mais Mlle Linh a expliqué que ça rendait le salon plus authentique, plus Nouvelle-Orléans.

(« Ils n'ont pas envie d'une manucure vietnamienne, ils en veulent une de La Nouvelle-Orléans. ») Hương a failli éclater de rire – la fleur de lys sur la vitrine, le bouddha dans un coin, l'odeur d'égout et d'alcool en provenance de la rue. Qu'est-ce que c'était que ce fatras ? Qui était responsable de ce méli-mélo ?

Elle se souvient que c'est cette même odeur que dégageait Bình la veille au soir. Certes, elle n'aimait pas le voir rentrer si tard (il faisait ça depuis un moment, et tant qu'elle savait où il était, elle tentait de s'en accommoder), mais l'odeur du Vieux Carré signifiait autre chose. Il était en train de dérailler (comme son frère !). Elle l'a imaginé soumis à l'une de ces mauvaises influences typiques de La Nouvelle-Orléans (dont elle venait seulement d'apprendre qu'elle était surnommée la Ville du péché) et a maudit le jour où elle s'est installée ici. Où avait-elle failli et que pouvait-elle faire ?

En guise d'exercice, elle a écrit à Công. Elle n'a jamais cessé de lui écrire. Cela a été sa bouée de sauvetage au cours des quinze dernières années, une façon de coucher ses pensées sur le papier, de donner un sens à l'existence. Sur des feuilles volantes, elle notait la date et les mots *Cher Công*, et toutes ses pensées se déversaient, prenant corps ou à tout le moins se manifestant. *Cher Công, un jour de plus à La Nouvelle-Orléans… et nos fils sont en danger.* Elle aurait pu choisir n'importe quel prénom, elle en était persuadée, mais les vieilles habitudes ont la vie dure.

Elle parcourt la carte du restaurant.

Après le dîner, ils iront au festival, se dit Vinh. À en croire la publicité, il y aura de la musique, des spectacles et des boissons. Il décide de ne pas consommer d'alcool ici. Ils trouveront un bar où partager un daiquiri.

« C'est exorbitant, dit Hương. Je peux cuisiner la même chose à la maison pour deux fois moins cher, et ça suffirait en plus à nourrir la famille entière. »

Elle regarde Vinh. *Comment va-t-on payer ça ?* demandent ses yeux.

« Ne t'inquiète pas. Tu le mérites, *chérie* ! » lui dit-il.

Vinh a découvert que les cartes de crédit étaient les briques du rêve américain. L'essentiel, c'est d'en posséder plusieurs afin de jongler de l'une à l'autre. Argent emprunté, temps emprunté, pays emprunté.

« À ton avis, que fait Bình en ce moment ? » demande Hương de but en blanc en s'éventant avec son menu. Elle devrait peut-être lâcher un peu de lest avec son fils. Elle commence à se rendre compte qu'elle est toujours en colère.

« Tu veux finir comme ton frère ? lui a-t-elle demandé quand elle a appris qu'il allait redoubler (une fois de plus).

– Quel est le problème avec Tuấn ? a soupiré Bình.

– Mais tout ! »

Elle n'avait pas voulu dire ça, mais simplement signaler un ou deux points. Or ce « tout » était sorti sans crier gare, et c'était trop tard. Elle s'en voulait. « Il a pris le mauvais chemin, a-t-elle ajouté. Je veux t'épargner ça. »

L'Amérique les avait rendus tellement méconnaissables, se disait-elle. Tous. Si Công était là, il ne reconnaîtrait aucun d'entre eux, pas même elle. C'est dans ces moments-là qu'il lui manquait le plus – comme la vie aurait été différente s'il n'était pas resté au pays ! Rien que d'y penser, elle redevenait furieuse après lui.

« Il faut que je sache ce que fabrique Bình, dit-elle à

Vinh en se levant de table. Je suis sûre qu'il y a un téléphone quelque part. Je reviens tout de suite. »

La tenue a plus d'allure qu'il ne l'aurait cru : un jean bleu, un débardeur blanc, quelques paillettes sur le visage, un boa bleu vif dégotté dans une friperie. Il se regarde dans le miroir et sourit. Il est en train de se dire qu'ils le prendront en photo pour *Out on the Town*. Mais il manque quelque chose. Le petit plus. Du rouge à lèvres, peut-être. Mais oui, bien sûr ! La pendule indique 19 h 20. Il se dépêche d'aller voir dans la chambre de sa mère.

Il cherche dans la salle de bain. Rien. Il ouvre les tiroirs : du baume à lèvres et un miroir de poche. Inutiles. Il va regarder dans le placard. La première boîte qu'il aperçoit (à biscuits, en fer-blanc) contient des accessoires de couture : bobines, pique-aiguilles, boutons. Il se redresse pour voir où pourrait être rangé le reste et découvre que l'étagère du haut est remplie de boîtes à chaussures. Il est déjà 19 h 26. Vite !

Comme il est trop petit, il doit se hisser sur la pointe des pieds. Cela ne suffit pas. Il se met à sautiller en allongeant une main, une fois, deux fois, trois fois. Il touche presque l'étagère. Plus que quelques millimètres. Un dernier effort. Il tend l'index. Et là – *patatras !* – tout tombe : les quatre boîtes ainsi qu'un appareil Polaroid. Un désordre absolu. Cependant, la mission est presque accomplie. Il est 19 h 28.

D'une boîte se déversent des documents importants, passeports et attestations de nationalité. Une autre est totalement vide. La plus petite renferme ce dont il a besoin – du fard encore jamais utilisé, des ombres à paupières dans des emballages en plastique scellés, des tubes de mascara, un flacon de parfum et deux tubes d'un rouge à lèvres ardent. Il veut prendre le rouge à lèvres, mais c'est la boîte qui est tombée derrière qui attire soudain son attention. Des lettres, une carte postale, des photos, des cassettes.

Il est 19 h 31. Le téléphone sonne.

Sáng écrase la pédale de frein. Un défilé.

« Connerie de défilé, dit Thảo.

– Connerie de pédés, dit Sáng.

– Connerie de tapettes », dit Quang.

Tuấn a beau regarder par-dessus les repose-tête des sièges avant, il ne voit que des gens et des drapeaux brandis très haut. L'un d'eux est celui de la Louisiane, avec son pélican ; les autres sont aux couleurs de l'arc-en-ciel.

« Où est-ce qu'on va ? demande Thảo.

– Au Lot, répond Sáng.

– Mais regarde Bourbon Street, dit Quang. C'est toujours la même chose.

– On devrait prendre Canal Street, dit Thảo.

– Non, c'est plein de bouchons là-bas.

– J'en ai marre de rester assise dans cette bagnole. »

Thảo ouvre la portière. « Gare-toi. On y va à pied, les gars », dit-elle. Ça amuse Tuấn, une Vietnamienne qui a l'accent du Sud. « J'ai dit gare-toi et on y va à pied ! » insiste-t-elle.

Et tous d'obtempérer.

« Bình ne répond pas, dit Hương en se rasseyant.

– Il faut bien que jeunesse se passe », répond Vinh.

Il faut bien que jeunesse se passe, répète-t-elle dans sa tête.

C'est ce genre de phrases qui lui font penser que Vinh ne pourra jamais être père. Trop insouciant. Trop immature.

« Est-ce que tu sais à quel point c'est difficile d'élever des enfants ? lui rétorque-t-elle. Je t'ai raconté la fois où j'ai laissé les garçons seuls à la maison et où ils ont vidé un paquet entier de pétards sur les petites Phạm, et…

– Et pendant une semaine les gamines ont eu du sable dans les cheveux et elles ont senti le brûlé. »

Vinh adore terminer les phrases de Hương. Comme tous les couples.

« Et la plus petite a dû se faire raser le crâne. Trời ơi, ses cheveux ont mis des mois à repousser.

– C'était il y a une éternité. Ce soir, détends-toi !

– Et hier, mon fils qui rentre au beau milieu de la nuit ! Qu'est-ce qu'une mère est censée faire ?

– Détends-toi, Hương.

– Je ne peux pas. Il fait trop chaud, et regarde-moi un peu tous ces gens, écoute tout ce bruit. C'est insupportable. »

Elle boit une gorgée d'eau mais se fige en distinguant quelque chose au loin. « Il y a un défilé ou un truc dans le genre, dit-elle.

– Oui, répond Vinh. Exactement. »

« Le Lot, c'est après Bourbon Street, dit un des garçons.

– Qu'est-ce que tu as à faire là-bas ? demande Tuấn.

– Il y a des gars qui me doivent du fric, explique Sáng. Des Mexicains. »

Sáng ne regarde pas où il marche tant il est occupé à observer Thảo. Tuấn est pris d'une soudaine envie de le pousser ou de le frapper, mais Sáng bouscule une grande femme affublée d'une perruque rose électrique.

« Chéééri ! s'exclame la femme. Fais attention ! Un joli garçon comme toi, quelqu'un va finir par te croquer ! » Tuấn s'aperçoit qu'il s'agit d'un homme vêtu d'une robe.

« Pédale ! » répond Sáng, offensé, ou effaré, ou choqué, ou surpris. Le mot sort de sa bouche comme un cri.

« Oh, moins fort », fait Tuấn. Il n'a aucune envie de se bagarrer. Il perd toujours quand il se bat.

« Ce qu'il veut dire par là, explique Thảo, c'est ferme-la, Sáng.

– Qui a traité qui de pédale ? » s'écrie quelqu'un dans la foule.

Un collier de perles avec un médaillon doré vole dans leur direction. Tuấn le voit nettement étinceler à la lumière des lampadaires. Comme une étoile filante. Il le voit approcher jusqu'à ce qu'il le reçoive en pleine figure.

« C'est qui, la pédale ?

– Où est-ce qu'il y a une pédale ?

– Là, une pédale !

– On est toutes des pédales, ici ! »

Toutes les lettres, la pile entière, sont en vietnamien. Ben n'a pas appris à le lire, mais il reconnaît la langue, à cause des petits accents au-dessus et au-dessous des lettres. Chaque feuille de papier quadrillé commence par « Công » et se conclut par une signature, d'abord des montagnes déchiquetées, puis des collines ondulantes. Il y a moins d'enveloppes que de lettres. Elles comportent toutes un tampon RETOUR À L'EXPÉDITEUR.

Il y a aussi une carte postale. Une ville d'Europe, semble-t-il : des rues pavées, de vieux immeubles, un ciel maussade. À l'arrière-plan, un homme marche, mains dans les poches. Un couple assis à la terrasse d'un restaurant mange des pâtisseries et boit du café. Pourtant, le cachet de la poste indique « Bangkok » et la date du 25 avril 1980. Le texte est en vietnamien. La signature, à la fin, est un gribouillis qui ressemble un peu à un escargot en train de se dérouler.

Mais ce sont les photos qui bouleversent Ben.

Sur l'une, on voit un homme tenant un vélo entre deux immeubles, dans une ruelle déserte. Des cordes à linge relient les deux bâtiments. Ben distingue au loin une chemise, un pantalon. L'homme lui-même porte une chemise élégante et un pantalon, ainsi que des lunettes noires qui semblent trop grandes pour lui. Les commissures de ses lèvres sont remontées, mais très légèrement, comme s'il n'était pas d'humeur à être photographié. On dirait qu'il pose pour faire plaisir à quelqu'un. Il hausse les sourcils et attend. Ben l'imagine trépigner.

Le même homme figure sur la photo suivante, bien que cette fois il ait quelques années de plus et embrasse une femme. C'est un mariage. Les deux mariés portent l'áo dài – c'est bien comme ça que ça s'appelle ? Très traditionnel. Ce doit être au Vietnam. C'est une photo en gros plan. L'homme tient entre ses mains le visage de la femme, qui s'agrippe à son épaule. Tous deux sourient, même en s'embrassant. Ils ont l'air très heureux, peut-être comme jamais ils ne l'ont été, et comme jamais ils ne le seront. Ben regarde de plus près. Il a l'impression d'avoir déjà vu cette femme, de l'avoir toujours connue.

Sur la dernière photo, l'homme a encore un peu vieilli. Il se tient debout dans ce qui ressemble à une salle de classe – un tableau noir au fond, et au centre un pupitre sur lequel est posée une serviette, à côté d'une petite pile de livres. L'homme a les mains jointes devant lui. Il est détendu, et Ben le sent à l'aise. Le visage est grave – il ne sourit pas –, mais ses yeux pétillent. Ben est sûr d'avoir déjà vu cet homme aussi, de l'avoir toujours connu.

Ils se dirigent vers le défilé. Hương tient au bout de son bras un sac en plastique contenant les restes de leur dîner. Comment quiconque peut-il terminer une assiette de *surf and turf* ? C'est Bình qui va être content. Il est américain, il aime ce genre de plat. Ce sera, se dit-elle, une offre de paix.

« Qu'est-ce que c'est que ça ? demande-t-elle alors qu'ils approchent de Bourbon Street.

– Un défilé ! répond Vinh. En hommage à un truc typique du Sud. Tu sais bien qu'ici les gens défilent pour tout et n'importe quoi.

– C'est La Nouvelle-Orléans. » Hương hausse les épaules. « On est comme ça, ici », dit-elle à la manière d'une vraie autochtone. Chaque fois que quelqu'un lui demande d'où elle vient, elle répond La Nouvelle-Orléans, à quoi l'autre personne rétorque toujours : « Non mais pour de vrai ? »

C'est quand ils arrivent dans Bourbon Street que Vinh s'aperçoit de son erreur. Une partie de la publicité a dû lui échapper. Ce n'est pas du tout ce qu'il avait imaginé : des hommes à moitié nus se tenant par la main, des drag-queens sur des chars qui saluent la foule comme autant de Miss America, une femme aux cheveux courts et tout en cuir qui siffle Hương.

« Pas mal, dit Tout-en-cuir.

– Tu te rappelles où on s'est garés, Hương ?
– Pourquoi ? On vient juste d'arriver ! »
Vinh lui prend la main et ils font demi-tour. Il l'entraîne à sa suite et presse le pas.
« Je ne comprends pas. Tu m'as dit que tu voulais qu'on sorte ce soir, alors pourquoi tu es aussi pressé de rentrer ?
– Il y a eu une erreur, dit Vinh. Une grosse erreur. »

« C'est qui, la pédale ? Où est-ce qu'il y a une pédale ? Là, une pédale ! On est toutes des pédales, ici ! »

C'est le visage. Le visage de l'homme. Son grand nez, ses yeux, ses lèvres sévères. Où Ben l'a-t-il déjà vu ? Il a sa petite idée.
Il se précipite jusqu'à la salle de bain (celle de sa mère) et se regarde dans le miroir. Son visage couvert de paillettes le fixe en retour, d'un air grave. Il brandit la photo de l'homme posant à côté du pupitre. Ses yeux passent de l'un à l'autre – deux secondes sur son reflet, puis deux secondes sur l'homme, encore et encore. Puis il s'élance dans le couloir pour regagner sa propre salle de bain et, au passage, allume toutes les lumières. L'espace d'un instant, il est persuadé que l'autre miroir lui a menti et que celui-ci, le sien, ne lui mentira pas.
Il brandit la photo. Étudie son reflet. *Surnaturel*, se dit-il.

Dans la folie des talons hauts et des bottes de cuir, Tuấn se retrouve à quatre pattes. Son œil droit tout contusionné, celui-là même que le médaillon doré a percuté, lui fait mal et gonfle vite. Il le referme et rampe en avant avec un seul œil ouvert. Il essaie de retrouver Thảo. Son cœur bat à tout rompre et la sueur perle sur son front. Quelqu'un lui marche sur le doigt.

« Putain ! » s'écrie-t-il, mais nul ne l'entend. « Connard ! » Il pourrait se faire piétiner à mort, ce soir, que personne ne s'en soucierait. Il se relève et tente de louvoyer parmi la foule. Une bouteille de bière vide tombe du ciel. Il trébuche sur une blonde en train de vomir dans un sac et dont la copine lui caresse le dos. Pendant quelques secondes, il trouve refuge sur le pas de porte d'un magasin de cigares fermé. La vitrine est limpide, et miraculeusement immaculée, sans taches ni traces de mains graisseuses. Il y voit son reflet et ne se reconnaît pas – un œil au beurre noir, des cheveux en bataille, des vêtements baggy qui rendent celui qui les porte plus petit qu'il ne l'est en réalité.

Et qu'était-il, au juste ? Qui *est-il* ? Il essaie de plaquer en arrière ses cheveux pleins de gel. Puis se lèche un doigt qu'il se passe sur la joue. Il se rappelle qu'un jour, il y a bien des années, sa mère l'a habillé (pour quelle occasion, il ne sait plus), lui a nettoyé la figure avec un linge fin et lui a peigné les cheveux. Quand était-ce ?

Surgie de nulle part, Thảo l'attrape par le poignet.

« Ah, te voilà ! dit-elle. Quelle fête ! Quel défilé ! » Elle rit et lui donne une grande tape dans le dos.

« Viens, on s'en va », répond-il avant de l'attirer à l'écart de Bourbon, vers Dauphine et Canal Street. Il voit les grands immeubles de bureaux, les palmiers du terre-plein central, les voitures arrêtées à un feu rouge. Quelqu'un lance une bouteille, laquelle atterrit juste devant eux. Ils l'enjambent, et Thảo est toujours en train de se marrer. Elle rit la bouche grande ouverte, en expirant l'air de son ventre. Elle rit, elle ne peut plus s'arrêter, parce que tout est si furieusement amusant, si incroyablement drôle. *Quelle fête, quel défilé !* ne cesse-t-elle de répéter. La bouche de Tuấn, entre-temps, est devenue toute sèche.

Ben pose tout sur la table de la cuisine et part chercher le radiocassette dans sa chambre. Il le branche et introduit la première cassette. La voix de sa mère, reconnaissable entre mille, dit :

A lô, anh Công ? Em Hương đây. Em và các con đã tới Mỹ. Đang ở La Nouvelle-Orléans. Trước đó, em và các con ở Singapour trong nhiều tháng, ở trại tị nạn chật ních thuyền nhân. Thuyền nhân, boat people, là cái tên họ đặt cho những người có hoàn cảnh như em… Em nhớ anh vô cùng…

Il ne comprend pas ce que ça signifie, mais il se rappelle les mots, se rappelle ce qui se passait quand elle les a prononcés. Il s'agit moins d'un souvenir véritable que d'une impression de souvenir, de nombreux souvenirs : des ombres qui se déplacent sous une lumière douce, le léger déclic d'une cassette qui tourne, la sensation des boutons avec leurs petites marques pour les doigts, l'odeur du plastique neuf.

Tuấn et Thảo attendent à l'arrêt de bus.

« Mais qu'est-ce qui s'est passé ? » demande-t-il.

La jeune femme est toujours hilare. Chaque fois qu'elle essaie de répondre, elle ne peut s'empêcher de rire encore, toujours plus fort.

« Thảo… » Il répète son nom plusieurs fois pour attirer son attention. « Thảo, on devrait peut-être arrêter… »

Elle bondit jusqu'à ses lèvres. Sa bouche sent les Cheetos, la cigarette, l'alcool et le rouge à lèvres. Il la repousse.

« Non, dit-il.

– Comment ça, non ?

– Ça, fait-il en désignant ses propres vêtements, ce n'est pas moi. Rien de tout ça... »

Il montre alors le tatouage sur le bras de Thảo. « Rien de tout ça n'est moi. »

Un bus approche, s'arrête, puis redémarre. C'est une nuit chaude comme tant d'autres à La Nouvelle-Orléans.

La voiture entre dans Versailles et Hương est toujours euphorique.

Après s'être éloignés de Bourbon Street, ils ont trouvé un bar de jazz dans Burgundy. Étonnamment, il n'y avait presque personne, alors ils s'y sont arrêtés pour boire un verre. Une fanfare jouait de la musique des années 1970 et, seuls sur la piste ou presque, ils ont dansé. Hương s'est sentie rajeunie par cette soirée, qui a ranimé une part d'elle dont elle avait oublié l'existence.

Vinh et elle montent les marches jusqu'à l'appartement, main dans la main. De l'extérieur, Hương voit qu'il y a de la lumière. Elle regarde sa montre. Pas loin de minuit et Bình est encore là – ou alors il est déjà rentré. Elle ouvre la porte, fait un pas à l'intérieur.

Et là, sa propre voix.

A lô, Công ?

Elle lève la tête. Bình est penché au-dessus de la table de la cuisine, son radiocassette tout cabossé posé au milieu.

Em Hương đây. Em và các con đã tới Mỹ.

Il appuie sur « stop ». La voix de Hương s'arrête.

C'est alors qu'elle remarque les lettres éparses sur la table, les photos, la carte postale. Elle se précipite pour les récupérer, mais au même moment Bình les prend dans ses mains et les jette par la fenêtre ouverte. Elles volettent un moment avant de s'éparpiller au sol.

« Tu nous as menti, pleure son fils. C'est… c'est la preuve. » Il lit : « 1980.

– Je peux tout t'expliquer, répond Hương en maîtrisant sa voix.

– 1981. 1982. 1983. 1984. Il n'était pas mort.

– Je peux tout…

– 1991, 1992… Qu'est-ce que ça veut dire ? Il n'est pas mort.

– … expliquer.

– J'avais un père, et tu nous l'as caché. »

Les choses se sont compliquées, voudrait-elle répondre. *Tu ne peux pas comprendre*, et soudain elle a de nouveau vingt-cinq ans. On est en 1978. Et elle est sur un bateau, elle est sur une île, elle est dans un avion, elle habite chez les Minh, et M. Minh fracasse une lampe, et la lampe se brise en mille morceaux, et tout le monde hurle jusqu'au matin, et elle ne ferme pas l'œil de la nuit, et elle s'installe dans un motel, puis dans une église, puis emménage à Versailles, puis essaie de le contacter, de contacter leur père…

« Votre père…, dit-elle.

– Donc tu étais en contact avec lui. Avoue ! »

Il fait des boulettes de papier avec les lettres restantes et les jette dehors.

On est en 1978 et elle a vingt-cinq ans. Elle écrit des lettres. Elle enregistre des messages. Les courriers, les colis lui reviennent sans arrêt, jusqu'au jour où ils ne lui reviennent plus.

On est en 1980 et elle a vingt-sept ans. *S'il te plaît, ne cherche plus à me joindre,* dit le message de Công. *Ça vaut mieux pour toi comme pour moi.* On est en 1980 et elle a vingt-sept ans.

« Tu m'écoutes ? »

Dans ce nouveau pays, livrée à elle-même, seule au monde.

« J'étais toute seule... »

Il éjecte la cassette et la balance à son tour par la fenêtre. Puis il prend l'appareil et le jette lui aussi. Tout atterrit dans le bayou, dans la boue, dans l'eau qui baisse.

« ... et j'essayais de vous protéger, Bình. C'est la vérité...

– Mais qu'est-ce que c'est que cette vie ? Qu'est-ce que tu nous caches d'autre ? Quoi d'autre ?

– Laisse-moi t'expliquer, Bình. Ton père nous a aban...

– Quoi d'autre ?

– ... donnés. Qu'est-ce que je pouvais...

– Quoi d'autre ?

– ... faire ? Dire ?

– Quoi d'autre ?

– Laisse-la... t'expliquer, fiston, bredouille Vinh.

– Ne m'appelle pas comme ça ! Tu n'as pas le droit de m'appeler comme ça parce que je ne suis pas ton fiston ! »

Il bouscule Vinh, qui titube en arrière. *C'est vrai,* se dit-il, *je ne suis pas le père de ce garçon.* Malgré tout, il se sent blessé, mais tente de ne rien en montrer.

« Bình, dit Hương.

– Laisse-moi tranquille.

– Bình.

– Tu es qui, de toute façon ?

– Mon fils, attends.

– Tu n'es pas une mère. »

Soudain, c'est comme si son corps agissait tout seul, elle tend la main et le gifle. Le claquement de la peau contre la peau résonne et se prolonge dans la tête de Hương.

« Bình ? » dit-elle.

Elle ne sait pas ce qui lui a pris. C'est comme si elle s'observait de loin. Qu'a-t-elle fait ? Que va-t-elle faire, maintenant ? Elle le scrute et dans ses yeux discerne un regard brûlant, incandescent – un regard méchant et dur. Elle touche sa propre main, qui a commis l'impensable.

Qu'est-ce qui s'est passé ? se demandent-ils tous. *Comment en est-on arrivés là ? Et maintenant quoi ?*

À quinze kilomètres plus au sud, Tuấn est assis, la tête entre les mains. Thảo s'agite dans tous les sens, renverse des objets, range ses affaires, fait le plus de bruit possible.

On devrait arrêter de se voir, lui a-t-il dit. *Tu ferais mieux de partir.*

Très bien, a-t-elle répondu, *mais dis adieu à la vie que tu as connue jusqu'ici.*

Elle renverse une chaise (plusieurs chaises) et casse une lampe.

Tu auras les SBZ à tes trousses, ajoute-t-elle.

Elle soulève une table et donne un coup de pied dans le canapé.

On te pourrira la vie.

En partant, elle prend une batte et fracasse la fenêtre. Puis elle se retrouve sur le seuil, claque la porte, et là, une photo de famille accrochée au mur s'écrase au sol avec un bruit qui ressemble à un pleur.

Dans le silence qui suit, il pense à sa mère et à son frère. Ils sont par terre, sous les bris de verre. Il a soudain envie de prendre de leurs nouvelles, de leur passer un coup de fil. Oui, c'est ce qu'il va faire ; il va faire ça et ensuite il ira se coucher. Il décroche le téléphone et compose le numéro de la maison. Ça sonne, mais personne ne répond. Oui, il en est sûr, ça va calmer son cœur agité. Ça va le calmer et il pourra s'endormir. Le téléphone continue à sonner dans le vide.

Oui, tout se passera bien. Il a simplement besoin d'entendre leurs voix, c'est tout ce dont il a jamais eu besoin, depuis tout ce temps, pourquoi n'y a-t-il pas pensé avant, il est tellement bête…

Le téléphone sonne et tout le monde le laisse sonner jusqu'à ce qu'il cesse.

Hương fait un pas en arrière, pousse un soupir. Ses mains tremblent.

« On n'est pas des mauvais fils, dit Ben. C'est toi en fait qui es une mauvaise mère. » Il sent sa poitrine se délester d'un poids.

« Mẹ xin lỗi », dit-elle. *Maman est désolée.*

C'est le calme avant la tempête. Hương se rappelle ses tout premiers jours à Versailles lorsqu'une alerte ouragan qui avait retenti d'un coup, sans prévenir. La peur qu'elle avait ressentie, mais son niveau de préparation, aussi : prends les garçons, cours et fuis. *Fuis.* C'est seulement plus tard qu'elle a compris qu'il n'y avait pas de guerre à La Nouvelle-Orléans : pas de guerre, pas ici.

La dernière guerre a eu lieu sur d'autres rives, avec d'autres gens, dans un autre pays, et il n'y aura jamais de retour en arrière vers cette vie-là. Elle s'en rend compte aujourd'hui, mais ça n'atténue pas pour autant la douleur.

Au contraire, la douleur grandit. Elle grandit et prend la forme de deux garçons, et les deux garçons grandissent et prennent la forme de deux fils, et ces deux fils grandissent et ressemblent à leur père, d'une façon irréelle, dans leurs humeurs, leurs gestes, leurs voix, si bien qu'elle a en permanence le sentiment de le perdre une seconde fois – arraché par le monde, par la vie, par le destin.

Elle tend la main, mais Ben se détourne, s'éloigne dans le couloir, ferme sa porte. Elle reste pétrifiée, ne faisant pas confiance à son propre corps, à ce qu'il va faire, à ce dont il est capable.

Une douce brise souffle par la fenêtre. Et cette douce brise est fraîche. Hương le trouve bien étrange, ce vent, en pleine nuit, après cette journée torride de la mi-août. Frissonnante, elle se réchauffe avec les bras et se dirige vers sa chambre. La nuit est parfaitement silencieuse.

IV

Ben

1994-1998

Tuấn louait à Tremé la moitié d'une maison jumelle qui, étant située juste à côté de l'Autoroute 10, tremblait au passage de chaque camion. Ben n'y était allé qu'une fois. Il ne se rappelait plus exactement où elle se trouvait, sinon que c'était quelque part dans Ursulines Avenue près de la voie express. Le bus le déposa à environ cinq cents mètres de là, et il fit plusieurs allers-retours en essayant de se rappeler à quoi ressemblait la maison. *Commence par la couleur de la façade*, se dit-il. Était-elle jaune ou blanche ? Qu'y avait-il en face, une autre maison ou une station-service ?

À huit heures, alors que les gens partaient au travail, son T-shirt était déjà trempé de sueur. S'éventant avec un magazine, il traîna sa valise sur le trottoir jusqu'à ce qu'il aperçoive son frère sur une terrasse, à genoux, en train de ramasser des bouts de verre. C'était une maison bleue, la seule dans les parages.

« T ! » Son frère ne l'entendit pas. Il monta les marches et lui tapota l'épaule. Lorsque Tuấn se retourna, la première chose que remarqua Ben fut son œil au beurre noir.

« Il y a un problème avec mẹ ? demanda son frère sans prendre la peine de dire bonjour.

– Non, aucun. Qu'est-ce qui t'est arrivé ?

– Elle n'a pas répondu hier soir. J'ai téléphoné et personne n'a décroché. Alors j'étais un peu inquiet. »

Ben pointa l'index vers son œil. « T'es pas un peu vieux pour ce genre de baston ?

– Quoi ? Ça ?

– Thảo est là ? »

Ben se rendit compte qu'en venant ici il lui faudrait la supporter. « Tu préfères que je parte ? » reprit-il. Sauf qu'il ne voulait pas partir ; il n'avait nulle part où aller.

« Thảo n'habite plus ici. On a rompu. » Tuấn attrapa un balai et le dirigea vers les derniers morceaux de verre.

« Oh, non, merde. Je suis vraiment désolé, T, dit Ben, même s'il n'en pensait pas un mot. Aïe. Qu'est-ce qui s'est passé ?

– Écoute, je n'ai pas franchement envie d'en parler, d'accord ? Et d'abord, qu'est-ce que tu fais là ? Il n'est même pas neuf heures et on est samedi. T'es pas censé faire la grasse mat' ?

– Eh bien, tu ne vas pas me croire, mais... »

Ben entra et posa sa valise sur le canapé avant de se déchausser. « Maman est devenue folle. »

Pendant que Tuấn sortait de quoi petit-déjeuner (des céréales avec du lait de soja), Ben lui parla des enregistrements de leur mère, des photos de leur père (« Incontestablement lui, dit-il. Il y a un petit air de ressemblance avec moi, mais toi tu es son portrait craché »), et du fait qu'elle n'avait jamais cessé de lui écrire.

« Elle nous a menti, conclut-il. Tout ce temps, elle nous

a raconté qu'il était mort, alors qu'en réalité elle lui écrivait. Je me demande ce qu'elle tenait tant à nous cacher. »

Tuấn réfléchit un instant, puis haussa les épaules. « Il y a des tas de trucs qu'on ne comprendra jamais. » Il engloutit ses céréales et se dirigea vers l'évier.

« Pourquoi est-ce qu'elle ne nous a pas... » Ben chercha ses mots en agitant les mains, comme s'ils étaient juste devant lui mais demeuraient inatteignables. « ... dit ? finit-il par choisir.

– Il y avait la guerre, Bình.

– *Ben.* »

Il se leva et s'approcha de son frère. Les rayons de soleil filtraient par la fenêtre nue au-dessus de lui.

« Ben. Il y avait la guerre, *Ben.* Et en temps de guerre, les choses peuvent mal tourner. Alors maintenant tu te ressaisis, tu tournes la page et tu te contentes de ce que tu as. C'est ce qu'il y a de mieux à faire, parfois. »

Ben resta planté à côté de son frère pendant que celui-ci faisait la vaisselle. Il pensait qu'il y avait forcément une meilleure explication. Que lui cachait-il donc ? Et comment pouvait-il réagir avec autant de calme ?

« Tu n'es pas en colère ? »

Tuấn ne répondit pas, concentré sur sa tâche. L'eau, maintenant fumante, couvrait la vitre de buée ; il se pencha pour l'essuyer avec sa main pleine de mousse.

« C'est comme si..., reprit Ben. Je ne sais pas. Comme si j'avais vu un fantôme toute ma vie et qu'aujourd'hui je finissais par le rencontrer vraiment, par avoir la preuve de son existence mais sans pouvoir le toucher, sans pouvoir le montrer à quiconque. Sauf que ce fantôme est plus qu'un simple mort ou un inconnu. C'est moi. Ou une partie de moi. Depuis toujours, j'ai le sentiment qu'il me manque une partie de moi.

– Je vois ce que tu veux dire.

– Et elle aurait pu empêcher ça. Mais elle ne l'a pas fait, T. Elle ne l'a pas fait ! »

Il entendit sa propre voix geignarde et la détesta. Il changea aussitôt de ton. « Toi qui l'as connu… Tu n'as pas envie de savoir ce qui s'est passé ? »

Tuấn laissa l'eau couler et regarda au loin par la fenêtre. Aveuglé par le soleil, il plissait les yeux. Ben se demanda ce que son frère cherchait à voir au-delà de cette belle matinée d'été.

« Je ne me mêle pas des affaires des autres, finit par dire celui-ci. Je suis au-dessus de ça. Chacun doit faire des choix dans la vie, et parfois il n'y en a que des mauvais. Partout où tu regardes, c'est un océan de mauvais choix, et tu es obligé d'en faire un, le moins pire ou juste n'importe lequel. »

Ben serra les poings, puis les desserra. « Tu ne comprends pas, dit-il, plus triste qu'en colère.

– Il y avait la guerre, insista Tuấn. C'est *toi* qui ne comprends pas. »

Ben le regarda et jura voir des larmes se former dans ses yeux. Voir son grand frère sur le point de céder à une telle tristesse lui fit presque peur. Il recula d'un pas et se trouva bête d'être venu jusqu'ici, d'avoir parlé de tout ça.

Plus tard dans la matinée, leur mère frappa à la porte. Tuấn alla lui ouvrir, et Ben partit se cacher dans le placard du couloir. L'œil au beurre noir de son aîné ne contribua pas à la rassurer. Ils parlèrent en vietnamien ; Ben avait du mal à comprendre, mais elle semblait fâchée. Elle repartit comme elle était venue, sans doute à cause de son travail. Les seuls mots que Ben entendit son frère prononcer furent : « Peu importe ce qui s'est passé », puis « famille ».

« Tu lui as dit quoi ? demanda-t-il une fois la porte refermée.

– J'ai fait semblant de ne pas comprendre de quoi elle parlait. »

Tuấn regarda sa montre. « Elle est furax. » Et il se prépara à aller travailler.

Ben resta chez lui tout le mois suivant. Cela rendit bien service à Tuấn, car son frère pouvait passer ses journées à la maison et guetter l'irruption de Thảo et des Southern Boyz, qui ne lui pardonnaient pas ses velléités de départ. Deux semaines durant, ils vinrent en effet demander où était Tuấn. Ben leur ouvrait et répondait qu'il avait déménagé, qu'ils n'étaient plus en contact.

Pendant ce temps, il réfléchissait à la suite. Il était hors de question de retourner en cours. Il détestait le lycée et le lycée le détestait ; si son frère avait été bien inspiré d'arrêter les études, lui aussi poursuivrait dans la grande (et unique) tradition familiale. (Tuấn disait qu'il ne cautionnait pas cette manière de formuler les choses, à quoi Ben répondait que c'était pourtant la vérité.) Il abandonna aussi l'idée de changer de ville – trop cher, même avec un boulot. Mais il la garda dans un coin de sa tête. Ce serait toujours une possibilité, plus tard.

Un boulot : voilà qui serait un bon point de départ. Tuấn était aide-serveur dans un restaurant de fruits de mer du Vieux Carré, mais Ben ne pouvait pas chercher dans ce quartier-là puisque sa mère y travaillait aussi. (Pour la même raison, il ne fréquentait plus le Paradise.) Un après-midi, son frère rentra à la maison avec une affichette qu'il avait trouvée coincée sous la vitrine d'un café. AVIS DE DISPARITION, était-il écrit en haut de la page, au-dessus d'une photo de Ben tirée de l'annuaire des élèves de l'année passée. Ces affichettes, expliqua-t-il, avaient été placardées sur tous les murs du quartier. « J'ai l'impression d'héberger un criminel. »

Ben commença ses recherches en parcourant les petites annonces dans les journaux. Il irait sur place avant de postuler pour être certain que ça lui plaise, auquel cas il demanderait un entretien. Maintenant qu'il avait du temps devant lui, il découvrait des parties de La Nouvelle-Orléans qu'il n'avait jamais explorées. Le fouillis historique de Tremé et du Vieux Carré laissait place aux cités décaties d'Iberville, puis aux grands immeubles proprets du Business District, un monde à des années-lumière du Garden District et de ses opulentes demeures protégées par des clôtures métalliques.

Avec ses ornements violets et sa galerie qui faisait tout le tour, la grande maison blanche située dans St. Charles Avenue correspondait à l'adresse que lui avait donnée l'homme au téléphone. C'était un couple : deux professeurs d'université, trop occupés, avait-il expliqué, pour se charger des menus (mais indispensables) détails de la vie quotidienne. Ils cherchaient donc quelqu'un pour faire le ménage – nettoyer les moisissures dans la douche, blanchir le linge (c'était le terme qu'il employait, « blanchir »), préparer de temps à autre un repas sur le pouce. Ils avaient publié une petite annonce dans le *Times-Picayune*. Ben n'avait pas l'habitude de lire ce journal, mais un jour, sur un coup de tête, il avait décidé de l'acheter.

Il monta les marches du perron et resserra sa cravate. Sur le pas de la porte, il s'aperçut que c'était la première fois de sa vie qu'il voyait une sonnette. À Versailles, aucun appartement n'en était doté – à l'image de toutes les maisons qu'il avait fréquentées à La Nouvelle-Orléans Est. Il se racla la gorge et sonna.

L'homme, M. Lars Schreiber – non, Professeur Schreiber, ou bien était-ce Docteur Schreiber ? –, lui ouvrit. Il portait un polo rentré dans son pantalon et ses biceps saillaient sous le tissu moulant. Ses cheveux épais grisonnaient déjà, comme sa moustache.

« Vous êtes en avance, dit-il, tout sourire. Entrez ! » L'homme le conduisit dans sa bibliothèque. Les murs étaient couverts d'étagères pleines de livres impeccablement rangés. Deux bergères en cuir étaient installées près de la fenêtre, côté rue, séparées par un gros globe terrestre en marbre. Ben n'en attendait pas moins d'un professeur.

L'entretien débuta. Quelle était son expérience en matière d'entretien ménager ? La lessive : savait-il qu'il ne fallait pas laver le linge à trop haute température ? Pour quelle raison ? Savait-il nettoyer une tache ? L'homme avait un petit accent, vaguement européen, ni britannique ni français mais autre chose, qui chamboulait un peu ses mots. Ben savait-il cuisiner ? Pas bien grave. Savait-il respecter les consignes ? Il s'agissait fondamentalement de ça : les consignes. Quand pouvait-il commencer ? Parfait.

« Parfait », répéta Ben en serrant la main de Schreiber. Celui-ci avait une forte poigne, et Ben fut tenté de serrer encore plus fort tout en sachant qu'il en était incapable. De près, remarqua-t-il, le professeur dégageait un fort parfum boisé, terreux, un genre d'eau de Cologne. « À demain, donc.

– À demain », fit Schreiber avant de refermer la porte.

Ben se présentait tous les matins à huit heures. Dès le premier jour, on lui donna une clé pour qu'il n'ait pas à sonner. Sur le comptoir de la cuisine, une note manuscrite lui indiquait ce qu'il devait faire. Parfois, les Schreiber n'étaient pas là, mais le plus souvent ils étaient encore en train de se préparer. Au fil des semaines, le travail qu'on attendait de lui ne se borna plus aux simples tâches ménagères. Il arrivait par exemple qu'il doive faire du jardinage, ou aider le couple dans ses recherches. Mme Schreiber – Elaine –, qui enseignait l'histoire de l'art, lui demandait de temps à autre d'aller au New Orleans Museum of Art pour photographier des œuvres ou chercher des livres à la bibliothèque et faire des photocopies. M. Schreiber, quant à lui, était professeur de littérature. Lorsqu'il demanda à Ben de se rendre à la bibliothèque de l'université pour emprunter des revues, Ben lui répondit que ce n'était pas possible : il n'était pas étudiant, puisqu'il avait abandonné le lycée en cours de route. Schreiber décréta qu'il s'en occuperait, et dès le lendemain il lui donna une carte de bibliothèque. Y figuraient son prénom, un code-barre et, au-dessous, la mention « Assistant du professeur/Invité ».

« Vous avez eu, comment dit-on… une promotion », dit-il.

Comme il n'avait encore jamais vu de bibliothèque aussi grande, Ben profita pleinement de sa carte d'abonné. En même temps qu'il empruntait des copies d'archives du *Comparatist* ou du *Journal of Modern Literature*, il prenait des livres pour lui : *Jane Eyre*, *Portrait de l'artiste en jeune homme*, *Germinal* – des textes qu'on donnait à lire en classe de terminale. Désormais, il pouvait en profiter. Il les lisait à son rythme, pendant ses pauses-déjeuner, entre un coup de serpillière et le bus qu'il prenait pour se rendre au musée.

Schreiber ne sut rien de ses lectures – Ben jugeait inutile de l'en informer – jusqu'au jour où, presque un an après avoir été engagé, il dut retourner chez le professeur, peu de temps avant la rentrée de septembre, parce qu'il y avait oublié son exemplaire de *Madame Bovary*.

Il sonna à la porte et Schreiber lui ouvrit. Sa femme et lui s'apprêtaient à dîner. Le professeur demanda s'il avait besoin de quelque chose. Sans même répondre (ils avaient certes une relation d'employeur à employé, mais amicale et détendue – après tout, il nettoyait quotidiennement leurs trois salles de bain), Ben passa devant lui et se dirigea droit vers la bibliothèque. Il inspecta le bureau, puis les fauteuils.

« Vous avez oublié quelque chose ?

– *Madame Bovary*. J'ai oublié *Madame Bovary*.

– Ah, je l'ai rangé. »

Schreiber s'approcha de la bibliothèque. Ses doigts survolèrent Faulkner, Fielding, Fitzgerald, avant de s'arrêter sur Flaubert. « Je croyais que c'était le mien.

– L'étiquette au dos aurait dû vous mettre la puce à l'oreille », dit Ben. Il prit le volume et le glissa dans son sac à dos. Avant de repartir, il ajouta : « Désolé. »

À compter de ce jour, tous les matins avant de partir travailler, Schreiber lui demandait comment avançait sa lecture, ce qu'il pensait de tel ou tel aspect du texte, ce qu'à son avis le roman essayait de *dire*, et par quels moyens. Cet homme devait voir en lui une sorte d'attraction, pensa Ben : le petit immigré qui a arrêté le lycée pour nettoyer des maisons (une maison) et lire des livres. Or il n'était pas une attraction, il n'était pas une bête de foire. Cela lui rappelait les touristes du Vieux Carré, qui regardaient autour d'eux en montrant tout du doigt. Le professeur ne valait guère mieux. Une fois un livre terminé, il lui en donnait un autre : *Les Souffrances du jeune Werther*, *Crime et Châtiment*, et enfin, pour varier les plaisirs, les *Ballades lyriques* de Wordsworth et Coleridge. À la fin de l'année, tandis que Ben lisait les consignes pour l'installation d'un sapin de Noël, Schreiber lui dit : « Vous êtes un jeune homme intelligent. Très intelligent, même. Vous ne devriez pas être ici.

– Vous voulez dire chez vous ?

– En train d'installer un sapin. De récurer la cuisine. De faire la lessive. »

Il sirotait un whisky, mais il n'avait pas l'air ivre.

C'était la première fois que quelqu'un lui disait ces mots : *intelligent* et *jeune homme*. « Ne gâchez pas votre vie. Laissez-moi vous aider. »

Avec le soutien de Schreiber, Ben passa donc son examen de fin d'études juste après son dix-huitième anniversaire et fut admis au Delgado Community College. Deux ans plus tard, il démissionna de son poste d'assistant et, avec l'appui du professeur, qui fit jouer ses relations, intégra l'université de La Nouvelle-Orléans en tant qu'étudiant de troisième année. Ben s'y présenta avec une bourse, encore une fois grâce aux louanges de Schreiber.

Il se rappelait avoir noyé le professeur de remerciements le jour où il apprit qu'il avait été accepté. Il se sentait idiot – gêné, pour être plus précis – d'avoir été aussi reconnaissant. Mais c'était le cas.

« Jamais personne ne s'est autant soucié de moi », écrivit-il sur une carte. Il n'eut pas l'occasion de la lui remettre en main propre ni de la lui envoyer, car elle resta au fond d'un tiroir, dans le bureau de sa chambre universitaire – sa chambre à lui tout seul, pour la première fois de sa vie.

Au terme de son premier semestre, Ben fut invité au dîner organisé par Schreiber pour les fêtes de fin d'année. Il fut surpris : d'ordinaire, celui-ci était réservé aux étudiants de troisième cycle du professeur. Il était le seul étudiant de premier cycle, mais Schreiber lui affirma : « Vous êtes du même niveau intellectuel qu'eux. »

Il arriva en avance, avec une boîte de biscuits sous le bras. Il tenait absolument à apporter quelque chose.

Il y avait déjà une invitée à l'intérieur, une étudiante qui avait des cheveux bruns bouclés et des taches de rousseur sur ses joues pâles. La monture de ses lunettes lui faisait de gros yeux, et son col roulé la rendait plus mince et plus grande qu'elle ne l'était.

Schreiber la présenta : elle s'appelait Stella. Puis, désignant Ben, il dit : « Le troisième année dont je vous parlais », ce qui le fit rougir. Elaine était en train de parler à la jeune femme de leur collection d'art. Alors qu'elle était spécialisée dans le modernisme, elle faisait collection d'art asiatique : céramiques, laques, impressions sur bois. Ben les suivit autour du salon tandis qu'Elaine décrivait les objets.

On sonna à la porte. Deux autres étudiants entrèrent, et se présentèrent. Ils se servaient du vin lorsqu'un troisième arriva. Tous étaient blancs, et Ben avait du mal à retenir leurs prénoms. Le temps de la soirée, il releva un détail propre à chacun et, dans son esprit, les surnomma ainsi. Le garçon qui portait un gilet bleu devint « Cardigan », celui qui avait un petit anneau dans le nez fut baptisé « Piercing », enfin la fille qui avait des chaussettes multicolores jusqu'aux genoux prit le nom de « Chaussettes ».

« Tati est un peu malade », déclara Cardigan. Ben n'imaginait aucun d'eux s'appeler vraiment Tati, et il en déduisit que c'était un diminutif.

Tous étaient venus des quatre coins du pays pour travailler avec Schreiber, et la plupart étaient spécialisés en poésie. Piercing et Chaussettes faisaient tous deux leur thèse sur Emily Dickinson et Stella intervint pour dire que Dickinson ne lui faisait ni chaud ni froid.

« Qu'on me retire mon badge féministe ! trompeta-t-elle. Je n'aime pas ses expérimentations. Ce n'est pas ma tasse de thé, voilà tout. Si on a quelque chose à dire, on le dit franchement, sans biaiser, nom d'une pipe. » Stella, apprit Ben, était en deuxième année de doctorat et constituait une exception parmi eux. Sa thèse allait en effet porter sur des auteurs plus contemporains. Elle aimait, par-dessus tout, les réalistes sales. (« Je veux bien me faire sauter par Raymond Carver », dit-elle un peu plus tard dans la soirée.)

Cardigan, qui abandonnait son sujet de recherche pour repartir de zéro avec un travail sur Flannery O'Connor, leva alors son verre de vin et déclara qu'il était d'accord, il n'aimait pas le politiquement correct de l'époque, lequel à ses yeux entravait tout savoir universitaire sérieux et de qualité. Si seulement Bob Dole était président, dit-il. Il avait voté pour Bob Dole, et la vie aurait été différente s'il avait gagné.

Il y avait sur la table huit assiettes, pour les six étudiants et le couple d'hôtes. Elaine en retira une, puisque Tati s'était fait porter pâle. « Comme c'est dommage », dit-elle. De la cuisine leur parvenait l'odeur de ce qui devait être un poulet rôti. Les Schreiber couraient sans arrêt de la salle à manger aux fourneaux, tenant à chaque fois un bol ou une assiette fumante. Quand ils se levaient, Ben, comme par réflexe, se sentait obligé de se lever aussi. La première fois, Elaine lui tapota la main pour le faire rasseoir.

Avant que le dîner ne commence, le professeur annonça qu'il voulait dire un mot.

« Chaque année, à la fin du premier semestre, j'aime réunir mes meilleurs étudiants autour d'un bon repas. La vie universitaire n'est pas simple. C'est un travail ingrat. Et ô combien obscur ! » Tout le monde rit. « Mais nous accomplissons une grande tâche. Nous enrichissons nos champs respectifs de réflexions importantes, nécessaires, et le corpus n'en sera que meilleur. Ce dîner célèbre non seulement ce que nous avons déjà fait, mais aussi ce que nous ferons plus tard.

– Bien dit ! lança quelqu'un.

– À la vie ! » conclut Schreiber. Et tous les convives levèrent leur verre pour trinquer.

Ce n'était pas la première fois que Ben buvait de l'alcool, mais la première qu'il goûtait du vin. Il fut surpris. Comme c'était agréable, et différent de la bière. Là-dessus, tous attaquèrent leur assiette.

À un moment donné, entre le plat principal et le dessert (un choix entre une tarte aux noix de pécan et une autre aux pommes, toutes deux surgelées, faute de temps), les Schreiber disparurent et Cardigan, qui s'était débarrassé de son gilet, demanda à Ben ce qu'il étudiait.

« C'est donc vous, le troisième année dont il nous rebat les oreilles en cours. Celui qui fait de la littérature comparée.
– Ah, c'est lui ? fit Piercing.
– On a lu votre mémoire, vous savez, dit Stella.
– Je me souviens encore du titre, ajouta Chaussettes : "Les fausses temporalités dans *Madame Bovary* : mésusages du temps et du réalisme, avènement du post-réalisme". »

Ben rougit. Loin de la bibliothèque, loin du bureau de Schreiber, tout ça paraissait ridicule. Qui se souciait de *Madame Bovary* ou de Flaubert ? Leur mère avait souhaité que son frère et lui exercent des métiers concrets, dignes de ce nom. Ben serait avocat, lui avait-elle dit, et Tuấn médecin. Ils se serviraient de leur tête et de leurs talents pour rendre le monde meilleur. Or rien de tout cela n'était arrivé. Car rien ne se passait jamais comme prévu.

« Il n'y a que le titre que j'ai aimé, fit Cardigan.
– C'était un peu léger, compléta Chaussettes. Enfin... sur un certain niveau de lecture ça paraît malin, mais sur un autre, infondé.
– En tout cas, c'était suffisant pour le colloque de la SCMLA en mars », lâcha Piercing.

Quelqu'un étouffa un cri.

« Oh ! fit Stella, bouche bée. Il vous emmène là-bas ? » Elle était sous le choc, de toute évidence, mais également déçue. « J'ignorais qu'il avait déjà pris sa décision. » Lorsqu'elle reposa son verre de vin à moitié vide, ses mains tremblaient.

« Eh oui, répondirent les autres en chœur.
– C'est sûr ? » insista Stella.
– Sûr et certain, fit Chaussettes.
– Ouais, ajouta Cardigan en terminant son vin cul sec.

On devrait être contents. Très, très contents, même. Ben a tellement de chance ! Bravo, Ben ! Tout le monde devrait le féliciter. Allez ! » Il leva son verre vide. Comme personne ne disait rien, que seul un silence complet accueillit son exhortation, Cardigan cria : « Allez, quoi ! On le félicite ! »

Tout le monde éclata de rire, et Cardigan reposa violemment son verre. « J'ai l'impression que les gens comme lui ont toujours de la chance. Enfin bref. » Chaussettes lui toucha le bras en lui disant de se calmer. Pendant quelques secondes, elle tint ses deux amis par les bras, comme en pleine séance de spiritisme, mais Cardigan se dégagea et repoussa sa main loin de la table.

« Ils sont partout, maintenant, tu comprends ? reprit-il. Ces petits Chinois. On pourrait croire qu'ils se cantonneraient aux sciences, aux maths et à toutes ces fadaises, et que simplement grâce à nos diplômes de littérature anglaise on serait tranquilles parce que ces petits chanceux ne parlent même pas notre langue. Mais non ! Ben, ici présent, ce bon vieux Ben – si toutefois c'est son vrai prénom – nous prouve le contraire ! Il a eu droit à une bourse et il va aller à la conférence de la South Central ! »

Chaussettes écarta le verre vide de Cardigan. « Je vais voir ce que fabriquent les Schreiber. Avec les tartes. » Elle quitta la table.

« Ton mémoire ne vaut pas un clou », poursuivit Cardigan. Il tapa du poing sur la table et se leva. Ben se mit debout lui aussi et recula d'un pas. Tous les autres convives retenaient leur souffle.

« Qu'est-ce que tu veux que je te dise ? » répondit Ben, essayant de garder un ton égal. Il fit encore un pas en arrière.

Cardigan était écarlate, le front luisant de sueur. « Tu sais très bien que tu n'as rien à faire ici. Bordel, tout le monde ici le sait. »

À cet instant précis, la porte de la cuisine s'ouvrit et Schreiber hurla : « Ça suffit ! »

Au bout de la table, il s'agrippa à sa chaise. « C'est censé être une fête. » Son accent se fit davantage entendre. Ben se rappela alors que le professeur lui avait confié être allemand. « Une *fête*, et je ne laisserai personne critiquer le travail de quiconque. La recherche et la politique n'ont pas leur place ici. »

Il se tut et les dévisagea tous, l'un après l'autre. « Ben est aussi intelligent et travailleur que n'importe qui dans cette pièce. Et il est sans doute plus civilisé que certains d'entre nous. »

Cardigan remit son cardigan et partit. On entendit la porte d'entrée claquer, puis une voiture démarrer. Schreiber, comme mal à l'aise dans sa propre maison, lança alors à sa femme : « Les tartes sont prêtes, Elaine ? » Et il redisparut dans la cuisine.

« On se croirait dans une nouvelle de Carver. Il y a tous les ingrédients », commenta Stella un peu plus tard en fumant dehors après le dessert, tandis qu'à l'intérieur du zydeco passait – une musique festive, selon Schreiber. « Je vais l'écrire, cette nouvelle. »

La nuit s'acheva dans un magma d'excuses et d'au revoir.

« Merci de m'avoir défendu, dit Ben en saluant le professeur. Vous n'étiez pas obligé. »

Schreiber secoua la tête et rit. « Ah, ces étudiants…

Parce qu'ils font une thèse, ils se croient meilleurs que tout le monde. Même meilleurs que *moi*, parfois. Vous devriez les voir, en cours ou en réunion de département ! Mais, comme je leur dis toujours, le talent n'est pas une denrée limitée. N'importe qui peut être talentueux. Il s'agit d'éducation. Et vous, Ben, vous serez mon legs.

– Merci, professeur, répéta-t-il en se dirigeant vers la porte. Sans vous, je ne sais pas où je serais. »

Dans le bus qui le ramenait au campus, Ben se demanda combien de temps il lui faudrait se montrer reconnaissant dans de telles situations, et si cette gratitude se réduisait à des actes ou manifestations concrètes, ou alors s'il ne s'agissait que d'un état d'esprit, d'un sentiment. Quelle était sa dette à l'égard de cet homme, et que signifiait celui-ci pour lui ? Il se demanda si avoir un père, ça ressemblait à cela, quand bien même il ne ressentait aucun manque. Son père, vivant ou mort, ne faisait pas partie du paysage, c'était comme ça depuis toujours. Toute idée qu'il pouvait se faire de lui était insignifiante. Et de sa mère aussi, par la même occasion. Lorsqu'il descendit du bus, il se dit qu'il devrait écrire à son frère. Il essayait de lui envoyer une carte chaque mois, mais ces derniers temps il avait cédé à la paresse.

Tous les étudiants étant partis pour les fêtes de fin d'année, le campus était désert. Un nuage masquait la lune. Il faisait froid, mais pas trop. Ben fourra les mains dans ses poches, traversa le parking vide, entra dans son bâtiment, monta l'escalier, retrouva sa chambre au bout du couloir. Il ne prit la peine ni d'allumer la lumière, ni de baisser les stores, laissant simplement le sommeil faire son œuvre.

Hương

—

1998

« Il y avait un garçon », dit Hương en fermant la fenêtre de la chambre. Elle était rentrée tard, et Vinh était déjà au lit avec son journal. Elle voulait lui expliquer son retard. « Il y avait un garçon » : elle n'aurait pu commencer autrement. Sur le trajet du retour, sous des torrents de pluie, ce visage triste était la seule chose dont elle se souvenait.

« J'allais fermer un quart d'heure plus tard, dit-elle. J'étais en train de balayer et de ranger le matériel. Mlle Linh était déjà partie, bien sûr. J'étais toute seule. Personne ne vient jamais à cette heure-là. On ne peut pas faire grand-chose pour les ongles de quelqu'un en un quart d'heure, sauf éventuellement les couper. »

Elle ferma la porte et s'assit sur le lit.

Dehors, la pluie tombait à l'oblique, tant le vent soufflait fort. C'était toujours comme ça, en Louisiane. Le lendemain matin, il y aurait des flaques sur la route et l'eau s'écoulerait dans les caniveaux comme autant de petits ruisseaux. Le bayou serait engorgé pendant une semaine, puis il retrouverait son niveau habituel.

« Et c'est là que j'ai vu ce garçon s'approcher du magasin.

Il devait avoir dans les dix-neuf ou vingt ans, et il n'était pas d'ici.

– Comment le sais-tu ? demanda Vinh. Qu'il n'était pas d'ici.

– Il avait l'air… étrange. Il portait un blouson comme s'il avait froid, alors que tu sais bien comment est la pluie chez nous. » Drue mais chaude. Tantôt violente, tantôt douce, même en octobre. « Il ne connaissait pas le climat du coin, si tu préfères. C'est comme ça que j'ai compris. En plus, il semblait complètement perdu. Il donnait l'impression de ne pas trop savoir où il était, ni si, ayant repéré le magasin, il devait entrer ou pas.

« D'abord, j'ai essayé de ne pas lui prêter attention. Un type comme lui ne voudrait pas se faire faire les ongles, de toute façon. Mais il s'est rapproché, il a plaqué les mains autour de ses yeux puis il s'est appuyé contre la vitrine. J'étais en train de tout nettoyer et lui, il m'observait. On s'est dévisagés une bonne minute. Je ne voulais pas qu'il entre parce que j'avais hâte de fermer et qu'en plus j'écoutais Khánh Ly. »

Vinh jeta son journal à terre, ce qui fit sursauter Hương.

« Mais il s'est dirigé vers la porte et il est entré. Qu'est-ce que je pouvais faire ? "Vous désirez quelque chose ?" je lui ai demandé en posant mon balai contre le comptoir. Tout à coup, j'ai eu honte de la musique, de l'enseigne cassée, du bouddha dans le coin. Qu'est-ce que ce garçon fabriquait là ? Dans une onglerie, un jeudi soir ? C'était absurde.

« C'est alors que j'ai vu son visage. Il me rappelait quelqu'un. Quelqu'un que j'avais déjà vu, comme quand tu regardes un film et que tu vois une tête connue mais sans pouvoir lui donner un nom. Son visage m'a rappelé le Vietnam.

– Comment est-ce qu'un visage a pu te rappeler le Vietnam ? demanda Vinh, maintenant tourné vers elle. Soit il était vietnamien, soit il ne l'était pas. »

Même le visage de Vinh ne lui rappelait pas son pays, ne lui évoquait pas les chemins de terre de sa jeunesse, les vélos, les gamins excités aux pieds nus, l'odeur des rivières, tellement éloignée de celle, boueuse, de La Nouvelle-Orléans. Cela faisait tellement longtemps qu'elle vivait *ici*, mais elle se rappellerait toujours *là-bas*.

« Je ne sais pas. Il paraissait vietnamien. L'ossature, le nez large, le visage rond. Et pourtant il n'était pas vietnamien. Il avait les cheveux coupés court. Des cheveux qui seraient bouclés s'il les laissait pousser, ça se voyait. Il était moitié Mỹ đen.

« Il était beau, à sa manière. Beau comme un enfant devrait l'être. Comme quand tu serres un petit dans tes bras – ce genre de beauté-là. Mais tu ne peux pas comprendre. Tu n'as pas d'enfant. »

Elle s'interrompit pour voir si Vinh changeait d'expression. Il n'en fut rien.

« Vu qu'il ne répondait pas, je lui ai montré la pendule et je lui ai dit qu'on n'aurait sans doute pas le temps de faire une manucure. Parce que, quand des hommes entrent ici, c'est uniquement pour ça, et d'habitude ils ne viennent jamais seuls. Je lui ai dit ce que j'aurais dit à n'importe qui d'autre : qu'on rouvrirait le lendemain à dix heures et qu'il y aurait plus de monde pour s'occuper de lui. J'aurais dû continuer de balayer pour lui faire comprendre que j'allais fermer. Mais il a ouvert son blouson et l'a retiré.

« “Vous pouvez peut-être m’aider, il a dit. Ça fait très longtemps que je marche. Depuis ce matin.”

« Je me suis alors souvenue qu’il avait plu toute la journée. Et je me suis fait la réflexion qu’il n’avait pas de parapluie. Pauvre garçon ! Pas de parapluie ! C’est pour ça que son blouson était tout trempé.

« Je me suis donc approchée pour le lui prendre des mains. De près, j’ai vu qu’il avait des yeux magnifiques, mais tristes. Et le nez qui coulait, soit parce qu’il était en train de s’enrhumer, soit à cause de la pluie. J’ai voulu attraper un mouchoir et le nettoyer, mais je me suis dit : chaque chose en son temps. D’abord, le blouson.

« Comme il dégoulinait encore, ce gros machin, je l’ai essoré des deux mains, en le tordant comme on faisait dans le temps, tu vois ? Et toute cette eau a laissé une flaque par terre. »

Elle regarda Vinh, déjà étendu sous les draps, la tête enfouie dans l’oreiller. Il avait fermé les yeux.

« Je t’écoute toujours, dit-il en les rouvrant. Je suis tout ouïe. Promis. » Il tendit la main pour éteindre sa lampe, et Hương alluma la sienne.

« Attends la suite, poursuivit-elle. Après avoir suspendu le blouson au porte-manteau, je suis revenue et il était toujours là, debout, en train d’écouter la musique. C’était un tango, l’histoire d’une fille qui veut danser mais ne trouve pas de partenaire, et il se fait tard et elle doit retourner dans son petit village. Il a dû trouver ça complètement idiot. J’ai songé à arrêter la chanson, à lui dire que j’étais désolée. Je n’ai pas arrêté la chanson, mais quand je lui ai dit que j’étais désolée il n’a rien répondu. Alors je me suis rapprochée.

« “Je vais rester encore un peu, je lui ai dit. Une manucure ne prendra pas si longtemps.” »

S’il en désirait une, elle la lui ferait. Et que pouvait-il vouloir si ce n’était pas ça ? Hương avait entendu parler de sans-abri qui entraient dans les magasins juste avant la fermeture et quémandaient un refuge pour la nuit. Elle sut, en regardant ce garçon, qu’elle aurait dit oui.

Elle reprit : « Il s’est essuyé le nez avec la main et m’a regardée comme s’il venait seulement de remarquer que j’étais là. Puis ses yeux se sont allumés. Comme s’il se rappelait soudain la raison de sa présence, comme si c’était l’endroit qu’il cherchait depuis le début et moi la femme qui pourrait l’aider. Sans perdre une seconde, il a mis les mains dans ses poches pour retrouver quelque chose.

« Pendant une minute, j’ai eu l’impression qu’il s’était perdu dans ses propres poches. Qu’il ne savait plus trop si ce qu’il cherchait s’y trouvait encore. De mon côté, j’essayais de deviner de quoi il pouvait s’agir, comme une sorte de jeu. Allait-il sortir une carte ? Un morceau de papier avec une adresse dessus ? Il a fini par retrouver l’objet. Il était dans la poche arrière de son pantalon. »

Hương sourit. Le meilleur était à venir.

« Et j’avais raison, en un sens : c’était un morceau de papier. Il l’a déplié, et j’ai constaté qu’il était trempé, lui aussi. Ce garçon était trempé de la tête aux pieds. C’est à ce moment-là que j’ai eu envie de devenir sa mère. Je voulais le faire asseoir, lui préparer du cháo comme je le faisais pour mes fils quand ils étaient malades. Je voulais le border dans son lit. Lui dire que tout irait bien. Je ne savais pas quel était son problème, mais ça ne pouvait pas être si terrible que ça. J'avais envie de lui dire qu'il fallait voir les choses sous un autre jour. »

Ses propres enfants étaient grands, maintenant, et loin d'elle. Tuấn vivait à Tremé. Quand il avait déménagé, elle l'avait supplié de rester : « On n'est pas une grande famille, nous, lui dit-elle alors qu'il faisait ses cartons. On n'est pas comme ces Blancs qui ont des tantes, des oncles et des grands-parents. Toi, moi, ton frère, c'est tout ce qu'on a. C'est pour ça qu'on doit rester soudés. » Plus encore que la petite amie pénible ou les mauvaises fréquentations, sa grande crainte était de voir ses garçons partir, la laisser, abandonner leur famille. Elle avait imploré Tuấn, mais il s'était contenté de rire. « Je vais seulement à Tremé, maman ! Je passerai te voir. Tu pourras venir toi aussi. » *Maman*, et non plus má ou mẹ : tout était dit.

En revanche Bình, son cadet, avait pris la poudre d'escampette. Hương s'était réveillée un matin et il avait disparu. Elle n'avait même pas pu lui dire au revoir. D'abord, elle n'en avait parlé à personne, pensant aux voisins et à sa propre honte : comment avait-elle pu échouer à retenir son propre fils ? Ne lui avait-elle pas appris à respecter les anciens ? Bientôt, c'est sur elle-même qu'elle s'interrogea : pourquoi n'était-elle pas une meilleure mère ? Comment pouvait-elle faire du mal à la chair de sa chair ? Elle avait collé des avis de recherche dans toute la ville, jusqu'à ce qu'un soir Tuấn passe la voir avec une pile de ces affichettes, arrachées à des poteaux téléphoniques.

« C'est bon, maman, dit-il.

– Tu l'as retrouvé ? Où est-il ?

– Non, maman. Mais il va bien, il se débrouille. Fais-moi confiance. Tout va bien, il est heureux. »

Les mois suivants, chaque fois qu'elle parlait de lui, Tuấn savait à quoi s'en tenir. « Regarde », disait-il avant de lui montrer une carte postale. Il avait la même écriture que son père.

Elle s'était alors dit : S'il est heureux loin de moi, de quel droit puis-je l'en empêcher ? De quel droit puis-je dire non à mes garçons ? C'est bien ça, l'essentiel, quand il s'agit d'élever des enfants : leur bonheur.

Pourtant il lui arrivait encore de se demander, avec la boule au ventre, ce qu'ils devenaient et ce qu'ils ressentaient, l'un comme l'autre. Avaient-ils assez à manger ? Étaient-ils en bonne santé ? Elle n'avait toujours souhaité qu'une chose, les protéger et les préparer à l'avenir, quel qu'il soit. Au Vietnam. Sur le bateau. Les premiers jours à La Nouvelle-Orléans. Voilà pourquoi elle leur avait caché la vérité sur leur père. Quel qu'ait été le sort de Công, quel qu'ait été son raisonnement, le fait est que son amour n'avait pas duré, qu'il ne reviendrait jamais et que tel était son choix. Comment avouer cela à ses fils ? Ne seraient-ils pas bouleversés – dévastés – d'apprendre qu'ils ne méritaient pas le déplacement ? Mieux valait un pieux mensonge, pensait-elle, si celui-ci représentait une forme de refuge.

« Ça m'a rappelé une conversation, dit-elle à Vinh. Une conversation que j'ai eue il y a des années avec Tuấn, alors que Bình n'avait même pas deux ans. On avait attrapé une grenouille dans le bayou, qu'il avait baptisée Toto. On la gardait dans un Tupperware, une boîte assez haute qu'on ne fermait jamais pour qu'elle puisse respirer. Sauf qu'un jour Toto a disparu. Elle avait dû s'échapper et sauter par la fenêtre. Je me souviens que Tuấn pleurait toutes les larmes de son corps, comme s'il avait mal ou que quelqu'un était mort. On a retourné la maison, et je lui ai finalement expliqué que Toto avait dû s'enfuir. Qu'elle n'était pas perdue mais simplement libre. »

C'est cette histoire-là qu'elle avait voulu raconter au garçon dans sa boutique. Peut-être que ça lui aurait remonté le moral. Qu'il serait reparti avec le sourire. Que tous ses problèmes auraient été réglés.

« Alors il a déplié le papier, poursuivit-elle. Et il s'est avancé vers moi. Je lui ai demandé : "Vous cherchez quelque chose ?" Et là, il m'a tendu son bout de papier. C'était la photo d'un homme. Un Noir, dans un bel uniforme de *marine* avec boutons de cuivre et casquette blanche. Un drapeau américain derrière lui. Je l'ai bien regardé, puis j'ai levé les yeux vers le garçon. »

Cherchait-il son père ? Un oncle ? Non, ce devait être son père. Ils se ressemblaient comme deux gouttes d'eau – c'était indéniable. Son père avait-il vécu ici par le passé, avant que Mlle Linh n'achète l'endroit et n'en fasse une onglerie ?

« "Vous avez déjà vu cet homme ?" m'a-t-il demandé. D'abord, je n'ai pas compris. Je vois beaucoup de monde passer ; comment me souvenir d'un client en particulier ? Ensuite, il m'a expliqué qu'il vivait il y a longtemps dans un logement social loin du centre-ville. Il m'a dit qu'il gardait le souvenir d'un bayou à l'arrière, un bayou qui était très sale. Il se rappelait encore le portail métallique à l'entrée. Ça ressemblait à Versailles, et pas qu'un peu, mais il n'a pas prononcé ce nom.

« Toujours est-il que s'il avait vécu là-bas, je me serais souvenue de lui, non ? Quand quelqu'un habite à côté de chez soi, on ne peut pas l'oublier, si ? Mais je ne lui ai rien dit de tout ça. Je suis restée silencieuse, et il a continué.

« "Je suis né à Saigon, m'a-t-il raconté. Je n'ai jamais connu mon père, mais ma mère était certaine qu'il venait de La Nouvelle-Orléans. Elle avait appris ça un jour au détour d'une conversation, ou peut-être d'une lettre. C'est pour ça qu'elle s'est installée ici après la guerre. Puis elle a renoncé. Alors, on est partis à San José, chez ma tante."

« J'ai regardé la photo, puis de nouveau ce garçon dans ses vêtements trempés. Était-il venu jusqu'ici en avion ? En voiture ? Tout ça pour ça ! Je veux dire par là que... certaines choses se perdent, et il vaut peut-être mieux les oublier. Le passé, c'est le passé. La plupart d'entre nous le savent bien. Moi, je le sais. Et toi aussi, Vinh. Mais ce gamin... Comment pouvait-il encore l'ignorer ? Qu'est-ce qui l'avait poussé à revenir ici ?

« En même temps, j'avais envie de lui dire que son père était bel et bien quelque part dans cette ville. Je le sentais dans mes tripes. C'est une grande ville, oui, mais pas si grande que ça. Quand on y réfléchit, La Nouvelle-Orléans est le genre d'endroit où tout le monde connaît quelqu'un que tu connais. En un sens, on peut connaître tous les habitants. Mais je ne pouvais pas lui dire ça. Je ne voulais pas être cruelle. Alors j'ai dit : "Je suis désolée, je ne sais pas qui c'est." Puis je lui ai rendu la photo et il l'a regardée une dernière fois, avec nostalgie, avant de la replier et de la remettre dans sa poche.

« "Merci quand même", il m'a répondu. Je suis allée récupérer son blouson et il est reparti. Ce n'est qu'après que son nom m'est revenu. Je me suis souvenue de lui enfant, tellement petit, tellement silencieux qu'on en oubliait parfois sa présence. Et je me suis souvenue de sa mère, aussi. »

Toujours assise sur le lit, Hương se rappela à quel point ce petit garçon faisait toujours la tête. À cause de cela, qui s'ajoutait à sa timidité, tous les habitants de Versailles se montraient méfiants à son égard, méchants, même, alors que ce n'était qu'un enfant. Un jour, elle l'avait trouvé en pleine nuit près du bayou avec dans les mains un grand carton de téléviseur. Elle lui avait demandé ce qu'il faisait là et il avait expliqué qu'il essayait de retourner au Vietnam : vu qu'ils en étaient partis en bateau, il pensait pouvoir y retourner de la même manière. Hương en était restée sans voix. Se souvenant de cet épisode, elle se demanda ce qu'elle aurait pu répondre, ce qu'elle aurait dû répondre, et si cela aurait pu changer le cours des choses.

« Qu'est-ce que tu penses de tout ça, Vinh ? » Hương jeta un coup d'œil et vit qu'il s'était endormi.

Dehors, il pleuvait toujours. Le vent avait encore forci.

Hương se demanda si ce garçon errait toujours dans la ville, tête baissée face aux trombes d'eau. Elle aurait aimé pouvoir l'aider, retrouver parmi la foule ce père qu'il avait perdu. Elle imagina leurs retrouvailles – les larmes, mais aussi les questions qui exigeaient des réponses. Pourquoi était-il parti ? Où était-il passé pendant tout ce temps ?

Dans une autre vie, ce garçon retrouverait son père et tous deux seraient heureux. Dans une autre vie encore, il le retrouverait et tout serait brisé : son père l'avait abandonné au Vietnam, il n'avait jamais pensé à lui au cours des vingt dernières années, il ne l'aimait pas. Et encore dans une autre vie, ce serait le père qui serait venu la voir ce soir-là.

Elle imagina ses propres fils prendre l'avion jusqu'au Vietnam et marcher sans but dans les rues. Totalement perdus. De plus en plus déçus. Confrontés à une tristesse contre laquelle elle ne pourrait pas les protéger.

Hương

1999

Une femme appela Hương depuis le Vietnam pour lui annoncer la nouvelle : son mari était mort.

« Mon mari ? » Hương ne comprenait pas. Il était cinq heures du matin. Le soleil n'était pas encore levé.

« Chị Hương, répondit la femme. Vous étiez sa première épouse. Vous devez venir. Sinon il ne connaîtra jamais le repos. »

Plus tard le même jour, une fine enveloppe blanche arriva chez elle, un courrier express du Vietnam. À l'intérieur, Hương trouva une petite coupure de journal large de quelques centimètres, collée au recto d'une carte postale et recouvrant la photo d'un bâtiment officiel :

Le professeur Trần Văn Công, 43 ans, du 2e arrondissement, est mort d'un cancer du poumon. Il laisse derrière lui une épouse.

Hương relut plusieurs fois la notice nécrologique dans l'avion. Elle était datée du 4 août 1999. Que faisait-elle donc le 4 août 1999, à peine quelques jours plus tôt ? Que faisait-elle au moment où Công rendait son dernier souffle ? « Il a dû se mettre à fumer », pensa-t-elle à voix haute.

Tuấn dormait sur son siège, de l'autre côté de la travée. Vinh, depuis ce courrier, était fâché et silencieux. Hương lui avait dit qu'il n'était pas obligé de venir, mais il avait insisté – pour son bien à elle, expliqua-t-il. Pourtant, elle était persuadée qu'il était jaloux. Elle lui répéta qu'elle n'était plus amoureuse de Công, qu'il s'était remarié, et enfin qu'elle l'avait, lui, Vinh.

Elle remonta le store de son hublot et fut surprise de voir de l'eau. Elle aurait aimé que celle-ci soit bleue, comme sur les cartes. Dans son souvenir, elle était bleue la première fois qu'elle avait pris l'avion, un bleu électrique à la fois étrange, merveilleux et vivant. Lors du voyage en bateau, elle se souvenait que l'eau était au contraire noire et menaçante. Aujourd'hui aussi elle était noir d'encre, mais plate, terne, ennuyeuse. Déçue, Hương ferma les yeux et essaya de se rappeler à quoi ressemblait Công, et pourquoi cette femme, *sa* femme, l'avait appelée pour lui annoncer la nouvelle et lui demander de venir.

« Je sens son esprit, avait-elle expliqué. Il ne connaîtra jamais le repos. » À l'entendre, on aurait cru que Hương lui rendrait service à *elle*.

Tandis qu'ils passaient la douane, les gens se pressaient derrière la paroi vitrée séparant l'aéroport du monde extérieur, en l'occurrence Hô Chi Minh-Ville. Hương avait l'impression d'être une de ces célébrités qu'on voyait à la télévision, saluées par des fans surexcités à leur descente d'avion.

Lan, la femme de Công, était parmi ces gens. Elle lui

avait dit au téléphone qu'elle était petite avec des cheveux fins et plats qu'elle coiffait en chignon.

« Je porterai des vêtements sobres, rien d'extravagant comme en Amérique. Je suis une femme pratique, chị Hương – có hiểu không ? »

Lan aurait pu décrire par ces mots n'importe quel habitant du Vietnam. Ils se ressemblaient tous : petits, fatigués, sales. Hương eut pitié d'eux mais s'en voulut aussitôt. C'étaient ses compatriotes, et elle retournait enfin au pays.

Alors qu'elle balayait la foule du regard, un douanier inspecta son bagage. Puis il lui donna une petite tape sur l'épaule et brandit sa trousse à maquillage. Hương ne comprenait pas en quoi cette trousse en plastique transparent pouvait représenter un quelconque danger. Ce qu'elle contenait – poudrier, rouge à lèvres, brosse à cheveux, petit paquet de cotons-tiges – était parfaitement inoffensif.

« Cô, dit le douanier. Vous ne pouvez pas importer ça. C'est illégal.

– Comment ça, illégal ? C'est du maquillage. Toutes les femmes…

– Cô không phải đang ở Mỹ. Ici, les règles sont les règles », répondit-il avec un petit sourire narquois. Il écorchait les mots. Il avait des sourcils trop épais et la peau grasse. Puis Hương s'aperçut qu'il était très jeune, à peine plus âgé que Bình. Il était né après la guerre. « Les règles sont les règles », répéta-t-il en haussant ses sourcils broussailleux.

Vinh la poussa sur le côté. « Tenez, prenez. » Il lui jeta un billet américain froissé, reprit le bagage de Hương et la fit avancer. Tuấn leur emboîta le pas.

Ils franchirent les portes, et une vieille femme la saisit

par le bras. « Phương ? Phương ? C'est toi ? Je suis ta tante Bích !

– Không, répondit Hương en dégageant son bras. Je ne suis pas votre nièce. »

Elle poursuivit son chemin.

Une autre femme, plus jeune, lui prit le poignet. « C'est vous ? »

Hương s'arrêta. « Vous êtes Lan ? Vous êtes la femme de Công ? »

La femme s'immobilisa. « Oui, répondit-elle. Suivez-moi. Il y a un taxi qui vous attend. » Elle emmena Hương au milieu de la foule, bousculant quiconque lui faisait obstacle, cependant que Vinh et Tuấn suivaient derrière.

Une fois arrivée sur le trottoir, la femme lâcha le poignet de Hương. « Cinq dollars américains, s'il vous plaît. » Elle tendit la main.

« Quoi ?

– Je vous ai guidée au milieu des gens, non ?

– Qui êtes-vous ?

– Disons un dollar ? J'ai deux enfants à nourrir.

– Foutez le camp ! cria Vinh en la chassant.

– Qui t'a sonné, toi ? lui lança la femme.

– Đi ! »

Sur ce, elle repartit en courant, sans un mot. « Clocharde, va », dit Vinh.

Hương se retourna. « Lan ? s'écria-t-elle en direction de la foule. Lan ? Lan ? »

Finalement, elle repéra un panonceau : *Chi Hương va Gia đình từ La Nouvelle-Orléans.* Elle se précipita.

« Lan ? demanda-t-elle.

– Chị Hương ? »

La femme la regarda un long moment, puis écarquilla les yeux. Avant de rejoindre le monospace qui les attendait, Lan lui expliqua : « J'ai l'impression de vous avoir connue dans une autre vie. Oui, forcément, c'est pour ça que votre visage m'est si familier. »

Công s'était installé à Hô Chi Minh-Ville, sur l'autre rive du fleuve, à An Lợi Đông dans le 2e arrondissement. D'une voix calme, son épouse dirigea leur chauffeur le long d'une grande autoroute, puis dans des rues plus petites. Derrière eux, la ville – avec ses immeubles toujours en chantier – s'éloignait.

« Désolée d'être arrivée en retard, dit Lan. Les préparatifs de l'enterrement. On est à la traîne sur tout. *Je* suis à la traîne sur tout. » Le corps avait été incinéré, selon les volontés de Công, mais il restait des tas de choses à régler. Lan n'avait pas encore informé tous les membres de la famille élargie, ni envoyé les habits de deuil, les bandeaux blancs et les tuniques. Elle avait aussi du mal à choisir les poèmes et les prières qui seraient lus lors de la cérémonie. À deux, les décisions étaient tellement plus faciles à prendre. Maintenant qu'elle se retrouvait seule, confia-t-elle à Hương, elle devait s'occuper de tout.

Se rappelant ses premiers jours à La Nouvelle-Orléans, Hương faillit lui dire qu'elle comprenait ce qu'elle ressentait, mais n'en fit rien.

« Vous devez vous montrer courageuse », préféra-t-elle répondre.

Lan raconta qu'elle n'avait même pas encore trouvé à Công un nom posthume pour sa vie dans l'au-delà. Si elle ne choisissait pas rapidement un tên thụy, elle craignait que son esprit ne demeure ici-bas à tout jamais. Il réapparaîtrait chaque fois que quelqu'un prononcerait son nom, et sa famille pâtirait des errances d'un esprit tourmenté. « Il y a de quoi devenir fou », ajouta-t-elle. Elle ne croyait pas en grand-chose, mais elle croyait en ceci : la vie n'est qu'une étape temporaire, et la mort un retour chez soi.

Công, tout comme Hương, ne s'était jamais beaucoup préoccupé de religion, si bien qu'elle se demanda comment il avait pu tomber amoureux d'une femme telle que Lan.

Le monospace s'arrêta sur le bas-côté, et celle-ci descendit la première en braquant une lampe torche devant elle. Ils empruntèrent un chemin de terre qui s'enfonçait dans un bosquet.

« Tu vois ces arbres, Tuấn ? dit Hương. Ce sont des arbres à caoutchouc. » Elle dut se retourner pour s'assurer que son fils était toujours là, tant il était silencieux. Ils marchèrent un bon moment, jusqu'à ce que le chemin débouche sur une clairière et une maison avec un perron en marbre. Lan fit coulisser la porte d'entrée.

L'intérieur était spacieux, bien plus que l'appartement de Hương à Versailles, à côté duquel cette maison faisait figure de palais : parquet ciré, chambres nombreuses et propres, lits impeccables, draps blancs et panneaux décoratifs en bambou sur les murs. Pour Hương, c'était presque une insulte. Ce que tu aurais pu devenir, qui tu aurais pu être, où tu aurais pu vivre. Lan leur fit visiter en expliquant que la maison avait été construite pour toute la famille élargie. Comme l'argent venait de ses parents, elle voulait une grande demeure où tout le monde aurait sa place. Or, personne ne s'y était jamais installé. Après avoir montré sa chambre à Tuấn, elle accompagna Hương et Vinh jusqu'à la leur.

« Désolée, le lit est un peu petit, dit-elle. En général, nous n'avons pas d'invités. Parfois un ami de la famille, mais c'est tout. » Elle alluma et passa un doigt sur les draps, comme pour vérifier qu'il n'y avait pas de poussière. « Vous allez avoir besoin d'oreillers supplémentaires.

– Non, non, dit Hương. C'est parfait comme ça. Merci, Lan. Merci beaucoup. »

Elle referma doucement la porte. Il y eut un long silence, jusqu'à ce que Hương entende les pas s'éloigner, deux pieds nus qui finirent par disparaître derrière une autre porte.

Le lendemain était un mercredi. La cérémonie devait avoir lieu le samedi, jour le plus propice, selon Lan. Avec les vieux amis de Công, ils traverseraient le quartier à pied jusqu'à un ruisseau en bordure de la forêt et y disperseraient ses cendres.

Lorsque Hương se réveilla, Vinh n'était plus à ses côtés. Elle se leva et reconnut sa voix qui venait du jardin. « Vous et moi, on a donc plein de choses en commun », l'entendit-elle dire. Dehors, Lan était accroupie devant un trou creusé dans la terre où elle avait allumé un feu. Un gril était posé en travers. Elle y plaça un wok et commença par faire revenir de l'ail.

« Chị Hương, dit Lan. Vous avez bien dormi ? » Elle éventa le feu et ajouta de l'huile.

« Plutôt, oui », répondit Hương.

Lan sourit puis jeta d'autres légumes, ainsi que de la viande. Celle-ci grésilla avant d'être noyée de sauce de poisson. De la vapeur s'éleva du wok. Lan remua le tout et, à l'aide de baguettes, retourna les morceaux de viande.

Dans une autre vie, elles auraient été rivales, se disputant le même cœur et la même existence. Mais dans cette vie-là, Lan avait gagné, et Hương en ressentait une pointe de jalousie. C'était absurde, elle le savait, mais c'était plus fort qu'elle.

« Permettez, dit-elle en rejoignant Lan. Vous avez l'air fatiguée. » Puis, la regardant, elle se rendit compte qu'elle avait *vraiment* l'air fatiguée, non pas la fatigue due au manque de sommeil, mais une lassitude qui avait dû s'emparer d'elle des semaines, voire des mois auparavant, et refusait de la quitter. « Je vais finir de préparer le repas. Allez vous reposer. »

Lan protesta mais finit par céder. Une fois qu'elle fut repartie, Hương demanda à Vinh : « Qu'est-ce que tu penses d'elle ?

– Qu'est-ce que tu veux que j'en pense ? Et toi ?

– Je ne sais pas. Qu'est-ce que je *devrais* penser d'elle ? »

Après le petit-déjeuner, Vinh et Tuấn allèrent faire un tour en ville, laissant Hương et Lan travailler tranquillement aux préparatifs de la cérémonie. Ils quittèrent la maison par le jardin du fond, là où Lan avait installé son gril. Derrière l'abri qui tenait lieu de cuisine extérieure, il y avait un petit lopin de terre, avec une corde à linge tendue entre deux pieux, puis des arbres massifs qui séparaient la maison du reste du monde.

Hương leva les yeux au ciel. Un nuage gris était en train de gonfler. Un vol d'oiseaux passa.

« Ils annoncent de la pluie aujourd'hui », dit Lan,

accroupie devant une bassine remplie d'eau. Elle y versa du savon liquide et commença à faire la vaisselle. « J'ai rencontré Công à l'époque où il travaillait à l'Université libre, poursuivit-elle. Lui et moi enseignions au département des sciences humaines, mais dans des spécialités différentes. » Elle lui parla des cours qu'elle donnait, l'un sur la poésie populaire, l'autre sur les chants folkloriques. « Toute l'astuce, c'était d'expliquer aux responsables officiels qu'on enseignait la grande, la vénérable histoire de la paysannerie vietnamienne. Mais dans la salle de classe, on faisait tout à fait autre chose. Hồ Xuân Hương n'écrivait pas que des textes sur les paysans, vous savez. » Elle rit, et Hương essaya de rire aussi, même si elle ne savait absolument pas de quoi Lan parlait.

Dans son esprit, elle se voyait en concurrence avec cette femme. Elle s'imaginait au départ d'une course mais s'apercevait, au moment de s'élancer, qu'on lui avait mis des entraves aux pieds. Elle se dit qu'elle aussi aurait pu enseigner la poésie populaire – ou une langue étrangère, voire la chimie – si seulement il n'y avait pas eu cette guerre imbécile. Y avaient-ils au moins pensé, ceux qui l'avaient déclenchée ? Avaient-ils songé qu'ils détruiraient tant de vies ? D'un autre côté, elle savait que c'était un mensonge. Elle n'était qu'une femme au foyer sortie de son petit village, et elle le serait toujours restée.

« Vous savez, il ne m'a jamais parlé de vous, continua Lan. Il m'a expliqué qu'il avait épousé une femme qui était partie après la guerre avec son enfant. » Hương crut déceler dans sa voix un ton de reproche, puis se dit qu'elle devait se tromper. « C'est sa mère qui m'a donné votre nom. » Elle agita une paire de baguettes pour les égoutter et s'attaqua à une cuillère.

Les yeux de Hương s'éclairèrent. « Elle est toujours en vie ? demanda-t-elle. Sa mère ? »

Elle repensa soudain à cette femme de grande taille, avec son long nez et ses petits yeux. Elle s'était opposée à ce qu'ils quittent le pays. À ce que *Công* quitte le pays.

« Non, elle est morte l'année dernière. »

Hương se remémora ce fameux soir sur la plage. Elle avait senti la main de son mari dans la sienne et, une seconde après, plus rien. Il ne l'avait pas lâchée, s'était-elle dit, mais il avait marqué un temps d'arrêt. Et elle, dans la précipitation, dans le chaos de la nuit, avait dû continuer sans lui. Mais il ne les avait pas suivis. Après des années de réflexion, elle s'était convaincue que c'était à cause de cette femme, de sa mère. Il lui était impossible de l'abandonner. C'était au moins une partie de l'explication. Par moments, Hương la détestait, mais elle pouvait aussi comprendre l'amour de son fils pour elle, un amour différent qui les liait l'un à l'autre, et Hương devait bien admettre qu'elle aurait attendu la même chose de ses propres fils.

Elle se sentit obligée de poser la question à Lan : « Est-ce qu'il est resté à cause d'elle ? » Elle avait la gorge sèche et irritée. « On était tous… censés fuir ensemble. Mais il est resté. Et on a perdu le contact, naturellement. C'était à cause de sa mère ? »

Lan se figea. Elle semblait réfléchir, et passa la langue sur ses lèvres avant de répondre.

« En vérité… »

Hương s'arrêta de respirer une seconde.

« Il m'a raconté que, une fois sur le rivage, ses pieds

avaient refusé de le porter davantage, expliqua Lan. L'eau était si froide qu'il ne pouvait plus bouger. » Elle termina de nettoyer une assiette et se sécha les mains avec une serviette. Hương ne comprenait pas.

« Laissez-moi reprendre depuis le début, dit Lan, comme consciente d'avoir commis une erreur. Au bout de plusieurs années de mariage, Công m'a parlé du camp de rééducation après la guerre. À Lăng Cô, les chefs étaient des petits campagnards maigrichons qui le détestaient. Ils l'appelaient *le Professeur* et l'enfermaient dans une cellule, seul. Pendant les interrogatoires, ils lui posaient la question qu'il redoutait le plus. Que pensait-il de la littérature française, de la littérature du colonisateur ? En arrivant dans ce camp, il savait qu'on lui demanderait ça. Il y avait donc réfléchi, mais aucune des réponses qu'il donnait ne satisfaisait ses geôliers. Qu'aurait-il pu leur dire pour leur faire plaisir ? Honnêtement, rien. Alors il leur a dit la vérité. » À ces mots Hương revit Công plus jeune, idéaliste – tel qu'il lui était toujours apparu –, mais aussi apeuré. « Il leur a expliqué que l'art transcendait les nations, que la beauté se jouait des frontières. Il leur a dit qu'on ne pouvait pas contraindre la vie et le sel de la vie, qu'il était impossible d'emprisonner la beauté et la vérité, quels que soient les gens aux commandes à Saigon – aucun individu, aucune idéologie, aucun gamin dévoyé. Il en était persuadé.

– C'était en effet ce qu'il pensait. »

Hương était d'accord. Il avait dû dire cela ; il avait dû y croire.

« Les gardiens lui ont ri au nez, ils lui ont craché dessus, et avant même qu'il puisse essuyer le crachat sur sa joue, ils l'ont saisi par les bras pour l'extraire de sa cellule.

Dehors, ils l'ont traîné dans les champs, puis ils lui ont ligoté les mains et les jambes.

« Ils lui criaient : “Avoue !” L'un d'eux lui donnait des coups de pied.

« “Quoi ?” a demandé Công. Que devait-il avouer ?

« “Avoue !” Mais il n'avait rien à avouer.

« Ils l'ont laissé ainsi pendant une heure, puis ils sont revenus avec des seaux d'eau, qu'ils ont commencé à vider sur lui. L'eau n'arrêtait pas de lui tomber dessus. Seau après seau. Vague après vague. Comme par magie, ils n'étaient jamais à court. Il avait à peine le temps de respirer entre deux vagues.

« Ils ont fait ça pendant des jours, m'a-t-il raconté. Pendant des semaines. Vous imaginez ? Des semaines ? Au bout de quinze jours de ce régime – c'est le terme qu'ils employaient –, ils ont cessé de le nourrir. Ils ne lui donnaient que de l'eau de riz. Mais il avait encore tellement peur – peur de l'eau, précisément – qu'il ne buvait presque pas. Il a enduré ça un mois entier avant de trouver le moyen de s'échapper avec plusieurs autres hommes. Il y avait un trou près d'une clôture. Il s'est enfui à pied. »

Hương se souvint du jour où Công était venu frapper à la porte de leur maison, cinq mois après sa disparition, et s'était écroulé dans ses bras. Ses mains gardaient le souvenir de ses os ; elle les sentait encore aujourd'hui sur sa peau. Il ne lui avait rien dit. Les larmes lui montèrent aux yeux.

« Il a ensuite décidé qu'il fallait partir – lui, vous, et votre petit garçon. » Elle regarda autour d'elle, comme si elle avait peur de poursuivre. « Il disait qu'une famille n'avait pas sa place au Vietnam. Il allait vous sortir de là. Il devait le faire. Alors…

– Il a tout organisé, l'interrompit Hương.

– Oui, en effet. Mais sur la plage, quand il a posé le pied dans l'eau, quelque chose lui est revenu. Des souvenirs. »

Des souvenirs, répéta Hương dans sa tête.

« Il s'est visiblement rappelé son séjour en France. C'était avant de vous rencontrer. Il était parti faire ses études à l'étranger pendant six mois. Il pensait qu'il adorerait Paris et qu'il aurait envie de s'y installer, mais l'expérience a été très différente de ce qu'il imaginait : la nourriture lui tordait le ventre, il faisait toujours froid, et les gens étaient odieux.

« Un soir, il est allé se promener dans les rues de la ville après ses cours, seul et fatigué. Puis il s'est assis sur un banc et s'est endormi. À son réveil, il avait oublié où il était et ne savait plus comment rentrer chez lui. Il a donc demandé de l'aide à une vieille dame qui passait par là, mais elle, voyant qui il était, s'est mise à hurler : "*Un Chinois ! Un Chinois* !" Elle a appelé à l'aide. Personne n'est venu. Puis elle lui a craché dans l'œil avant de partir en courant. Voilà l'une des images qui lui sont revenues au moment où il a posé le pied dans l'eau.

« Puis un autre souvenir est remonté : le camp de rééducation. L'eau qui se déversait sur sa tête. Toutes ces fois où on l'avait torturé et empêché de respirer. Ces hommes qui riaient avec des yeux vengeurs. Il me disait qu'il était devenu un autre homme là-bas, que quelque chose s'était brisé en lui. Comment, après tout ça, pourrait-il reprendre sa vie d'avant ? C'est cette question qu'il s'est posée quand son corps s'est figé sur la plage.

---

* Les mots en italiques suivis d'un astérisque sont en français dans le texte. (*N.d.T.*)

« Chị Hương, vous devez savoir une chose : tout ce qu'il désirait se trouvait ici, au Vietnam, parmi les siens, dans la vie qu'il avait toujours connue. Et à cet instant il a compris qu'il ne pourrait pas l'obtenir. Jamais. Il n'était plus le même homme. Il ne pouvait plus être le mari dont vous aviez besoin et n'avait plus rien à voir avec l'homme que vous aimiez. Sa vie était terminée, disait-il, mais au moins *ils* pourraient reprendre à zéro, *ils* pourraient devenir quelque chose – vous deux –, et ce serait beau, et rien d'autre ne comptait. Il n'y avait que ça qui lui importait, chị Hương : que vous vous enfuyiez, que vous surviviez. »

Il avait été arrêté une seconde fois. Et à sa libération, il avait été assigné à résidence. C'est à ce moment-là qu'il avait envoyé sa fameuse lettre, comprit Hương. Cette lettre obscure. *S'il te plaît, ne cherche plus à me joindre. Ça vaut mieux pour toi comme pour moi.*

Du revers de la main, elle s'essuya les yeux. Elle eut soudain envie de retourner à La Nouvelle-Orléans, d'être dans son lit, quelque part où cultiver son chagrin, le serrer fort contre elle, le laisser l'engloutir.

Un éclair illumina le ciel, suivi d'un coup de tonnerre. Et la pluie se mit à tomber.

« Votre lessive ! s'écria Hương en se levant, soulagée de pouvoir changer de sujet.

– Ne vous en faites pas. »

D'un geste de la main, Lan la pria de se rasseoir. « Le linge était encore mouillé, de toute façon. »

Hương se réinstalla et regarda la corde à linge ployer tandis que Lan allait chercher un paquet de mouchoirs. Un autre éclair zébra le ciel ; le vent forcit un peu. La pluie transformait la terre en boue, ce qui rappela à Hương les ouragans. Elle était moins puissante, certes, mais tout aussi inquiétante. Lan reprit sa vaisselle, mais s'arrêtait toutes les deux ou trois minutes pour se masser les mains.

« Je suis désolée de devoir vous apprendre tout ça, chị Hương, dit-elle. En un sens, je suis jalouse que vous l'ayez rencontré avant moi. Vous avez eu la chance de connaître le vrai Công.

– Laissez-moi vous aider, chị Lan, répondit Hương après avoir séché ses larmes. Vous devez être épuisée. Je vais prendre le relais. » Elles échangèrent leurs places, et Hương nettoya les couverts et les bols qui restaient. Elle savait ce qu'elle voulait encore dire, ce qu'il lui fallait dire.

« Il y avait un deuxième enfant, commença-t-elle. J'ai eu des contractions avant qu'on s'enfuie, mais je ne lui en ai pas parlé. » C'était faux, elle lui en avait parlé, et elle se rappelait avoir imaginé la vie qu'ils auraient ensemble – tous les quatre – dans un autre pays. « J'ai dû m'arrêter plusieurs fois tandis qu'on courait dans la jungle pour rejoindre la plage. »

La pluie redoubla d'intensité, et Hương regarda le vent agiter les vêtements sur leur corde. Une chemise jaune unie, un pantalon marron : des habits simples, qui se balançaient tristement. On devait se sentir terriblement seul dans cette maison pendant un orage.

Après la cérémonie, ils célébreraient la vie de Công. Il y aurait, elle en était sûre, de la musique à plein volume, de la nourriture et de l'alcool. Les enfants auraient leur table, les adultes la leur. Chacun parlerait plus fort que les autres, se vantant d'être celui qui avait le mieux connu

Công et qui seul pouvait témoigner de sa vie formidable. *Rappelez-vous quand il a fait ceci, rappelez-vous quand il a fait cela, n'était-il pas un homme bon, un homme intelligent.* Tous porteraient un bandeau blanc autour de la tête en signe de deuil et souriraient pudiquement à l'évocation de sa mémoire. Avant même que la nuit ne soit finie, ils seraient trop ivres pour souffrir de sa disparition.

« Bref, continua Hương, on avait décidé depuis longtemps qu'un de nos enfants s'appellerait Khoa. C'est ainsi que Công voulait appeler notre aîné, mais je m'y suis opposée. » Elle trouvait ce prénom horrible et Công avait capitulé. C'était tout lui, elle s'en souvenait ; il aimait la rendre heureuse. « Quand j'ai accouché de Bình au camp de réfugiés, j'avais oublié Khoa. »

Elle répéta le prénom : « Khoa. »

Et avec le bruit de la pluie et celui de l'eau qui caressait le bol en porcelaine entre ses mains, elle le trouva finalement beau, ce prénom. C'était même le plus beau de tous : ce son bref, sec, qui venait de la gorge, se précipitait vers les lèvres pour y être amoureusement retenu avant de sortir sous forme de mot et de disparaître dans l'air orageux : Khoa, K-hoa, *K-hwaah*.

« C'est le nom posthume que devrait prendre Công, dit-elle en se relevant. Son tên thụy. Il apprécierait. »

Une fois la vaisselle terminée, les deux femmes rentrèrent. Lan confia à Hương les vêtements de deuil et lui montra l'itinéraire de la procession – ils passeraient devant la bibliothèque, le temple et une école avant d'atteindre le ruisseau. Là, ils répandraient les cendres au fil de l'eau. Công suivrait le courant jusqu'à la rivière de Saigon, puis dans le Nhà

Bè, avant d'être emmené vers la mer. Il pourrait même peut-être, pensa Hương, voir un jour le golfe du Mexique et le lac Pontchartrain, et même le Bayou Versailles, où elle avait vécu toutes ces années.

Tuấn

1999

Tuấn voulait revoir son ancienne maison. Après que sa mère lui eut donné l'adresse, et que Lan eut vérifié le nom de la rue sur le plan (car toutes les rues avaient été rebaptisées), il partit avec Vinh en scooter jusqu'à Saigon. Celui-ci conduisait et Tuấn se cramponna à l'arrière.

Depuis que sa mère lui avait annoncé qu'ils allaient au Vietnam, il s'était mis à en rêver, et dans ses rêves il déambulait à travers le dédale de Saigon. La ville y était enveloppée d'une brume matinale, et il ne voyait pas à trois mètres devant lui. Il faisait un pas et oubliait aussitôt où il était. Dès qu'il s'approchait d'un lieu – un magasin, un restaurant ou une église –, il ne parvenait pas à déchiffrer les panneaux et s'en agaçait. Il devait retourner au Vietnam, telle était la signification de ces rêves.

Ils longèrent les énormes résidences en béton des banlieues, se faufilèrent dans des rues plus animées et s'arrêtèrent au croisement avec un large boulevard. Scooters, motos, bicyclettes et voitures roulaient dans tous les sens.

« Je me souviens ! s'écria Vinh avec un grand rire.

– Tu te souviens de quoi ? demanda Tuấn.

– De la circulation. Cette circulation infernale. Accroche-toi bien. »

Il fit vrombir le moteur et redémarra.

Tuấn lâcha le siège pour s'accrocher à lui. « Oh, putain », dit-il.

Apparemment, personne n'était perturbé par ce trafic insensé. Une femme les dépassa tout en mangeant un bâton de viande séchée. Un enfant déboula devant eux, assis en amazone sur son vélo. Un motard se leva sur son engin, fit une roue arrière et disparut un peu plus loin. Finalement, Vinh ralentit avant de tourner à droite, puis à gauche, et la circulation se fluidifia. Au bout d'une longue ligne droite, ils s'arrêtèrent devant un ensemble de boutiques. Les unes avaient leur rideau d'aluminium baissé. D'autres étaient ouvertes, mais ne semblaient pas accueillir grand monde. Il était neuf heures du matin.

Vinh gara le scooter et ils en descendirent. Tuấn chercha le morceau de papier où était notée l'adresse.

« Il y a un problème, dit-il, à lui-même plus qu'à Vinh. On habitait au milieu d'autres maisons. Et ici il n'y a que des… » Les enseignes des magasins ne lui furent d'aucun secours : il ne pouvait pas les lire. À cet instant, une femme sortit d'un restaurant pour installer dehors des chaises en plastique rouges et plusieurs tables assorties. Elle avait une cigarette au bec. Lorsqu'elle remarqua leur présence, elle la retira.

« On est perdus, les gars ? demanda-t-elle.

– Non, non, répondit Vinh. Le petit cherche son ancienne maison. D'avant la guerre. On vit en Amérique.

– Ça fait très longtemps qu'il n'y a plus de maisons ici. En tout cas depuis que j'y suis.

– Cela remonte à quand ? voulut savoir Vinh.

– 1991, ou peut-être 1992 ? »

Tuấn eut l'air déçu.

« Tu te rappelles si ta maison était près du croisement ? lui demanda la femme en pointant le doigt vers l'extrémité de la rue, à quelques mètres de là à peine. Ou alors près du parc ? » Elle désigna cette fois un champ clos derrière eux, où un garçon faisait des dribbles avec son ballon de foot.

Tuấn réfléchit. Il revoyait un bâtiment étroit et haut, avec un balcon. Il ne se rappelait que ça et avait espéré pouvoir monter sur ce balcon pour prendre une photo de la vue. C'était de ça qu'il se souvenait le mieux : l'endroit où il se postait en attendant que son père rentre à la maison.

« Je ne sais plus, dit-il.

– En tout cas, une chose est sûre, ajouta la femme. Quand je suis arrivée, ces bâtiments étaient tout neufs. »

Tuấn passa devant elle comme s'il ne l'avait pas entendue.

« Merci », dit Vinh avant de lui emboîter le pas.

Non, ça ne peut pas être cette rue-là, pensa Tuấn avant de faire demi-tour. C'était exactement comme dans son rêve – un rêve cruellement devenu réalité. Sauf que rien n'était enveloppé de brume. Tout était clair, et pourtant il était perdu.

La cérémonie ressembla davantage à une fête qu'à un enterrement. Parvenue au bord du ruisseau, où Lan laissa Tuấn jeter une poignée de cendres dans l'eau, la procession retourna à la maison. Les plateaux de nourriture étaient déjà disposés sur les tables, et un homme remplissait une glacière de bières. Des enceintes diffusaient de la musique à plein volume – des cuivres aigus qui lui évoquèrent des cornemuses – tandis que les invités discutaient par petits groupes. Tuấn, qui ne connaissait personne, resta dans son coin. À un moment, Lan le prit par le bras et le présenta à tout le monde. « Le fils de Công », disait-elle, et les gens lui faisaient remarquer combien il avait l'air fort et sérieux – le portrait craché de son père, ajoutaient-ils – avant d'exprimer leurs condoléances. Il avait envie de leur répondre qu'il ne l'avait pas connu. Pour lui, son père était mort depuis longtemps. Il en avait déjà fait le deuil. C'était comme si tout le monde s'en rendait compte seulement maintenant, avec près de deux décennies de retard.

À quinze heures, tout le monde était parti et Lan entreprit de ranger. Tuấn et sa mère voulurent l'aider, mais comme elle semblait décidée à s'en occuper seule, ils regagnèrent leurs chambres pour faire leurs bagages. Ils devaient repartir le lendemain matin.

« Tu as pu voir l'ancienne maison ? lui demanda sa mère.

– Elle n'existe plus.

– Quel dommage.

– Ils ont dû la raser et reconstruire ensuite. Dans la rue, il n'y a plus que des magasins. »

Sa mère soupira avec un air abattu. Ses rides étaient plus marquées. Elle resta un moment silencieuse et immobile, comme si elle se remémorait quelque chose, et Tuấn aurait aimé qu'elle le partage avec lui afin qu'ils s'en souviennent ensemble. « Quel dommage », répéta-t-elle en secouant la tête. Ses lèvres tremblaient. Tuấn tendit le bras pour l'enlacer, et elle se blottit contre lui. « Quel dommage aussi que ton frère passe à côté de tout ça.

– Je sais. J'ai essayé de le convaincre de venir mais il n'est pas encore prêt.

– Prêt à quoi ? » demanda-t-elle en retournant à sa valise.

Pas prêt à réintégrer sa famille, pensa Tuấn. *Pas prêt à affronter la mort d'un père qu'il n'a jamais connu.* Quand il lui avait téléphoné pour lui annoncer la nouvelle, son petit frère n'avait pas bronché. « Tous les jours il y a des gens qui meurent, T.

– Mais c'était ton père.

– Non, c'était *ton* père. Ce n'est pas pareil.

– Tu devrais venir. C'est important, avait insisté Tuấn.

– Profite bien. »

Il n'en avait rien dit à sa mère. Qui ajouta : « Tu ne peux pas toujours être prêt. Parfois, il se passe des choses, qu'on y soit préparé ou non. Je ne vous ai pas appris ça, à tous les deux ? »

Avant qu'ils ne repartent, Lan lui confia certaines affaires de son père. « Je ne saurais pas quoi en faire. Rien que de les voir me donne envie de pleurer. »

Il était déjà vingt-deux heures lorsqu'ils atterrirent à La Nouvelle-Orléans. En rallumant son portable, Tuấn vit qu'il avait reçu cinq SMS. Tous de Ben.

« Il faut que je te parle, indiquait le dernier message. CE SOIR. » Il datait de la veille.

Il espérait qu'il n'y avait rien de grave. Lorsque sa mère le déposa chez lui, il ne se rappelait plus quand il avait discuté pour la dernière fois avec son frère en tête à tête. Pendant un temps, ils avaient vécu dans son deux-pièces de Tremé et c'était presque comme s'ils étaient retombés en enfance, chacun avec son lit d'un côté de la chambre. Puis Ben avait intégré l'université, ce dont Tuấn était très fier – son propre frère, étudiant ! –, même si la chose lui inspirait aussi une certaine méfiance. Comment y était-il arrivé ? Et qui était donc ce professeur avec lequel il traînait ? Schultz ? Schmidt ? Scheibe ? Lorsque son frère avait fait son *coming out*, ça avait été la crainte de Tuấn : qu'un vieux profite de lui. (Ça et le sida, le « cancer des homos », dont n'arrêtaient pas de parler les journaux.) Était-ce le cas ? Depuis son campus, Ben lui envoyait des cartes plus ou moins régulièrement, de celles qu'on trouvait dans les magasins de souvenirs. Au fil du temps, les messages devinrent néanmoins de plus en plus vagues : *Tout va très bien*, écrivait-il. Ou *Je vais bien*, voire seulement *Bien*, ce que Tuấn considérait être un incroyable gâchis de papier, et leur mère était du même avis.

« Qu'est-ce qui ne va pas ? lui demanda cette dernière lorsqu'il sortit de la voiture.

– Rien, maman, répondit-il par la vitre ouverte.

– C'était ton frère ? Tous ces messages ? »

Comme elle et lui ne se parlaient plus, Tuấn jouait les intermédiaires. Parfois, ce rôle l'épuisait. Ils étaient tous les deux adultes, maintenant, et il ne comprenait pas pourquoi il devait être mêlé à leurs histoires. D'un autre côté, il détestait voir monter chez sa mère ce mélange de colère et d'angoisse.

« Non, maman », dit-il. Il sentit son cœur accélérer une seconde puis ralentir, comme toujours quand il devait mentir. S'en rendait-elle compte ?

« Ah. D'accord. » Elle n'en dit pas plus. Tuấn avait remarqué qu'avec l'âge sa mère mettait moins d'ardeur à se battre. Elle afficha un air de dignité résignée et acquiesça. « Fais attention à toi, d'accord ?

– D'accord, maman. »

« Quoi de neuf ? » Tel fut le SMS renvoyé par Tuấn après qu'il eut posé sa valise. Il laissa son portable et alla chercher dans la cuisine quelque chose à grignoter. Il n'y avait que des Lucky Charms, qu'il mangea sans lait. C'étaient les céréales préférées de Ben quand il était petit, et depuis deux ans lui-même y avait pris goût.

À ce moment précis, une image lui revint : sa voiture garée devant leur appartement de Versailles et lui debout face au capot ouvert. Le radiateur était encore une fois en rade. Tuấn était en train d'y jeter un coup d'œil lorsque son frère était sorti de la maison en courant et, de but en blanc, lui avait expliqué vouloir emprunter la voiture. Tuấn devait avoir dix-neuf ou vingt ans, et Ben était sur le point d'entrer au lycée. C'était la fin août – 1992, certainement – et sa petite amie de l'époque, Thảo, était partie pour un camp de jeunes catholiques où elle était monitrice (cocasse, maintenant qu'il y repensait). Ben sentait le chlore. Il allait tout le temps à la piscine, à l'époque. D'abord avec sa meilleure amie, mais ils s'étaient brouillés, si bien que Ben devait maintenant prendre le bus ou demander qu'on l'emmène.

« Pourquoi ? avait voulu savoir Tuấn. Tu n'as même pas le permis. Tu es trop jeune. » Il était en train de remplir d'eau le radiateur. *Il chauffait sans arrêt ; il fallait le faire refroidir* : voilà ce qu'il se disait.

« S'il te plaît, l'avait supplié son frère. Une seule fois. Je veux juste voir ce que ça fait de conduire. »

Tuấn se rappelait avoir accepté avec un petit sourire en coin. Il lui avait lancé les clés, qui avaient volé à côté de Ben avant de tomber par terre. Son frère n'avait jamais été très habile de ses mains.

En cinq minutes, Tuấn fit un sort aux Lucky Charms. Puis son portable s'éclaira d'une lueur verte et vibra si fort qu'il tomba de la table. C'était son frère qui appelait. Il prit le téléphone et, décrétant qu'il devait aérer la maison pour chasser l'odeur de renfermé, il sortit.

« Ah, enfin, dit Ben sans un *bonjour* ni un *salut*. Ça fait une semaine que je cherche à te joindre. »

Tuấn s'adossa au mur de la maison. Il avait les jambes en coton ; c'est drôle comme de rester assis longtemps vous casse les jambes. Il se laissa glisser au sol et leva les yeux vers la lune, dont le contour était déformé par l'atmosphère, comme les mirages dans les films.

« T, tu es là ?

– Oui, oui. Tout va bien ?

– Je pars », répondit son frère. Sa voix était lointaine, comme si son portable était sur haut-parleur. Curieusement, il chuchotait.

D'instinct, Tuấn chuchota aussi. « Tu pars où ? Et pour combien de temps ? »

Quand ils étaient adolescents, Ben avait un planisphère au-dessus de son bureau. Il rêvait depuis toujours de voyager. Lorsque l'occasion s'était présentée d'aller au Vietnam, Tuấn avait été surpris par son refus. Pendant tout le voyage, il n'avait cessé de se dire que son petit frère aurait dû être là, qu'il aurait adoré, et que sa présence à ses côtés l'aurait peut-être aidé à se sentir plus à l'aise.

Il se frotta les yeux et regarda sa montre. Vingt-trois heures.

« Je pars *pour de bon*, insista Ben. Je quitte le pays.

– Quoi ? Mais comment ça ? Quand ?

– Bientôt. »

Puis, après une pause, il reprit : « Rendez-vous au Daisy Dukes. Maintenant. Je t'expliquerai. »

Il y eut un long silence. « Pourquoi est-ce que tu ne me racontes pas tout de suite ce qui se passe ? » Trop tard : son frère avait déjà raccroché.

Tuấn sortit son vélo et pédala jusqu'au Vieux Carré. Ben l'attendait devant le Daisy Dukes planté sous l'enseigne clignotante. Il s'arrêta à son niveau tandis que son frère, vêtu d'un sweat-shirt à capuche et d'un jean malgré la douceur de la nuit, lui adressait un salut militaire avec deux doigts sur la tempe. Tuấn attacha le cadenas. Sans un mot, ils entrèrent dans le restaurant.

« Ça fait un bail, dit-il une fois qu'ils furent assis.

– J'étais occupé. »

Ben se gratta la tête et regarda le sol. Tuấn fit de même, essayant de voir ce qu'il voyait, mais il n'y avait là que des éraflures, de vieilles frites, des serviettes en papier et des emballages de pailles. Levant les yeux, il avisa une serveuse qui prenait la commande d'un couple.

« On la connaît, non ? demanda-t-il en indiquant la jeune femme du menton. Elle me dit quelque chose, mais je n'arrive pas à la remettre. »

Ben se retourna et se cacha immédiatement derrière son menu.

« Oh, putain ! dit-il.

– Quoi ?

– Addy Toussaint. J'étais en cours avec elle. Je ne savais pas qu'elle travaillait ici. Merde. »

Tuấn se rappelait, maintenant. Addy. Une petite Haïtienne qui aimait les chewing-gums et le Coca. Elle venait parfois chez eux à vélo et attendait Ben. Il se souvenait que ces deux-là étaient suffisamment proches pour que sa mère ne voie aucun inconvénient à ce que la petite fille patiente dans l'appartement.

Il la détailla un moment. Certes, elle avait grandi, mais son sourire était toujours enfantin. Le mot qui lui vint à l'esprit fut *innocent*, du genre à ne pas pouvoir faire de mal à une mouche. Il se demanda aussi ce qui avait bien pu se passer entre elle et Ben, et en conclut assez vite que c'était sûrement la faute de son frère.

« Dis-moi quand elle sera partie, reprit celui-ci, toujours planqué derrière son menu.

– Pas encore, pas encore. »

Tuấn réprima une furieuse envie de rire. Ils étaient ridicules, tels deux gamins honteux de leur béguin.

Addy porta le regard jusqu'à leur banquette et, pendant un instant, se figea. Elle donna l'impression de vouloir s'approcher, mais une autre serveuse l'appela et elle s'éloigna.

« C'est bon, dit Tuấn, avant de laisser échapper un rire incontrôlable.

– Merci mon Dieu !

– Mais qu'est-ce que tu lui as fait ? Tu ne lui as tout de même pas brisé le cœur ! »

Ben ne répondit pas. Une serveuse vint remplir leurs verres d'eau.

« Bon, raconte-moi tout, lâcha Tuấn avec un soupir. Comment se passent les études ? Tu l'as eu, ton diplôme ? C'est quoi ta spécialité ? » Il observa son frère, qui était encore si jeune – toujours un adolescent plus qu'un homme –, et essaya de déceler des changements. Quand les gens ne se voient pas pendant longtemps, ils remarquent toujours quelque chose de différent chez l'autre. Mais il eut beau chercher, il ne trouva rien.

« La littérature », répondit Ben. Puis, comme pour clarifier : « Les livres, la lecture, l'écriture. Ce genre de choses. Je viens juste de décrocher mon diplôme, en fait.

– Félicitations, vieux. Je suis fier de toi. Vraiment. J'ai toujours voulu aller à la fac, tu sais. »

Ils savaient l'un et l'autre que c'était un mensonge.

« Ah oui ? fit Ben.

– Oui. Pour apprendre, et tout et tout. On peut aller loin avec ça. »

Une fois leur commande passée – un cheeseburger au bacon avec des frites pour Tuấn, un burger végétarien et des pickles pour Ben –, celui-ci lui annonça où il partait.

« En France. À Paris, pour être précis. Il y a une école, là-bas. Un programme d'été. » Il jeta un coup d'œil par la vitrine et sortit une serviette en papier du porte-serviettes.

« Mais je croyais que tu avais fini l'université ? C'est ce que tu viens de m'expliquer.

– Oui, j'ai terminé. C'est quelque chose en plus. Tu ne peux pas comprendre. Mais c'est important, tu vois ?

– Tu as besoin d'argent, c'est ça ? C'est pour ça que tu voulais me voir ? Ou bien tu me demandes la permission ? »

Tuấn n'avait jamais mis les pieds à Paris, mais il avait vu suffisamment d'images à la télévision et au cinéma. Il y faisait toujours un temps froid et pluvieux. Des ruelles pavées, des vieux cafés, des appartements hors de prix. Il imagina Ben perdu au milieu de tout ça et incapable de se faire comprendre, incapable de survivre. *Tu ne devrais pas y aller*, voulut-il lui dire, *c'est ridicule*. Au lieu de quoi il répondit : « Tu fais ce que tu veux.

– C'est bien ce que papa enseignait, non ? l'interrompit Ben. La littérature française ? Ou la langue française ? Un truc dans le genre ? »

Il déplia sa serviette et commença à la déchirer en petits morceaux.

Tuấn fut pris de court. Il repensa soudain à la femme de son père et à sa bibliothèque, chez elle, à tous ces livres en langue étrangère. Il se fit la réflexion que certains d'entre eux avaient dû appartenir à son père et non à Lan. Ça paraissait plus logique.

« Oui, dit-il. Je crois que c'était ça. Au Vietnam, il avait une immense bibliothèque.

– Je me demande si on a lu les mêmes choses, lui et moi. »

Ben roule prudemment mais dépasse la vitesse autorisée. Il tient le volant à deux mains et se mordille la lèvre. Pourtant, il accélère encore. Tuấn voudrait lui dire de ralentir – le moteur de la voiture n'est pas en grande forme –, mais son frère a l'air de savoir ce qu'il fait. Il a peut-être peur de conduire, *se dit Tuấn. Ben finit par ralentir au niveau de Seabrook, puis se dirige vers Wesley.*

« Ce bon vieux lycée Wesley, dit Tuấn. Ça fait une éternité

que je ne suis pas venu dans le coin. » Il avait tout plaqué au milieu de son année de terminale, après s'être embrouillé avec tout le monde. Il menait deux vies à cette époque-là : l'une à l'école et l'autre en dehors. Il avait dû faire un choix. Il en était fier, sur le moment, mais maintenant qu'il se retrouve sur le parking avec son frère, il a des doutes.

Ben regarde autour de lui comme s'il attendait quelque chose.

« Pourquoi tu nous as amenés ici ? demande Tuấn.

– Je voulais voir la tête que ça avait avant la rentrée des classes. »

Il baisse sa vitre et coupe le moteur. L'air humide de la nuit s'engouffre dans l'habitacle. Des cigales chantent dans les buissons.

« Alors, qu'est-ce que ça fait de conduire ? reprend Tuấn. On se sent libre, pas vrai ?

– Tu m'étonnes. »

Ben ouvre sa portière et contourne la voiture par l'avant. Il sonde le parking désert, qu'éclaire faiblement un lampadaire. À quatre ou cinq emplacements de là, deux corbeaux se battent pour un morceau de pizza.

Quelqu'un est venu ici il n'y a pas très longtemps. Tuấn imagine des adolescents traîner ensemble en écoutant de la musique et en mangeant une pizza. Il se demande à côté de quoi il est passé en arrêtant ses études. Il descend à son tour de voiture et se plante à côté de son frère, lequel est maintenant assis sur le capot, le regard perdu dans le ciel nocturne.

« Je suis tellement content de ne pas habiter dans le centre-ville, dit Ben. On ne voit pas les étoiles, là-bas. Trop de lumière. »

Tuấn lève les yeux : son frère a raison. Il n'avait jamais remarqué, toutes ces étoiles qui criblent le ciel.

« Tu savais, continue Ben, qu'autrefois les marins se servaient des étoiles pour se repérer ? Ce sont les constellations, tu vois ? Et quand tu arrivais à les reconnaître, à comprendre ce que tu regardais, tu savais où tu étais. C'est chouette, non ?

– Très chouette », répond Tuấn. (Quand ce souvenir lui reviendra, Tuấn pensera à ce dont son frère a hérité : l'intelligence d'un homme qu'il n'a jamais rencontré, la capacité à s'en tenir aux faits, un pur amour du savoir.)

Ils restent un long moment sans parler. Chaque fois qu'une voiture passe, Ben se raidit et la regarde. Dès qu'elle disparaît, il se détend et paraît déçu. Tuấn ne sait pas quoi dire, alors il reste silencieux.

« Je voulais te parler d'un truc, finit par lâcher son frère, mais j'ai oublié quoi.

– Ça devait pas être si important que ça, plaisante Tuấn.

– Sans doute pas. »

Quelques minutes plus tard, Ben lui lance les clés de la voiture.

« Il avait raison, lâche-t-il sans transition en montrant l'emblème du lycée. C'est bel et bien *un cow-boy. » Ils remontent en voiture, et Tuấn démarre.*

Ils sont en train de quitter la I-10 quand le moteur se met à fumer.

« Qu'est-ce qui se passe ? demande Ben, criant pour couvrir les crachotements du moteur. On a un gros pépin, là.

– Pas sûr. »

Survient alors un grincement que Tuấn n'a encore jamais entendu. Il s'arrête sur le bas-côté, juste en face d'un centre commercial, puis il ouvre le capot. La fumée le fait tousser et il agite les mains pour la chasser. Ce n'est pas la première fois que le moteur s'enfume, aussi n'est-il pas plus surpris que ça. Cette voiture, il l'a achetée pour une bouchée de pain à un copain de Thảo. Sur le coup, il s'était dit que c'était une affaire en or. Aujourd'hui, il comprend mieux.

Ben se précipite vers lui avec une bouteille d'eau, que Tuấn vide sur le moteur pour le refroidir. « Merci ! » dit-il une fois la fumée dissipée et la bouteille vidée.

« L'eau, c'était pour toi *! s'écrie Ben. Pas pour la bagnole. »*

Ils se regardent, regardent la voiture, et éclatent de rire.

Tuấn trifouille dans le moteur un moment avant de se retourner et de découvrir, sur le trottoir d'en face, un supermarché Kmart.

« Ils ont peut-être ce qu'il nous faut, dit-il en se dirigeant déjà vers le magasin.

– C'est-à-dire ?

– Je sais pas trop. On peut toujours aller voir. Du liquide de refroidissement, peut-être. J'aurais dû prendre ça plutôt que de l'eau. Je suis débile.

– Mais non, t'es pas débile », dit Ben en suivant son frère.

La route à quatre voies est déserte. Ils la traversent mais, une fois parvenus de l'autre côté, se rendent compte que les portes du magasin sont closes.

« Ils ferment à vingt heures, dit Ben après avoir lu les horaires d'ouverture.

– Ça s'est joué à pas grand-chose », répond Tuấn en consultant sa montre.

Il appuie son front contre la vitrine et songe un court instant à entrer par effraction. Il a déjà fait pire, dans sa vie. Il pourrait réciter la liste de toutes les conneries qu'il a faites, mais quand il jette un coup d'œil à son frère, il voit celui-ci se diriger vers les chariots en libre service sur le parking.

Il en prend un, se met à courir avec et soudain le lâche. Le caddie roule sur quelques mètres avant de percuter un lampadaire et de se renverser. Bruit du métal sur l'asphalte. Les deux frères éclatent de rire, bien que Tuấn ne sache pas trop ce qu'il y a de drôle.

Il dit seulement : « Eh, j'ai une idée ! », puis court chercher un autre chariot.

D'abord c'est Ben qui s'installe dedans. Poussant le caddie dans la rue, Tuấn rigole et son frère dit que c'est grotesque. Il prononce le mot avec emphase : grô-tes-que ! *Il agite les mains en l'air, comme s'il était sur le point de s'envoler.* Pas trop vite, pas trop vite – mais pas trop lentement non plus ! *Tuấn l'écoute et fait tout le contraire : vite signifie lentement, lentement signifie vite, et c'est super marrant. Il continue à le pousser pendant quelques minutes, puis ils échangent leurs places. Malgré sa petite taille, Ben compense son manque de force par un surcroît d'énergie. Ils alternent ainsi, chevauchant le chariot jusqu'à ce que Versailles apparaisse à l'horizon et qu'ils soient de retour chez eux.*

Une fois leur repas terminé, Tuấn demanda à Ben de rentrer avec lui.

« Passe à la maison. Juste une petite seconde », dit-il. Il lui prêta son vélo et suivit à pied.

« Où est-ce que tu habites, maintenant ? voulut savoir son frère.

– Au même endroit. J'ai pas bougé.

– Et tu travailles toujours au Royal Oysters ?

– Non. Maintenant, je fais le guide pour les Swampland Tours. C'est pas mal, comme boulot.

– Tu es obligé d'apprendre des tas de trucs pour ça, non ? Histoire, géographie, ce genre de choses.

– J'imagine que oui. Mais ça fait tellement longtemps que j'habite ici. À force, on absorbe naturellement tout ça.

– Regarde ! Sans les mains !

– Fais pas ça, tu vas tomber. Arrête ! »

Ils tournèrent dans Esplanade Avenue et se dirigèrent vers Claiborne.

« J'ai vécu ici toute ma vie et moi je ne pige toujours pas », dit Ben. Il se mit en danseuse et pédala de toutes ses forces. La roue avant zigzaguait.

« La Nouvelle-Orléans n'est pas faite pour tout le monde, rétorqua Tuấn. Mais c'est chez nous.

– Ouais », fit son frère, comme s'il n'avait rien d'autre à ajouter. Puis : « Comment c'était, le Vietnam ? L'enterrement ?

– Tout a changé. J'ai essayé de retrouver notre ancienne maison.

– Ah oui ?

– Mais elle n'était plus là. Ils ont tout rasé et reconstruit. Même les noms des rues ont changé. La nôtre avait un nom de fleur avant, et maintenant elle porte celui d'un type.

– C'est nul. »

Ils s'engagèrent dans une rue sombre. Ben ralentit pour que Tuấn le guide.

« Et notre père s'était remarié. Avec une prof. Il avait obtenu un poste d'enseignant dans une université financée par l'État. C'était le même bâtiment que celui où il travaillait avant, mais avec un nom différent. Et sa femme aussi bosse là-bas. Très gentille. Discrète. Plus jeune que maman.

– Vraiment ?

– Oui. Du coup, je me suis posé des questions.

– Quel genre de questions ? »

À propos de ce qu'on se cache les uns aux autres, voulut répondre Tuấn, à propos de ce que l'on ignore des êtres qui nous sont les plus proches. Au lieu de quoi il dit : « Je ne sais pas. » Puis : « C'était la guerre. Les choses peuvent être compliquées.

– Je sais », fit Ben.

Ils longèrent deux autres pâtés de maisons avant que Tuấn ne montre la sienne du doigt.

« Toujours bleue, à ce que je vois, fit remarquer Ben en désignant le perron.

– La peinture est toute fraîche. Attends-moi là, dit Tuấn devant la porte. J'ai quelque chose pour toi. »

L'idée lui était venue pendant le repas. Il y avait un objet que Ben devait posséder, quelque chose qui avait appartenu à leur père : une chaîne avec une pièce d'or gravée d'une inscription dans une langue étrangère. Elle devait venir de France ou d'un autre pays d'Europe. Ce n'était en tout cas pas vietnamien, ni même asiatique. Peut-être que leur père avait séjourné en France et l'avait rapportée de là-bas. Peut-être que Ben pourrait en apprendre davantage lors de son voyage. Dans l'esprit de Tuấn, cet objet devait lui revenir. Il lui appartenait déjà.

Il fouilla dans les poches de sa valise jusqu'à ce qu'il le retrouve, puis courut au-dehors en serrant la petite chaîne en métal. Mais lorsqu'il ouvrit la porte-moustiquaire et la laissa se refermer derrière lui, son frère n'était plus là. Le vélo était posé contre la façade de la maison. À côté de la roue avant, par terre, une enveloppe. Tuấn la ramassa. Elle contenait des billets, de cinquante et de vingt. En tout, pas loin de cinq cents dollars. Tuấn balaya la rue du regard. Rien. La nuit était silencieuse. Pas de voitures, pas de passants, pas d'animaux et pas de Ben. Ben avait disparu. Ben n'était plus là. Comme s'il n'existait pas et n'avait jamais existé. Pas la moindre trace. Il ressemblait tellement à son père.

Ben

2000

Le professeur Schreiber lui avait expliqué que l'Histoire fonctionnait par cycles. Une chose se produit, une autre en découle, et tout disparaît de notre conscience avant d'y revenir plus tard. Sa mère était allée aux États-Unis pour fuir les communistes. Il était donc naturel, du moins aux yeux de Ben, qu'il quitte – des années plus tard – La Nouvelle-Orléans et tombe amoureux d'un communiste – en France.

Le communiste en question s'appelait Julien, et Ben fut subjugué par son côté brut et son énergie. Avec cette fougue qu'il avait en lui, dans ses yeux notamment, il ne semblait pas à sa place dans une ville aussi raffinée que Paris. À Ben, il rappelait les ouvriers du bâtiment qu'il croisait à La Nouvelle-Orléans : mains rugueuses, peau bronzée et muscles saillants. Des mois durant, il y avait eu un chantier en face du Paradise. Ben les avait regardés travailler assidûment, s'émerveillant de voir bouger leurs muscles – comme des machines, et en même temps profondément désirables. Les ouvriers venaient régulièrement demander qu'on remplisse leurs bouteilles d'eau. Le jour où ils avaient appris que c'était un bar gay, ils avaient paru gênés, mais ça ne les avait pas empêchés de revenir.

Julien aurait pu être l'un de ces hommes, sans aucune difficulté. Assurément, pensait Ben, il n'appartenait pas à *ce* monde-ci, celui d'une librairie faiblement éclairée du Marais, où il tenait la caisse et discutait avec les clients.

C'était un mercredi soir. Julien, debout derrière le comptoir, parlait avec une jeune femme qui devait avoir le même âge que Ben, vingt-deux ans tout au plus. Elle avait une coupe à la Jeanne d'Arc et quelques taches de rousseur sur le visage, ce qui ne la rendait pas désagréable à regarder. Julien, lui, avait une barbe qui le vieillissait, alors que Ben ne lui donnait pas plus de vingt-cinq ou vingt-six ans.

Ils riaient, elle et lui, d'une phrase que l'un d'eux avait prononcée. C'était tellement drôle que la fille dut se couvrir la bouche à deux mains. Puis elle regarda sa montre et ouvrit de grands yeux. « *Il est très, très tard** », dit-elle en rassemblant ses sacs de courses. Julien et elle se firent la bise, puis elle sortit d'un pas pressé.

Ben avait prévu de rester à Paris le plus longtemps possible. Il avait décroché son diplôme l'année précédente, au mois de mai, et grâce à l'argent de son prêt étudiant s'était retrouvé à Paris en deux temps, trois mouvements. Paris parce que, depuis qu'il avait lu Henri Murger – un vieil exemplaire jauni des *Scènes de la vie de bohème*, traduit en anglais –, il savait que sa place était là-bas. Sans compter ce que rapportaient en permanence les médias, les émeutes et les manifestations contre toutes sortes de choses : l'augmentation du prix du timbre, les impôts, les changements de programmes scolaires… Les Parisiens, il en était convaincu, se souciaient plus des autres que les Américains, trop satisfaits d'eux-mêmes.

Un jour, peu de temps avant son diplôme, Schreiber le fit asseoir dans son bureau et lui demanda dans quelle faculté il comptait s'inscrire pour son troisième cycle.

« J'ai un bon ami à l'université de New York, lui dit-il. Leur programme de doctorat est ce qui se fait de mieux au monde. Tu auras tout ce qu'il te faut à portée de main, ainsi qu'une bourse assez conséquente, si tu acceptes d'enseigner.

– Je crois plutôt que je vais prendre une ou deux années sabbatiques. »

Schreiber fut surpris, pour ne pas dire estomaqué. « Tu as une carrière brillante devant toi, dit-il en plissant le front. Pourquoi faire ça ? »

Ben crut qu'il ajouterait : *Pourquoi* me *faire ça ?* Mais le professeur ne le dit pas.

Depuis quatre ans, Ben était reconnaissant de tout ce que celui-ci lui avait offert sans contrepartie. Malgré tout, il se sentait redevable – une dette qu'il ne pourrait jamais rembourser. C'était injuste pour Schreiber, qui se comportait avec lui comme un père. Et c'était injuste pour son propre père, qui n'avait jamais eu l'occasion de le rencontrer et réciproquement. Il lui expliqua donc que le temps était venu pour lui de se frotter à la réalité, de quitter le nid, de prendre son envol.

« Et quel est ton projet ? Comment comptes-tu subvenir à tes besoins ? »

Ben répondit qu'il irait à Paris et trouverait du travail là-bas. Ensuite, il profiterait de la vie et il écrirait.

« Ça fera plus qu'un ou deux ans, rétorqua Schreiber. Tant que tu écris, au moins c'est déjà ça ! » Le professeur leva les deux mains en l'air. Il se montrait caustique – il était furieux. Par le passé, quand ils s'étaient trouvés en désaccord, ils étaient toujours restés dans des sphères théoriques, philosophiques, abstraites, où il était question d'idées et non d'individus. Cette fois, c'était personnel.

« Rappelez-vous, dit Ben. Vous aussi, vous êtes arrivé dans ce pays avec un rêve.

– Va à Paris, alors. Va à Paris et deviens écrivain ! »

À son arrivée dans la capitale, cependant, Ben n'avait pas la moindre idée de ce qu'il pourrait bien écrire. Les mots lui manquaient. Il avait beau arpenter plus souvent qu'à son tour des librairies telles que Des livres et des amis – avec sa charmante enseigne peinte à la main et ses étals de livres installés sur le trottoir –, l'inspiration ne lui venait pas. Il fut surpris de voir que, après plusieurs mois de vie parisienne à rester assis dans les allées de sa librairie favorite pour feuilleter des livres qu'il n'avait pas l'intention d'acheter, il venait *tout juste* de remarquer Julien.

À l'heure de la fermeture, à mesure que le magasin se vidait, Julien et son patron rangèrent les livres, encaissèrent les derniers clients et époussetèrent les rayonnages. Ben continua à étudier les mêmes pages du roman antimilitariste qu'il lisait depuis trois jours.

Le patron murmura quelque chose à l'oreille de Julien et lui désigna Ben. Celui-ci, toujours plongé dans son livre, s'attendait à ce qu'on lui tape sur l'épaule et lui annonce que la librairie fermerait dans cinq minutes – ces lèvres disant *cinq minutes* et ces doigts indiquant une pendule, ou la porte, ou une montre. Ben entendit des bruits de pas.

Puis : « *Il est tard. Presque vingt et une heures**. »

Il s'éclaircit la gorge : « *Cette**... », dit-il en brandissant l'ouvrage.

Julien sourit et emporta le livre vers la caisse.

« C'est un bon bouquin », dit-il. Quand il parlait en anglais, ses mots glissaient d'une manière unique en son genre, comme s'il s'apprêtait à chanter. « Touriste ? demanda-t-il.

– Je viens d'emménager ici. »

Ben se dit qu'il aurait dû ajouter quelque chose : d'où il venait, pourquoi il vivait à Paris, ce qui l'avait amené jusqu'à cette librairie ce jour-là. Il fouilla dans ses poches et en sortit quelques billets froissés.

« Vous venez d'où ?

– La Nouvelle-Orléans... », répondit Ben. Puis, comme s'il était besoin de préciser : « En Amérique.

– J'ai des amis en Amérique, fit Julien avec un sourire en coin. Vous connaissez Peter Johnson ?

– Non.

– Johnson Peter ?

– Non.

– Vous devez connaître Pete Johns, alors ?

– Je suis navré.

– Je vous taquine. Je ne connais aucun Américain.

– On n'est pas si horribles que ça.

– Non, vous n'êtes pas si horribles que ça. »

Ben rougit et prit son livre. Une fois dehors, il s'aperçut qu'il avait oublié sa monnaie. Mais le patron était en train de fermer la porte à clé et toutes les lumières de la librairie s'éteignirent.

Merde, se dit-il. Il sortit son portefeuille et compta son argent. Il devait faire attention. Tout était cher, ici, au moins deux fois plus qu'à La Nouvelle-Orléans. Et il n'avait pas encore trouvé de travail.

Il se mit en marche. Le froid du mois de janvier lui desséchait tellement la peau que ça lui faisait mal ; impossible de sortir les mains de ses poches. Malgré l'heure tardive, malgré l'hiver, bars et brasseries étaient encore bondés. En passant devant, il vit les touristes installés en cercle autour de leurs bouteilles de vin. Désormais, il savait les distinguer des locaux. Quand ceux-là étaient plus heureux d'être en vie, dans l'instant présent, ceux-ci dégageaient une mélancolie douce. Les uns comme les autres disaient : « Oh, Paris ! », mais les premiers avec extase, et les seconds avec nostalgie.

Il entendit un groupe d'étrangers rigoler derrière une vitrine. À la table d'à côté, une serveuse était en train de tapoter sur son portable.

Délaissant les touristes, Ben se dirigea vers le 10ᵉ arrondissement en empruntant des petites rues, soit une marche d'environ deux kilomètres. Mais Paris est une ville faite pour les piétons, et Ben aimait ça. Il avait l'impression de comprendre, enfin, pourquoi Vinh faisait de longues promenades. Cela donnait le temps de réfléchir, d'être seul. Et c'est bien ce que Paris est, dans le fond : une ville solitaire.

Arrivé devant son immeuble, il s'arrêta. Les deux Autrichiens détestaient le voir rentrer trop tôt, même s'il ne comprenait pas pourquoi ; il était aussi chez lui, après tout. Tous deux étaient originaires de Graz et, comme Ben, c'étaient des artistes, mais lui était photographe et elle, chanteuse. Ben avait été ravi à l'idée de loger avec un couple d'artistes. Il s'était figuré deux êtres insouciants, passionnants et passionnés – *bohèmes*. Or ces deux-là étaient grossiers et ne semblaient pas apprécier sa présence, essayant en permanence de le convaincre qu'il se plairait mieux ailleurs, ne serait-ce que provisoirement.

Le premier mois, la fille lui laissa sur son lit des flyers pour des concerts ou des lectures, ainsi que, plus d'une fois, des feuillets, format carte postale, vantant les mérites d'un club gay à l'autre bout de la ville. De la part de n'importe qui d'autre, c'eût été une marque de gentillesse. Mais venant d'elle, c'était une tentative pour lui faire quitter l'appartement, quitter leur vie. Ben le sentait bien à la façon dont elle serrait les dents en attendant de voir s'il mordrait à l'hameçon et s'en irait. Il finit par comprendre que le vrai problème était le manque d'intimité dans cet espace exigu. Ils détestaient le voir chez eux, dans cet appartement trop petit même pour une personne seule.

« Bean, l'appelaient-ils, pourquoi tu ne visites pas un peu plus la ville ? » Ils souriaient en coin et parlaient un anglais lent, où les mots se mêlaient les uns aux autres puis partaient dans des directions différentes. « Oui, Paris est une ville magnifique. » « On l'appelle la Ville Lumière. » « Tu ne peux voir la lumière que la nuit. » Après quoi la fille ajoutait quelque chose en allemand à l'intention de son petit ami. Ils ne voyaient aucun inconvénient à chuchoter, comme sa mère quand elle parlait vietnamien en public, ce que Ben avait toujours trouvé trop voyant, trop grossier.

Ce soir-là, il avait dit qu'il rentrerait tard. « Ne m'attendez pas, *les amis**, avait-il ajouté, tout en étant certain qu'ils ne se considéraient pas comme ses amis.

– Tu vas nous manquer ! avait répondu le garçon en souriant.

– Mais ne fais pas trop de bruit quand tu rentres ! » avait prévenu la fille.

Ben leva les yeux vers sa chambre : l'Autrichienne fumait à la fenêtre en petite culotte. Elle serrait le rideau contre elle, mais le tissu en était très fin, si bien que Ben vit ses petits seins. Elle jeta son mégot dans la rue et Ben détala en vitesse, au cas où elle l'apercevrait.

Comme c'était un soir de semaine, il y avait surtout dans le 10e arrondissement des riverains rentrant du travail, des sans-abri ou des adolescents en perdition. Et puis il y avait Ben, étranger éloigné du centre de la capitale, des sites touristiques, des hôtels et des auberges de jeunesse. En Amérique aussi, il se sentait comme un étranger, mais d'une autre manière. Il n'aurait pas su l'expliquer. À La Nouvelle-Orléans, il n'aurait pas su raconter comment sa famille et lui s'étaient retrouvés là-bas. Il y avait eu un bateau, le vent les avait poussés dans cette direction et, comme les pèlerins, ils s'étaient installés. Ici, à Paris, il entrait une part de choix. Ce n'était pas un mythe familial – une histoire maintes fois racontée, toujours un peu différente, toujours un peu plus belle. Son héros de père avait sacrifié sa vie sous les balles communistes pendant que sa mère jouait les anti-Pénélope, exilée loin de sa patrie en attendant son Ulysse, jusqu'à ce qu'on lui annonce la mort de celui-ci et qu'elle se transforme en une veuve tragique, inventant des fables pour ses enfants (car c'est bien ce qu'était la vie de Ben : une fable, une série de vérités déformées, de mensonges purs et simples). Son séjour à Paris, à l'inverse, était une véritable histoire écrite par lui-même. Et quand bien même elle se terminerait mal, c'était lui qui l'écrivait. L'essentiel était là : être l'auteur de sa propre histoire.

Il entra dans une supérette pour acheter un paquet de cigarettes et une bouteille de soda. Le caissier, un homme à la peau mate avec un turban sur la tête, compta l'argent tout en discutant, téléphone calé sur l'épaule. Dehors, Ben alluma une cigarette et recracha la fumée en toussant.

Il était déçu par Paris. Quand il avait rêvé de cette ville, son esprit lui avait peint l'indépendance, la liberté. Un paradis européen pour les écrivains et les artistes. Il savait bien les risques qu'il prenait : il manquerait d'argent, il aurait du mal à communiquer, mais il rencontrerait d'autres gens comme lui, et ils seraient tous sans le sou mais heureux. Au lieu de quoi les nuits étaient froides, les rues sentaient la pisse, et le Parisien moyen était désagréable, aussi bête que n'importe quel Américain.

Au cours de sa première semaine, un mendiant lui arracha son sac à dos, qui contenait son portefeuille, un stylo, un dictionnaire de poche français-anglais, un porte-clés en plastique en forme de tour Eiffel et son journal intime. Deux rues plus loin, il retrouva le sac abandonné dans une poubelle. Le portefeuille avait disparu ; tout le reste était là.

Lorsqu'il eut fini sa cigarette, il s'assit sur un banc et jeta le reste du paquet à la poubelle. Murger avait menti, se dit-il. C'est Emma Bovary qui avait raison : la France était ennuyeuse. Et Paris, malgré tout son raffinement européen, n'était finalement pas si différent de La Nouvelle-Orléans.

Tout était clair, maintenant. Cette ville n'était pas faite pour lui. Il s'en irait bientôt. Il trouverait un endroit où s'installer, mais il ne resterait pas ici.

« *C'est le gars qui était à la librairie** », entendit-il une voix dire. Il ouvrit les yeux et se redressa. Trois silhouettes sous un lampadaire. De qui pouvait-il s'agir ? « C'est toi », poursuivit la même voix, en anglais cette fois.

Ben s'apprêta à partir en courant, mais lorsque les silhouettes se rapprochèrent, toutes trois vêtues de sweats à capuche, l'une d'elles lui rappela quelqu'un : Julien, le libraire.

Celui-ci vint lui tapoter doucement la joue. « On t'a fait peur ?

– Non, fit Ben. Vous m'avez surpris, c'est tout.

– Tu ne devrais pas dormir dans la rue. C'est dangereux.

– Julien, dit un de ses amis. *Qui est-ce* ?*

– *Un Chinois* ?* demanda l'autre.

– *Non**, répondit Julien. *Il est américain.* »

Les autres poussèrent un ouf de soulagement plein d'ironie.

Ben regarda sa montre : il était minuit. Il s'était endormi près d'une heure. Il tâta ses poches pour s'assurer que son nouveau portefeuille était toujours là et, l'ayant trouvé, se détendit. « Je dois y aller, dit-il enfin. Content de t'avoir revu. » Il se leva pour partir, mais Julien lui saisit le bras.

« Ne t'enfuis pas. On n'est pas hostiles. On est communistes ! » Il rit. Les autres en firent autant.

Ben se libéra et commença à s'éloigner, mais Julien le rattrapa et, à sa grande surprise, se planta devant lui.

« La nuit ne fait que commencer, mon ami, dit-il. Qu'as-tu prévu de faire ce soir ?

– Je vais rentrer, je pense. »

Les Autrichiens devaient être couchés, à présent.

« Rentrer ? s'écria Julien en ricanant. Il est trop tôt pour ça. Viens avec nous ! » Il lui prit à nouveau le bras.

Ben tenta de se dégager, mais la poigne du libraire était

forte. Même s'il l'avait voulu, il n'aurait pu échapper à ce garçon puissant, et cela le fit sourire.

« Où est-ce que vous m'emmenez ? »

Les deux autres les laissèrent bientôt seuls. Julien vivait à un quart d'heure de là, dans ce qui ressemblait moins à un appartement qu'à un immeuble désaffecté. Clouée à la porte d'entrée, il y avait une planche de contreplaqué sur laquelle était écrit CONDAMNÉ.

Julien ouvrit. « Un bâtiment nickel, dit-il, abandonné de tous. »

Ben dut ouvrir grand les yeux pour se repérer. Il n'y avait peut-être même pas l'électricité, ici. Il distingua l'ombre d'un placard, des cartons, une table et, sur cette table, un fouillis indiscernable. Julien referma la porte et Ben sursauta lorsque l'obscurité les enveloppa.

« Quelque chose à boire ? » proposa le libraire. Il prit un briquet et l'actionna plusieurs fois avant qu'une flamme jaillisse, et meure aussitôt.

Ben sortit sa boîte d'allumettes et la lui tendit. Julien en gratta une. Il avança de quelques pas et alluma une bougie.

« Tu habites ici ?

– Oui, dit Julien en lui prenant la main. Avec mes amis. »

Ils marchèrent côte à côte, enjambant des piles de livres, des briques, des cartons, un alignement de bouteilles vides. Julien l'emmena à l'autre bout de la pièce, où une glacière en plastique était posée sur une table. Il lâcha la main de Ben et plongea la sienne dans la glacière. Il y eut un bruit d'éclaboussure.

« *Merde* ! » s'écria-t-il. Il exhuma une bouteille et la lui donna. « Attends. » Julien reprit la bouteille et posa le goulot contre le bord de la table. Maintenant d'une main la capsule, il tira avec l'autre sur la bouteille. La capsule sauta et roula au sol avant de s'immobiliser. Julien ouvrit une autre bière pour lui.

« À la tienne !

– À la tienne ! répéta Ben.

– Aux nouveaux amis ! »

Après les bières – ils en burent trois ou quatre chacun, sans compter une espèce d'alcool fort –, ils couchèrent ensemble, passionnément, du moins aussi passionnément que le peuvent deux hommes ivres. Puis Julien se leva pour se laver dans une bassine remplie d'eau de pluie, l'immeuble n'ayant plus d'eau courante.

« On se débrouille comme on peut », lâcha-t-il. Mais Ben était trop épuisé pour retenir tout ce qui s'était dit.

Au réveil, il découvrit qu'un des garçons de la veille au soir, un des amis de Julien, était là, en train de battre des cartes. Le bruit lui sembla plus fort qu'il n'aurait dû l'être. Le garçon le salua puis, s'adressant à Julien (encore au lit, et visiblement à moitié endormi), dit quelque chose à propos des inconnus qu'on ramène, des règles à respecter, ce à quoi Julien répondit sèchement : *J'emmerde les règles* !* L'autre répliqua : *Et moi, je t'emmerde* !* Le tout lâché d'un ton ferme, mais avec un sourire à la fois sérieux et espiègle.

L'autre garçon, assis avec une bouteille de bière, suggéra d'aller prendre un petit-déjeuner. Entendant cela, Julien se leva et s'étira.

« Chambre 210 ! s'écria-t-il.

– Chambre 210 ! » répondirent les autres en chœur. Ils

rangèrent leurs cartes, leurs cigarettes, leurs bières, et se précipitèrent vers la porte.

La chambre 210 se trouvait en face. Elle était disposée de la même manière que l'appartement du libraire, mais moins désordonnée. Manifestement, elle venait d'être repeinte – un pot de peinture traînait encore dans un coin avec des pinceaux et un rouleau.

Ils s'assirent autour d'une table de cuisine et se partagèrent du pain, de la confiture et de la bière bon marché devant une fenêtre qui donnait sur la rue. Quelqu'un passa à vélo. Les pigeons allaient et venaient sur le rebord de la fenêtre de l'immeuble en face.

« Qui est ce garçon ? demanda l'un des amis de Julien.

– C'est l'Américain, répondit Julien. Ben. »

Celui qui battait les cartes se présenta : Mateo. Sa chevelure brune et bouclée le faisait paraître plus jeune que son âge. Il avait vingt-trois ans, il était espagnol, et avait débarqué à Paris deux ans plus tôt sur un coup de tête, montant à bord d'un train et sautant au moment où les contrôleurs l'avaient repéré. L'autre garçon était un Russe prénommé Sergei : vingt-cinq ans, des lunettes à monture en acier et des cheveux roux ondulés. À l'université, Sergei lisait des livres sur l'Union soviétique et l'échec lamentable de la révolution. Ajoutant à cela les conditions de vie actuelles en Russie, il était déçu par son peuple.

« Les Soviétiques n'ont pas été assez fermes », dit-il.

Mateo parla de l'abrutissement général des Russes, et Sergei s'amusa à pousser la table pour le bousculer. Seuls les Russes avaient le droit de rire des Russes, disait-il.

Tout ce petit monde parlait en français, quoique avec des accents différents. On avait l'impression d'être dans une gare routière ou un aéroport, un lieu plein de voyageurs cherchant leur destination. Parfois, Ben n'arrivait plus à suivre.

Mateo ressortit son paquet de cartes. « On veut changer le monde », dit-il. Il les battit et distribua. Ben ignorait à quel jeu ils jouaient mais prit quand même ses cartes.

« C'est-à-dire ? demanda-t-il. Comment est-ce que vous changez le monde ? »

Ils faisaient des choses pour améliorer la société, répondirent-ils. Ils manifestaient, ils rédigeaient des tracts, ils volaient dans les épiceries et les grands magasins pour donner aux pauvres. Soit principalement eux-mêmes.

Un jour, raconta Sergei, Julien s'était introduit de nuit à l'Assemblée nationale. Il avait été arrêté, bien entendu, mais ayant convaincu les policiers qu'il était ivre, il avait seulement été envoyé en cellule de dégrisement.

Néanmoins, ils n'étaient pas dégénérés, violents ou fous. Parfois, ils se réunissaient par exemple place de la Bastille pour faire de la musique – tambourin et guitare sèche – afin d'éveiller les gens à la conscience révolutionnaire. Mateo courut dans une autre chambre, revint avec une guitare et gratta quelques accords en chantant faux :

Ah ! ça ira, ça ira, ça ira
Le peuple en ce jour sans cesse répète
Ah ! ça ira, ça ira, ça ira
Malgré les mutins, tout réussira !*

C'est un chant révolutionnaire, expliqua Mateo. Ben aimait-il ? Chanté par Édith Piaf, *la* Piaf, ajouta-t-il, comme s'il y en avait plusieurs qui parcouraient les rues en entonnant des chants révolutionnaires. *Ah ! ça ira. Ah ! ça ira...* Parce qu'ils souffraient et qu'ils avaient besoin d'y croire.

« On a tous souffert », dit Sergei, reprenant son sérieux. Ils n'avaient jamais connu la guerre, mais ils connaissaient la faim, la soif, la frustration sexuelle. Et ils avaient vu des choses – la nature même de l'humanité et du mal, et ce que les gens étaient capables de faire, et ce que les gens étaient incapables d'avoir, ce qui au bout du compte, d'après leur théorie, était à la racine de tous les maux. Ils avaient tout vu, tout connu, et ils en concluaient : fini les souffrances. Pour eux-mêmes. Pour le monde. Pour l'univers !

L'univers, répéta Ben dans sa tête. Pour nous-mêmes, pour le monde, pour l'univers !

Ils firent tourner une cigarette roulée. Lorsque arriva le tour de Ben, il tira dessus et recracha lentement la fumée. Au moment où elle franchit ses lèvres, il sentit un goût terreux et brut qui le détendit profondément. Cette fois il ne toussa pas, et il en fut très fier. Il était en train de devenir français. Non, *parisien* ! La vie recommençait. C'était ça qu'il attendait.

« Qu'est-ce qui fait de vous des communistes ? finit-il par demander une fois que la cigarette eut fait un deuxième tour.

– La conviction que tous les hommes sont égaux, répondit Sergei. Toi, moi, on est pareils. Je ne suis pas meilleur que toi. Et tu n'es pas meilleur que moi. On est tous égaux.

– Sauf ces putains de bons à rien du gouvernement ! » s'exclama Mateo. Il sauta brusquement sur ses pieds, tout joyeux, et adopta une posture de combattant, les mains brandies, les jambes prêtes à bondir. « On devrait les faire travailler pour nous ! Leur montrer un peu ce que c'est que de trimer ! Sinon, on les envoie tous en…

– En Sibérie ! cria Sergei.

– En Sibérie ! confirma Julien.

– En Sibérie ! » répétèrent-ils tous en chœur. Ils levèrent les bras en l'air et poussèrent des cris de joie. Sergei, mains sur les hanches, se mit à danser, comme si « Sibérie » était une vieille chanson folklorique. À la fin, il s'écroula sous les applaudissements.

« Et on fera table rase, dit Mateo. Voilà ce qu'on mérite ! Tout ça ! Au minimum ! »

Dehors, le soleil s'était levé. Ben entendit des voitures démarrer, le grincement de portes qu'on ouvrait, la toux sèche d'une vieille personne. Les pigeons n'étaient plus là. La fenêtre de l'immeuble d'en face s'ouvrit ; une femme se pencha avec un chiffon.

L'Espagnol saisit Ben par l'épaule. « Mon ami, on a tous souffert ici. Et toi, raconte-nous un peu, comment tu as souffert ? »

Comment avait-il souffert ?

Les mots se répétèrent dans sa tête. Les sons tourbillonnèrent en un halo d'ivresse. Il avait souffert, oui, mais comment ? Il but une gorgée de bière et s'en alla sonder le tréfonds de sa mémoire, labyrinthe infini de haies taillées au cordeau, pour tenter d'exhumer le moment où il avait été le plus déçu, où il en avait le plus voulu à la terre entière. Les images défilèrent, innombrables. Le défi consistait à choisir la bonne. Il vit des nuances de peau, des bouches qui remuaient, des étoiles qui brillaient d'une lueur pâle.

Puis ce fut l'évidence. *Bien sûr*, pensa-t-il. C'était une

longue histoire, mais il pourrait la résumer. Confusément, il se mit à raconter.

« Mon père, dit-il. Mon père est resté au Vietnam. Quand on est arrivés en Amérique, ma mère a commencé à lui envoyer des cassettes. Pour lui décrire notre nouvelle vie là-bas. Elle a fait ça pendant des années. Des *années.* »

Les autres hochèrent la tête.

Ben poursuivit : « À la fin de chaque cassette, elle nous montrait le magnétophone, à mon frère et moi, et nous demandait de dire au revoir à notre père. J'étais encore petit mais, curieusement, pendant très longtemps j'ai cru qu'il vivait dans ce magnétophone, et même qu'il *était* le magnétophone. Il a fallu que j'attende d'aller à l'école pour comprendre ce qu'était vraiment un père. »

Il termina sa bière d'un trait.

« Il y a quelques mois, reprit-il, mon père est mort. Mon frère et ma mère ont pris l'avion pour le Vietnam. À leur retour, mon frère m'a raconté que notre père s'était remarié. Avec une toute petite femme discrète et fragile qui enseignait la poésie et n'avait pas d'enfants – peut-être qu'elle ne pouvait pas en avoir, je ne sais pas. En tout cas, mon frère m'a dit qu'ils vivaient dans une gigantesque maison avec un sol en marbre, des photos de tous les endroits où ils étaient allés ensemble, des plantes vertes dans tous les coins. Rien à voir avec l'appartement de notre enfance. Et puis ils avaient des tonnes de nourriture, un garde-manger plein à craquer. Là encore, rien à voir avec ce qu'on a connu – les soupes en boîte, les ramens instantanés… Ma mère travaillait toute la journée, à respirer les vapeurs de dissolvant dans une onglerie. Elle rentrait à la maison épuisée, migraineuse. Elle ne pouvait pas s'occuper de nous. Dans notre enfance, on n'avait rien. Rien du tout. »

Décidément, pensa-t-il, il était condamné à être déçu toute sa vie. Et ce, alors qu'il commençait à se faire à l'idée d'avoir un père ! C'était sa déception même qui l'avait poussé à s'installer de l'autre côté de l'océan. À l'aéroport, avant d'embarquer, il avait hésité un instant à rebrousser chemin. S'il voulait aller à Paris, c'était pour en apprendre davantage sur son père, le professeur de littérature française, et nouer avec lui un lien profond. Mais partir, il l'avait compris alors, ne lui permettrait pas d'obtenir ce qu'il désirait. Tandis que l'employé de la compagnie aérienne scannait son billet, Ben s'était dit qu'il avait tort de penser cela – il avait tort et c'était idiot. Et puis il était monté dans l'avion.

Il jeta un œil par la fenêtre et considéra ensuite la chambre. Comme c'était vide, ici. Poussiéreux et sombre. Il imagina sa mère le jour de son arrivée à Versailles, entrant dans leur appartement pour la première fois. Comme ça avait dû être vide, aussi. Il fallait une vie entière pour rendre un lieu vivant. Il se rappela que longtemps ils n'avaient pas eu de table dans la cuisine, et que pendant toute une période ils n'avaient eu qu'un seul lit. Par la suite, sa mère en avait récupéré un autre, que Tuấn et lui s'étaient partagé.

Il se demanda ce que son frère faisait au même moment, seul dans sa maison jumelle dont il s'était fait un foyer, son foyer, en un rien de temps. Quand Ben avait vécu là-bas, il s'était tout de suite senti chez lui. Et aujourd'hui, où était-il ? Qu'avait-il choisi ? Cette pensée lui tournait dans la tête, maintenant qu'il vivait dans un autre pays, sur un autre continent, loin des lieux familiers de son enfance. Sauf que la question – *qu'avait-il choisi ?* – semblait lourde, comme un objet lesté qu'on soupèse. Il se dit qu'il devrait écrire à Tuấn. Pourquoi ne l'avait-il pas fait depuis son arrivée ? Il s'aperçut qu'il avait oublié son adresse ; peut-être ne l'avait-il même jamais connue.

Il était épuisé. Il se leva et secoua la tête. Il avait besoin de s'allonger.

« Ça va ? demanda Julien en lui tendant la main.

– Quoi ? Ah, oui. » Ben prit sa main dans la sienne et sourit. « Tout va bien. J'ai juste sommeil. »

Ils devinrent des amants discrets. Julien était un jeune homme généreux avec de grandes idées qui le faisait frémir et le bouleversait, ce que Ben interprétait comme de l'amour, ou quelque chose s'en approchant. Par amour, pensait-il, on pouvait tout sacrifier. Il resterait chez lui et ses amis jusqu'à la fin de la semaine.

Ils passaient le petit-déjeuner à discuter, puis tous partaient travailler – Julien était donc libraire, Mateo serveur, et Sergei mendiant professionnel. Ils gardaient leur argent dans des bocaux en verre et des gobelets en plastique. Les communistes ne faisaient pas confiance aux banques. Le pot commun ne servait qu'à certaines choses, telles que les livres, la nourriture, l'alcool et les cigarettes. Les communistes voulaient la révolution, mais ils avaient aussi besoin de manger. Ils avaient l'immeuble de trois étages pour eux seuls. Il y avait un trou dans le toit et, quand il pleuvait, le dernier étage était inondé. Un jour, Julien s'en excusa et Ben répondit qu'il avait grandi dans la pauvreté, donc il avait l'habitude.

« Je savais que tu ne m'en tiendrais pas rigueur ! » s'écria Julien en le gratifiant d'un baiser sur la joue.

L'appartement était tout ce dont ils avaient besoin. Ils avaient un toit au-dessus de leurs têtes, et puis aussi de quoi se chauffer et se nourrir ; ils recueillaient l'eau de pluie pour se laver et avaient la chance d'habiter à deux pas d'une station de métro et des toilettes publiques. Ils survivraient, Julien en était persuadé. Ils réussiraient.

Ben, en dépit du bon sens, lui fit confiance, et deux semaines plus tard il quittait les Autrichiens. Il leur manquerait, lui jurèrent-ils. La fille se dit heureuse en apprenant qu'il avait trouvé l'amour. Elle couina joyeusement lorsqu'il le lui annonça et donna l'impression de vouloir sincèrement en parler avec lui, à la façon dont Ben imaginait les filles discuter des garçons au lycée. Julien de son côté était heureux d'avoir non seulement un amant mais, plus important encore, un camarade révolutionnaire.

« Tu nous rejoindras, hein ? lui demanda-t-il un soir, la tête sur son épaule. Nous, les communistes ? »

C'était drôle. En Amérique, personne ne se serait qualifié de communiste avec une telle ardeur. Qu'en penserait sa mère, elle qui avait fui les Việt Cộng, ces paysans révolutionnaires, ces va-nu-pieds qui avaient changé le destin d'un pays et, par là même, l'existence de millions de personnes ? Qu'en penseraient-ils, tous ces gens-là ?

« Oui, répondit Ben, bien sûr. »

Il se mit au lit et ferma les yeux.

Il fut réveillé dans la nuit par la voix de sa mère, qu'on aurait crue portée par le vent, comme si elle avait survolé terre et mer pour lui annoncer une chose importante qu'il devait chérir dans sa mémoire. Mais lorsqu'il ouvrit les yeux, il n'y avait que le mur éclairé par la lune et un bras chaud sur son torse. Le froid de la nuit était mordant. Ben se leva pour remettre des briquettes de bois à brûler dans la cheminée. Il se recoucha et se roula en boule contre Julien pour se réchauffer. À La Nouvelle-Orléans, jamais les nuits n'étaient aussi froides. Avait-il vraiment fait le bon choix ?

V

Août 2005

Bà Giang refusant de quitter son appartement, Vinh et Hương s'arrêtent devant chez elle avant de partir pour tenter une dernière fois de la faire changer d'avis. Dans un carton de déménagement, ils ont mis le strict nécessaire : boîtes de conserve, bouteilles, albums de famille, passeports, actes de naissance des garçons, et tous leurs papiers de naturalisation.

« Je ne peux pas, dit Bà Giang. Je suis trop vieille. Mes os ! » Elle s'appuie sur sa canne pour s'extirper du canapé en velours côtelé, celui-là même qu'elle a acheté le jour de son installation à Versailles, et dont la couleur est passée du bleu marine à un cobalt sale. Sous son autre bras, elle tient son petit chat, un animal abandonné nommé Đường – *Sucre*. C'est une femelle blanche, mais Bà Giang assure qu'elle est comme ça parce que son dernier maître l'a fait tomber dans une bassine d'eau de Javel.

« De toute façon, lâche-t-elle en soulevant amoureusement le chat, Đường ne peut pas voyager. C'est le bác sĩ qui le dit. Elle devient sourde, en plus !

– Mais les infos ! rétorque Hương. Vous n'avez pas

écouté les infos ? Qu'est-ce que vous regardez à la télé, Bà Giang ? »

Hương passe la tête à l'intérieur et voit qu'une vieille cassette vidéo de *Paris by Night* est en train de passer. Des femmes en áo dài dansent avec des ombrelles roses et chantent : *Sài Gòn đẹp lắm, Sài Gòn ơi ! Sài Gòn ơi !*

Hương entre, éteint le magnétoscope, change de chaîne. La présentatrice météo est affublée d'une cape de pluie et tient son micro à deux mains alors qu'il ne se passe encore rien. Puis une carte du golfe du Mexique s'affiche à l'écran : un disque rouge se rapproche de la Louisiane en tournoyant.

« Là ! s'écrie Hương. Demain il sera au-dessus de nous, Bà Giang.

– Oh, un *ouragan*, répond celle-ci, comme si elle venait de faire tomber son mouchoir et que Hương avait eu la gentillesse de le ramasser. J'en ai vu plein, déjà. Ça va passer.

– Il se renforce, ce sont les spécialistes qui le disent.

– Ces gens n'y connaissent rien. Mais si tu t'inquiètes vraiment pour moi, je calfeutrerai les fenêtres.

– Bà Giang ! »

Dehors, Vinh klaxonne. Il est bientôt minuit et ils doivent aller chercher Tuấn et sa petite amie. Ils ont prévu de se réfugier à Bâton-Rouge.

« Hương ơi ! J'ai survécu à la fin d'un pays, je survivrai à ça aussi. Crois-moi, les Vietnamiens sont comme les cafards. On survivrait même à la bombe atomique ! » Elle éclate de rire et rallume son magnétoscope. Les femmes, mi-danseuses, mi-chanteuses, virevoltent à l'écran, encore et encore.

Nouveau coup de klaxon.

« On doit partir, Bà Giang. Je ne peux pas vous laisser ici, je m'en voudrais toute ma vie.

– Tu t'en remettras très bien. Promis. »

Addy pédale plus vite. Tuấn lui a téléphoné au restaurant.

« D'après ma mère, on va se le prendre en pleine poire, a-t-il dit.

– Vraiment ? »

Elle était en train de plier les serviettes, portable calé sur l'épaule.

« Par simple précaution, elle a dit qu'elle passerait nous prendre.

– Pour aller où ?

– À Bâton-Rouge. On trouvera un motel pour la nuit. »

Addy a baissé le son de la télévision et s'est bouché l'autre oreille. « Quoi ? Je n'entends rien.

– À Bâton-Rouge, a répété Tuấn. On trouvera un motel. »

Mais quand Addy a demandé à son patron si elle pouvait débaucher plus tôt, celui-ci a refusé. « Tu sais depuis combien de temps ma famille habite ici ?

– Cent milliards d'années ! »

Elle connaît la rengaine. Sebastian est néo-orléanais et fier de l'être, même si elle n'a jamais compris qu'on puisse être fier d'être originaire d'un lieu : on n'a pas eu le choix, c'est le destin. « Cent milliards de putains d'années !

– Pas loin : deux cents ans. Alors ce n'est pas un ouragan à la con qui va nous chasser de chez nous. Tout ira bien. Cette ville flotte. C'est un canard en plastique, à peu de choses près. »

Addy est donc retournée à ses serviettes. Il n'y avait qu'une seule table occupée ; dehors, les rues étaient désertes.

Elle a essayé de se rappeler si les animaux s'étaient comportés bizarrement aujourd'hui. Un jour, elle avait vu un documentaire à la télévision expliquant que dans ces cas-là les bêtes avaient un sixième sens.

« Observez toujours les animaux, disait un garde forestier de l'Utah filmé devant un immense canyon. Ils savent tout. »

Elle a regardé par la fenêtre. Un sac en plastique volait sur le trottoir et a fini par disparaître au coin.

À minuit, quand le restaurant a fermé, elle s'est précipitée pour enfourcher son vélo, protégée de la pluie par sa seule casquette de base-ball. À présent, elle ralentit en arrivant au niveau de la supérette de M. Franklin. Depuis la rue, elle voit le patron tout seul à l'intérieur, en train de lire un bouquin derrière le comptoir.

Quelques bouteilles d'eau à prendre avec nous, pense-t-elle. *Un peu d'eau, ça ne fera de mal à personne.*

L'eau se jette sur lui. D'abord il essaie de nager, mais les vagues l'assaillent, forcent le passage entre ses lèvres, jusque dans sa gorge. Il sent le goût de la mer, du sel ; il sent tout. À la surface, au loin, il distingue un bateau. Ses bras fouettent l'eau. Il doit bouger, sinon il va mourir.

Ben se réveille en panique.

Ce n'était qu'un rêve. Dieu soit loué ! Que tous les dieux soient loués, sans exception. Encore un rêve. Il se redresse et allume sa lampe de chevet. Toute la semaine, il a fait des rêves menaçants. Il y est toujours question d'eau. Et ils sont tellement précis que, pendant une fraction de seconde, entre sommeil et veille, il les confond avec ses souvenirs.

Dans ce rêve-ci, il était à bord d'un bateau.

« Sacrifice, sacrifice, sacrifice », scandaient-ils. Quelqu'un devait être sacrifié pour sauver les autres. Au milieu des psalmodies, Ben – petit garçon – était jeté par-dessus bord.

« Ça va ? Qu'est-ce qui se passe ? » demande Julien en lui massant le dos. Il lui touche le front, puis va dans la salle de bain. Ben l'entend ouvrir le robinet, qui couine, puis le refermer. Dire qu'ils ont vécu presque deux mois dans un appartement désaffecté, sans eau ni électricité, avant d'être découverts et expulsés par la mairie. Qu'il se soit infligé une chose pareille lui paraît absurde, voire dangereux. Julien revient avec une serviette humide. Il la pose sur son front. « Tu as de la fièvre, dit-il.

– Impossible, répond Ben. Je ne suis jamais malade. C'est à cause des cauchemars, ils me rendent nerveux. »

Tandis que Julien se prépare à aller travailler, Ben s'approche de la fenêtre et ouvre les volets. Tout est si calme, alors que son rêve était si bruyant. L'eau, surtout. Mais là, c'est une journée ordinaire – paisible et ordinaire.

Julien sort de la salle de bain en resserrant sa cravate. « Aujourd'hui c'est ton jour de congé, non ?

– Oui. J'irai au marché nous acheter quelques fruits et légumes. »

Ben doit se charger de refaire le nœud comme il faut. Parce que les jeunes du collège ne prendront pas Julien au sérieux s'il n'a pas sa cravate bien nouée.

Tuấn est en train de faire ses valises quand la porte s'ouvre. C'est Addy.

« Ils nous ont seriné la même chose toute la journée, lui dit-il. Réfugiez-vous en hauteur. »

« Réfugiez-vous en hauteur », répète alors la radio comme en écho.

« Sebastian m'a conseillé de rester », explique Addy en se dirigeant vers la salle de bain. Laissant la porte ouverte, elle retire sa tenue de travail. Sa peau noire est luisante de sueur. Elle sourit à Tuấn, enfile un short et un débardeur.

Dans le temps, elle avait été la meilleure amie de son petit frère. Pendant plusieurs mois, Tuấn a fréquenté le restaurant où elle travaille le soir. Il quittait son boulot tard et s'installait seul dans un coin pour dîner. Il croyait qu'elle ne l'avait pas reconnu, jusqu'à ce qu'un jour elle s'approche de lui avec sa carte de crédit et son reçu, puis lui dise : « Mais qui vois-je là ? Monsieur SBZ en personne. »

L'allusion le fit rougir. N'ayant jamais fait officiellement partie des SBZ, il se demanda jusqu'où cette rumeur était allée et combien de temps elle avait sévi.

« Je vais te dire quelque chose », continua-t-elle en s'asseyant face à lui.

Je suis fichu, pensait-il. Si elle n'avait pas oublié les Southern Boyz, elle se rappelait forcément le genre de garçon qu'il était à l'époque. Il se préparait déjà à se défendre en arguant que tout le monde change.

« Je vous ai toujours bien aimés, dit-elle. Toi et ta famille. »

Intérieurement, Tuấn poussa un grand soupir de soulagement.

« Et je me suis souvent demandé ce que vous étiez devenus.

– On change tous », répondit-il malgré tout. Et ils passèrent la soirée, et bien d'autres après, à se raconter leur vie et à constater combien ils avaient bel et bien changé.

Après ça, ils sont vite devenus amis.

Aujourd'hui, il ne comprend pas pourquoi il a mis autant de temps, pourquoi il ne voyait rien. Cela fait maintenant deux ans qu'ils sont ensemble.

« À quelle heure ta mère doit venir ? demande Addy.

– Bientôt. »

Elle s'approche alors que Tuấn continue à jeter des vêtements dans la valise. « Tu fais ça n'importe comment, dit-elle en vidant tout. Il ne faut prendre que le strict nécessaire. »

La climatisation est en panne. Elle est bloquée au maximum et ne veut plus s'arrêter. Comme la nuit est chaude, les vitres s'embuent. Vinh arrête la voiture pour les essuyer. Tout reste brouillé.

« On ne pourrait pas aller un peu plus vite ? demande Hương.

– Je ne vois rien avec toute cette buée. »

Il s'est mis à pleuvoir plus fort. Ce n'est plus la petite bruine qu'ils ont observée toute la soirée. On dirait une tempête différente, comme si des clous tombaient du ciel.

Vinh redémarre.

« On attend des vents exceptionnellement forts, annonce

la radio. Et de la pluie, aussi. Réfugiez-vous en hauteur. Restez à l'intérieur. »

Hương passe sa langue sur ses lèvres et monte le volume. Il ne le dira jamais tout haut, mais Vinh sait qu'elle aime les situations d'urgence. Elle prend plaisir à trouver le meilleur moyen d'échapper au danger et de rester en vie. Un jour, apprenant qu'un tremblement de terre avait frappé la Californie, elle s'était précipitée à la supérette du coin pour acheter des produits de première nécessité – des lampes torches, une radio portative, des piles, un pistolet d'alarme. « Au cas où on se retrouverait coincés dans les décombres », avait-elle expliqué. Le drame avait beau se jouer à quatre mille kilomètres de là, elle était prête à sauver tout son monde s'il le fallait.

« Je m'en veux pour Bà Giang, dit-elle, mais elle refusait de partir. J'ai essayé de la traîner. Littéralement. C'est pour ça que j'ai mis autant de temps. Mon Dieu, qu'est-ce qu'elle a grossi !

– Ne t'en fais pas pour elle. C'est une survivante, répond Vinh.

– C'est ce qu'elle m'a dit, oui. Et si elle se trompait ? Je vois très bien son appartement se faire souffler par le vent. On va la retrouver coincée dans un arbre, quelque part.

– Ce serait marrant.

– Pas si ça arrive pour de vrai. »

Vinh accélère. Les rues sont désertes, tout est fermé. Portes et fenêtres ont été condamnées avec des planches de contreplaqué.

« Prends à gauche, dit Hương.

– Tu es sûre ?
– Oui, je suis sûre. »

Ben est assis sur un banc avec une Thermos, un calepin et un stylo.

Aujourd'hui, il en est persuadé, il va écrire. Mais quoi ? Il voulait écrire sur sa vie ici au cours des cinq dernières années (il n'en revient pas lui-même ; ça s'est fait comme ça). Il y avait matière à écrire, assez d'histoires pour remplir plusieurs livres. Raconter sa période avec Julien et les autres communistes. Raconter comment la police les avait expulsés. (Il ne s'était rien passé d'extraordinaire, hormis un matelas jeté du haut du deuxième étage, mais les mots pouvaient y insuffler de la vie.) Raconter la dèche à Paris et les divers boulots qu'il a exercés : d'abord comme ramasseur de déchets recyclables (il n'arrêtait pas de dire à Tuấn que c'étaient des déchets *recyclables*, et non des *ordures*, même si celui-ci n'avait pas l'air de connaître la différence), puis pion dans un lycée, et aujourd'hui il fait la plonge dans un restaurant tout en rédigeant, la nuit, des articles pour un site Internet touristique et des descriptions de produits en anglais pour une société qui vend des vêtements en ligne. Il est convaincu d'avoir des choses à dire sur tout ça, des choses importantes.

Pourtant, s'il est honnête avec lui-même, tout, ici, l'ennuie. Il avait cru trouver de quoi tisser un lien avec son père, donc avec son propre passé. À tout le moins, prendre du bon temps et vivre passionnément, comme les Français sont censés si bien le faire, en agissant au jour le jour comme bon lui semblait.

Or rien de tout ça n'a eu lieu. Il n'a rien. Il regrette d'avoir choisi de rester avec Julien, et à Paris. Julien est un garçon sympathique, qui a eu de grandes idées, autrefois. Désormais, il enseigne à temps partiel la géographie à des collégiens. Comme les gens changent, pense Ben, tout en se demandant si lui aussi a changé, et si oui, dans quelle mesure. Mais il n'a pas de temps à perdre à ressasser. Tout ça, c'est le passé. Il doit songer à l'avenir et à ce qu'il fera.

« Je suis sûre qu'on l'a ratée, dit Hương. On aurait peut-être dû tourner là-bas. »

Vinh stabilise le volant. Ce vent ! Il sent la voiture osciller d'avant en arrière. Il n'est pas tout à fait sûr de pouvoir la maîtriser encore longtemps.

« Ces maisons…, reprend Hương. Elles se ressemblent toutes. Je ne sais même pas si on est dans le bon quartier. » Ils ont dû se tromper de carrefour à un moment, mais il fait trop sombre pour y voir quelque chose.

« Tu veux que je fasse demi-tour ? demande Vinh.

– Prends cette rue, là, et fais le tour du pâté de maisons. »

Vinh ralentit. La rue n'est plus éclairée, alors qu'elle devrait l'être. Sans doute une panne d'électricité.

Avant de pouvoir tourner, il s'aperçoit que la voie est à sens unique et qu'une voiture arrive en face. Il écrase la pédale de frein puis, au dernier moment, décide d'esquiver. Il sent le vent pousser contre les roues et dévier la voiture.

Il voit un lampadaire, il voit une boîte aux lettres, puis un mur qui se rapproche et disparaît.

Il entend le choc avant de le sentir. Les airbags se déclenchent et s'écrasent contre son visage. Ses dents mordent ses joues, un goût ferreux se répand dans sa bouche.

« Qu'est-ce qui s'est passé ? entend-il Hương demander. Vinh ? Ça va ? » Elle paraît loin, comme si elle se tenait de l'autre côté de la vitre.

Il tend la main. Ah, voilà son bras. Et ici son coude. Là, il y a du sang, chaud et collant.

« Trời ối, ça va ? demande-t-il.

– Em không biết. J'ai mal à la tête. »

Vinh lui serre le bras. Il se rend compte que l'eau rentre dans l'habitacle. Il veut ouvrir la portière mais celle-ci ne cède pas. Il pousse – de toutes ses forces. Impossible d'ouvrir. Il pousse encore plus fort. Ils sont peut-être dans l'eau, se dit-il, mais elle n'a pas l'air si haute. Elle n'a pas pu déborder aussi vite. Il se sert de son épaule pour faire une dernière tentative. Cette fois, la portière s'entrouvre légèrement, assez pour qu'il puisse se faufiler.

Une fois sorti de la voiture, il constate les dégâts. L'avant est embouti, le pare-brise fracassé et la portière côté conducteur toute cabossée. L'autre est quant à elle coincée contre un poteau téléphonique. Il voit Hương qui essaie péniblement de l'ouvrir. Il se précipite vers elle.

« Tu peux baisser ta vitre ? » demande-t-il.

N'entendant pas de réponse, il répète et se rapproche. Hương appuie sur le bouton de la vitre, le lâche, recommence.

Vinh tire la portière arrière : elle est bloquée aussi. Il

essaie avec les deux mains jusqu'à ce qu'elle s'ouvre, mais de quelques centimètres seulement.

« Tu peux passer à l'arrière ? »

Il voit Hương bouger et se glisser sur la banquette.

Puis elle prononce une phrase qu'il n'entend pas et pousse la portière tandis qu'il tire. Elle frappe à la vitre.

« Recule ! » l'entend-il dire, cri étouffé.

Il s'éloigne. Hương cogne la vitre avec un objet, mais celui-ci rebondit.

Comprenant ce qu'elle cherche à faire, Vinh se met en quête d'un objet lourd. Il fait plusieurs pas avant de mettre la main sur une grosse branche tombée d'un arbre. Il la soulève, ordonne à Hương de reculer et la lance contre la vitre, qui se brise en mille morceaux. Hương fait tomber les éclats de verre restants à l'aide de la lampe torche et sort.

Déjà, remarque Vinh, l'eau est en train de monter. Ils vont rapidement devoir se réfugier en hauteur. Il soulève Hương. Il constate qu'elle a une ecchymose violacée sur le front.

« Il faut qu'on parte, dit-il. Vers un endroit plus sûr.

– Mais Tuấn… »

Elle essaie de comprendre où ils sont. « Il faut qu'on récupère Tuấn.

– On n'a plus de voiture.

– Sa maison, dit-elle en se mettant à courir.

– Hương ! »

Vinh lui emboîte le pas. Il est trempé jusqu'aux os, l'eau ruisselle dans ses yeux. Il sent que l'air se refroidit. « On ferait mieux de se mettre à l'abri, insiste-t-il en essayant de la rattraper. Tuấn se débrouillera. »

Au croisement, Hương s'arrête. « On a loupé une rue. On a forcément loupé une rue. » Et elle se remet à courir.

À la radio, le maire déclare : « C'est l'ouragan du siècle. » Une annonce qui est passée en boucle toute la journée. En bruit de fond, les journalistes arment leurs stylos pour prendre des notes. « Monsieur Nagin ! Monsieur le maire ! Monsieur Nagin ! » crient-ils en chœur.

« Il se fait tard », dit Addy.

Ils sont assis devant la fenêtre, alors qu'ils savent pertinemment que c'est déconseillé. Elle plaque son visage contre la vitre.

« Je ne les vois pas. Je ne vois personne », continue-t-elle. La pluie fouette la fenêtre. Addy sent le vent sur la vitre, sa pression implacable. Elle sait que tout sera cassé à leur retour, il y aura des tonnes de choses à nettoyer. Elle imagine déjà tout ce qu'il leur faudra faire : ramasser les bris de verre, évacuer l'eau stagnante, récurer et désinfecter la maison de fond en comble. Mais ils s'en sortiront, elle en est persuadée. Leurs familles ont fui leur patrie pour repartir de zéro ailleurs – ici, dans les marécages. Ces gens n'ont pas fait que survivre : ils ont réussi. Ils sont robustes, et elle en est fière.

« Éloignons-nous de la fenêtre », dit Tuấn.

« … évacuation obligatoire de La Nouvelle-Orléans », explique le maire Nagin à la radio.

Les lumières vacillent puis s'éteignent. Le maire cesse de parler. Le ronronnement de l'électricité a disparu.

« Ça va, chérie ? demande Tuấn.

– Oui », répond Addy. *Comme il est gentil*, pense-t-elle. Rugueux en apparence, mais si gentil sous la carapace. Il a simplement fallu apprendre à le connaître. Tomber amoureuse de lui s'est ensuite fait tout naturellement. Elle l'entend se cogner dans un meuble, puis craquer une allumette.

« Où est-ce qu'on a rangé les bougies ? lance-t-il en allant à la cuisine.

– On ne devrait peut-être pas les attendre, suggère Addy.

– Quoi ?

– J'ai dit : "On ne devrait peut-être pas les attendre."

– Ils sont en route. Ils ne vont pas tarder. »

Tuấn revient avec une bougie parfumée. « Je te jure, ils arrivent. » La flamme apparaît. Il a presque l'air choqué à l'idée de partir sans sa mère.

Comme il est gentil, pense à nouveau Addy.

La maison commence à sentir la lavande.

Hương imagine que la route est faite non pas d'asphalte, mais d'une terre molle et détrempée. Où se trouve la maison de Tuấn ? Pourquoi ne s'en souvient-elle pas au moment le plus crucial ?

Elle tourne dans une autre rue qui, malgré l'obscurité totale, lui rappelle quelque chose. Les maisons sont toutes identiques à ses yeux : soit jumelles, soit *shotguns*. Comme quand elle est arrivée dans ce pays.

Elle est totalement désorientée. La pluie brouille sa vision, et ses cheveux mouillés deviennent lourds. Tout en courant, elle les tire en queue-de-cheval et les rabat sous le col de son T-shirt.

Elle sent le sang affluer dans sa tête, palpiter. Sa blessure au front lui fait mal.

Survient alors une explosion. Elle la voit dans le ciel : les étincelles ressemblent à un feu d'artifice. Elle a envie de crier, mais se retient.

Des coups de feu, pense-t-elle. *Des coups de feu ou des bombes, des coups de feu ou des bombes, ce doit être ça, quelqu'un a une arme ou une bombe.*

Elle imagine des voyous en pantalon baggy prendre la ville d'assaut. Elle imagine des tanks rouler dans l'eau. Elle imagine des hommes maigres, torse nu, chapeau conique sur la tête, pieds nus sous la pluie.

Puis elle pense : il faut quitter la ville tout de suite. Il faut partir et ne jamais revenir. Elle en est sûre, c'est le dernier soir qu'elle passe ici. Elle doit partir.

Mais son fils.

Mais mes fils... Tuấn et Bình. Tuấn et Bình. Tuấn et Bình... Dis leurs noms. Garde-les dans ton cœur.

Ben ferme les yeux. Et revoit l'eau. Il la voit partout. Son frère est en train de hurler, et sa mère hurle aussi en se tenant le ventre. Il comprend maintenant que c'est lui dans ce ventre, ce gros ventre. Donc ce garçon est un autre garçon. Il ne s'est pas noyé. C'était un autre que lui.

Un homme attrape l'enfant par les poignets. Depuis son poste d'observation, Ben le voit assis en position de prière, les mains jointes, tête levée vers le ciel.

« Qu'est-ce que tu fais ? » crie une femme. Ce n'est pas la mère de Ben. C'est la mère d'un autre.

Le bateau tangue violemment. Il y a un tourbillon. C'est la nuit. Où que porte le regard, il n'y a que du noir. Le garçon émet un jappement, mais l'homme le secoue, alors le petit se tait et ses pleurs sont happés par le vide.

« Sacrifice ! hurle quelqu'un.

– C'est le plus jeune d'entre nous, dit l'homme. Il ne perd rien. Il n'a rien à perdre. »

La femme se lève et s'avance vers son fils.

D'un geste brusque, l'homme éloigne le garçon d'elle.

« Sacrifice ! répète quelqu'un.

– Pauvre petit, répond quelqu'un.

– Sacrifice ! » crie une autre personne, et, comme pour couper court à toute protestation, le garçon est jeté par-dessus bord. La femme disparaît dans l'obscurité.

Ben serre les poings. Il sent quelque chose monter dans sa gorge, quelque chose d'âcre. Il regarde sa mère et son frère. Avec ses mains, elle cache les yeux de Tuấn.

« Assassin ! crie quelqu'un.

– Sacrifice !

– Pauvre petit !

– Assassin !

– Sacrifice !

– Pauvre petit. »

Lampe torche à la main, Addy ouvre la porte et sort. Tuấn n'emporte finalement qu'un sac à dos. Il jette la torche dans le panier du vélo. Addy s'assoit sur la selle et le voit remonter en courant les marches du perron.

« Tu fais quoi ? » demande-t-elle. Elle sent son cœur

battre à tout rompre. La tempête s'intensifie et la pluie martèle sa peau. Elle rabat sa capuche sur sa tête. En cas d'inondation, elle se dit qu'elle pourra nager. Elle ne s'entraîne plus depuis le lycée, mais elle est sûre que c'est comme le vélo : ça ne s'oublie pas.

« Ma mère ne répond pas au téléphone », dit Tuấn. Sa capuche se soulève. « Elle arrive, j'en suis sûr. Elle ne partirait pas sans nous.

– Mais mon chéri, on ne peut plus attendre. »

Addy a les pieds trempés. Le vent est si fort qu'elle arrive à peine à maintenir leur vélo debout.

« Je lui laisse un mot. Pour qu'elle sache où nous retrouver. »

Addy entend le bruit du Scotch ultrarésistant qu'on découpe. Elle l'entend plusieurs fois, jusqu'à ce que Tuấn soit satisfait.

« Je lui dis de nous rejoindre au Best Western, explique-t-il, en face de l'hôpital Touro. » Il enfourche le vélo et Addy se blottit contre lui. Il se met debout sur les pédales, donne un grand coup, et les voilà qui s'élancent dans l'eau toujours plus haute.

« Je n'irai pas plus loin sans elle », dit-il.

« Tuấn ! s'écrie-t-elle. Bình ! C'est maman ! Il faut y aller ! Il faut qu'on parte. Tuấn ! Bình ! Où êtes-vous ? »

Elle voit soudain le panneau indiquant Ursulines Avenue. Elle tourne au coin et aperçoit la maison, celle de Tuấn. Elle le sait parce que c'est la seule qui soit mi-rouge, mibleu. La partie bleue, c'est celle de Tuấn. Ils ont tourné au mauvais endroit, mais depuis le début ils étaient tout près.

« Tuấn ơi ! hurle-t-elle. C'est ta mère. On doit partir. Bão tới ! »

Elle monte en courant les marches du perron et remarque que la bicyclette de Tuấn n'est pas là. Sur la porte-moustiquaire, elle découvre le message.

« "Maman, lit-elle, retrouve-nous au Best Western, hôpital Touro." »

Mon garçon, se dit-elle. *Il est en vie !* Désormais, il ne lui reste plus qu'à le rejoindre.

Elle redescend. « Best Western, se répète-t-elle à voix basse. Hôpital Touro. Best Western. Hôpital Touro. » Elle court. Elle y arrivera, elle en est sûre et certaine, mais pour ça il faut qu'elle coure plus vite. Est-ce bien dans cette direction ? Elle a un doute. Elle doit se tourner vers le sud. Le sud, c'est par là qu'elle doit aller pour retrouver son garçon. « Best Western. Hôpital Touro. » Elle presse le pas, malgré le vent qui fait obstacle, malgré la pluie qui redouble. « Best Western. Hôpital Touro. »

Un éclair déchire le ciel. Elle entend le bruit, reconnaissable entre tous, d'un arbre qui s'écrase au sol.

Hương repense au vieil homme avec sa barbe et sa cigarette à la bouche. Elle repense à sa course à travers la jungle, à la pluie – il devait pleuvoir aussi, cette nuit-là.

Son cœur s'emballe quand elle entend un bruit de bottes derrière elle. Elle essaie d'accélérer parce qu'il y a quelqu'un.

Et ils nous poursuivent. Encore une fois, ils nous poursuivent.

Mais ses enfants ! Où sont-ils ? Ils doivent partir. Ils

doivent partir immédiatement. C'est une question de vie ou de mort. Mais où sont les garçons ?

« Tuấn ! Bình ! s'écrie-t-elle en courant le plus vite possible.

– Hương ! lance une voix. Arrête-toi ! » Elle sent une main lui agripper l'épaule et fait volte-face.

Công ! manque-t-elle de crier, avant qu'un éclair illumine le visage de l'homme.

« Vinh, lâche-t-elle, pantelante.

– C'est trop dangereux. Il faut qu'on se trouve un abri. »

Mais elle dégage son bras, essaie de se libérer. Vinh la retient. Il n'arrive pas à savoir si l'eau qui ruisselle sur son visage est faite de pluie ou de larmes. Il tire encore plus fort, mais c'est comme si le vent lui arrachait Hương. Il pense aux arbres et à leurs branches fracassées par la tempête. Il plante les pieds dans le sol et s'accroche fermement au bras de Hương. Il sent que ses pieds sont trempés, et pleins de boue. Il tire de toutes ses forces, jusqu'à ce que Hương cède et qu'ils s'écroulent ensemble, son dos à elle sur son ventre à lui. Il subit non seulement son poids, mais aussi celui de l'eau.

Pendant une minute, ils n'entendent qu'un bruit, celui de leur respiration. Ils deviennent une île. Ils deviennent un navire échoué. Ils sont un bateau loin des côtes. Il la serre fort dans ses bras. Il jure, ne serait-ce qu'à lui-même, de ne pas la lâcher.

Un cri puissant, comme un cri de guerre, réveille Ben. Mais il n'est plus à Paris. Il est de retour à La Nouvelle-Orléans, de retour à Versailles dans l'appartement de son enfance, et tout est à sa place. Sauf l'eau.

Il est dans sa chambre et l'eau jaillit par les fenêtres. Elle est marron et sent le bayou. Elle charrie des brindilles, des branches et des feuilles ; elle charrie des déchets – sacs en plastique, emballages de bonbons, paquets de cigarettes. Avant même de pouvoir réfléchir, il est renversé et se retrouve sous l'eau. Il se relève, progresse vers la porte. Là, cramponné à l'encadrement, il marque une pause. L'eau lui arrive déjà à la taille.

Puis, de nouveau, le cri perçant. Il avance tant bien que mal jusqu'au couloir en se tenant au mur. Le papier peint a commencé à se décoller. Les photos au mur tombent l'une après l'autre.

« Y a quelqu'un ? lance-t-il. Mẹ ? T ? »

Il arrive dans la cuisine. Là aussi, l'eau s'engouffre par la fenêtre. Mais il n'y a personne. Soudain, l'évier explose avec un fracas assourdissant.

Pendant que l'appartement se remplit peu à peu, il essaie de rejoindre la chambre de sa mère. *C'est de là que le cri a dû venir*, se dit-il. Il ne sait pas si c'était une voix d'homme ou de femme (*Peut-être les deux, deux personnes qui crient en chœur*), mais il est certain que ça venait de là-bas.

Il s'agrippe au mur, qui cède en partie. Puis il glisse lorsqu'une vague le repousse violemment en arrière. Son corps plonge.

Non, se dit-il. *Non.*

Il retient sa respiration.

Au-dessous, tout est marron, vaseux. Il essaie de remonter, mais l'eau est lourde. Il agite les bras, les jambes. Il se dit qu'il doit bouger. Il essaie encore, en vain. Il sent qu'il coule inéluctablement. Son cœur accélère. Il se dit qu'il doit absolument rester en vie. Il doit remonter. Pourquoi n'y arrive-t-il pas ? Il a envie de crier mais n'y parvient pas.

Curieusement, le cri – l'autre cri, dans la chambre de sa mère – devient plus retentissant. Comme si quelqu'un montait le son. Ben n'entend plus que ça, ce cri.

Désolé, a-t-il envie de dire, désolé de ne pas pouvoir te rejoindre.

Et il ouvre les yeux, et le soleil brille encore.

Il est de nouveau à Paris. Il est dans un parc, allongé sur un banc à l'ombre d'un arbre, et sent son front moite de sueur ; les rayons du soleil cuisent sa peau. Il se met debout, stupéfait par la banalité de cette journée. Une femme promène son chien. Un homme parle fort au téléphone. Un groupe de joggeurs passent. Comme n'importe quel autre jour.

Vinh frappe à la porte d'une autre maison. Une voiture est garée dans l'allée, quoique sous un arbre abattu. Il doit y avoir quelqu'un à l'intérieur de la maison. Mais les laissera-t-on entrer ?

« Il faut qu'on aille au Best Western, répète Hương. Près de l'hôpital Touro. Tuấn est là-bas. » Elle compose son numéro, personne ne décroche. Elle pourrait laisser un message mais ne le fait pas.

« Il va bien, dit Vinh. Il est à l'abri, c'est le plus important. On le verra demain matin.

– Mais…

– On n'est pas en état. »

Là-dessus, la porte s'entrouvre. Une silhouette se détache sur le pas de la porte.

« Vous êtes qui ? » C'est un adolescent.

« Notre voiture… accident », dit Vinh en montrant la route, même si leur voiture est invisible. Ils ont beaucoup marché. « Est-ce qu'on peut entrer, s'il vous plaît ? » Il serre encore plus fort la main de Hương. Celle-ci a les yeux rivés sur la rue inondée. Elle imagine Tuấn dans une chambre d'hôtel, assis loin de la fenêtre, lui téléphonant sans parvenir à la joindre.

Si seulement, pense-t-elle, *si seulement je pouvais en être sûre. Si seulement je pouvais entendre sa voix.*

« S'il vous plaît, insiste Vinh.

– Marshall, laisse-les entrer », dit une voix de femme derrière lui.

Le garçon se détend et la porte s'ouvre en grand. Dans l'obscurité, Vinh distingue une petite femme noire équipée d'une lampe torche. Il y a un autre enfant à côté d'elle, une fillette.

« Entrez ! » lance la femme en agitant sa torche pour mieux voir leurs visages. Puis le faisceau lumineux éclaire l'escalier. « On reste là-haut, au cas où l'eau monterait encore », explique-t-elle.

Vinh entraîne Hương à l'intérieur. L'adolescent referme la porte, délicatement.

Quand l'eau atteint leurs genoux, ils descendent du vélo et se mettent à courir. Ils courent aussi vite que possible, et pourtant ils ont l'impression de ne pas avancer. L'eau les repousse en arrière. Les gouttes de pluie sont comme des plombs de carabine.

Puis au bout d'un moment, l'eau semble se retirer. Ils aperçoivent au loin une enfilade de lampadaires et de maisons. Et qui dit électricité dit sécurité. Ils se concentrent dessus tandis qu'ils progressent péniblement. Une boîte aux lettres flotte, à la dérive. Un flamant rose en plastique couvert de boue la poursuit.

Addy trébuche. Tuấn s'approche pour l'aider à se relever. Elle respire fort.

« Reste avec moi », dit-il.

Même épuisée, elle est magnifique. Il la remet debout et, bras dessus, bras dessous, ils avancent contre le courant, contre le vent. Tout est froid. Tout est glacé. Tuấn se dit que, s'il survit, il est quitte pour une bonne pneumonie. Et s'il survit à cette pneumonie, il demandera Addy en mariage. L'idée lui paraît raisonnable.

Après encore plusieurs minutes de marche, ils remarquent que le niveau de l'eau se stabilise. Addy tombe encore une fois à genoux, et Tuấn s'agenouille à ses côtés.

« Ça va ? demande-t-il. Chérie ?

– Tout va bien. Je suis juste fatiguée. »

Elle se blottit contre son épaule, le souffle court.

« On ferait bien de trouver un endroit où se reposer », dit-il tout en réfléchissant. Où sont-ils exactement ? Il faut qu'il appelle sa mère, qu'il l'informe du changement de programme. « Il y a des maisons là-bas. Tu vois les lumières ? »

Personne ne dort. Ni la femme, ni ses deux enfants, ni Hương, ni Vinh. Ils font les cent pas dans le grenier. Ils regardent par la fenêtre. Ils refont les cent pas. Les enfants jouent aux cartes et aux ombres chinoises avec la lampe torche, jusqu'à ce que leur mère leur ordonne de ne pas gaspiller les piles.

Elle allume la radio. Laquelle répète sans arrêt la même chose : restez à l'intérieur, réfugiez-vous en hauteur, priez pour La Nouvelle-Orléans, priez. Quand elle en a marre, la femme éteint.

Hương pense à Tuấn. Elle essaie encore une fois de le joindre, mais il n'y a aucun réseau, pas même pour un simple SMS. Ce qui ne l'empêche pas de retenter sa chance plusieurs fois. Ses pensées vont ensuite à Bình. Elle se demande si elle doit l'appeler, lui aussi, même si elle sait qu'il est à Paris. Elle est bien contente qu'il ne soit pas ici, qu'il soit à l'abri de tout ça.

Elle jette un nouveau coup d'œil par la fenêtre : il fait nuit noire, maintenant que l'électricité a été coupée partout. Rongée par l'inquiétude, elle tournicote dans la pièce. Elle observe les enfants, le garçon et la fille. Ils sont couchés, à présent. Le premier joue aux cartes seul. La seconde a une petite poupée qu'elle berce doucement.

« Vos enfants..., dit Hương. Si gentils ! Si calmes !

– C'est parce qu'ils sont coincés à la maison avec moi », répond la femme en riant. *C'est une bonne mère*, pense Hương.

« Moi j'ai deux fils, dit-elle. Ils ne sont pas à la maison. »

Le visage de la femme se fait soudain soucieux. « Ils sont *dehors* ? »

L'alarme d'une voiture se déclenche. Un éclair zèbre le ciel. « Ils sont quelque part, répond Hương. Ils sont quelque part. »

La femme secoue la tête, s'approche et la prend dans ses bras.

Ils trouvent une maison à deux étages, entourée par une terrasse. Comme il y a encore de la lumière à l'intérieur, ils sont sûrs d'être accueillis. Après plusieurs coups à la porte, un homme en peignoir de satin rouge vient leur ouvrir.

« La tempête, explique Addy. Il y a une inondation là-bas.

– Est-ce qu'on peut rester chez vous pour la nuit ? demande Tuấn.

– Bien sûr, entrez ! » répond l'homme. Il a une voix aiguë et des gestes féminins. « Vous avez l'air de deux rats noyés ! »

Il les installe au dernier étage. « On ne sait jamais », dit-il.

Il vit seul ici, y a vécu toute sa vie. Parfois seul, parfois non. Il leur montre une photo de son amant, qui est mort dans les années 1980.

« Quand ils ont appelé à évacuer, explique-t-il, je n'ai pas pu me résoudre à partir. Impossible ! J'ai mes racines ici. Je suis une jolie fleur. On ne peut pas me cueillir comme ça. Je suis trop jolie ! » Il rit, d'un rire tellement contagieux que Tuấn et Addy rient aussi.

Ensemble, ils regardent les informations. L'eau monte, dit-on, et va continuer de monter.

Ils sont à l'abri, songe Tuấn. Ils ne sont pas dehors. Ils retrouveront sa mère et Vinh demain matin. Il espère qu'au moins ils ont pu quitter La Nouvelle-Orléans Est. Le bayou a dû déjà déborder. Et les arbres ont sûrement déjà été couchés par le vent. Il sait que la destruction de Versailles est possible, mais il ne veut pas y penser.

Il appelle encore une fois sa mère. Répondeur.

« Maman, dit-il. On est dans Coliseum Street, chez un monsieur qui a gentiment accepté de nous héberger. Il n'y a presque pas d'inondation, ici. Passe-moi un coup de fil quand tu as ce message. OK, maman ? »

Le journal télévisé n'est qu'une seule et même chose répétée en boucle. Il n'y a rien de nouveau. Tout le monde attend que ça passe.

« Qu'est-ce qui pourra arrêter l'eau ? Qu'est-ce qui va bien pouvoir l'arrêter ? se demandent-ils tous à voix haute.

– Sebastian disait qu'on allait flotter, marmonne Addy.

– Eh bien, il s'est trompé, répond l'homme. La Nouvelle-Orléans ressemble à un… À une… »

Il agite les deux mains en l'air, cherchant le mot juste. « À une baignoire », dit-il.

La ville ressemble à une baignoire. Les vents sont les mains d'une femme au foyer. Le liquide est un mélange d'eau du robinet et de lessive. La femme au foyer frotte, frotte, frotte. Elle ne veut passer à côté d'aucune tache. Elle veut être sûre que personne n'oubliera son nom quand elle ne sera plus là, que tout le monde se rappellera quelle excellente femme au foyer elle fut. Elle est amère.

Au petit matin, une puissante explosion retentit, qui fait trembler la maison, agite l'eau de crue, secoue la terre.

« C'était quoi ? » demande la femme. Elle ouvre la fenêtre, la referme aussitôt et court vers l'escalier.

« De l'eau ! hurle-t-elle. Il y a de l'eau dans la maison ! »

Vinh se précipite vers l'escalier et voit l'eau jaillir à une telle vitesse qu'elle en devient écumeuse. Une table flotte là comme un radeau. Ainsi qu'un vase. Et un lampadaire.

« La fenêtre », dit Hương. Elle s'en approche et l'ouvre. L'espace d'une seconde, Vinh pense qu'elle va partir à la nage. Quand elle lève une jambe, il court vers elle. Puis comprend qu'elle compte grimper sur le toit.

La moitié de son corps disparaît, puis ses jambes. C'est ensuite au tour de la fillette, aidée par son frère qui la suit juste après. Vinh essaie d'aider la femme, mais elle veut qu'il la précède et il s'exécute.

Là-haut, l'air est glacial. Vinh regarde au loin et voit toute cette eau marron qui s'écoule, comme s'ils étaient sur une rivière, si ce n'est qu'en guise de rochers il y a des voitures et des toits.

Tout à coup, Hương crie : « Oh, mon Dieu ! Mon Dieu ! »

Les enfants se tournent vers elle. La femme étouffe un cri et les attire contre sa poitrine.

Hương montre du doigt un point situé à moins de trois mètres de la maison. Vinh tourne la tête et découvre avec effroi la présence d'un corps.

Il s'agit d'un homme, à première vue. Mort depuis plusieurs heures, sans doute. Il est vêtu d'un jean et d'une chemise canadienne à manches longues. Ni chaussures, ni chaussettes. Sans raison, Vinh se dit qu'il portait sûrement une casquette.

Le cadavre flotte sur le ventre et continue d'être porté

par le courant jusqu'à ce que la chemise, prise dans les branches d'un arbre, le freine. Ainsi accroché, il ballotte. Vinh imagine les poumons remplis d'eau, remplis de boue.

Ben monte les marches avec un gros sac de courses tout en se disant qu'il aurait dû en prendre deux pour mieux répartir le poids. Il a acheté plus que nécessaire, mais au moins ils auront de quoi tenir dix jours au moins. Il s'arrête sur le palier du deuxième pour reprendre son souffle. Il aurait préféré ne pas habiter au dernier étage d'un immeuble sans ascenseur.

Une fois dans l'appartement, il lâche le sac dans l'entrée et enfile un pantalon de jogging et un T-shirt.

Il allume la télévision et commence à ranger les courses. Il se dit que ce soir il va cuisiner quelque chose de simple. Peut-être des pâtes et du poulet, avec des fruits pour le dessert. Il préchauffe le four.

À la télé, il tombe d'abord sur un dessin animé, avec des animaux grossièrement esquissés. Il zappe ensuite entre un débat d'actualité et quelque chose qui ressemble à un film policier britannique, en passant par un programme pour enfants. Puis il s'arrête sur les informations. La première chose qu'il remarque, c'est qu'il est question de La Nouvelle-Orléans. Avant même de lire le bandeau en bas de l'écran, il sait que c'est la ville de sa jeunesse. Mais il est surpris de voir que la ville est inondée. Non, pas inondée : La Nouvelle-Orléans est littéralement en train de couler.

La casserole dans ses mains lui échappe. Le bruit ne le

détourne pas de l'écran, où une eau boueuse envahit la ville, aussi loin que porte le regard, tandis que des gens sont perchés sur les toits des maisons et des voitures. La caméra zoome sur une femme qui agite les bras. On voit ensuite la vidéo d'un vent puissant qui se déchaîne contre un arbre. L'arbre ploie, ploie encore, puis finit par céder, percutant dans sa chute une voiture. Un bâtiment tout entier est évacué par bateau. Un hélicoptère est en vol stationnaire au-dessus d'une maison.

Ben sent son cœur qui s'emballe. Il s'assoit. Il a chaud, ça le démange. Puis il se relève pour ouvrir la fenêtre. Il monte le son de la télévision et se rassoit. Les images de La Nouvelle-Orléans laissent place à une intervention du maire lors d'une conférence de presse.

« La ville de La Nouvelle-Orléans », commence-t-il, avant qu'un journaliste français traduise. *Un ouragan. Catégorie cinq. Inondations. État d'urgence. Les digues**. Les images montrent de nouveau des maisons et des immeubles effondrés, des voitures retournées, des îlots de déchets flottants. Les gens font la queue et pleurent en tenant des oreillers contre eux, comme si la crue les avait surpris en plein sommeil. *Un désastre complet*, dit le journaliste.

Les mains de Ben tremblent. Son corps tout entier frémit.

Et sa mère, dans tout ça ? Et son frère ? Pas un mot sur La Nouvelle-Orléans Est, ni sur Versailles.

Tout à coup, il a froid. Il se lève pour refermer la fenêtre. Elle claque et Ben sursaute en apercevant son reflet.

Le four sonne. Il l'éteint et farfouille dans les tiroirs de la cuisine, en quête d'un carnet d'adresses. À l'écran, on rediffuse les images de l'arbre et de la voiture. Et celles du bateau avec les gens qui embarquent depuis les toits en emportant leurs affaires dans des sacs en plastique. Ce pourrait être une autre ville, un autre pays, mais non. C'est La Nouvelle-Orléans.

Il prend son téléphone et se trompe plusieurs fois de numéro avant de composer le bon. Ça sonne dans le vide.

Quand la pluie s'arrête, le soleil réapparaît. L'eau ruisselle toujours abondamment dans les rues, mais guère plus que ce que pourrait provoquer une grosse tempête. Tuấn et Addy remercient l'homme pour son hospitalité. Celui-ci leur offre des biscuits. Ils le remercient encore et s'en vont.

Ils marchent de longues minutes.

« J'ai cru que j'allais mourir, finit par dire Addy.

– C'est dans ces moments-là qu'on se rend compte que la vie est courte. »

À cause des débris – arbres et lignes électriques affaissés –, ils rentrent par le chemin le plus long, traversant le Lower Garden District avant de bifurquer vers l'est jusque chez eux. Sur un pont routier, Tuấn consulte son portable. La barre de réseau éclaire l'écran. Un petit bip lui signale qu'il a reçu deux messages vocaux, l'un de sa mère, l'autre de son frère. Il s'apprête à les écouter quand il entend Addy lâcher un cri.

« Regarde ! s'exclame-t-elle. Regarde ! »

Tuấn suit des yeux la direction indiquée par Addy, et son cœur se fige lorsqu'il voit qu'il n'y a que des toits et des gens dessus aussi petits que des fourmis. « Où est la ville ? voudrait-il demander. Où est La Nouvelle-Orléans ? »

Les gens agitent les mains. Ils agitent les mains et ils crient.

Ils crient et agitent les bras pour appeler au secours. Hương, elle, ne bouge pas. Elle reste assise sur le toit, fascinée par le cadavre coincé dans l'arbre. Il remue avec le courant, mais il est piégé. Les autres, y compris Vinh, sont debout. Les enfants ont essayé de former les mots AU SECOURS avec leurs vêtements, mais ils n'ont pas pu aller plus loin que AU SE. À présent, ils sautent sur place, mains tendues vers le ciel. Ils ont vu deux hélicoptères en une heure, mais aucun ne s'est arrêté.

« Ils font exprès de ne pas nous voir, dit la petite fille. Ils ne nous aiment pas.

– Il faut qu'on continue », répond son frère.

Apercevant un autre hélicoptère, les deux enfants tentent de sauter plus haut, d'agiter les bras plus rapidement.

« Au secours ! hurlent-ils. Au secours !

– Peut-être qu'ils ne savent pas qu'on est vivants, dit la fille. C'est peut-être ça, le problème. »

Elle prend une longue inspiration et s'époumone : « On est vivants ! À l'aide ! On est vivants ! »

Son frère l'imite. « À l'aide ! crient-ils en chœur. On est vivants ! À l'aide ! »

L'hélicoptère semble flotter un instant en l'air, puis il commence à descendre. Les enfants exultent.

« Enfin ! » dit la fille avant d'exécuter une petite danse. Avec le bruit des pales, on n'entend presque rien.

« Hương, il est là ! hurle Vinh. C'est fini, Hương. On va s'en sortir. »

L'hélicoptère fait du surplace au-dessus de la maison. Tandis qu'une nacelle de sauvetage descend vers eux, un homme les interpelle à l'aide d'un mégaphone.

« Montez dans la nacelle », dit-il d'une voix forte, égale et calme. Le mégaphone couine, puis l'homme reprend : « Deux par deux, montez dans la nacelle. Mettez les pouces en l'air quand vous êtes prêts. »

La mère fait signe aux enfants d'y aller en premier. Le garçon se précipite vers la nacelle et s'y installe. Sa sœur grimpe à son tour et s'assoit face à lui. Ils lèvent tous deux les pouces, et la nacelle remonte. Ils agitent les mains en l'air et poussent des cris, comme au parc d'attractions.

Une fois les gamins récupérés, la nacelle redescend et la mère y monte, seule. Elle s'assoit et tourne la tête pour tout voir une dernière fois. « Oh », l'entend dire Hương. Elle s'apprête à ajouter quelque chose, mais se ravise. Elle se cache les yeux et fond en larmes. Puis elle se penche et, d'un geste de la main, dit au revoir à sa maison.

Quand la nacelle est abaissée pour la troisième fois, Vinh s'y agrippe et appelle Hương.

« Hương, dit-il. Il est temps d'y aller. »

Elle l'entend, mais ne peut pas bouger. Au lieu de ça, elle continue à observer le cadavre prisonnier de l'arbre. Le courant le fait trembler et les branches l'éraflent.

« Hương », insiste Vinh. Il donne un coup sur la nacelle afin qu'elle l'écoute. « Il faut y aller. » Il grimpe et s'assoit. La nacelle se balance.

Il faut que quelqu'un récupère le corps, pense Hương. Cet homme doit avoir une famille, et cette famille doit savoir ce qui lui est arrivé. C'est la moindre des choses. Elle se demande où sont passés ses proches. Elle les imagine fuyant La Nouvelle-Orléans en voiture, roulant à toute vitesse. *On n'a oublié personne ?* doivent-ils se demander.

Mais s'il était seul ? Et si sa famille ne vivait pas ici, dans cette ville ? Si elle était loin, disséminée aux quatre coins du pays ? Aux quatre coins du monde ? Comment ces gens pourraient-ils savoir ?

L'homme de l'hélicoptère hurle dans le mégaphone : « On doit y aller, madame ! Grimpez ! »

L'engin bascule d'avant en arrière, comme pour garder l'équilibre.

« Hương ! s'écrie Vinh. Ils vont partir ! Tu m'entends ? Il faut y aller. »

Finalement, l'arbre ne peut plus retenir le corps. La chemise se déchire et le cadavre est rendu à l'eau. Il dépasse la maison, puis un deuxième arbre.

Il se dirige quelque part, mais Hương ignore où.

Elle regarde autour d'elle et constate avec étonnement qu'elle ne sait pas où elle est. Au sud, au nord, dans le centre-ville – avec toute cette eau, elle n'a plus aucun repère. Elle ferme les yeux et essaie de se rappeler à quoi ressemblait la ville.

« Hương ! » crie Vinh. La nacelle commence à remonter.

Hương se lève et prend la main de Vinh. En remontant, la nacelle se balance et Hương s'y cramponne fermement, dents serrées, cependant qu'elle est hissée vers le ciel, un ciel désormais si bleu, si clair, que le toit s'évanouit, et que les arbres en bas s'évanouissent eux aussi, de la même façon que la côte s'était éloignée, ce fameux soir, il y a si longtemps.

Elle se rappelle avoir regardé fixement depuis l'arrière du bateau, tandis que les petits points de lumière étoilée éclairaient la terre ferme jusqu'à ce qu'elle disparaisse. Elle espérait que tout ça réapparaîtrait – la côte, le sable et les rochers, l'homme qu'elle aimait. *À tout moment*, n'avait-elle pas arrêté de se dire, jusqu'à ce que le soleil se lève à l'horizon et qu'une femme lui tapote l'épaule.

« Vous êtes restée debout toute la nuit. » La femme, d'un geste du menton, lui avait indiqué le centre du bateau, où les autres dormaient à poings fermés. Hương s'était retournée et avait vu des mères serrant leurs fils, des pères serrant leurs filles, des frères et des sœurs blottis les uns contre les autres, tous loin de chez eux. La femme n'avait pas lâché son épaule.

Hương avait tendu une main vers la mer, pour s'y accrocher ou pour dire adieu. *Mais*, avait-elle pensé. *Mais*…

« Il faut y aller », avait dit la femme, d'une voix plus douce cette fois, plus tendre.

Hương avait acquiescé et joint ses mains tremblantes – des mains qui, des années plus tard, deviendraient fermes, puissantes.

Oui, s'était dit Hương dans un bref éclair de calme et de lucidité. Elle s'était tournée vers la proue du bateau. Le soleil se levait, ils faisaient face à l'est. Elle s'était rendu compte que l'eau n'était pas si terrible que ça. Les vagues, on s'y habituait. Avec le temps.

Vinh la hisse dans la nacelle.

Et son portable sonne au moment où elle se penche pour contempler la ville.

Oui, pense-t-elle. Elle sait exactement où elle est, maintenant. Ces immeubles abîmés. Ces rues. Ces eaux. Toutes ces années.

Elle soulève le clapet du téléphone. « A lô ? dit-elle. Bình ? Mẹ đây. »

REMERCIEMENTS

Merci aux personnes et aux institutions suivantes de m'avoir soutenu, inspiré et motivé pendant l'écriture de ce livre :

Nayelly Barrios, Victoria Castells, Nivea Castro, Rea Concepcion, Cristina Correa, Kristene Cristobal, Katya Cummins, Amy Fleury, M. Evelina Galang, Craig Gidney, Nicola Griffith, Bruce Owens Grimm, John Griswold, Chris Herrmann, Angela Hur, Anne-Marie Kinney, les éditeurs de Knopf, Lambda Literary, Caitlin Landuyt, Brian Lin, Christopher Lowe, Kristina McBride, le McNeese State University MFA Program, Lori Mosley, Michael Nguyen, Nguyễn Phan Quế Mai, Viet Thanh Nguyen, Haneen Oriqat, Thomas Parrie, Ruby Pediangco, Roseanne Pereira, Julie Quiroz, Nancy Ruffin, Andrea Ruggirello, Matthew Salesses, Talisha Shelley, Erin Elizabeth Smith, Julie Stevenson, la Sundress Academy for the Arts, Karimah Tennyson-Marsh, le Tin House Writers' Workshop, Jean Alandy Trahan, et la Voices of Our Nations Arts Foundation.

« Terres d'Amérique »

Collection dirigée par Francis Geffard
(Extrait du catalogue)

NANA KWAME ADJEI-BRENYAH
Friday Black, nouvelles

CHRIS ADRIAN
Un ange meilleur, nouvelles

SHERMAN ALEXIE
Indian Blues, roman
Indian Killer, roman
Phoenix, Arizona, nouvelles
La Vie aux trousses, nouvelles
Dix Petits Indiens, nouvelles
Red Blues, poèmes
Flight, roman
Danses de guerre, nouvelles

TOM BARBASH
Les Lumières de Central Park, nouvelles
Beautiful Boy, roman

TOM BISSELL
Dieu vit à Saint-Pétersbourg, nouvelles

AMANDA BOYDEN
En attendant Babylone, roman

JOSEPH BOYDEN

Le Chemin des âmes, roman
Là-haut vers le nord, nouvelles
Les Saisons de la solitude, roman
Dans le grand cercle du monde, roman

TAYLOR BROWN

Les Dieux de Howl Mountain, roman
Le Fleuve des rois, roman

KEVIN CANTY

Une vraie lune de miel, nouvelles
Toutes les choses de la vie, roman
De l'autre côté des montagnes, roman

DAN CHAON

Parmi les disparus, nouvelles
Le Livre de Jonas, roman
Cette vie ou une autre, roman
Surtout rester éveillé, nouvelles
Une douce lueur de malveillance, roman

MICHAEL CHRISTIE

Le Jardin du mendiant, nouvelles
Lorsque le dernier arbre, roman

TOM COOPER

Les Maraudeurs, roman

CHARLES D'AMBROSIO

Le Musée des poissons morts, nouvelles
Orphelins, récits

CRAIG DAVIDSON
Un goût de rouille et d'os, nouvelles
Juste être un homme, nouvelles
Cataract City, roman
Les Bonnes Âmes de Sarah Court, roman

ANTHONY DOERR
Le Nom des coquillages, nouvelles
À propos de Grace, roman
Le Mur de mémoire, nouvelles
La Cité des nuages et des oiseaux, roman

LOUISE ERDRICH
L'Épouse Antilope, roman
Dernier rapport sur les miracles à Little No Horse, roman
La Chorale des maîtres bouchers, roman
Ce qui a dévoré nos cœurs, roman
Love Medicine, roman
La Malédiction des colombes, roman
Le Jeu des ombres, roman
La Décapotable rouge, nouvelles
Dans le silence du vent, roman
Femme nue jouant Chopin, nouvelles
Le Pique-nique des orphelins, roman
LaRose, roman
L'Enfant de la prochaine aurore, roman
Celui qui veille, roman

BEN FOUNTAIN
Brèves rencontres avec Che Guevara, nouvelles
Fin de mi-temps pour le soldat Billy Lynn, roman

TOM FRANKLIN
Le Retour de Silas Jones, roman
Braconniers, nouvelles

CHRISTIAN KIEFER
Les Animaux, roman
Fantômes, roman

THOMAS KING
Medicine River, roman
L'Herbe verte, l'eau vive, roman

SANA KRASIKOV
L'An prochain à Tbilissi, nouvelles
Les Patriotes, roman

RICHARD LANGE
Dead Boys, nouvelles
Ce monde cruel, roman
Angel Baby, roman
La Dernière Chance de Rowan Petty, roman

MATT LENNOX
Rédemption, roman

BRIAN LEUNG
Les Hommes perdus, roman
Seuls le ciel et la terre, roman

MAXIM LOSKUTOFF
Viens voir dans l'Ouest, nouvelles

ROBIN MACARTHUR
Le Cœur sauvage, nouvelles
Les Femmes de Heart Spring Mountain, roman

STEPHEN MARKLEY
Ohio, roman

LESLIE MARMON SILKO
Cérémonie, roman

DINAW MENGESTU
Les Belles Choses que porte le ciel, roman
Ce qu'on peut lire dans l'air, roman
Tous nos noms, roman

STEFAN MERRILL BLOCK
Le Noir entre les étoiles, roman

PHILIPP MEYER
Le Fils, roman
American Rust, roman

LEILA MOTTLEY
Arpenter la nuit, roman

MATTHEW NEILL NULL
Le Miel du lion, roman
Allegheny River, nouvelles

TOMMY ORANGE
Ici n'est plus ici, roman

KEVIN PATTERSON
Dans la lumière du Nord, roman

BENJAMIN PERCY
Sous la bannière étoilée, nouvelles
Le Canyon, roman

DONALD RAY POLLOCK
Le Diable, tout le temps, roman
Une mort qui en vaut la peine, roman

DAVID JAMES POISSANT
Le paradis des animaux, nouvelles
Un bel esprit de famille, roman

ERIC PUCHNER
La Musique des autres, nouvelles
Famille modèle, roman
Dernière journée sur terre, nouvelles

SHANNON PUFAHL
Et nous nous enfuirons sur des chevaux ardents, roman

JON RAYMOND
Wendy & Lucy, nouvelles
La Vie idéale, roman

ELWOOD REID
Ce que savent les saumons, nouvelles
Midnight Sun, roman
La Seconde Vie de D.B. Cooper, roman

KAREN RUSSELL
Swamplandia, roman
Foyer Sainte-Lucie pour jeunes filles élevées par les loups, nouvelles
Des vampires dans la citronneraie, nouvelles
Le Lévrier de Madame Bovary et autres histoires, nouvelles

ANJALI SACHDEVA
Tous les noms qu'ils donnaient à Dieu, nouvelles

JON SEALY
Un seul parmi les vivants, roman

HUGH SHEEHY
Les Invisibles, nouvelles

WELLS TOWER
Tout piller, tout brûler, nouvelles

DAVID TREUER
Little, roman
Comme un frère, roman
Le Manuscrit du Dr Apelle, roman
Indian Roads, récit
Et la vie nous emportera, roman

BRADY UDALL
Lâchons les chiens, nouvelles
Le Destin miraculeux d'Edgar Mint, roman
Le Polygame solitaire, roman

GUY VANDERHAEGHE
La Dernière Traversée, roman
Comme des loups, roman
Comme des feux dans la plaine, roman

CLAIRE VAYE WATKINS
Les Sables de l'Amargosa, roman

ANTHONY VEASNA SO
Nous aurions pu être des princes, nouvelles

KATHERENA VERMETTE
Les Femmes du North End, roman

SHAWN VESTAL
Goodbye, Loretta, roman

VENDELA VIDA
Se souvenir des jours heureux, roman
Les Habits du plongeur abandonnés sur le rivage, roman

JOHN VIGNA
Loin de la violence des hommes, nouvelles

WILLY VLAUTIN
Motel Life, roman
Plein nord, roman
Ballade pour Leroy, roman
La Route sauvage, roman
Devenir quelqu'un, roman

JAMES WELCH
L'Hiver dans le sang, roman
La Mort de Jim Loney, roman
Comme des ombres sur la terre, roman
L'Avocat indien, roman
À la grâce de Marseille, roman
Il y a des légendes silencieuses, poèmes

COLSON WHITEHEAD
Underground Railroad, roman
Nickel Boys, roman
Harlem Shuffle, roman

CALLAN WINK
Courir au clair de lune avec un chien volé, nouvelles
August, roman

SCOTT WOLVEN
La Vie en flammes, nouvelles

JOHN WOODS
Lady Chevy, roman

Retrouvez toute l'actualité des éditions Albin Michel
sur notre site albin-michel.fr
et suivez-nous sur les réseaux sociaux !
Instagram : editionsalbinmichel
Facebook : Éditions Albin Michel
Twitter : AlbinMichel

Composition : Nord Compo
Impression : CPI Firmin-Didot en avril 2023
Éditions Albin Michel
22, rue Huyghens, 75014 Paris
www.albin-michel.fr

ISBN : 978-2-226-46985-4
N° d'édition : 24753/01 – N° d'impression : 174323
Dépôt légal : mai 2023
Imprimé en France